Maya Shepherd

RADIOACTIVE

„Die Vereinten“

Roman

2. Auflage

Facebook: Maya Shepherd
Blog: www.mayashepherd.blogspot.de
Twitter: MayaShepherd

Für meine Leser,
denen ich verdanke diesen wundervollen Traum
leben zu dürfen

01. Wenn das Herz bricht (Cleo)

Ich starre Finn fassungslos hinterher und kann nicht glauben, dass das gerade wirklich passiert. All die Wochen in der Zentrallegion habe ich mir nichts sehnlicher gewünscht als ihn wiederzusehen und jetzt, wo es endlich so weit ist, dreht er sich einfach um und geht. Womit habe ich das verdient? Es gibt absolut nichts, das ich mir vorzuwerfen hätte. Meine Tränen weichen einer verständnislosen Wut.

Ungeachtet der anderen Flüchtlinge und Rebellen stürme ich los. Meine Beine fühlen sich schwach an und ich weiß nicht, wie lange sie mich noch tragen werden. Aber ich kann Finn nicht einfach gehen lassen! Nicht ohne ein Wort, nicht ohne eine Erklärung!

Ich hole ihn schnell ein und baue mich herausfordernd vor ihm auf. Meine Augen funkeln ihm feindselig entgegen, während er überallhin blickt, außer in mein Gesicht.

„Was soll das? Erkennst du mich nicht?“, fahre ich ihn aufgebracht an und bin froh, dass sich meine Stimme dabei stark und fest anhört. Ganz im Gegensatz zu dem, wie ich mich fühle. Natürlich weiß ich, dass er mich erkannt haben muss, sonst wäre er nicht gegangen. Aber ich suche verzweifelt nach einer Erklärung.

„Doch, aber ich habe nicht damit gerechnet, dich je wiederzusehen“, erwidert er sehr leise und ernst. Seine Augen betrachten den Boden zu meinen Füßen.

„Ich habe nie die Hoffnung aufgeben“, sage ich etwas sanfter und strecke meine Hände erneut nach seinen aus. Unsere Fingerspitzen berühren sich und als er sie nicht zurückzieht, fasse ich den Mut, seine Hände mit meinen zu umschließen.

„Finn!“, flehe ich und versuche Blickkontakt zu ihm aufzunehmen. „Bitte sieh mich an!“

Er hebt den Kopf und ich starre in seine wundervollen himmelblauen Augen, deren Anblick mir nach wie vor den Atem raubt. Ich habe ihn immer in meinen Gedanken vor mir gesehen, aber das ist kein Vergleich zur Realität. Mein ganzer Körper zieht mich zu ihm wie ein Magnet. Doch etwas hält mich davon ab, mich an ihn zu drängen und ihn mit Küssen zu überhäufen. Es ist seine steife Körperhaltung und der kühle Ausdruck seiner Augen.

„Was ist passiert?“, flüstere ich. Finns Anblick raubt mir jede Kraft. Ich kann seinen Schmerz spüren, auch wenn ich ihn noch nicht verstehen kann.

Finn schüttelt den Kopf und unterbricht unseren Blickkontakt. Er löst seine Hände von meinen. Er könnte mir genauso gut eine Ohrfeige geben, es würde nicht weniger wehtun. „Zu viel, als dass du es verstehen könntest. Bitte halte dich von mir fern!“

Er wendet mir erneut den Rücken zu und läuft los. Erst langsam, dann immer schneller, bis er schließlich rennt. Für den Moment vergesse ich, dass wir nicht alleine sind. Ich denke nicht an meine Familie oder an meine Freunde, sondern lasse mich von meiner Wut überwältigen. Sie ist so mächtig, dass sie mich all den körperlichen Schmerz vergessen lässt. Er ist nichts im Vergleich zu dem Sturm, der in meinem Inneren wütet. Ich renne los. Der rote Sand der Wüste bricht immer wieder unter meinen Füßen weg, aber ich renne unbeirrt weiter. So kann er mich nicht einfach stehen lassen! So kann er mich nicht abwimmeln! Nicht, nachdem ich Wochen auf ihn gehofft habe. Nicht, nachdem er meine einzige Hoffnung war, mein einziger Lichtblick. Ich verdiene mehr als ein paar leere Worte!

Finns Rücken ist mir bereits so nah, dass ich nur meine Hand ausstrecken müsste, um ihn berühren zu können. Er ist schnell, aber ich kann mit ihm mithalten. Das konnte ich schon immer.

„Bleib stehen!“, brülle ich gegen den Wind.

„Verschwinde!“, schreit Finn eisig zurück.

Dieses eine Wort trifft mich wie der Schuss einer Laserwaffe. Ich stoße meine Füße vom Boden ab und springe in Finns Rücken. Er stolpert und stürzt zu Boden. Sein Gesicht knallt auf den Sandboden, während ich auf ihm lande. Ich drehe ihn zu mir herum und lasse meine flache Hand auf sein Gesicht knallen. Tränen rinnen mir über die Wangen. „Du verdammter Idiot!“, schreie ich ihn an. „Wie kannst du nur so mit mir umgehen?“

Finn starrt entsetzt zu mir auf. Er hat wohl nicht mit so einer Reaktion gerechnet. Aber was hat er erwartet? Dachte er, dass ich seine Abweisung einfach stumm hinnehmen würde? Wenn ich so reagiert hätte, würde es nur bewiesen, dass er nie von Bedeutung für mich war. Menschen, die man liebt, kann man nicht einfach ziehen lassen. Und schon gar nicht ohne jede Erklärung!

„Rede endlich mit mir!“, fordere ich zornig, während ich auf ihm sitze. Doch er starrt mich nur an, ohne auch nur ein Wort zu sagen. Ich versetze ihm einen Boxschlag auf die Schulter. „Du kannst nicht ewig schweigen!“

Endlich öffnet er den Mund. „Es ist aus zwischen uns!“

Das ist nicht, wonach ich gefragt habe und trotzdem spüre ich einen scharfen Schmerz in meinem Inneren. Mein Herz zieht sich zusammen.

„Warum?“, stoße ich hervor und lasse meine Fäuste sinken, steige jedoch nicht von ihm runter.

Finn richtet sich auf und schiebt mich von sich. „Ich bin jetzt mit Ruby zusammen. Sie passt besser zu mir!“

Ich glaube ihm nicht und blicke ihm ins Gesicht. Finn muss lügen. Ich weiß, dass er mich geliebt hat. Ich weiß, dass er mich genauso sehr geliebt hat wie ich ihn. Er kann mich nicht abgeschrieben haben! Ich habe immer nur an ihn gedacht. Es kann ihm nicht anders gegangen sein! Ich darf mich nicht in ihm getäuscht haben!

„Du lügst!“, schreie ich und springe auf, sodass wir beinahe auf einer Höhe sind. Finn ist nur wenige Zentimeter größer als ich, aber das reicht, um ihn erhaben erscheinen zu lassen. Er blickt auf mich hinab und sagt: „Es tut mit leid.“

Ich schüttele ungläubig den Kopf. „Nein, das ist nicht wahr!“

Er packt mich fest an den Schultern und zwingt mich, ihm in die Augen zu blicken. „Doch ist es! Ich liebe dich nicht mehr!“

Ich verliere jegliche Kontrolle über meinen Körper, aber anstatt in Tränen auszubrechen, stoße ich meine Faust in Finns Magen. Er lässt mich erschrocken los und weicht zurück, während ich einen Hagel von Faustschlägen auf ihn niedergehen lasse. Ich schreie und weine vor Schmerz. All meine Hoffnungen waren umsonst. Ich habe umsonst gekämpft. Ich habe mein Herz dem Falschen geschenkt. Wie konnte ich mich nur so irren?

Finn krümmt sich zusammen, um seinen Körper vor meinen Schlägen abzuschirmen. Er wehrt sich nicht einmal. Das macht mich nur noch rasender!

Plötzlich werden meine Arme von hinten gepackt und ich werde grob zurückgerissen. Ich schreie und trete um mich! Erst als ich erkenne, dass es Felix ist, halte ich inne. Mein Blick begegnet seinem. Er scheint zu verstehen, ohne dass ich ihm erklären muss, was vorgefallen ist. Mir sacken die Beine weg, während ich in Tränen ausbreche. Felix hält mich fest und drückt mich an sich. Seine Hände streicheln über meinen kahlen Kopf, während ich mich meinem Kummer laut schluchzend hingebe.

Das Lager der Rebellen ist winzig im Vergleich zu den Menschenmassen, die hier untergebracht sind. Es liegt in einer Schlucht, umgeben von Bergen und Hügeln aus rotem Sand. Es gibt nur einen großen Panzer, sowie mehrere Planen, die aufgespannt wurden, um Schutz vor der Sonne zu bieten. In der Mitte des Lagers befindet sich eine große Feuerstelle. Überall sitzen Menschen in kleinen Gruppen zusammen, die mich ihre ursprüngliche Herkunft erkennen lassen. Es gibt die große Gruppe der Rebellen und dann noch die verängstigten Überlebenden der Sicherheitszone. Viele von ihnen sind schwangere Frauen.

Außerdem gibt es auch noch die Mutanten, die ich bereits auf den ersten Blick erkannt habe. Sie sind größer und breiter als normale Menschen und halten sich abseits von den anderen. Ihre Körper und Gesichter sind von Narben, Beulen und Pusteln entstellt. Sie wirken Angst einflößend und ich habe das Gefühl, dass sie uns nicht mit Wohlwollen beobachten. Ich gehöre zu der vierten Gruppe: Die Flüchtlinge der Zentrallegion. Wir werden von den anderen mit Misstrauen betrachtet. Sie wissen nicht, ob sie uns trauen können.

Felix ist zusammen mit unserer Mutter und A5125 aufgebrochen, um sich bei den Rebellenführern vorzustellen und ihnen unsere Situation zu erklären. Sie wollten, dass ich mit ihnen komme, aber ich habe es abgelehnt und bin lieber bei Asha geblieben. Iris ist ebenfalls losgestürmt, um nach Emily und ihren anderen Freunden zu suchen. Ich weiß nicht, ob es auch noch meine Freunde sind. Vielleicht habe ich mich in ihnen genauso getäuscht wie in Finn. Meine ganze Welt ist ins Wanken geraten, nichts ist mehr, wie es war.

Asha nimmt mich nicht in den Arm und flüstert mir auch keine Mut machenden Worte zu. Sie sitzt einfach nur still neben mir, wofür ich ihr dankbar bin. Worte können mir Finn auch nicht zurückbringen und keine Umarmung ändert etwas daran, dass Finn mich nicht mehr liebt.

„Zehn sind ertrunken“, murmelt Asha plötzlich beiläufig. Ich starre sie entsetzt an.

„Du meint zehn Flüchtlinge?“

Asha nickt, ohne mich anzusehen. „Sie konnten nicht schwimmen, wie die meisten von uns.“

Zu meiner Schande war ich nicht dabei, als die Flüchtlinge geborgen wurden. Ich habe die Aufgabe anderen überlassen, während ich selbst in Mitleid versunken bin.

„Und was ist mit dem Rest?“, frage ich nun neugierig.

„Etwa die Hälfte leidet an Erbrechen und Fieber. Es ist nicht sicher, ob sie überleben werden. Im Wasser waren zu viele Bakterien und das Immunsystem der Sicherheitszonenbewohner ist einfach zu schwach.“

Mein eigener Kopf glüht ebenfalls und ich fühle mich krank, aber ich weiß, dass es eine andere Art von Krankheit ist. Man nennt es Liebeskummer.

„Wie geht es dir?“, will ich von Asha wissen und blicke ihr prüfend ins Gesicht.

„Ich lasse mich nicht von ein paar Bakterien unterkriegen“, erwidert sie leichthin und ein schwaches Lächeln umspielt ihre Lippen. „Lass du dich nicht von einem Mann unterkriegen! Die sind es alle nicht wert!“

Es fühlt sich nicht so an, als ob Finn es nicht wert wäre. Und ein winziger Teil von mir hofft immer noch, dass es nur ein böser Traum ist, aus dem ich schon bald schweißgebadet erwachen werde. Aber der klügere Teil von mir weiß, dass das nicht passieren wird.

„Cleo!“, höre ich plötzlich jemanden meinen Namen rufen und schaue auf. Es ist Iris, die in Begleitung von Emily und Grace zu uns kommt. Iris‘ Wüstenfuchs Dumbo rennt mit wehenden Ohren voraus. Ich stehe auf und gehe ihnen entgegen. Dumbo erreicht mich als Erster und ich begrüße ihn mit einem sanften Kopftätscheln. Er erinnert mich an eine glücklichere Zeit, in der ich noch Hoffnung hatte. Emily und Grace umarmen mich gleichzeitig.

„Es ist so schön, dich lebendig wiederzusehen!“, flüstert mir Grace ins Ohr und ich spüre, dass ihre

Zuneigung echt ist. Ihr rotes Haar, welches früher immer nach Seife duftete, trägt sie nun streng zurückgesteckt. Es ist fettig und ich rieche ihren Schweiß. Sie sieht mitgenommen aus, genau wie Emily. Die Rebellen müssen viel durchgemacht haben.

„Was macht der denn hier?“, höre ich Asha plötzlich erbost hinter mir schreien. Ich drehe mich zu ihr um und sehe, wie sie vom Boden einen Stein aufhebt. Erschrocken blicke ich in die andere Richtung und sehe Florance mit einem fremden Mann zu uns kommen. Der Fremde hat schwarze kurze Haare und Florance muss ihn stützen, weil er kaum laufen kann.

„Oh nein, das kann doch nicht ihr Ernst sein“, höre ich Grace entgeistert zischen, bevor sie sich von mir löst und auf Florance zustürmt.

„Spinnst du? Wie kannst du den Kerl mit zu ihr bringen? Hast du vergessen, was er ihr angetan hat?“, fährt Grace Florance an und ich runzele erstaunt die Stirn. Grace ist sonst immer gelassen und ruhig. Wer ist der Fremde, dass er sie so aus der Fassung bringt? Und was soll er mir angetan haben?

Asha schießt wie ein Pfeil an mir vorbei und stürzt sich auf den Mann. Sie geht mit ihm zu Boden, während Florance und Grace gleichzeitig zu schreien anfangen. Florance versucht, Asha von dem Mann runter zu ziehen, während Grace in Deckung geht. Ich renne nun ebenfalls zu den Dreien. Asha ist völlig außer sich und schlägt auf den Mann unter sich ein. Der Stein in ihrer Hand ist bereits blutverfärbt.

„Du bringst ihn um!“, kreischt Florance panisch und reißt an Ashas Schultern. Ich stürze mich ebenfalls auf sie und schaffe es, sie loszureißen. Erst jetzt sehe ich das Gesicht des Mannes und halte geschockt die Luft an. Es ist A566. Das Monster, das Asha jahrelang vergewaltigt hat und es bei mir und Zoe ebenfalls versucht hatte. Jetzt verstehe ich ihre unbändige Wut. Ich dachte, er wäre tot. Da habe ich mich wohl getäuscht. Aber was macht dieses Ungeheuer hier bei Florance?

A566 hat eine große Wunde am Kopf, aus der Blut über sein schmutziges Gesicht läuft. Florance geht neben ihm zu Boden und untersucht besorgt seine Wunden.

„Was macht der hier?“, stoße ich fassungslos aus.

Florance fährt zu mir herum. „Ich weiß, was er euch angetan hat und es tut mir von Herzen leid. Aber Judas ist nicht mehr der gleiche Mensch wie damals. Er kann kaum alleine laufen, geschweige denn essen oder auch nur die Toilette besuchen. Er ist für niemanden mehr eine Gefahr und ist auf meine Hilfe angewiesen.“

Ich schüttele verständnislos den Kopf, während Asha in meinen Armen vor Wut bebt. „Lass mich ihn töten!“, fordert sie an mich gewandt.

„Nein!“, entgegnet Florance hart. „Niemand rührt ihn an!“

„Solange er hier ist, bin ich nicht in Sicherheit!“, schreit Asha panisch.

„Er ist harmlos“, beteuert Florance verzweifelt. Sie war bei den Rebellen mal so etwas wie meine beste Freundin, aber jetzt ist sie mir fremd. Wie kann sie dieses Monster nur in Schutz nehmen?

Ich ziehe Asha weg von ihr. „Komm, wir gehen!“

Asha starrt mich fassungslos an und blickt dann hasserfüllt zu Florance. „Ich werde ihn töten!“

Florance zuckt ängstlich zurück. Sie weiß, dass es kein leeres Versprechen ist.

Asha reißt sich von mir los und stürmt in die entgegengesetzte Richtung davon. Kaum dass sie weg ist, rappelt sich Florance auf und lässt A566 oder Judas, wie sie ihn nennt, am Boden liegen. Sie geht mit offenen Armen auf mich zu, bereit mich zu begrüßen. Doch ich weiche vor ihr zurück. Sie blickt mich an, als hätte ich sie geschlagen. „Was ist los? Willst du mich nicht begrüßen?“, fragt sie enttäuscht.

„Nicht, solange du dich um dieses Monster kümmerst!“, erwidere ich hart.

„Er hat niemanden außer mir“, sagt sie verzweifelt. „Ich kann ihn doch nicht einfach sich selbst überlassen!“

„Trau ihm keine Sekunde!“, warne ich sie.

„Er ist harmlos …“, sagt sie erneut. Ich unterbreche sie scharf: „Das habe ich auch einmal gedacht, bis er versucht hat, mir die Kleider vom Leib zu reißen. Er ist ein Schauspieler, Betrüger und Lügner! Es wäre für uns alle sicherer, wenn du ihn hättest sterbenlassen.“

Ich will gehen, doch Florance hält mich am Arm fest. „Bitte stoße mich nicht von dir! Wir sind doch Freundinnen.“

Ich sehe sie zögernd an. Es tut mir weh, sie abzuweisen. „Nein, sind wir nicht. Ich hoffe wirklich für dich, dass er dir nicht eines Nachts sein wahres Gesicht zeigen wird.“

Am Abend wird das große Lagerfeuer von den Mutanten entfacht. Es ist das erste Mal, dass ich sie von Näherem sehen kann. Die übrige Zeit des Tages sind sie unter sich geblieben, genau wie die

Freiheitskämpfer. Wir trauen einander nicht, obwohl wir jetzt wohl so etwas wie unfreiwillige Verbündete sind. Die Mutanten haben ein Bündnis mit den Rebellen geschlossen, aber wir hier gehören im Grunde zu niemandem. Ich habe immer geglaubt, dass, wenn wir es irgendwie schaffen würden zu fliehen, wir zu einer Einheit mit den Rebellen verschmelzen würden, aber so ist es nicht. Nicht alle Vorstellungen der FDF decken sich mit denen der Rebellen. A5125, Felix und meine Mutter haben lange mit Maggy und den anderen Anführern der Rebellen diskutiert, unter anderem auch mit den Mutanten. Aber sie scheinen zu keiner Einigung gekommen zu sein. Ich weiß, dass die anderen erwartet haben, dass ich an diesen Diskussionen teilnehmen würde, doch sie erscheinen mir sinnlos. Wir sind zu weit gegangen, um noch eine friedliche Lösung mit der Legion finden zu können. Es wird auf einen Krieg hinauslaufen, bei dem zu viele Menschen sterben werden. Die Frage ist nur noch, wer am Ende übrig bleiben wird. Ich bin mir nicht einmal sicher, ob ich zu den Überlebenden gehören möchte. Alles, was ich mir vom Leben gewünscht habe, war, es mit Finn teilen zu können, aber er teilt meinen Wunsch nicht. Es ist, als hätte er mir den Boden unter den Füßen weggezogen. Mein ganzes Leben hat sich um ihn herum aufgebaut und liegt nun in Trümmern. Ich weiß nicht, wie ich weiter machen soll. In dieser Situation war ich vor wenigen Wochen schon einmal, als ich dachte, dass er tot sei. Aber es ist etwas anderes, wenn man glaubt, der andere sei tot, als zu wissen, dass der andere einen nicht mehr will. Ich weiß nicht, welche Option ich erträglicher finden soll. Vielleicht bin ich nicht selbstlos genug, um mich zu freuen, dass Finn lebt, obwohl er nicht mehr mit mir zusammen sein will.

Ich bin so in meinen Gedanken versunken, dass ich erst merke, dass jemand direkt neben mir steht, als dieser sich räuspert. Überrascht blicke ich auf und sehe Pep vor mir. Meine erste Freude verfliegt jedoch schnell, als ich hinter ihm eine Mutantin entdecke. Sie ist das einzige weibliche Wesen, das ich bisher unter ihnen ausmachen konnte. Ihr Gesicht ist von einer langen Narbe entstellt und ihre gebeugte Körperhaltung lässt einen Buckel auf ihrem Rücken vermuten.

Pep schließt mich in die Arme, während ich nur achtsam die Fremde mustere.

„Cleo, ich möchte dir jemanden vorstellen", sagt Pep und deutete auf die Mutantin, die scheu hinter ihm steht. „Das ist Lauren. Lauren, das ist Cleo."

Die Fremde streckt mir zögernd ihre Hand entgegen, die mit Beulen und Pusteln übersät ist. Ihr fehlt zudem der kleine Finger, wie mir. Ich starre auf meine eigene Hand, anstatt sie ihr zu reichen. „Esst ihr Menschen?", frage ich kalt.

Lauren lässt ihre Hand sinken und blickt mich verletzt an. „Das haben wir."

Das ist alles, was ich wissen muss. Ich werde mich nicht mit Menschenfressern verbünden, und ihnen die Hand schütteln schon gar nicht. Es ist mir ein Rätsel, wie die Rebellen damit leben können. Selbst wenn sie es mithilfe der Mutanten schaffen, die Legion zu stürzen, dann nur, um danach von den nächsten unterdrückt zu werden. Auf der Erde herrscht das Gesetz des Stärkeren und die Mutanten sind uns eindeutig überlegen. Sowohl körperlich, als auch geistig. Sie besitzen keine moralischen Fesseln.

Lauren geht, während Pep mich fassungslos anstarrt. „Warum hast du nicht ihre Hand genommen?“, fragt er vorwurfsvoll.

„Das sind Kannibalen, was erwartest du?“

„Ich kann nicht glauben, dass du das gesagt hast. Von allen Menschen, die ich kenne, hätte ich es von dir am wenigsten erwartet.“ Er wirkt ehrlich schockiert. „Die Mutanten haben Menschen gegessen, aber nur, weil sie keine andere Chance hatten. Was würdest du tun, wenn es absolut nichts mehr zu essen gibt? Würdest du lieber verhungern, als zu überleben?“

Ich schüttele hartnäckig den Kopf. „Ich könnte keinen Menschen essen!“

„Sag das nicht! Unter gewissen Umständen übernimmt unser Überlebenswille die Kontrolle über uns. Weißt du, dass die Mutanten überhaupt nur töten mussten, weil die Legion ihnen keinen Einlass gewährt hat?“

Glaubt er wirklich, das kann mich schocken? Es ist mir nicht neu, dass die Legion grausam und rücksichtlos ist. Ich gehöre nicht mehr zu ihnen. Bevor ich in die Zentrallegion kam, stand ich zwischen den Rebellen und der Legion und wusste nicht, wo ich hingehöre. Aber in der Zentrallegion habe ich die Freiheitskämpfer gefunden. Es sind Menschen wie ich. Bei ihnen fühle ich mich zuhause, dort gehöre ich wirklich dazu.

„Weißt du noch, wie es war, als du zu den Rebellen gekommen bist?“, fährt er fort. „Weißt du noch, wie jeder dich als gefühllosen Roboter angesehen hat?“

Ich weiß nicht, was er damit bezwecken will. Er kann mich nicht mit den Mutanten vergleichen.

Selbst als Bewohnerin der Sicherheitszone habe ich nie jemanden umgebracht. Mein einziges Verbrechen war meine Unwissenheit.

„Du hast uns bewiesen, dass nicht alle Menschen der Legion gleich sind. Warum gibst du Lauren nicht die Chance dir zu beweisen, dass nicht alle Mutanten gleich sind?“

Ich blicke Pep ins Gesicht und spüre seine Wut. Er ist bereits der Dritte meiner ehemaligen Freunde, mit dem ich mich innerhalb eines Tages streite. Wer von uns hat sich verändert? Pep? Ich? Oder wir alle?

Es fühlt sich an, als würde das Bild, das ich von mir in einem Leben in Freiheit hatte, immer mehr zerfallen. Es war ein Trugbild. Mir bleiben weder Finn noch meine Freunde. Ich schüttele traurig den Kopf. Es tut mir wirklich leid, Pep zu enttäuschen, aber ich bin noch nicht bereit, über meinen Schatten zu springen. Vielleicht habe ich dem Mutantenmädchen sogar wirklich Unrecht getan. Vielleicht ist sie nett. Aber es interessiert mich nicht. Ich brauche keine neuen Freundschaften, während meine alten alle nacheinander zerbrechen. „Es tut mir leid“, sage ich schwach und wende mein Gesicht von ihm ab. Pep bleibt noch einige Sekunden ratlos stehen, geht dann aber ebenfalls.

In den Flammen des Lagerfeuers liegt eine Blechschale, in der Wurzeln gekocht werden. Obwohl die Landschaft um die Zentrallegion nicht fruchtbar ist, gibt es zu mindestens ein paar wenige halb verdorrte Wurzeln im Boden und Kakteen, deren Milch trinkbar ist. Es ist alles, was wir haben und es wird bei Weitem nicht für alle Menschen reichen, die sich in dem Lager befinden. Nicht einmal für die Hälfte. Trotzdem bin ich froh, dass ich nicht mit ansehen muss, wie ein Mensch in den Flammen gebraten wird. Zumindestens jetzt scheinen die Mutanten sich an eine gewisse Moral zu halten. Allgemein halten sie sich ziemlich im Hintergrund.

Die Kinder bekommen als erstes etwas zu essen, danach die schwangeren Frauen. Für den Rest von uns bleibt kaum etwas übrig. Ich mache mir nicht einmal die Mühe, mich für Essen anzustellen, sondern bleibe still am Feuer sitzen. Ich weiß nicht einmal, ob ich überhaupt Hunger verspüre, dabei ist meine letzte Mahlzeit bereits drei Tage her. Die Legion sah keinen Sinn darin, mich in meiner Zelle mit Nahrung zu versorgen, da ich sowieso zum Tode verurteilt war.

Ich stehe auf und will mich zurückziehen, dabei laufe ich direkt in jemanden hinein. Erschrocken stolpere ich zurück, und als ich den Blick wieder hebe, blicke ich in das Gesicht von Clyde. Er hat sich verändert. Auf seinem Kopf wachsen dunkle Haare und seine Augen haben eine warme goldbraune Farbe. Aber ich erkenne ihn trotzdem an seinem gutmütigen Lächeln. Man merkt uns unsere Herkunft an, denn niemand von uns tritt vor, um den anderen zu umarmen. Obwohl wir beide nicht mehr der Legion angehören, lässt sich so manches Verhaltensmuster nicht so leicht ablegen. Wir sind körperlichen Kontakt nicht gewohnt und halten uns deshalb beide zurück. Lediglich ein wortloses Lächeln verbindet uns.

„Wie geht es dir?“, frage ich interessiert. Clyde ist mein längster Freund. Ich kenne ihn länger als jeden anderen hier.

„Es könnte besser sein, aber ich bin froh, noch am Leben zu sein. Ich glaube, das ist zurzeit alles, was zählt. Jeder weitere Tag ist wie ein Wunder."

Er hat Recht. Obwohl ich kein Wort von Finn gesagt habe, erscheint mir mein Liebeskummer plötzlich sehr kleinlich und unbedeutend.

„Wie hast du dich bei den Rebellen eingelebt?" Ich mustere seine neue Kleidung. Wenn ich es nicht besser wüsste, wäre er gar nicht als ein ehemaliger Kämpfer der Legion zu erkennen.

„Um ehrlich zu sein, war ich kaum hier", erwidert er und fügt dann erklärend hinzu: „Ich war ein Gefangener der Mutanten."

Entsetzt starre ich ihn an. „Ist es wahr, was uns in der Legion erzählt wurde? Sind sie so grausam, wie man sagt? Haben sie versucht, dich zu töten?"

Clyde lächelt unglücklich. „Lass uns ein Stück gehen", schlägt er vor. Ich bin froh, den anderen für eine kurze Zeit entkommen zu können und nehme sein Angebot sofort an.

Wir lassen das Lagerfeuer hinter uns zurück und gehen in den letzten schwachen Strahlen der Sonne durch die Windungen der Hügel und Berge.

„Ich habe gesehen, wie die Mutanten Menschen getötet und gegessen haben. Sie waren wie Tiere und nur wenig menschlich. Aber sie sind genauso Opfer der Legion wie wir. Die Einsamkeit und die Verzweiflung hat sie zu dem gemacht, was sie heute sind."

Ich spüre sein Mitleid. Es geht auf mich über. Trotzdem bleibe ich skeptisch. „Wie können die Rebellen mit solchen Wesen zusammenarbeiten? Ich verstehe es einfach nicht. Sobald der Kampf gegen die Legion vorbei ist, werden die Mutanten sich gegen sie wenden. Und die Rebellen haben keine Chance gegen die Mutanten, sie sind ihnen körperlich weit unterlegen."

„Ohne die Mutanten gäbe es keinen Kampf gegen die Legion. Wir hätten keine Chance", erwidert Clyde überzeugt. Mir fällt auf, dass er von *‚wir'* spricht. Er sieht sich als Teil der Rebellen. Ich beneide ihn um dieses Gefühl. Es gab eine Zeit, in der es mir genauso ging, doch sicher war ich mir nie. Ich weiß nicht einmal, ob es anders wäre, wenn Finn mich noch lieben würde. Die Rebellen haben mich nie so verstanden, wie es die FDF tut.

„Die Mutanten hassen die Menschen, weil die Legion sie dazu gezwungen hat, ihre Familie und Freunde zu töten. Anders hätten sie nicht überlebt. Für sie gab es keine andere Wahl, aber sie haben es nie gerne getan", erzählt Clyde weiter. Ich versuche, mir die Verzweiflung vorzustellen, die einen dazu zwingt, so zu handeln. Wenn ich mir unseren Nahrungsmangel ansehe, wird es bald wohl wieder so weit sein. Die Rebellen sehen ausnahmslos abgemagert aus. Menschen, die sich kaum auf den eigenen Beinen halten können, werden keinen Krieg gewinnen.

„Es muss schrecklich gewesen sein", erwidere ich mitfühlend. Im Vergleich zu dem, was Clyde durchmachen musste, erscheint mir die Zeit in der Zentrallegion als ein Spaziergang. Dabei dachte ich, mir wäre es schlecht ergangen, aber es ist kein Vergleich zu dem, was Clyde durchleben musste.

Er hält plötzlich an und sieht mich ernst an. „Es war schwer und ich habe Albträume, aber es gibt nur einen von uns, den sie gebrochen haben."

Fragend starre ich ihn an.

„Finn“, sagt er. „Sie haben ihn gezwungen, einen der gefangenen Bewohner der Sicherheitszone zu töten und zu essen, um ihnen so die Loyalität der Rebellen zu beweisen. Seitdem ist er nicht mehr derselbe.“

Mein Herz schmerzt auf unerträgliche Weise bei seinen Worten. Obwohl Finn mich mehr verletzt hat, als irgendjemand zuvor, tut es mir weh zu erfahren, was er durchmachen musste.

Clyde legt seine Hände auf meine Schultern. Es ist eine ungewohnte Geste von ihm. Ich spüre, dass es ihm ernst ist. „Ich weiß, was zwischen dir und ihm heute vorgefallen ist. Es gibt keine Entschuldigung dafür, dass er sich von dir abgewandt hat und Ruby nun seine neue Freundin ist. Aber du solltest wissen, dass Ruby bei den Mutanten mit ihm gefangen war. Sie war Tag und Nacht an seiner Seite. Finn war verzweifelt und am Ende. Aber er hat dich jeden einzelnen Tag vermisst.“

Ich weiß, dass Clyde es nur gut meint, aber es ändert nichts. Es sind seine Worte und nicht die von Finn. „Schöne Art jemandem zu zeigen, dass man ihn vermisst hat, indem man sich direkt die Nächste sucht“, erwidere ich sarkastisch. „Außerdem war es nicht meine Schuld, dass ich nicht mehr bei ihm war. Er hat mich gegen meinen Willen in den Hubschrauber gesteckt. Ich wäre niemals ohne ihn gegangen!“

„Er wollte, dass du in Sicherheit bist! Wie hätte er dir seine Liebe besser beweisen können?“

„Was bedeutet seine Liebe von damals, wenn sie heute nicht mehr vorhanden ist?“

„Er liebt dich noch immer“, behauptet Clyde. Doch seine Worte bewirken das Gegenteil von dem, was er beabsichtigt. Ich fühle mich dadurch nicht besser, sondern schlechter. Ich will nicht hören, dass Finn mich liebt, wenn er nicht in der Lage ist, es mir zu zeigen. Schon zweimal habe ich um seine Liebe kämpfen müssen und ich bin es leid, diejenige zu sein, die mehr gibt und die mehr liebt. Meine Kraft reicht gerade noch aus, um mich einen Fuß vor den anderen setzen zu lassen.

„Ich weiß, dass Finn ein guter Mensch ist, daran habe ich nie gezweifelt. Aber bitte sprich nicht mehr mit mir über ihn. Es tut mir zu sehr weh!"

Tränen füllen erneut meine Augen, aber Clyde ist nicht der Richtige, um sie zu trocknen. Ich lasse meinen Kopf hängen und ziehe mich tiefer in die Berge zurück. Es schmerzt, unter so vielen Menschen zu sein, wenn man sich im Herzen einsam fühlt. Ich brauche einen Moment für mich alleine.

Spät in der Nacht liege ich auf dem harten Boden zwischen A5125 und Asha und blicke in den Sternenhimmel. Ich habe immer davon geträumt, wieder bei Finn sein zu können, aber ich hätte nie erwartet, dass es so sein würde. In meiner Vorstellung war es nicht möglich gewesen, dass er sich in eine andere verlieben könnte. Als ich nicht wusste, ob er am Leben oder tot ist, brachte mich die Ungewissheit beinahe um den Verstand. Ich habe ihn so sehr vermisst, dass es mir körperliche Schmerzen bereitet hat. Jetzt ist er nur wenige Meter von mir entfernt und trotzdem weiter weg als je zuvor. Liegt Ruby jetzt neben ihm? Es gibt nichts Schlimmeres, als jemanden zu vermissen, der direkt neben einem steht und den man trotzdem nicht berühren darf. Zu wissen, dass es Finn nicht genauso geht, bricht mir das Herz. Ich fühle mich innerlich wund und versuche mir einzureden, dass der Schmerz vergehen wird. Es gibt so viele wichtigere Dinge, auf die ich mich konzentrieren sollte, aber mein Kopf weigert sich zu funktionieren, wenn mein Herz sich im Ausnahmezustand befindet.

„Kannst du nicht schlafen?“, flüstert A5125 plötzlich neben mir. „Nein, mir geht zu viel im Kopf herum.“

„Finn?“

„Auch“, behaupte ich, obwohl sich alle meine Gedanken nur um Finn drehen. Er muss mitbekommen haben, was zwischen Finn und mir gewesen ist. So ziemlich jeder hat es mitbekommen.

„Er ist ein Idiot!“

„Ist er nicht“, erwidere ich, lächle aber trotzdem.

„Soll ich dich ablenken?“

Ich sehe ihn fragend an. „Wie meinst du das?“

Er erwidert meinen Blick. „Es gefällt mir nicht, wenn du immer nur über jemanden nachdenkst, der keine Minute deiner Zeit wert ist. Wie wäre es, wenn du dir stattdessen einen Namen für mich überlegen würdest? Wir sind jetzt offiziell Teil der Rebellen, dann brauche ich auch einen Namen.“

Ich fühle mich nicht mehr als Teil der Rebellen. Sie sind mir alle fremd geworden. Es ist, als hätte sich zwischen uns eine unüberwindbare, unsichtbare Mauer errichtet. Egal wie freundlich sie auch zu mir sind, ich glaube nicht, dass wir noch auf derselben Seite stehen.

„Wir sind keine Rebellen, wir sind Freiheitskämpfer“, entgegne ich. „FDF, für die Freiheit.“

A5125 schaut erst nachdenklich, aber lächelt dann. „Du hast Recht! Aber ich möchte trotzdem einen Namen. Bezeichnungen gehören zur Legion und zu der gehören wir definitiv nicht mehr."

„Warum suchst du dir nicht selbst einen Namen aus?"

„Das ist nicht der Sinn eines Namens. Namen wurden schon immer von Menschen vergeben, die einen lieben. Früher waren es die Eltern."

Er sieht mich ernst an und ich spüre wieder das Vertrauen und die Zuneigung, die ich für ihn von Anfang an empfunden habe. Glaubt er wirklich, dass ich ihn liebe? Liebe ist so ein großes Wort. Ich dachte einmal, dass ich wüsste, was es bedeutet. Aber heute habe ich das Gefühl, keinen Schimmer davon zu haben.

Aber ganz egal, was ich auch für A5125 empfinde, ich weiß, dass ich ihm vertraue und jede seiner Entscheidungen akzeptieren würde. Er war so etwas wie ein Anführer unter den Mitgliedern der FDF. Ich fühle mich ihm zugehörig.

„Was hältst du von Khaan?"

Er sieht mich überrascht an. „Das bedeutet Anführer, oder?"

Wir kennen uns mit der Bedeutung von Namen aus, da ihre Erforschung ein Bestandteil unserer Ausbildung darstellte. Man wollte uns damit zeigen, dass Namen zu Unterschieden führen und deshalb schlecht für den Frieden sind. Nummerierungen sind frei von jeder Bedeutung, keine ist besser oder schlechter als die andere.

„Ja", bestätige ich. „Das ist es, was du für mich bist. Du führst die Freiheitskämpfer an und niemand könnte das besser als du. Ich kenne keinen, der gerechter und ehrlicher ist, als du es bist."

Meine Worte kommen von Herzen. A5125 hat mir als Einziger beigestanden, als ich im Verlies der Zentrallegion auf meinen Tod wartete. Er war mir ein guter Freund und hat mir nie etwas vorgemacht oder mich belogen, nicht einmal, um mich zu schützen.

Auf seinem Gesicht liegt ein zufriedener Ausdruck. „Ich wusste, dass du einen passenden Namen finden würdest."

Er dreht sich zu mir und hält mir seine Hand hin. „Darf ich mich vorstellen? Ich heiße Khaan."

Ich erwidere sein Lächeln und ergreife seine Hand. „Freut mich, dich kennen zu lernen, Khaan."

02. Wassernot (Cleo)

Ich habe es tatsächlich geschafft, in der Nacht für einige Stunden Schlaf zu finden. Aber als ich aufwache, ist die Welt immer noch dieselbe und mein Schmerz noch genauso unerträglich wie am Tag zuvor. Am liebsten würde ich mich in eine dunkle Ecke zurückziehen und mich um gar nichts mehr kümmern. Ich weiß, dass Finn mir gestern den Rest des Tages aus dem Weg gegangen ist, genau wie Ruby. Aber das wird nicht ewig so weitergehen. Irgendwann muss ich sie wiedersehen und dafür fühle ich mich einfach nicht stark genug, noch nicht.

Schritte nähern sich meinem Schlaflager und ich setze mich auf. Es ist meine Mutter. Sie blickt abschätzend auf mich hinunter.

„Wir müssen mit den Rebellen über die Wasserversorgung sprechen“, beginnt sie. Ich will sie gerade an Khaan verweisen, doch er ist gar nicht mehr da. Ich habe nicht einmal gemerkt, wie er gegangen ist. Ich blicke zu meiner Linken, wo Asha geschlafen hat. Sie sitzt nun ebenfalls aufrecht.

„Drück dich nicht vor der Verantwortung!“, fährt mich A350 scharf an, weil ich bisher nicht auf ihre Worte reagiert habe.

„Warum muss ich mit ihnen sprechen?“, fauche ich zurück. „Du hast selber einen Mund zum Reden.“

Meine Mutter funkelt mich wütend an. „Ich habe keine Ahnung, wie es ist, einen Mann zu lieben und von ihm verlassen zu werden. Aber ich liebe dich und deshalb werde ich nicht dabei zusehen, wie du dich von allem abkapselst, was dir wichtig ist. Komm jetzt mit!“

Ich weiß, dass sie Recht hat, aber ich verspüre keinen Drang, etwas an der Situation zu ändern. Ich bin nur eine von vielen. Es macht keinen Unterschied, ob ich mithelfe oder nicht.

Asha stupst mich mit dem Ellbogen an. „Steh auf und hör auf deine Mutter!“

Ich sehe sie irritiert an. Sie sagt mir, dass ich auf A350 hören soll? Wenn selbst Asha auf der Seite meiner Mutter ist, muss wohl etwas Wahres an ihren Worten dran sein. „Kommst du mit?“, frage ich Asha, weil ich Angst habe, Finn und Ruby alleine gegenübertreten zu müssen.

Asha wirkt überrascht, aber dann nickt sie und steht auf. Sie reicht mir die Hand und zieht mich auf die Beine.

„Können wir vielleicht erst einen Schluck Wasser trinken?“, frage ich meine Mutter, die vor uns herläuft. Verärgert dreht sie sich zu mir herum. „Hörst du mir überhaupt zu?“, faucht sie. „Genau darum geht es doch! Es gibt kein Wasser!“

„Gar nichts?“, frage ich ungläubig und komme mir dabei unglaublich dumm und naiv vor.

„Nicht einen Tropfen“, bestätigt A350.

Wir durchqueren das Lager, auf dessen Boden überall Menschen sitzen. Viele von ihnen müssen ehemalige Bewohner der westlichen Sicherheitszone sein. Menschen, mit denen ich aufgewachsen bin, aber ich erkenne niemanden von ihnen. Sie sehen durch die gewachsenen Haare und veränderten Augenfarben wie Fremde für mich aus.

A350 steuert den Panzer an, vor dem ich bereits Felix, Khaan und N600 erblicke. Seitdem sie behauptet hat, dass ich anstelle von Felix für den Anschlag auf S300 verantwortlich gewesen sei, habe ich sie nicht mehr gesehen. Eigentlich schuldet sie mir noch eine Entschuldigung, aber sie funkelt mich wie üblich feindselig an und hält ihren Kopf hoch erhoben. Ob sich Felix wieder mit ihr vertragen hat? Ich kann es mir kaum vorstellen, immerhin war N600 bereit, mich in den sicheren Tod zu schicken, nur um ihn für sich zu haben.

„Die anderen sind schon drin", erklärt Khaan und tritt beiseite, um mir den Vortritt beim Einsteigen in den Panzer zu lassen. Ich weigere mich nicht länger und klettere die schmalen Treppen zu der Luke hoch. Sie steht bereits offen, sodass ich mich nur hineingleiten lassen muss.

Im Inneren des Panzers ist es extrem warm und zudem duster. Schweißperlen treten mir bereits nach wenigen Sekunden auf die Stirn. Ich erkenne Maggy, die mir kurz zu lächelt. Neben ihr steht einer der Mutanten sowie Sharon, Raymond und Ruby. Finn ist ebenfalls da, doch er hält sich im Hintergrund. Er schaut nicht einmal zu mir, sondern starrt auf den Rücken des Mutanten, der vor ihm steht. Ich erinnere mich daran, was Clyde mir erzählt hat. Die Mutanten haben Finn dazu gezwungen, einen Menschen nicht nur zu töten, sondern auch noch zu essen. Sie haben ihm jegliche Würde genommen und trotzdem ist er bereit, mit ihnen zusammenzuarbeiten. Er stellt sein eigenes Wohl weit hinter das der Gemeinschaft. Könnte ich genauso selbstlos sein? Ich weiß nicht einmal, ob ich ihn dafür bewundern oder bemitleiden soll. Doch ich weiß sicher, dass ich es feige von ihm finde, dass er nicht einmal mehr den Mut besitzt, mir in die Augen zu blicken.

Ich beschließe, ihn genauso zu ignorieren wie er mich. Ich wende meinen Blick ab und stelle fest, dass Ruby mich anstarrt. Wir waren nie wirklich Freunde, sondern immer mehr Verbündete. Ich suche nach Zeichen des Triumphs bei ihr, doch ihr Gesicht ist eine ausdruckslose Maske. Ich kann nicht sagen, was sie dabei denkt oder fühlt, wenn sie mich ansieht.

Khaan steigt als Letzter in den Panzer. Zu zwölft ist es sehr eng und die Luft so schwer, dass ich das Gefühl habe, nicht atmen zu können. Der Geruch von Schweiß, Sand und Motorenöl erfüllt den winzigen Raum.

„Ich möchte euch alle bitten, dass ihr die Dinge, die wir hier besprechen, für euch behaltet. Wir möchten niemanden belügen, aber wir möchten den Menschen auch nicht mehr Angst als nötig machen. Bevor wir alle über die Lage informieren, müssen wir uns erst einig in der Lösung sein“, eröffnet Maggy die Versammlung und ich frage mich unwillkürlich, ob es in der Legion auch so begonnen hat? Die Legion hat mich mein ganzes Leben lang belogen und viele Generationen vor mir genauso. Alles angeblich nur, um uns zu schützen. Wann war der Zeitpunkt, an dem aus ihrem Schutz Unterdrückung wurde? Wird es bei den Rebellen früher oder später genauso laufen? Ich verstehe, dass wir keine öffentlichen Diskussionen führen können. Gerade, wenn es um so etwas Lebensnotwendiges wie das Wasser geht, würde das zu Panik führen, aber müssen wir die Anderen nicht zumindest teilweise informieren?

„Wir haben kein Wasser mehr. Die letzten Reste sind gestern für das Abendessen draufgegangen. Es sind bereits mehrere Truppen unterwegs, die die

Umgebung nach einer Wasserquelle absuchen, doch wir machen uns nur wenig Hoffnung eine zu finden. Ihr wisst selbst, dass der Boden staubtrocken ist."

„Was ist mit dem Wasser aus der Kanalisation?", wendet N600 irritiert ein. „Dort gibt es so viel Wasser, dass einige von uns sogar darin ertrunken sind."

„Und einige andere werden innerhalb der nächsten Tage an den Bakterien sterben", erwidert Asha.

„Das wollen wir nicht hoffen", sagt Maggy. „Aber es stimmt, dass das Wasser zu unrein ist, um es trinken zu können."

„Wir können es abkochen", beharrt N600.

„Es gibt Bakterien, die sich nicht einmal durch das Abkochen völlig zerstören lassen", erklärt meine Mutter. „Zudem kommt das Wasser direkt aus der Zentrallegion. Wenn sie mitbekommen, dass wir davon trinken, werden sie es bald stoppen und dann sitzen wir wieder auf dem Trockenen."

„Wir könnten ein Loch graben, bis wir auf Wasser stoßen", schlägt Felix vor.

„Das haben wir bereits versucht. Es hat einen ganzen Tag gedauert, bis wir auf Wasser gestoßen sind und die Menge war so gering, dass es nicht einmal gereicht hat, um ein Glas zu füllen", antwortet ihm Raymond.

„Dann müssen wir noch tiefer graben!"

„Wo kein Wasser ist, kann man auch keines herbeizaubern", faucht Ruby. „Glaubt ihr, wir hätten nicht bereits alles versucht?"

„Wir sind hier, um gemeinsam nach einer Lösung zu suchen", fahre ich sie an. Es wäre völlig egal gewesen, was sie gesagt hätte, ich habe nur darauf gewartet, ihr widersprechen zu können. „Es muss jedem erlaubt sein, Vorschläge zu äußern, sonst können wir direkt wieder gehen!“

Ruby funkelt mich verärgert an. Sie hasst es, wenn man ihr widerspricht. Aber vielleicht hasst sie es bei mir ganz besonders.

„Ich stimme dir zu, Cleo“, pflichtet mir Maggy versöhnlich bei. „Jeder Vorschlag ist hilfreich, aber wir bezweifeln, dass sich eine friedliche Lösung finden lassen wird.“

„Was soll das heißen?“, will meine Mutter wissen.

„Wir werden nicht um einen weiteren Angriff auf die Zentrallegion herumkommen“, sagt Sharon ernst. „Weiß einer von euch, wo sich ihre Wasserreserven befinden oder woher sie überhaupt Wasser beziehen?“

„Es kommt aus dem Boden“, antwortet Felix und blickt dabei Ruby triumphierend in die Augen. Diese fühlt sich sofort persönlich angegriffen und entgegnet: „Die Zentrallegion hat ganz andere Möglichkeiten als wir. Sie müssen nicht mit einem Stück Blech graben. Aber du kannst es ja gerne selbst versuchen, wenn du mir nicht glauben willst.“

„Beruhigt euch bitte“, herrscht Maggy beide an. Sie wendet sich meiner Mutter zu. „Gibt es mehrere Wassertanks oder nur einen?“

Weder Maggy noch sonst einer der Rebellen scheint zu wissen, dass meine Mutter die meiste Zeit in der Zentrallegion in einer Zelle verbracht hat. Nur, weil sie in der westlichen Legion eine hohe Legionsführerin war, erwarten sie, dass sie auch in der Zentrallegion das Sagen hatte. Tatsache ist, dass meine Mutter diese Chance aufgegeben hat. Für mich.

„Es gibt vier Wassertanks“, antwortet Khaan für meine Mutter. „In jedem Legionssektor einen.“

„Gibt es eine Chance, einen von ihnen einzunehmen?“

„Am ehesten den im östlichen Sektor. Dort habt ihr bereits beim letzten Mal angegriffen. Aber ich weiß nicht, wie viel ihr beschädigt habt und ob der Wassertank dabei war.“

„Wie groß ist der Wassertank?“, fragt Sharon.

„Sagen wir mal so, ihr müsstet es gemerkt haben, wenn er geplatzt wäre“, grinst Khaan. „Es hätte eine ordentliche Flutwelle gegeben.“

„Hältst du es für möglich, dass wir den kompletten östlichen Sektor der Stadt einnehmen und halten könnten?“

Ich sehe Khaans ungläubigen Blick. Obwohl die Rebellen die Zentrallegion angegriffen haben, scheinen sie sich nicht der Menschenmassen bewusst zu sein, die dort wohnen. Sie kennen alle nur ihre kleinen Heimatlegionen. Keine von ihnen ist mit der Zentrallegion zu vergleichen. Die anderen Legionen bestanden alle aus einer Legionsführerkuppel und einer Sicherheitszone. Die Zentrallegion hingegen ist eine richtige Stadt, die viele Tausend Menschen beherbergt.

„Mit viel Glück ist es möglich, einen Sektor einzunehmen, aber es ist unmöglich, ihn länger als ein paar Stunden zu halten“, schließt Khaan. „Die Zentrallegion wird jeden Kämpfer und jede Waffe die sie besitzen auf uns loslassen. In einem frontalen Angriff können wir nur verlieren.“

„Wir brauchen das Wasser, sonst können wir direkt aufgeben“, sagt Ruby entschieden.

„Was für Waffen haben wir, um uns zu verteidigen?“, will Khaan im Gegenzug wissen. Er übernimmt das Kommando und beweist Stärke in dieser aussichtslosen Situation. Seinen Namen habe ich ihm zu Recht verliehen.

„Ich bringe dich zu Paul“, entscheidet Maggy. Damit ist die Versammlung wohl beendet. Paul ist neben Zoe einer der wenigen Rebellen, die ich noch nicht wiedergesehen habe. Maggy steigt als erste aus dem Panzer, Khaan folgt ihr. Doch als er die Luke erreicht, hält er inne und sieht sich nach mir um.

„Kommst du mit?“

Zögernd blicke ich zu Finn, der die gesamte Versammlung geschwiegen hat. Ich kenne ihn nicht so in sich gekehrt und schweigsam. Ruby steht nun bei ihm.

Ich laufe zu Khaan und klettere vor ihm aus dem Panzer. Ich hätte es im Vorfeld nicht für möglich gehalten, aber die Planung des Angriffs hat mich tatsächlich von meinem Liebeskummer abgelenkt. Daran werde ich festhalten. Solange ich beschäftigt bin, kann ich wenigstens nicht zu oft an Finn denken, vor allem, wenn er sich auch noch aus allem raushält.

Ein schwacher Windhauch bläst mir ins Gesicht, als ich den Kopf aus der Öffnung strecke. Länger hätte ich es in dem stickigen Panzer auch nicht mehr ausgehalten. Ich steige die Leiter runter und warte neben Maggie auf Khaan. Sie lächelt mich liebevoll an, aber ich weiß nicht, wie ich mit ihrer Freundlichkeit umgehen soll. Ich kenne sie kaum und dazu ist sie Finns Mutter. Es ist ihr vermutlich egal, ob ihr Sohn nun mit mir oder Ruby zusammen ist, Hauptsache er ist glücklich. Vielleicht bevorzugt sie

Ruby sogar, weil sie eine Rebellin ist. Vielleicht hat sie nur Mitleid mit mir.

„Zoe lässt dir liebe Grüße ausrichten. Sie hat es gestern nicht mehr geschafft nach dir zu sehen, weil sie mit den Kranken und Verletzten beschäftigt war."

Ich hebe überrascht die Augenbrauen. „Ist sie nicht schwanger?" Es wundert mich, dass sie sich in ihrem Zustand der Gefahr einer Ansteckung aussetzt.

„Doch, aber nicht krank", erwidert Maggie. „Das sind ihre Worte, nicht meine!"

„Wie geht es ihr denn?"

„Am besten fragst du sie selbst und besuchst sie im Krankenlager. Sie würde sich bestimmt freuen und sie können jede Hilfe gebrauchen, vor allem solange wir kein Wasser haben."

Khaan und Asha kommen bei uns an und wir laufen los. Maggie voraus, der Rest von uns hinterher. Wir lassen die Feuerstelle hinter uns zurück und verschwinden hinter einem der Hügel. Ich höre wildes Fußstampfen und Kampfgeräusche. Der Grund dafür zeigt sich nach wenigen Metern. Etwa zweihundert Menschen befinden sich auf der Lichtung und sind mit unterschiedlichen Kampfübungen beschäftigt. Es sind sowohl Rebellen als auch wenige Mutanten, die jedoch durch ihre Größe aus der Menge herausragen. Ich erkenne auch ein paar der ehemaligen Freiheitskämpfer wieder.

„Wusstest du davon?", frage ich Khaan überrascht und er nickt. „Wir wurden schon gestern Abend dazu eingeladen, mit zu trainieren."

„Warum hast du uns nichts davon erzählt?", fragt Asha, was ich denke.

„Ich dachte, ihr könntet beide einen Tag Ruhepause gebrauchen“, entgegnet Khaan, worauf ihn Asha wütend anfunkelt. „Weder Cleo noch ich brauchen jemanden, der über unseren Kopf hinweg entscheidet. Nicht einmal jemanden, der sich *‚Anführer'* nennt.“

Mir wird augenblicklich klar, dass sie in der letzten Nacht, während ich mit Khaan geredet habe, nicht geschlafen hat. Irgendwie ist es mir peinlich, dass sie unser Gespräch mit angehört hat, dabei kann ich nicht einmal genau sagen, was mir daran überhaupt peinlich ist.

Maggie führt uns durch die Menschen, bis sie die große muskulöse Gestalt von Paul ausmacht. Sie ruft ihn beim Namen, und als er sich zu uns herumdreht, weiten sich seine Augen vor Überraschung, bevor sich sein Mund zu einem breiten Grinsen verzieht.

Er kommt uns entgegengerannt, hebt mich hoch und wirbelt mich wie ein kleines Kind durch die Luft. Ich kann nicht anders, als in Lachen auszubrechen. Paul war genau wie Pep und Florance einer meiner ersten Freunde bei den Rebellen. Er ist ein ehrlicher Mensch, der immer nach seinem Herzen handelt.

„Du bist härter als Granit, oder?“, grinst er mich an. „Du lässt dich von nichts und niemandem unterkriegen!“

Ich freue mich über seine Worte, habe aber nicht das Gefühl, dass sie stimmen. Eigentlich habe ich mich die letzten Stunden wie eine komplette Heulsuse benommen und mich in purem Selbstmitleid ertränkt. Alles nur wegen Finn.

„Ich nehme an, wir haben keine andere Wahl, wenn wir überleben wollen“, erwidere ich ernst.

„Genau deshalb sind wir hier“, erklärt Maggie und übernimmt das Wort. „Wir sind uns einig darüber, dass wir die Zentrallegion noch einmal angreifen müssen, um an ihre Wasservorräte zu kommen.“ Sie deutet auf Khaan. „Das ist Khaan. Er ist einer der Anführer der Freiheitskämpfer aus der Zentrallegion. Er wird den Angriff leiten. Kannst du uns bitte unsere Waffen zeigen?“

Pauls Grinsen verschwindet schlagartig und er wird ernster als ich es je bei ihm erlebt habe. Selbst ihm, der immer für einen Scherz zu haben ist, ist klar, wie schwierig unsere Situation ist. Er führt uns über die Lichtung zu einem kleinen Lager, bestehend aus mehreren Stahlkisten.

Er öffnet sie nacheinander und es kommen mehrere Ferngläser, Laserwaffen und Leuchtraketen zum Vorschein. Jedoch sind alle Kisten nur etwa zur Hälfte gefüllt.

„Ein großer Teil ist schon für den ersten Angriff draufgegangen“, erklärt Paul, als er mein enttäuschtes Gesicht bemerkt.

Ich blicke ratlos zu Khaan. Weiß er, wie wir mit der geringen Waffenanzahl auch nur die geringste Chance gegen die Zentrallegion haben sollen?

Khaan sieht nachdenklich, aber nicht verzweifelt aus. „Wie viele Kämpfer der ehemaligen Legion sind gesund genug, um zu kämpfen?“

Paul lässt seinen Blick über die trainierenden Menschen schweifen. Kaum einer von ihnen ist noch eindeutig als ehemaliger Legionsbewohner zu identifizieren. Doch Paul scheint alle zu kennen.

„Etwa hundert“, antwortet er.

Khaan blickt abschätzend in die Kisten. Es könnten auch etwa so viele Laserwaffen vorhanden sein.

„Was ist mit den Rebellen? Wie viele von ihnen können wirklich kämpfen?"

„Wir haben viele in den letzten Wochen verloren", sagt Paul unglücklich. „Mit den Mutanten werden es zurzeit nicht mehr als hundertfünfzig sein."

Ich bemerke, wie Asha zwischen Khaan und Paul hin und her blickt, im Gegensatz zu mir scheint sie zu verstehen, worauf Khaan hinauswill.

„Das könnte klappen", sagt sie, ohne dass jemand ausgesprochen hat, wie überhaupt der Plan aussehen soll. Khaan sieht sie überrascht an, er scheint sie erst jetzt überhaupt wahrgenommen zu haben.

„Die Laserwaffen gehen an die ehemaligen Legionsmitglieder", sagt sie, wird jedoch sofort von Maggie unterbrochen.

„Damit werden sich die Rebellen nicht einverstanden zeigen."

„Warum?", fragen Khaan und ich gleichzeitig.

„Auch wenn wir alle einen gemeinsamen Feind haben, gibt es immer noch Unstimmigkeiten", gibt Maggie zu. „Die Rebellen werden sich bedroht fühlen, wenn die ehemaligen Legionäre mit Waffen ausgestattet sind, während sie selbst mit leeren Händen dastehen."

„Aber die Kämpfer der Legion sind die Einzigen, die wirklich gut mit den Laserwaffen umgehen können. Wir haben keine Zeit es den Rebellen innerhalb eines Tages beizubringen", entgegnet Khaan verständnislos.

Ich unterstütze seinen Standpunkt. „Die Kämpfer können nach dem Angriff die Waffen wieder abgeben und sollte uns die Zeit bleiben, können die Rebellen den Umgang mit den Lasern lernen."

Maggie wirkt unzufrieden, aber Paul schlägt sich überraschend auf unsere Seite. „Wir brauchen Wasser und das so schnell wie möglich. Wenn wir einander nicht vertrauen, können wir direkt aufgeben."

Asha fährt mit dem Plan fort: „Die Rebellen übernehmen die Leuchtraketen und starten damit ein Ablenkungsmanöver, um die Kämpfer der Zentrallegion in einen anderen Stadtsektor zu locken, während der eigentliche Angriff im Ostsektor stattfindet, wo wir ihnen das Wasser abpumpen werden."

Über Khaans Lippen huscht ein schwaches Lächeln. „Nicht ganz!"

Ashas Augen funkeln ihn feindselig an. „Wie dann, *Anführer*?" Wieder macht sie sich über seinen Namen lustig und ich bereue meine Wahl fast.

„Die Leuchtraketen kommen im Süden der Stadt als erstes zum Einsatz. Daraufhin wird die Zentrallegion dort ihre Leute zur Verteidigung hinschicken. Wenige Minuten später starten wir aber einen zweiten Angriff mit den Laserwaffen im Westen der Stadt. Die Zentrallegion wird genug damit zu tun haben, von einem Sektor zum anderen zu flüchten. Diese Zeit nutzt eine kleine Gruppe von uns, um am anderen Ende der Stadt, im Osten, den Wassertank mit dem Panzer zu stehlen."

In Ashas Blick spiegelt sich beinahe so etwas wie Anerkennung wieder. „Das ist gut", gibt sie zu.

„Wer wird zu der kleinen Gruppe gehören?“, fragt Maggie.

„Wer kann den Panzer fahren?“, entgegnet Khaan.

„Ruby hat es bisher immer gemacht.“

„Dann wird sie es auch dieses Mal tun. Außerdem brauchen wir noch jemanden, der die Sicherung an dem Wassertank anbringt, mit der wie ihn aus seiner Halterung reißen. Und noch jemanden, der demjenigen Rückendeckung gibt. Beide müssen sich schnell bewegen können und einer sollte mit den Laserwaffen umgehen können.

„Ich mache das“, erwidere ich, ohne zu zögern. Das Adrenalin wird mich jeden Gedanken an Finn vergessen lassen, da ist mir sogar Rubys Anwesenheit egal.

Ich sehe Khaan an, dass er sich als meine Begleitung melden möchte, doch jemand kommt ihm zuvor.

„Ich komme auch mit.“

Die anderen fahren überrascht herum, doch ich brauche mich nicht umzudrehen, um zu wissen, wem die Stimme gehört: Finn. Seine Stimme löst eine Gänsehaut in meinem Nacken aus, die sich wie ein Schauer über meinen gesamten Rücken zieht.

Niemand von uns hat gemerkt, wie er zu uns gestoßen ist.

„Cleo und ich sind zwei der schnellsten Läufer. Wir können beide mit den Laserwaffen umgehen, wobei sie besser ist als ich.“

Bilder von unseren Paarungskämpfen in der Arena der westlichen Legion schießen mir unwillkürlich durch den Kopf.

Sein Schlag trifft mich ins Gesicht, aber ich spüre keinen Schmerz. Ich suche den Blick seiner Augen. Feuer lodert in ihnen und so viel Wärme, dass mir schwindelig wird. Ich schaffe es nicht, mich aufzurichten und sacke auf den Boden zurück. Die grellen Deckenleuchten verschwimmen vor meinen Augen. Finn baut sich mit erhobenem Laser vor mir auf. Er hat so gut wie gewonnen. Ich brauche nur liegen zu bleiben, mich erschießen zu lassen und es wird sein Samen sein, der in mir heranwachsen wird. Durch ein Kind werden wir für immer miteinander verbunden sein. Es gibt nichts, was ich mir mehr wünschen würde. Aber nicht so.

Ich trete ihm die Beine weg und zögere nicht einen Moment, ihn zu erschießen. Sein Blick ist entsetzt. Er kann kaum glauben, was gerade passiert ist. Als die Erkenntnis kommt, blickt er mir so fassungslos entgegen, als hätte ich ihn getötet.

Seine Wirkung auf mich ist trotz allem ungebrochen. Es wird noch lange dauern, bis mein Herz nicht mehr schneller schlägt, wenn er in meiner Nähe ist. Ich spüre, wie die anderen mich anstarren. Sie erwarten, dass ich Finn widersprechen werde, dass ich mich weigern werde, mit ihm und Ruby in einem Panzer zu fahren, aber ich schweige. Ich weiß nicht, was Finn sich davon erhofft, aber ich werde nicht diejenige sein, die einen Rückzieher macht.

„In Ordnung“, sage ich nur und stürme davon. Ich habe Finn nicht einmal angesehen.

„Pass auf, dass sie dich nicht erschießt, anstatt dir Rückendeckung zu geben“, höre ich Asha noch an Finn gewandt fauchen. Es entlockt mir ein schwaches Schmunzeln. Ich würde Finn niemals absichtlich wehtun, nicht einmal jetzt.

Das Krankenlager ist schnell gefunden. Ein ständiges schmerzvolles Stöhnen liegt in der Luft. Die Menschen liegen im Schatten einer der wenigen Planen. Die meisten von ihnen leiden an Erbrechen durch das schmutzige Wasser der Kanalisation, aber einige haben auch offene Wunden von Kämpfen. Es sind etwa hundert Kranke, von denen nicht alle überleben werden. Auf die große Anzahl der Pflegebedürftigen kommen nur fünf Frauen, die sich um sie kümmern. Eine von ihnen ist Zoe. Sie ist die Einzige, die einen kleinen Bauch vor sich herschiebt. Obwohl ich wusste, dass sie schwanger sein muss, schockt mich ihr Anblick.

Zoe bemerkt mich erst, als ich direkt hinter ihr stehe. Sie kniet neben einem der Freiheitskämpfer und wischt ihm Schweiß von der Stirn. Der saure Geruch von Erbrochenem liegt in der Luft und macht es mir schwer zu atmen.

Zoe dreht sich um und blickt zu mir auf. Ihre Wangen sind rosig und sie sieht, trotz des vielen Leids, irgendwie glücklich aus. Sie lächelt, steht auf und schließt mich wortlos in die Arme. Seitdem ich sie kenne, bewundere ich sie für ihre Stärke.

Sie nimmt mich an der Hand und führt mich aus dem Krankenlager. Selbst als die Luft wieder nach dem roten Sand riecht, lässt sie mich nicht los. Wir setzen uns nebeneinander auf den Boden. Seitdem ich sie das letzte Mal gesehen habe, hat sie sich sehr verändert. Ich kannte sie immer nur mit kahlem Kopf und den lichtblauen Augen der Legion. Jetzt erkenne ich, dass ihre Haare in einem warmen Blondton nachwachsen und ihre Augen dasselbe strahlende Blau eines wolkenlosen Himmels haben wie Finns. Die Ähnlichkeit der beiden Geschwister war nie deutlicher.

Zoe streichelt mir über die Hand, ohne etwas zu sagen. Sie lächelt nur still in sich hinein.

„Wie geht es dir?", eröffne ich das Gespräch und deute mit den Augen auf ihren Bauch.

Sie streichelt mit ihrer freien Hand über die Rundung. „Wir gewöhnen uns langsam aneinander."

Ich denke daran, wie ich die Probe des D-lers, der als Zoes Paarungspartner ermittelt wurde, mit der von Clyde vertauscht habe. Die beiden waren nie ein Paar, aber ich dachte, es wäre leichter für Zoe, wenn sie wenigstens den Vater des Kindes kennen würde. Ich hatte jedoch nicht mehr die Zeit, um ihr davon zu erzählen. Natürlich könnte ich es ihr jetzt einfach sagen, aber irgendwie fühlt es sich dafür zu spät an. Ich kann nicht einschätzen, inwiefern es Zoe erneut aus der Bahn werfen würde.

„Das ist gut!"

Sie sieht mich besorgt an. „Wie geht es *dir*?"

Offenbar scheint ausnahmslos jeder bereits zu wissen, dass Finn mit mir Schluss gemacht hat. Oder vielleicht liegt es auch eher daran, dass er jetzt mit Ruby zusammen ist. Wie lange ist das schon so?

„Ich versuche, mir keine Gedanken zu machen und mich auf unser Ziel zu konzentrieren. Der Kampf gegen die Zentrallegion steht an erster Stelle."

Sie lächelt wissend und ich sehe, dass sie mir nicht glaubt. „Man kann nur kämpfen, wenn man mit dem Herzen dabei ist."

Wenn ich Zoe anblicke, sehe ich so viel von Finn in ihr. Ich habe das Gefühl, nicht ehrlich zu ihr sein zu können, weil sie alles, was ich sage, Finn erzählen würde. Falls er überhaupt nach mir fragen sollte. Ich entziehe ihr sanft meine Hand und hebe meinen Kopf. „Wer sagt, dass ich nicht mit dem Herzen dabei bin?!“

„Ich weiß, was Finn getan hat. Er hat es mir selbst erzählt und es war das Bescheuertste, was ich je gehört habe.“

Obwohl sie nun gegen ihren eigenen Bruder wettert, bin ich es leid, von allen nur als die Verlassene angesehen zu werden. Finn hat sich gegen mich entschieden, das tut weh und es bricht mir das Herz, aber ich möchte nicht ständig daran erinnert werden. Wie soll ich es vergessen können, wenn jeder sich verpflichtet fühlt, mit mir darüber zu reden? Es ist nicht so, als ob Finn der Einzige wäre, der sich je für mich interessiert hat. Als Felix nicht wusste, dass er mein Bruder ist, hat er mir seine Liebe gestanden. Und wenn ich Khaans Andeutungen richtig verstehe, scheint auch er nicht abgeneigt zu sein. Es ändert natürlich nichts daran, dass Finn immer der Einzige war, den ich wollte, aber es zeigt, dass ich nicht auf ihn angewiesen bin.

„Es gibt auch noch andere Männer als Finn“, behaupte ich stur.

Zoe runzelt die Stirn. Sie wirkt von meiner Antwort überrascht. Wenn sie gestern mit mir gesprochen hätte, wäre ich noch in Tränen ausgebrochen. Aber mein Schmerz wandelt sich langsam in Wut. Es ist leichter, wütend als traurig zu sein.

„Ach ja? Wen denn zum Beispiel?“

„Khaan und ich verstehen uns auch sehr gut“, sage ich und spüre erst beim Aussprechen, wie falsch es sich anhört, aber das hält mich nicht davon ab, fortzufahren. „Er ist der Anführer der Freiheitskämpfer“, füge ich stolz hinzu.

Zoe mustert mich misstrauisch. „Ich wünsche dir wirklich, dass du glücklich bist, aber ich hatte nicht erwartet, dass du dich für einen anderen als Finn interessieren könntest.“

„Warum nicht? Finn hat sich schließlich auch in eine andere verliebt!“

„Ist es das? Willst du ihn eifersüchtig machen? Das wird nicht funktionieren, dafür liebt er dich zu sehr!“

Ich stehe abrupt auf. „Es ist mir völlig egal, was Finn tut, denkt oder fühlt. Bitte tue mir einen Gefallen und spreche mich nicht mehr auf ihn an!“

Als ich mich zum Gehen umwende, steht Clyde direkt hinter mir und starrt mich fassungslos an. „Was ist denn los?“

„Cleo wollte gerade gehen!“, erwidert Zoe scharf. Bei all der Wiedersehensfreude habe ich vollkommen vergessen, dass unsere Freundschaft schon immer aus jeder Menge Diskussionen bestanden hat. Wir streiten uns mindestens genauso oft, wie wir uns vertragen.

03. Die beiden schnellsten Läufer Cleo)

Als die Dämmerung einsetzt, verlasse ich meinen einsamen Platz hinter den Hügeln und kehre ins Lager zurück. Es herrscht bereits heller Aufruhr. Paul entdeckt mich als Erster und kommt auf mich zugestürmt. „Wo warst du die ganze Zeit? Wir haben dich bereits gesucht“, wirft er mir verständnislos vor.

Ich zucke stumm mit den Schultern.

Sein verärgerter Gesichtsausdruck wird etwas sanfter, als er mich mustert. Ich kann seine Gedanken förmlich hören: *‚Die arme Cleo, Finn hat sie verlassen!‘*

„Schon gut, jetzt bist du ja da“, sagt Paul schnell und legt seine Hand auf meinen Rücken. Er schiebt mich vorwärts. Rund um den Panzer hat sich eine große Menschengruppe versammelt, die hauptsächlich aus den einzelnen Einsatzleitern besteht. Khaan führt zusammen mit Clyde und Felix die Gruppe der ehemaligen C-ler an, während Paul mit Maggy und dem Oberhaupt der Mutanten die Rebellen anführt. Ich entdecke auch Asha, die sich unter eine Gruppe Rebellen gemischt hat. Sie hätte in beiden Teams mitkämpfen können, da sie mit der Laserwaffe umgehen kann, aber offenbar möchte sie einen eindeutigen Schnitt unter ihr Leben in der Legion ziehen. Das kann ich nur zu gut verstehen!

An der Fahrertür des Panzers entdecke ich schließlich auch Finn und Ruby. Obwohl mir mein Kopf einschärft, sie nicht zu beachten, kann ich nicht anders, als sie zu beobachten. Ich schaue auf Finns Hände, die schlapp nach unten hängen, und blicke in sein Gesicht, das von Ruby abgewandt ist. Er sieht nicht glücklich aus. Eigentlich kein Wunder, wenn man bedenkt, dass wir planen, in weniger als einer Stunde die uns überlegene Zentrallegion anzugreifen. Aber irgendwie vermisse ich den entschlossenen Ausdruck in seinen Augen, die Kampfeslust. Wenn er mit mir zusammen war, schien er ständig unter Strom zu stehen. Seine Augen waren ein Spiegel seines unbeugsamen Kampfgeistes. Unsere Hände waren immer miteinander verwoben und sein Händedruck gab mir Mut und Zuversicht. Ich suche mein Inneres nach einem Gefühl des Triumphes ab. Finn hat mich verlassen, aber glücklich ist er dennoch nicht. Doch ich verspüre keine Freude über seinen Kummer. Nicht einmal ein bisschen. Ganz im Gegenteil, es tut weh, ihn so leiden zu sehen. Mein Körper sehnt sich nach ihm. Ich möchte seine Hände in meine nehmen und ihm versichern, dass alles ein gutes Ende nehmen wird. Ich möchte ihn zum Lachen bringen und seine Augen strahlen sehen. Doch ich bin zu verletzt und zu verwirrt, um einfach auf ihn zuzugehen.

Von Finn blicke ich nun zu Ruby. Sie starrt mir direkt ins Gesicht. Ihre Augen sind zu schmalen Schlitzen geformt. Sie hat gesehen, wie ich Finn gemustert habe. Fast scheint es, als hätte sie meine Gedanken gelesen. Warum hasst sie mich, obwohl Finn sich für sie entschieden hat? Sie hat gewonnen und ich habe verloren. Sollte ihr das nicht genügen? Sollte Finn ihr nicht genügen?

Khaan stellt sich in die Mitte unserer Gruppe. „Hört mir bitte alle mal zu!“, ruft er laut und die aufgeregten Gespräche verstummen langsam.

„Bevor wir aufbrechen, möchte ich noch einmal den Plan wiederholen!“, erklärt er, wobei seine Hände zu einem Trichter geformt sind, damit alle ihn hören können. Seine gesamte Körperhaltung drückt Stärke und Entschlossenheit aus.

„Als Erstes brechen die Rebellen auf und entzünden an der Südgrenze die Leuchtraketen. Sobald ihr das getan habt, zieht euch zurück! Es gibt keinen Grund sich einem Kampf mit der Legion zu stellen. Wir wollen überleben und nicht sterben!“

Er weiß genauso gut wie ich und die meisten anderen, dass wir gegen die Zentrallegion keine Chance haben. Es geht nur noch darum, solange wie möglich am Leben zu bleiben und dafür brauchen wir dringend Wasser.

„Die FDF bricht mit den Laserwaffen wenige Minuten nach den Rebellen auf. Bis zur Westseite sind wir zwar länger unterwegs, aber in dieser Zeit werden sich alle Kämpfer der Legion im Süden zur Verteidigung versammeln. Wenn der Westen praktisch unbewacht ist, greifen wir an, um so die Legionäre von dem Kampf mit den Rebellen wegzulocken. Solange noch keine Wachen da sind, ist es unser Ziel, so viele Kameras wie möglich zu zerstören. Sobald die ersten Wachen der Legion kommen, werden wir sie in einen Kampf verwickeln, der jedoch nicht länger als zehn Minuten dauern darf. Diese zehn Minuten sind die Zeit, die wir der Panzergruppe einräumen, um den Wassertank im Ostsektor zu stehlen.“

Er blickt erst zu Finn und Ruby, dann zu mir. Sein Blick ruht auf mir, während er weiterspricht. „Je länger ihr braucht, um den Wassertank aus seiner Fassung zu reißen, desto brenzliger wird es für uns, da wieder raus zu kommen. Sobald ihr den Tank habt, wird A350 ein Signal an A233 senden. Erst dann treten wir den Rückzug an."

Ich runzele verwirrt die Stirn. Der Teil des Plans ist mir neu. Ich wusste nicht einmal, dass A233 überhaupt hier ist, geschweige denn, dass meine Mutter mich in dem Panzer begleitet. Ich sehe mich nach ihr um, doch da spüre ich bereits ihre Hand auf meiner. Überrascht drehe ich mich zur Seite und blicke in ihr Gesicht. Sie lächelt mich zuversichtlich an. „Ich begleite dich!", flüstert sie leise.

Erst jetzt spüre ich, dass ich tatsächlich Angst davor hatte, mit Ruby und Finn alleine zu sein. Es hat mir mehr ausgemacht, als ich wahrhaben wollte. Zudem ist es ein guter Plan, denn die ehemaligen Legionsführer der westlichen Legion verfügen alle über einen Chip, der ihnen ermöglicht, wortlos und über weite Strecken miteinander zu kommunizieren. Die Legion hat uns damit sogar einen Gefallen getan.

„Ich wünsche allen Teams viel Erfolg und geht keine unnötigen Risiken ein!", sagt Khaan zum Abschluss. Die Rebellen brechen in lauten Applaus aus, der jedoch weniger Khaan als mehr ihnen selbst gewidmet ist. Doch die Freiheitskämpfer stimmen schnell mit ein, sodass wir irgendwann alle klatschen und „Für die Freiheit!" rufen. In diesem Moment sind wir eine Einheit und irgendwie verdanken wir das Khaans Ansprache. Ich bin wirklich stolz auf ihn!

Die Gruppe mit den Rebellen ist bereits aufgebrochen und die Gruppe der ehemaligen C-ler wird ihr in wenigen Minuten folgen. Ich drücke mich unruhig bei Felix herum, dabei entgehen mir nicht N600s eifersüchtige Blicke. Ich weiß nicht, was ihr

Problem mit mir ist. Schließlich weiß mittlerweile jeder, dass wir Geschwister sind und ich nehme ihr nicht einmal übel, dass sie mich meinem sicheren Tod überlassen wollte. Aber auch Felix zeigt ihr die kalte Schulter, vielleicht ist es gerade das, was sie so sehr ärgert.

Mein kleiner Bruder wirkt genauso nervös wie ich. Sein Blick jagt von einem zum anderen und er prüft immer wieder, ob seine Laserwaffe angeht. Ich selbst trage auch eine um mein Handgelenk, aber ich vertraue darauf, dass Khaan sie überprüft hat, bevor er sie an mich weitergegeben hat.

„Weißt du eigentlich, dass du die Mutigste von uns allen bist?“, sagt Felix plötzlich und schaut mich bewundernd an. Ich spüre, wie ich sofort unter seinem Blick erröte. Mit Komplimenten kann ich nach wie vor nicht umgehen und schon gar nicht, wenn ich sie nicht verstehe. „Warum das denn? Wir riskieren heute alle unser Leben!“

„Das meine ich gar nicht! Ich finde es unglaublich, dass es dich völlig kalt lässt, alleine mit Finn zu sein. Und das, nach alldem, was er dir angetan hat.“

Ich rolle mit den Augen. Ich kann es wirklich nicht mehr hören!

„Das Leben muss weitergehen, außerdem sind wir nicht alleine. Ruby und unsere Mutter sind auch dabei.“ In Wahrheit wäre ich aber lieber mit ihm alleine. Ich weiß zwar nicht, was sich dadurch ändern sollte, aber mein Herz sehnt sich zu sehr nach ihm. Ruby sieht dies jedes Mal, wenn sie mich anblickt.

„Das ist doch noch schlimmer! Ruby ist schließlich seine Neue! Also ich könnte das nicht!“

Ich denke daran, wie eifersüchtig er sich oft in der Zentrallegion verhalten hat, als er noch nicht wusste, dass wir Geschwister sind. Wenn jemand sich mit Eifersucht auskennt, dann Felix. Zumindest das haben er und N600 gemeinsam.

Ich nicke mit dem Kopf in N600s Richtung und flüstere: „Dann ist sie genauso mutig wie ich!“

Felix folgt meinem Blick und runzelt irritiert die Stirn. „N600? Wie kommst du denn darauf?“

„Sie ist in dich verliebt und ich wette, sie würde mir gerade am liebsten den Kopf umdrehen!“, flüstere ich zurück, wobei N600 auch noch wütend in unsere Richtung blickt.

Trotz der drohenden Gefahr bricht Felix in lautes Gelächter aus. „Du bist doch meine Schwester!“, japst er.

„Aber du verbringst deine Zeit lieber mit mir als mit ihr!“, beharre ich.

„Kein Wunder, nach dem, was sie getan hat!“, entgegnet Felix, dieses Mal jedoch sehr ernst.

„Sie wollte dich nur schützen.“ Ich bin selbst überrascht davon, dass ich N600 automatisch in Schutz nehme.

„Ich weiß“, erwidert er. „Aber ich hätte ihr niemals verzeihen können, wenn du wirklich gestorben wärst.“

Überwältigt von der Zuneigung für meinen jüngeren Bruder, ziehe ich ihn in eine Umarmung. In diesem Moment stoßen Zoe und Clyde zu uns, die ich zuvor bei Finn am Panzer habe stehen sehen. Zoe wird wegen ihrer Schwangerschaft natürlich nicht mitkämpfen, aber sie ist gekommen, um uns viel Erfolg zu wünschen. Obwohl unser Streit noch nicht lange her ist, habe ich ihn schon beinahe wieder vergessen.

„Das ist mein Bruder Felix!“, stelle ich ihr und Clyde Felix vor. Es fühlt sich gut an, nun noch einen weiteren Blutsverwandten zu haben.

„Freut mich!“, sagt Zoe und umarmt ihn ebenfalls.

Khaan tritt nun ebenfalls zu uns. „Seid ihr bereit?“

Ich bin es noch lange nicht, sage es aber nicht. Clyde und Felix nicken nur mit ernsten Mienen. Sie nehmen ihren Platz an der Spitze der Truppe ein. Zoe zieht sich zu dem Panzer zurück.

Khaan wirkt gehetzt und unruhig. Langsam bekommt wohl selbst er es mit der Angst zu tun. Ich berühre seine Schulter und lächle ihm aufmunternd zu. „Ich werde mich beeilen!“, versichere ich ihm.

Er nimmt meine Hand in seine. „Das weiß ich! Viel Erfolg!“

Wir umarmen uns, wobei Khaan mich etwas länger festhält als nötig. Danach läuft er ebenfalls zur Spitze des Trupps und gibt das Zeichen zum Abmarsch. Der Panzer bleibt allein mit Finn, Ruby, A350, Zoe und mir zurück. Es ist ein komisches Gefühl nun alleine auf der Lichtung zu stehen, die vor wenigen Minuten noch voller Menschen war.

Zoe tritt neben mich, als ich langsam zum Panzer trotte. „Ich weiß, du willst es nicht hören, aber ich sage es dir dennoch. Du kannst Finn nicht eifersüchtig machen!“

Unwillkürlich wandert mein Blick zu Finn, der jedoch nicht einmal in unsere Richtung blickt. Seine Missachtung trifft mich.

„Hör auf, Khaan Hoffnungen zu machen, wo keine sind!“, rät mir Zoe in vertrautem Tonfall. „Du weißt genauso gut wie ich, dass du nur Finn willst. Khaan weiß es aber nicht und das ist nicht fair!“

Die Umarmung ging von Khaan und nicht von mir aus, aber reicht es schon sie zu erwidern, um Khaan glauben zu lassen, dass ich mehr für ihn empfinden könnte? So wie Zoe es jetzt sagt, möchte sie weder Finn noch mich schützen, sondern Khaan, den sie nicht einmal kennt. Das Letzte, was ich möchte, ist, einen Freund zu verletzen.

Sie klopft mir auf die Schulter, als sie mein nachdenkliches Gesicht bemerkt. „Finn wird auch noch erkennen, zu wem er gehört! Vertrau mir und gib ihm Zeit!“

Ich beschließe, ihr nicht übel zu nehmen, dass sie entgegen meinem Wunsch schon wieder über ihren Bruder spricht. Ich denke ohnehin immerzu an ihn.

„Danke!“, sage ich nur und umarme sie zum Abschied. Zoe verlässt nun ebenfalls die Lichtung.

Ruby ist bereits in den Panzer geklettert, während Finn und A350 noch davor auf mich warten.

„Wir haben beschlossen, einen kleinen Umweg zu fahren, damit die Zentrallegion uns nicht direkt kommen sieht, falls sie den Ostsektor noch bewachen“, erklärt Finn und schaut mir dabei sogar in die Augen. Er verhält sich sachlich und kühl, so als wären wir zwei Fremde.

„In Ordnung“, sage ich nur und steige in den Panzer. Mir folgt meine Mutter und als Letzter kommt Finn. Er nimmt neben Ruby auf dem Beifahrersitz Platz, während A350 und ich uns in den Innenraum setzen. Der Panzer setzt sich holpernd in Bewegung. Es beunruhigt mich, nicht sehen zu können, wo wir hinfahren. Mir bleibt nichts anderes übrig, als mich auf Ruby und Finn zu verlassen. Ausgerechnet die beiden letzten Personen, denen ich im Moment mein Vertrauen schenken möchte.

Während der Fahrt überprüft A350 mehrmals meine Laserwaffe, um sicherzugehen, dass sie auch funktioniert. Ich habe sie jedoch im Verdacht, dass sie nur auf sehr unbeholfene Art und Weise versucht, mich von Finn abzulenken. Es funktioniert auch mehr oder weniger, denn ich bin geradezu erstaunt, als der Panzer schließlich hält. Die ersten paar Minuten der Fahrt kamen mir wie eine Ewigkeit vor, während die restliche Fahrtzeit so schnell an mir vorbeizog, dass ich nun gar nicht sagen könnte, wie lange wir überhaupt unterwegs waren.

Durch den dicken Stahl des Panzers sind keine Geräusche von außen zu hören. Es ist totenstill. Ich bekomme eine Gänsehaut, während sich ein ungutes Gefühl in meinem Magen ausbreitet. Ich halte es nicht länger aus und laufe zu der schmalen Fahrerkabine. Ruby und Finn sitzen wie versteinert auf ihren Plätzen. Zwischen ihnen ist ein Monitor, der den zerstörten Ostsektor der Zentrallegion zeigt. Da die FDF und ich durch das Abwassersystem geflüchtet sind, habe ich nie gesehen, wie groß die Zerstörung ist. Es ist unglaublich, was die Rebellen in der kurzen Zeit angerichtet haben. Zwar stehen alle Gebäude noch, aber die großen Fensterfassaden weisen große Löcher auf und das ganze Gebiet scheint verlassen zu sein. Es gibt offenbar in diesem Stadtteil keine Stromversorgung mehr. Die Rebellen haben mit ihrem Angriff der Zentrallegion definitiv einen harten Stoß versetzt. Die Legion hielt sich für uneinnehmbar und die Rebellen haben ihnen mit ein paar Laserwaffen das Gegenteil bewiesen. Es wundert mich, dass sie noch nicht zum Gegenschlag angesetzt haben, aber vielleicht sitzt der Schock einfach noch zu tief. Doch das wird sich spätestens nach dem heutigen Tag ändern. Vielleicht schaffen wir es, den Wassertank in unseren Besitz zu bringen, aber dafür müssen wir in naher Zukunft mit einem Angriff der Legion rechnen. Sie wird nicht tatenlos dabei zu sehen, wie wir die Macht ergreifen.

„Woher wissen wir, wann wir angreifen müssen?“, frage ich in den Raum hinein.

„A233 gibt mir Meldung, sobald sie die ersten Kampftruppen der Zentrallegion sichten“, antwortet meine Mutter.

„Können wir trotzdem schon einmal aussteigen?“, frage ich an Finn gewandt, da er für mich immer noch der ist, der das Kommando über unsere Truppe hat, auch wenn er kaum etwas sagt.

Anstatt mir zu antworten, betätigt er den Knopf auf dem Schaltbrett, der die Luke öffnet. Genauso wortlos trete ich aus der Fahrerkabine und steige die Leiter empor. Oben angekommen stecke ich lediglich meinen Kopf an die frische Luft. In weiter Ferne sind leise Knallgeräusche zu hören, doch sehen kann ich nichts. Gehören die Geräusche noch zu dem Kampf der Rebellen? Es dürfte bei ihnen eigentlich gar keinen Kampf geben! Sie sollten nur die Leuchtraketen abfeuern. Raketen konnte ich bisher am Nachthimmel nicht entdecken, aber die verlassenen Gebäude der östlichen Legion versperren mir auch die Sicht. Sie ragen wie schwarze Riesen in den Nachthimmel. Zwischen ihnen entdecke ich den Wasserturm, den Khaan mir beschrieben hat. Um ihn zu erreichen, müssen wir uns ein ganzes Stück in die Zentrallegion hineinwagen.

Ich spüre plötzlich eine Bewegung auf der Leiter unter mir und schaue nach unten. Finns Blick begegnet dem meinen. Er steigt ebenfalls die Leiter empor, doch ehe ich mich lösen kann, taucht er bereits neben mir auf. Sein Oberkörper berührt meinen Arm. Seine Nähe bereitet mir Herzrasen, so schlimm, dass ich befürchte, einen Infarkt zu erleiden. Ich kann kaum atmen und drehe meinen Kopf deshalb von ihm weg. Ich kann nicht einmal sagen, ob ich seine Nähe genieße oder darunter leide, weil ich weiß, dass er nicht mir gehört, sondern Ruby. Ein Teil von mir möchte vor ihm flüchten, aber der andere möchte nur noch näher an ihn heran rutschen.

„Hat A350 schon eine Nachricht bekommen?“, frage ich leise in die Stille der Nacht.

„Nein, aber es kann jeden Moment so weit sein. Wir sollten uns schon einmal bereit machen“, antwortet Finn sehr sachlich.

Ich steige ihm voran aus der Öffnung und klettere den Panzer hinunter. Es fühlt sich gut an, als meine Füße wieder festen Boden berühren. Sicherheitshalber aktiviere ich die Laserwaffe, während Finn die Stahlseile mit den Verankerungen aus dem Panzer zieht. Sie sind schwerer als ich dachte.

Der Kopf von A350 taucht an der Öffnung des Panzers auf. „Es geht los!“, zischt sie zu uns runter.

Alarmiert blicke ich zu der Stadt, doch es hat sich nichts verändert. Es sind keine Kampfgeräusche zu hören, was nur ein weiterer Beweis für die unglaubliche Größe der Zentrallegion ist.

Ich blicke aufgeregt zu Finn, doch er greift sich verbissen eines der Stahlseile, während ich mir das andere unter den Arm klemme. Der Strahl meiner Waffe leuchtet uns den Weg und wir rennen los. Wir sind auf einer Höhe und eng beieinander, doch ich würde einen Angriff wahrscheinlich erst merken, wenn es bereits zu spät wäre und sie auf uns schießen würden. Das Blut rauscht in meinen Ohren, während ich gehetzt meinen Atem ausstoße. Der Wassertank ragt bereits vor uns auf. Es sind nur noch wenige Meter. Dort angekommen lasse ich das Seil fallen und trete neben Finn, der mit seinem Seil nun um den Tank herumrennt. Ich gebe ihm mit erhobener Laserwaffe Schutz. Als das erste Seil mit der Verankerung angebracht ist, übernimmt Finn auch noch das zweite Seil. Es läuft alles reibungslos und beinahe zu einfach. Sind wir wirklich unbemerkt geblieben?

Wir rennen zurück zum Panzer. Finn wedelt mit den Armen über dem Kopf, um Ruby zu signalisieren, dass sie losfahren kann. Kurz bevor wir den Panzer erreichen, setzt dieser sich langsam in Bewegung. Das Seil spannt sich fest und schwebt in der Luft. Es gibt ein leises Knacken Seitens des Wasserturms. Wir können nur hoffen, dass der Behälter mit dem Wasser dem Druck standhält und nicht bricht. Sonst wäre alles umsonst gewesen.

Die Reifen des Panzers drehen durch und wir können hören, wie Ruby immer mehr Gas gibt, um den Tank aus der Verankerung zu reißen. Das Knacken wird immer lauter. Panisch blicke ich zu der Stadt und halte Ausschau nach den ersten Laserstrahlen. Je länger wir brauchen, umso gefährlicher wird es für Khaan und all die Anderen.

Ein ohrenbetäubender Knall lässt mich zusammenzucken. Es geschieht alles zu schnell, um realisieren zu können, was überhaupt passiert ist. Ich spüre, wie ich zur Seite geschleudert werde, kneife die Augen zusammen, schlittere über den Boden und schließlich bleibe ich liegen. Mein Herz setzt für einen kurzen Schreckensmoment aus. Als ich wieder die Augen öffne, bin ich wie benommen von dem wild klopfenden Herzschlag. Doch er gehört nicht mir, sondern Finn, der mich an seine Brust presst. Er hat beide Arme um mich geschlungen. Hinter ihm liegt der Wasserbehälter. Dieser hat uns nur um wenige Zentimeter verfehlt. Als er sich aus der Verankerung gelöst hat, war der Druck auf dem Seil bereits so groß, dass er zur Seite ausgeschlagen ist, anstatt einfach nur zu Boden zu stürzen. Doch das Gute ist: Der Tank scheint noch intakt zu sein. Jedenfalls ist kein austretendes Wasser zu sehen.

„Wir haben es geschafft!", jubele ich in Finns Ohr, der mich immer noch festhält. Er blickt von mir zu dem Tank und wieder zurück. Ein zufriedenes Lächeln breitet sich auf seinem Gesicht aus, doch es dauert nur den Bruchteil einer Sekunde an. Dann scheint er sich meiner Nähe bewusstzuwerden und lässt mich schlagartig los. Er rappelt sich auf und wir rennen gemeinsam zu dem Panzer zurück. Meine Mutter öffnet uns die Luke.

„Ich habe A233 Bescheid gesagt. Wir können sofort aufbrechen!"

Ich ergreife bereits die erste Leitersprosse, als meine Mutter einen unterdrückten Schrei von sich gibt. Alarmiert schaue ich auf, doch ihr Gesicht ist verschwunden, stattdessen steckt Ruby ihren Kopf aus der Luke. Sie schmeißt einen Kanister aus der Öffnung, der nur knapp neben mir zu Boden knallt.

„Was soll das?“, rufe ich wütend und verständnislos zugleich. Doch Ruby achtet gar nicht auf mich, sondern schmeißt bereits den nächsten Kanister hinterher, bevor sie aus dem Panzer klettert. Als sie bei mir ankommt, packe ich sie unsanft an der Schulter. „Was hast du mit meiner Mutter gemacht?“, fahre ich sie an.

„Lass mich los! Ich hab zu tun“, schnauzt sie zurück, doch anstatt ihr zu gehorchen, packe ich sie nur noch fester.

Finn kommt zu uns gelaufen. In seiner Hand trägt er einen der Kanister. Der Geruch von Benzin steigt mir in die Nase.

„Lass sie los!“, drängt mich nun auch er. „Wir zünden die Trümmer an!“, fügt er erklärend hinzu.

Ich lasse Ruby los, aber zeige mich noch lange nicht versöhnlich. „Warum musste sie dafür meine Mutter niederschlagen?“

„Glaubst du, Ex-Legionsführerin A350 hätte dabei zugesehen, wie wir ihre schöne Zentrallegion anzünden?!“, faucht Ruby und nimmt sich den zweiten Kanister. Sie redet über meine Mutter, als wäre sie immer noch ein Teil der Legion. Als wäre sie eine Verräterin! Dabei hat sich meine Mutter in der Zentrallegion schon lange vor mir gegen die Regierung gestellt. Meinetwegen. Niemand hat das Recht, sie als Verräterin hinzustellen und am wenigsten Ruby! Sie und Finn haben mich verraten!

„Du hast keine Ahnung!“, schreie ich zurück und reiße Ruby den Kanister aus der Hand. Sie ist so geschockt von meiner Reaktion, dass sie gar nicht daran denkt, sich zu wehren. Erst als sich der

Behälter bereits in meiner Hand befindet, versucht sie ihn sich zurückzuholen. Ich weiche vor ihr zurück.

„Ich mache das!“, bestimme ich. „Fahr du den Panzer und bring meine Mutter sicher ins Lager!“

Ruby will protestieren, doch Finn unterbricht sie. „Cleo hat Recht! Du bist die Einzige von uns, die den Panzer fahren kann.“

„Aber ich lasse dich hier nicht zurück“, erwidert Ruby verzweifelt. Ich möchte sie dafür ohrfeigen, dass sie so vor mir mit ihm spricht. Sie tut so, als wäre ich gar nicht da!

„Uns passiert nichts!“, versichert ihr Finn und sieht sich alarmiert zu der Zentrallegion um. Es kann nicht mehr lange dauern, bis die ersten Kämpfer auftauchen. „In maximal zwei Stunden sehen wir uns gesund wieder.“

Ruby zögert, aber steigt dann die Treppe wieder hinunter. Ich packe sie grob am Arm.

„Wenn meiner Mutter irgendetwas passiert, wirst du deines Lebens nicht mehr froh!“, warne ich sie bedrohlich.

Sie blickt mich erst geschockt an, aber spielt es dann mit einem herablassenden Lachen runter. „Du machst mir keine Angst! Nicht du!“

Ich lasse sie los und blicke ihr hasserfüllt nach. Finn stößt mich leicht am Arm an. „Los jetzt!“

Er läuft mit dem schweren Kanister zurück in den Ostsektor. Als er etwa in der Mitte angekommen ist, öffnet er den Deckel und beginnt das Benzin zu verteilen. Ich mache es ihm nach. Mein Herz klopft wie verrückt. Ich weiß nicht, ob aus Angst oder Aufregung. Vielleicht beides. Aus dem Augenwinkel nehme ich das flackernde Licht von Laserstrahlen wahr, da fällt bereits der erste Schuss. Er schlägt hinter mir in die Hausfassade ein und hinterlässt ein faustgroßes Loch. Mein Kanister ist noch halb voll. Ich lasse ihn fallen und richte stattdessen meinen Laserstrahl auf die sich uns nähernden Feinde, während Finn den Inhalt seines Kanisters weiter verteilt.

„Wir müssen abhauen!“, rufe ich ihm zu, doch er reagiert gar nicht auf mich. Ich renne zu ihm und zerre an seinem Arm, als der nächste Schuss seinen Kopf nur um Zentimeter verfehlt.

Hinter uns höre ich, wie sich der Panzer in Bewegung setzt. Seine schweren Reifen knirschen auf dem Sand. Ich drehe mich um und sehe mit Schrecken, dass er nicht wegfährt, wie ich es von Ruby gefordert habe, sondern genau in unsere Richtung zielt. Der erste Schuss des Panzers löst sich mit einem ohrenbetäubenden Knall und schlägt vor uns in die Gruppe der etwa zehn C-ler der Zentrallegion. Rauch breitet sich aus, sodass ich kaum etwas erkennen kann. Ist Ruby jetzt völlig durchgedreht? Wir befinden uns hier in einem See aus Benzin und sie feuert?

Selbst Finn starrt mich nun alarmiert an. Ich zögere nicht länger, fasse ihn bei der Hand und reiße ihn mit mir. Wir rennen los. Zu meiner Erleichterung sehe ich, dass nun auch der Panzer den Rückzug antritt. Ich kann die Schreie der Kämpfer hinter uns hören. Der Panzer hat einige getroffen, aber andere sind bereits hinterher gerückt. Wenn wir nicht so schnell wie möglich fliehen, werden sie uns einholen.

Obwohl die C-ler auf uns schießen, hat sich das Benzin bisher nicht in Brand gesetzt. Finn bleibt abrupt stehen und umschließt mein Handgelenk, an dem die Laserwaffe befestigt ist. Er stellt sich hinter mich und hebt meine Hand. „Setz die Kanister in Brand!", raunt er mir zu.

Der Strahl meiner Laserwaffe tastet unruhig über den Boden. Ich verstehe, was er vorhat und ziele auf Finns Kanister, der genau zwischen unseren Verfolgern liegt. Der erste Schuss geht daneben und ich sehe mit Panik wie die Kämpfer auf uns zustürzen.

„Du kannst das!", raunt mir Finn zuversichtlich ins Ohr. Seine Hand umschließt immer noch mein Handgelenk und sein Kopf ist direkt neben meinem. Ich hole tief Luft und schieße erneut. Wir werden mit einem Ruck vom Boden gerissen, als der Kanister explodiert. Ein Flammenmeer verschleiert uns die Sicht und der Rauch raubt uns die Luft zum Atem.

Finn reißt mich an meinem Handgelenk zurück auf die Beine und wir rennen in Richtung der Berge, anstatt den Weg über die Ebene anzutreten wie der Panzer. Dort wären wir leichte Beute, wenn die Zentrallegion Hubschrauber ausschickt. Ich darf jetzt nicht an meine Mutter denken, sondern muss mich um mein eigenes Leben kümmern. Tot nütze ich niemandem!

Als der zweite Kanister in die Luft fliegt, bebt der Boden erneut unter unseren Füßen und bringt uns ins Stolpern. Aber Finn reißt mich unnachgiebig mit sich. Ohne ihn wäre ich nicht nur völlig orientierungslos, sondern auch komplett verloren. Der graue Rauch holt uns ein. Auch wenn er in den Augen und im Hals brennt, wird er verhindern, dass die Legion uns sehen kann. Der Rauch legt sich wie Nebel über uns und mir bleibt nur übrig zu hoffen, dass er so auch Ruby und meiner Mutter die Flucht ermöglicht.

04. Menschen machen Fehler (Finn)

Finn kennt sich in den Bergen genauso wenig aus wie Cleo, trotzdem läuft er voran. Ihre Hand liegt immer noch in seiner, obwohl sie ihre Verfolger schon lange abgehängt haben. Er hält sie fest und rennt vorwärts, aus Angst, falls sie stehen bleiben oder langsamer gehen würden, er sie loslassen müsste. Finn hat Cleo nicht verlassen, weil er sie nicht mehr liebt. Sie lebendig wiederzusehen war überwältigend. Es war das Schönste und Beste, was ihm je im Leben widerfahren ist. Er hat sie verlassen, weil er sie zu sehr liebt, um von ihr verlangen zu können, dass sie ihm den Fehltritt mit Ruby und alles, was er unter Einfluss der Mutanten getan hat, verzeiht. Jede Nacht träumt er von den dunklen Augen des Sozis: D499. Wenn er schreiend erwacht, starrt er jedes Mal auf seine Hände in der Erwartung dort das Blut von D499 zu sehen. Obwohl es nie da ist, wird ihm jedes Mal so schlecht, dass er sich übergeben muss. Das Gesicht von D499 verschwimmt langsam in seinen Träumen, weil es Finn schwerfällt, sich an ihn zu erinnern. Es nimmt oft Cleos Züge an, vor allem seitdem sie wieder da ist. Er hat sich geirrt, er hat nie vergessen, wie sie aussieht. Das Bild, das er von ihr immer vor Augen hatte, war genau richtig. Sie hat sich in der Zentrallegion verändert, aber nicht zu ihrem Nachteil. Sie ist stärker geworden. Sie braucht nicht einmal viel zu sagen. Er kann es auch ohne Worte an ihrer Körperhaltung sehen. Sie besitzt eine Würde, die es ihr verbietet, gegen ihre Überzeugung zu handeln. Sie ist nicht an irgendeine Gruppe gebunden, sondern handelt nach ihrem eigenen Willen. Finn ist stolz auf sie, während er für sich selbst keinerlei Achtung mehr übrig hat. Er hat auf ganzer Linie versagt. Er hat eine falsche Entscheidung nach der anderen getroffen, was einzig und alleine daran liegt, dass er im Grunde nichts entschieden hat, sondern andere für sie hat entscheiden lassen. Alles was er getan hat, tat er zum Wohl anderer. Es begann damit, dass er Cleo gegen ihren Willen in die Zentrallegion geschickt hatte und endete damit, dass er sich selbst aufgeben hatte, um ein Bündnis mit den Mutanten eingehen zu können. Ein Bündnis, das auch ohne sein Opfer, letztendlich zu Stande gekommen wäre. Und selbst jetzt tut er nicht das, was er möchte, sondern das, wovon er glaubt, dass es das Beste für alle sei. Cleo verdient jemanden, zu dem sie aufschauen kann. Jemanden, der sie nicht betrügt, sobald es mal etwas schwieriger wird. Jemanden, der es wert ist, von ihr geliebt zu werden. Dieser jemand kann er selbst nicht sein.

Cleo stolpert hinter ihm und reißt ihn zurück. Sie bleibt keuchend stehen und entzieht ihm ihre Hand. Sie stützt sich auf ihre Knie und atmet tief ein und aus. Finn schnauft ebenfalls schwer, aber er kann nicht zur Ruhe kommen. Sein Herz schlägt ihm bis zum Hals und seine Augen sehen gehetzt in alle Richtungen, nur nicht zu Cleo.

Sie richtet sich auf und er spürt, dass sie ihn anschaut. „Wir brauchen nicht mehr zu rennen, solange wir nicht verfolgt werden. Sonst sind wir völlig erledigt, falls sie wiederkommen."

Sie hat Recht. Natürlich hat sie Recht. Sie hat immer Recht. Er nickt und wendet ihr den Rücken zu, bevor er langsam weitergeht. Ihre Schritte erklingen hinter ihm. Die Dämmerung hat bereits eingesetzt, sodass sie die Laserwaffe nicht mehr brauchen, um sich zurechtzufinden.

Das Schweigen liegt schwer auf ihren beiden Schultern. Es gibt so viel, worüber sie reden könnten. So viele Fragen, aber Finn fühlt sich nicht bereit dazu, sie zu beantworten. Wie soll er wissen, was er will, wenn er nicht einmal mehr weiß, wer er überhaupt ist?

„Zoe hat sich gut mit der Schwangerschaft arrangiert“, sagt Cleo plötzlich hinter ihm. Sie scheint die Stille nicht länger zu ertragen und fängt deshalb an, über andere Personen zu reden, anstatt das zu sagen, was ihr auf dem Herzen liegt.

„Das war nicht immer so“, erwidert Finn. Selbst seine Stimme hört sich in seinen Ohren fremd an: leise und kraftlos. „Irgendwie verdankt sie das sogar den Mutanten. Das Kind hat ihr das Leben gerettet.“

Cleo schließt zu ihm auf, sodass sie nun nebeneinander laufen. „Wie das?“

„Die Mutanten sind Überlebende des Dritten Weltkriegs. Sie sind alle deutlich älter als normale Menschen. Durch die radioaktive Strahlung hat sich ihre DNA verändert. Sie sind größer und stärker als wir, dafür aber unfruchtbar. Sie können ihre Gene nicht weitergeben, deshalb ist eine schwangere Frau für sie so etwas wie ein Wunder, etwas Heiliges.“

Es fällt ihm leichter mit Cleo zu reden, solange er nicht über sich selbst sprechen muss.

„Das bedeutet, die Mutanten werden irgendwann aussterben, richtig?“, hakt Cleo nach. Obwohl die Mutanten nun ihre Verbündeten sind, ist Finn erleichtert über Cleos Abneigung ihnen gegenüber.

Er hält sich selbst auch von ihnen fern. Nicht, weil sie Menschen getötet haben, um zu überleben, sondern wegen dem, was sie ihm angetan haben. Sie hätten ihn nicht zu dieser Prüfung zwingen dürfen. Sie haben Menschen aus der Not heraus gegessen. Für ihn hingegen war es nur Folter.

„Richtig, die Frage ist nur wann“, stimmt er ihr zu.

„Pep ist wütend auf mich, weil ich mich Lauren gegenüber nicht gerade freundlich benommen habe“, gesteht sie ihm, während sie weiter durch die Berge und Hügel der roten Wüste laufen. Die Sonne geht in ihrem Rücken auf, sodass ihre Körper lange Schatten vor ihnen werfen.

Finn riskiert einen Blick auf Cleos Gesicht. Er ist überrascht davon, dass sie zu jemandem unfreundlich sein kann. „Lauren ist gut“, sagt er. „Sie hat sich in all den Jahren das meiste Einfühlungsvermögen bewahren können. Ihr glaubt man irgendwie, dass sie nie Menschen töten wollte, sondern es musste, um überleben zu können.“

„Glaubst du das den anderen Mutanten nicht?“, fragt Cleo und schaut ihm in die Augen. Die ersten braunen Flecken sind in ihren lichtblauen Augen zu erkennen.

„Nicht allen“, gesteht Finn. „Die Mutanten haben sich zu lange von ihren Instinkten leiten lassen, um noch auf ihr Gewissen oder irgendeine Moral zu hören.“

„Ich weiß nicht, was ich an ihrer Stelle getan hätte“, sagt Cleo. „Ich weiß nicht, ob ich in der Lage gewesen wäre, einen Menschen zu essen.“

Finn erstarrt. Er bemerkt ihren prüfenden Blick. Was weiß sie? Weiß sie, was er getan hat? Er sieht

D499s Augen vor sich und wie das Leben aus ihnen weicht. Unwillkürlich beschleunigen sich sein Schritt und seine Atmung, die sich gerade erst beruhigt hatten. Er kann Cleo nicht länger in die Augen blicken. Er würde es nicht ertragen, wenn er in ihnen Verachtung lesen würde.

„Finn!", ruft Cleo, die hinter ihm stehen geblieben ist. Doch er geht stur weiter. Je schneller sie das Lager erreichen, umso schneller kann er sich wieder von ihr zurückziehen.

Sie rennt ihm hinterher und baut sich vor ihm auf. Er ist gezwungen, auf dem schmalen Pfad zwischen den Felswänden stehen zu bleiben.

„Es tut mir leid", sagt sie mit weicher Stimme und sucht seinen Blick. Doch er schaut auf den Weg hinter ihr.

„Ich weiß, was du tun musstest", fährt sie fort. „Es muss schrecklich gewesen sein!" Ihre Hand legt sich auf seine Wange. Sie dreht sein Gesicht zu ihrem. Finn schließt die Augen. Sein ganzer Körper zittert. Wie kann sie so liebevoll zu ihm sein, nach dem, was er getan hat? Sie hätte jedes Recht, ihn zu hassen.

„Finn, sieh mich an!", bittet sie leise. Ihre Stimme bebt und er öffnet die Augen. Eine Träne rollt über seine Wange. Cleos Augen sind ebenfalls tränenverschleiert.

„Es tut mir leid, dass ich nicht für dich da sein konnte", wispert sie.

Finn umschließt ihre Hand, aber drückt sie nicht von sich, sondern an sich. „Es war meine Schuld. Ich habe dich weggeschickt, weil ich wollte, dass du in Sicherheit bist!"

„Ich weiß", flüstert sie. „Aber warum schickst du mich jetzt wieder weg? Warum hast du dich von mir abgewandt?"

Er hört die Verzweiflung und das Flehen in ihrer Stimme, während er mit dem Daumen die Tränen von ihrer Wange wischt. „Weine nicht", bittet er sie. „Ich ertrage es nicht, dich weinen zu sehen."

„Warum sagst du mir, dass du mich nicht mehr liebst? Ich weiß, dass es nicht stimmt! Ich sehe, dass es nicht stimmt!"

„Ich bin nicht mehr der, der ich einmal war. Es ist zu viel passiert. Ich habe zu viel falsch gemacht! Du hast jemand Besseren verdient!"

Ihre Hände schließen sich noch etwas fester um die von Finn. „Finn, ich liebe dich nicht, weil du perfekt bist, sondern weil du ein Mensch bist! Menschen machen Fehler."

Ihre Worte treffen tief in sein Herz. Er möchte nichts mehr, als sie an sich zu ziehen und nie wieder loszulassen. Aber das wäre schwach. Offiziell ist er noch mit Ruby zusammen, auch wenn sie wissen muss, dass ihre Beziehung zum Scheitern verurteilt war mit dem Tag, an dem Cleo zurückgekehrt ist. Finn kann es in Rubys Augen sehen. Sie weiß, dass er sie nicht liebt. Sie hat es immer gewusst und trotzdem hält sie an ihm fest. Er muss sich von ihr lösen, bevor er auch nur noch einen weiteren Schritt in Cleos Richtung gehen kann. Das ist er sowohl Ruby als auch Cleo schuldig.

Er zieht Cleos Hand von seiner Wange und tritt zurück. „Gib mir Zeit!"

05. LÜGNER (ASHA)

Asha hat nie vorgehabt, mit den Rebellen die Zentrallegion anzugreifen. Es war nur ein Vorwand, um von ihrem eigentlichen Vorhaben abzulenken. Seit sie IHN wiedergesehen hat, gibt es für sie nur noch eine Aufgabe, um die sich ihr ganzes Leben, ihr ganzes Denken dreht. Sie muss beenden, was sie in der westlichen Legion begonnen hat. Dabei ist es völlig egal, ob dem Monster mittlerweile die Zähne gezogen worden sind oder nicht. Solange ER atmet, kann sie nicht leben. Auch in dem Glauben, dass ER bereits tot sei, hat sie gewusst, dass ihr Leben für immer zerstört ist. Aber sie hat in der Zentrallegion versucht, einen Schluss-Strich unter ihr bisheriges Leben zu ziehen, um bereit für einen Neuanfang zu sein. Tagsüber hat dies sogar ganz gut funktioniert. Nur die Nächte belehrten sie jedes Mal aufs Neue. Sie kann nicht vergessen, was sie jahrelang hat ertragen müssen. Bevor Cleo in ihr Leben getreten ist, hat es nur aus Schmerz und Leid bestanden. Sie würde Cleo immer dankbar bleiben, dafür, dass sie sie gerettet hat. Cleo würde für sie immer einer der wichtigsten Menschen in ihrem Leben bleiben, ganz egal, was auch kommen sollte. Wobei sie zurzeit genau genommen der einzige Mensch ist, der sich überhaupt für ihr Schicksal interessiert. Asha ist zu verschlossen, um Freunde zu finden. Sie kann ihr Herz anderen nicht öffnen, weil sie niemandem vertrauen kann. Aber sie will leben! Sie will fühlen! Endlich ein normales Leben führen!

Asha läuft in der Dunkelheit den ganzen Weg von der Zentrallegion zu dem Rebellenlager alleine zurück. Sie hat kein Licht bei sich, aber das braucht sie auch nicht, um sich zurechtzufinden. Es ist fast, als könnte sie IHN riechen. Es war leicht, sich davon zu stehlen, als die ersten Leuchtraketen in den Himmel flogen. Niemand hat auf sie geachtet! In diesem Moment war sie darüber einmal wirklich froh.

Sie sieht durch die Hügel der Wüste bereits das Lagerfeuer des Camps aufleuchten. Alleine ist sie viel schneller als in dem Trupp der Rebellen. Sie verspürt weder Hunger, Durst noch Erschöpfung. Ihr Körper steht unter Strom und ihre Füße bewegen sich von alleine vorwärts. Zielstrebig.

Während die Rebellen gegen die Zentrallegion kämpfen, wird sie in dieser Nacht ihren eigenen Kampf austragen. Er wird mit dem Tod enden, ob nun mit ihrem eigenen oder dem des Ungeheuers. Mit einem anderen Ausgang wird sie sich nicht zufriedengeben! Auch die blonde Florance wird sie nicht daran hindern können! Die junge Frau war immer freundlich zu ihr, doch seit sie das Monster schützt, empfindet Asha nur noch Verachtung für sie.

Im Lager ist es ruhig, nur das leise Stöhnen der Kranken und Verletzten ist zu hören. Sie würden den meisten von ihnen einen Gefallen tun, wenn sie ihrem Leiden ein Ende setzen würden. Für über die Hälfte von ihnen gibt es ohnehin keine Hoffnung mehr. Die meisten Rebellen würden sie für ihre Ansicht verachten und als grausam beschimpfen. Aber Asha ist nicht grausam, sondern genau das Gegenteil: mitfühlend. Grausam ist es, einen Menschen, dessen Tod bereits besiegelt ist, zwanghaft am Leben zu erhalten. In gewisser Weise ist es sogar ein Akt der Gnade, dem Monster die Kehle durchzuschneiden. Sie könnte ihn genauso gut entführen und ihn Tag und Nacht foltern, so wie er es mit ihr gemacht hat. Sie könnte ihm jeden Tag einen Finger abschneiden und danach mit den Zehen weitermachen. Sie könnte ihm jeden Knochen einzeln brechen. Sie könnte ihm die Augen ausbrennen. Sie könnte ihm ein Ohr abschneiden. Sie könnte ihm seine Männlichkeit mit einem Hammer zerschlagen. Sie könnte ihm so viel mehr antun, als ihm *nur* das Leben zu nehmen. Er hätte alles Leid der Welt verdient! Aber sie würde es nicht ertragen, ihn länger als nötig anzusehen. Sie will sein Gesicht nie wieder sehen. Gegen ihre Träume in der Nacht ist sie machtlos, aber ihre Tage hält sie selbst in der Hand. Der schwere Stein auf ihrer Brust wird sich erst lösen, wenn sie sieht, wie ER seinen letzten Atemzug nimmt und das Leben in seinen Augen erlischt. Erst dann kann sie einen Schluss-Strich unter ihr altes Leben ziehen.

Sie huscht in den Schatten des Lagers am Feuer vorbei und umfasst die Stahlspitze in ihrer rechten Hand etwas fester. Sie weiß genau, wo das Monster schläft. In ihrer ersten Nacht hat sie gewartet, bis Cleo eingeschlafen war. Es hatte lange gedauert, aber kaum, dass es so weit war, ist sie alleine durch das Lager geschlichen und hat IHN gesucht. Fast hat sie erwartet, ihn neben der Blonden vorzufinden, aber so sehr liebt sie ihn dann wohl doch nicht. Sie legt ihn abends zu den anderen ehemaligen Bewohnern der Sicherheitszone, die es immer noch nicht geschafft haben, einen Platz in ihrem neuen Leben zu finden. Sie sind allesamt verstört und es sind nur noch wenige von ihnen übrig: Etwa zwanzig Personen, der Rest von ihnen ist den Mutanten und der Explosion zum Opfer gefallen.

Ashas Augen sind auf die kleine Gruppe fixiert. Sie sieht nicht, was rechts oder links von ihr passiert, sondern starrt nur geradeaus. Sie rennt nun fast, weil alles in ihr danach schreit, dem Ganzen endlich ein Ende zu setzen. Nur noch wenige Meter trennen sie von ihrem Ziel, als sie irritiert innehält. Sie nimmt eine schwache Bewegung in der Gruppe war. Während die meisten von ihnen wie Tote bewegungslos auf dem Boden liegen, entdeckt sie, dass zwei der Personen auffällig nah beieinanderliegen. Es sieht fast so aus, als würden sie aufeinander liegen. Ihr Herzschlag beschleunigt sich und kalter Schweiß bricht auf ihrer Stirn aus. Ihr Magen zieht sich zusammen und sie schmeckt den bitteren Geschmack von Galle in ihrem Mund. Ein Rauschen dröhnt in ihren Ohren. Die scharfen Kanten des Stahlsplitters schneiden ihr in die Hand, aber sie spürt den Schmerz nicht. Ihre Beine setzen sich in Bewegung. Sie rennt wie besessen auf die Gruppe zu. Sie springt über Körper, die am Boden liegen, und verpasst der Person, die sich über die andere beugt, einen harten Tritt. Sand wirbelt auf, als die Person zur Seite geschleudert wird. Ein erschrockenes Keuchen verlässt seine Kehle. Sie hat genau den Richtigen getroffen. Sie blickt panisch zwischen dem Monster und der Frau, die unter ihm begraben war, hin und her. Wenigstens ist sie nicht nackt, aber ihre Augen sprechen Bände. Dem Monster wurden keine Zähne gezogen, es hat sich nur schlafend gestellt. Langes dunkles Haar bedeckt seinen Kopf und sein Gesicht. Er funkelt sie herausfordernd an und richtet sich auf, aber sie lässt ihm keine Chance. Ihr Fuß schnellt gegen sein Kinn, sodass sein Kopf nach hinten fliegt. Sie tritt erneut zu, dieses Mal in den Magen. Er stöhnt, aber niemand kommt ihm zu Hilfe. Ihr nächster Tritt trifft ihn zwischen den Beinen. Sie sieht mit Genugtuung, wie er vor Schmerz schreit und Tränen seine Augen füllen. Ihre Faust trifft seine Nase und sein Blut verfärbt ihre Haut. Sie kann nur hoffen, dass die Aktion der anderen erfolgreich sein wird und sie Wasser bekommen, um sich sein Blut abzuwaschen. Alleine der Gedanke, etwas von ihm an sich zu haben, bringt sie zum Würgen.

Eigentlich wollte sie ihn wortlos und mit einem einzigen Schnitt töten, aber zu sehen, dass er noch immer dasselbe Monster wie eh und je ist, macht sie rasend. Er soll leiden und sich vor Angst einnässen. Sie will ihn demütigen und um sein Leben betteln sehen. Aber egal, wie oft sie ihn schlägt und tritt, verliert er nicht den arroganten Ausdruck in seinen Augen.

Sie presst die Scherbe gegen seinen Hals und Blut quillt hervor, jedoch nicht genug, um ihn zu töten. Sie ringt vor Erschöpfung nach Atem. Er starrt zu ihr empor. Seine Lippen bewegen sich.

„Du kannst mich töten, aber ich werde es dir trotzdem jede Nacht besorgen. Bis ans Ende deines Lebens."

Asha wird eiskalt und sie bricht in ein unkontrolliertes Zittern aus. Obwohl er unter ihr liegt und keine Chance hat, sich zur Wehr zu setzen, fühlt sie sich schwach und hilflos. Es ist, als hätte er ihr die Worte direkt ins Ohr geflüstert.

„Du wirst mich niemals vergessen, wirst niemals unsere gemeinsame Zeit vergessen", zischt er und sie weiß, dass es stimmt. Sie will nichts mehr, als den Stahl in seinen Hals zu bohren, aber ihr Körper ist wie erstarrt. Mit ihrer Hand umschließt sie die Scherbe, doch sie treibt sie sich nur tiefer in ihr eigenes Fleisch.

Plötzlich holt er aus, so schnell, dass seine Hand mit dem Stein sie völlig unvorbereitet am Kopf trifft. Ihre Kehle schnürt sich zu und ihr wird schwarz vor Augen. Sekunden später findet sie sich auf dem Boden wieder. Das Monster kniet über ihr. Asha hat das Gefühl, sich in einem ihrer Albträume und nicht in der Realität zu befinden. Was hat sie nur getan? Warum hat sie nicht zugestochen, als sie die Chance hatte? Warum ist sie so verdammt schwach?

Das Monster streichelt ihr unerwartet sanft über die Wange. Doch die fast zärtliche Berührung schmerzt sie mehr, als ein Schlag es tun könnte.

„Du bleibst meine Nummer eins“, wispert er in ihr Ohr, während seine Lippen ihre Haut berühren.

„Was ist hier los?“, unterbricht eine Stimme die Stille. Ashas und Judas’ Köpfe fahren gleichzeitig herum. Florance steht zwischen den Schlafenden und starrt mit geweiteten Augen auf sie herab.

Judas hebt die Hände und steigt von Asha. Seine Kleidung ist zerfetzt und sein Gesicht blutüberströmt. „Sie wollte mich töten!“, erwidert er ruhig.

„Du kannst wieder sprechen?!“, stößt Florance verwirrt aus und blickt zwischen ihm und Asha hin und her. Asha rappelt sich auf die Beine und stürzt zu ihr. „Er ist ein Monster!“

„Das war ich wirklich, und ich kann verstehen, dass sie mich tot sehen will!“, behauptet Judas sehr verständnisvoll. Er steht ebenfalls auf und tritt langsam auf die beiden Frauen zu. „Aber ich habe mich geändert! Das weißt du, Florance!“

Florance blickt ihn misstrauisch an. „Du hast mich belogen und mir die ganze Zeit nur etwas vorgemacht!“

„Das habe ich und es tut mir von Herzen leid. Aber du weißt selbst, was die Rebellen mit mir gemacht hätten, wenn sie gewusst hätten, dass ich mich erinnern kann und wieder Herr meiner Kräfte bin.“

„Glaub ihm kein Wort!“, faucht Asha. Judas sieht, wie sie die blutige Klinge umfasst. Er geht vor Florance auf die Knie.

„Ich verdanke dir mein Leben. Wenn du mich töten willst, dann werde ich dich nicht aufhalten.“

Asha blickt voller Hoffnung zu Florance, doch sie sieht das Zögern in ihrem Blick. Sie wird nicht ein zweites Mal zögern und holt aus. Die Klinge trifft Judas Brust. Er schreit und Florance packt sie am Arm, zerrt an ihr. Sie schreit nun ebenfalls, jedoch nicht vor Schmerz, sondern um Hilfe.

Im nächsten Moment wird Asha zurückgerissen. Mehrere Hände packen sie an den Armen. Florance geht neben Judas zu Boden und betastet seine Brust.

„Er braucht Hilfe!“, schreit sie alarmiert und eine weitere Frau geht neben ihm zu Boden.

„Lasst ihn sterben!“, fleht Asha sie verzweifelt an. Die Dämmerung setzt bereits ein.

Immer mehr Menschen treten zu ihnen. Es sind die Rebellen, mit denen Asha aufgebrochen ist. Sie sind zurückgekehrt. Einer von ihnen ist Paul. Er geht neben Florance nieder. „Was ist passiert?“

„Asha wollte ihn umbringen“, erwidert Florance, jedoch ohne zu Asha aufzuschauen.

„Er kann sich bewegen! Er ist nicht krank“, schreit Asha außer sich. Paul schaut irritiert zu ihr auf und dann zurück zu Florance. „Stimmt das?“

Sie zögert und blickt zu Judas am Boden. „Nein.“

Asha fühlt sich, als hätte man sie erdolcht. Ihr Herz setzt aus. Während sie zuvor für Florance nur Verachtung übrig hatte, wandelt sich diese nun in Hass und pure Wut.

„Er wollte die Frau vergewaltigen!“, ruft Asha aus und deutet auf die ehemalige Bewohnerin der Sicherheitszone, die sie mit großen Augen anstarrt.

Paul geht zu der Frau. „Sagt sie die Wahrheit?“

Der Blick der Frau ist starr und völlig bewegungslos. Es ist nicht zu erkennen, ob sie Paul überhaupt verstanden hat.

„Hörst du mich?“, fragt Paul erneut und blickt an ihr hinab. Sie ist komplett bekleidet und weist keine Verletzungen auf. Genauso wenig wie Asha. Der Einzige, der verletzt ist, ist Judas.

Paul geht auf Asha zu. In seinen Augen liegt Mitleid.

„Dieser Mensch hat dir Schreckliches angetan und jeder kann verstehen, dass du ihn hasst. Aber wir haben uns gegen die Todesstrafe entschieden. Du hattest kein Recht, eigenmächtig zu handeln.“

„Er macht euch etwas vor“, weint Asha und starrt hasserfüllt zu Florance. „Und sie weiß es!“

Florance ist vom Boden aufgestanden und hinter Paul getreten. Er dreht sich zu ihr um und blickt ihr in die Augen. Sie erwidert seinen Blick ohne Scheu. „Vertrau mir!“, bittet sie.

Paul nimmt ihre Hand und Asha weiß, dass sie verloren hat.

06. Ein Friedensangebot(Cleo)

Seitdem ich Finn erneut meine Liebe gestanden habe, fühle ich mich innerlich wie betäubt. Wir haben seitdem kein Wort mehr miteinander gewechselt und jetzt liegt auch schon das Lager in der morgendlichen Sonne vor uns. Ich weiß nicht, was sein *‚Gib mir Zeit!‘* bedeuten soll! Liebt er mich noch? Wird er sich jetzt von Ruby trennen? Oder weiß er nicht, was er fühlt? Im ersten Moment war ich über seine Antwort glücklich, weil sie Hoffnung birgt. Aber jetzt habe ich Angst davor zu hoffen, wenn es bedeutet, dass ich am Ende vielleicht wieder in ein tiefes Loch stürze. Ich bin mir nicht sicher, ob ich aus diesem wieder herauskommen würde.

Ich schaue zu Finn, doch sein Blick ist starr auf das Lager gerichtet, so als wäre ich gar nicht da. Ich wünschte, er würde wenigstens wieder meine Hand halten, aber dann würde Ruby es sehen. Eigentlich wollte ich niemals einem guten Menschen schaden. Ruby ist definitiv gut und trotzdem möchte ich nichts mehr, als dass Finn am besten auf der Stelle Schluss mit ihr macht. Es ist purer Egoismus und die Bildungslehrer der Legion würden mich für diese Gefühlsregung verurteilen. *Liebe führt zu Eifersucht und Eifersucht zu Streit. Streit führt zu Krieg. Also verliebe dich nie!*

Ich nehme an, dafür ist es bereits zu spät, sowohl für die Liebe als auch für den Krieg. Wenigstens gibt es eine gute Nachricht: Der Panzer hat es offenbar ins Lager geschafft und neben ihm liegt der Wassertank, um den sich eine Truppe Menschen versammelt hat. Ich blicke zur Seite, doch Finn ist verschwunden. Er ist schon wieder wortlos gegangen und in mir regt sich erneut die Wut. Haben wir jetzt die Rollen getauscht? Warum renne ich ihm eigentlich hinterher, obwohl er es ist, der eine Andere geküsst hat? Müsste nicht eigentlich er mich um Verzeihung anflehen? Ich kenne die Antwort: Ich liebe ihn zu sehr, um ihn kampflos aufzugeben.

Alleine trete ich auf die Menschengruppe am Panzer zu, in der Hoffnung, dort auch meine Mutter zu entdecken. Ich muss wissen, ob es ihr gut geht. Sollte ihr etwas fehlen, hätte ich wenigstens einen Grund, Ruby endlich die Ohrfeige zu verpassen, die schon, seitdem wir hier angekommen sind, in meinen Fingerspitzen brennt.

Ich bahne mir einen Weg durch die Menschen und entdecke Florance und Grace, die damit beschäftigt sind, Wasser auszuschenken. Als Grace mich sieht, lächelt sie und winkt mich zu sich. Sie schiebt mich in der Reihe nach ganz vorne.

„Das ist Cleo!“, ruft sie laut. „Sie gehört zu den vier Personen, die den Wassertank für uns gestohlen haben.“

Die Menschen brechen in Applaus aus.

„Knie dich hin“, fordert sie mich auf. Danach zieht sie eine Art Stopfen aus dem Wassertank und Wasser sprudelt hervor. Gierig halte ich meinen Mund unter die Öffnung und lasse das lauwarme Wasser in meinen Mund laufen. Kühl wäre es natürlich angenehmer, aber keiner von uns ist in der Position, Ansprüche zu stellen. Das Wasser fließt durch meine Kehle und befeuchtet meinen Mund. Es ist herrlich!

Bereits nach wenigen Schlucken steckt Grace wieder den Stopfen in den Tank. „Tut mir leid, aber wir müssen das Wasser einteilen. Wer weiß schon, wie lange wir damit auskommen müssen. Den nächsten Ausschank gibt es erst am Abend."

Dafür habe ich natürlich Verständnis und stehe wieder vom Boden auf. Erst jetzt bemerke ich Florance beunruhigten Blick. Sie nimmt mich am Arm und schiebt mich von der Menschengruppe weg. Ihre Berührung ist so selbstverständlich für mich, dass ich beinahe vergesse, dass ich ihr eigentlich die Freundschaft gekündigt habe.

„Was ist los?", frage ich besorgt.

„In der Nacht gab es einen Überfall", erklärt sie mir sehr ernst, während wir durch das Lager laufen. Sie scheint ein bestimmtes Ziel zu haben,

„Was für einen Überfall?", will ich alarmiert wissen. Ist jemand verletzt worden? Oder womöglich sogar tot? Wie kann es sein, dass die Legion uns angegriffen hat, wenn sie doch damit beschäftigt war, ihre Stadt zu verteidigen?

„Keine Sorge, die Legion hat damit nichts zu tun", erwidert Florance, als hätte sie meine Gedanken gelesen.

Wir überqueren die Lichtung, auf der die Rebellen den Kampf trainieren. Im Schatten einer der Hügel entdecke ich Paul und Khaan. Sie wirken genauso besorgt wie Florance, als sie mich entdecken.

„Würde mich jetzt bitte mal einer aufklären?", fordere ich genervt. Die Ungewissheit macht mir Angst.

Paul und Khaan treten beiseite und geben den Blick auf Asha frei, die auf dem Boden sitzt. Ihre Hände wurden gefesselt, aber viel besorgniserregender ist ihr Gesicht. Sie sieht völlig verzweifelt aus.

Ich gehe neben ihr automatisch zu Boden und schaue verständnislos zwischen ihr und den anderen Dreien hin und her. „Was soll das?“, frage ich und deute auf die Fesseln.

„Asha hat versucht, Judas umzubringen“, erklärt Paul.

Obwohl ich geschockt zu meiner Freundin blicke, bin ich nicht wirklich überrascht. Das Einzige, was unerwartet für mich kommt, ist der Zeitpunkt. Sie muss es für eine gute Gelegenheit gehalten haben den Mordanschlag durchzuführen, während die meisten mit dem Angriff auf die Zentrallegion beschäftigt sind.

Asha blickt mir ins Gesicht, wobei Tränen in ihren Augen tanzen und drohen, jeden Moment hervorzubrechen. Ich weiß, dass es für sie demütigend wäre, vor allen zu weinen, deshalb schirme ich sie, so gut es geht, mit meinem Rücken vor den anderen ab und beuge mich dicht zu ihr.

„Warum muss ich nicht fragen, die Antwort kenne ich“, rede ich ihr gut zu, doch Asha schüttelt verzweifelt den Kopf. „Er lügt“, flüstert sie. „Er ist nicht krank! Er spielt allen nur etwas vor. Ich habe ihn dabei erwischt, wie er eine andere Frau …“ Sie schafft es nicht, das Wort auszusprechen, aber ich verstehe auch so. Anklagend blicke ich zu den anderen.

„Wusstet ihr das?“

„Sie hat es bereits behauptet, als wir sie festgenommen haben“, gibt Paul zu und blickt unsicher zu Florance, die nun das Wort übernimmt.

„Aber Tatsache ist, dass Judas schwer verletzt ist, während ihr nicht ein Haar gekrümmt wurde.“

Ich schaue zurück zu Asha, die bis auf ihre Verzweiflung gesund aussieht.

„Florance weiß es“, zischt sie. „Sie hat es gesehen und deckt ihn immer noch!“

Entsetzt reiße ich die Augen auf und starre zurück zu Florance. Diese schüttelt sofort abwehrend den Kopf. „Das stimmt nicht! Ich würde doch keinen Mörder schützen!“

„Vergiss Vergewaltiger nicht“, fauche ich zurück. Obwohl sowohl Florance als auch Asha mal beide meine Freundinnen waren, glaube ich ohne zu zögern Asha. Es ist ein intuitives Gefühl.

Paul legt seinen Arm um Florance, die nun beinahe genauso verzweifelt aussieht wie Asha.

„So wie ich das sehe, steht hier Aussage gegen Aussage! Warum habt ihr Asha also gefesselt?“, frage ich hart an Paul gerichtet. Ich weiß, dass er Florance mehr liebt als alles andere auf der Welt. Aber das ist keine Entschuldigung dafür, dass er seine Augen vor der Wahrheit verschließt.

„Du hast Judas nicht gesehen!“, verteidigt sich Paul. „Sein Gesicht ist kaum noch wiederzuerkennen, nachdem wie sie ihn zugerichtet hat. Wir können sie hier nicht frei herumlaufen lassen!“

„Zudem würde sie es jederzeit wieder tun!“, stimmt ihm Florance sofort zu.

„Wenn sie ihn nicht umbringt, werde ich es tun!“, schreie ich zurück. „Wollt ihr mich jetzt auch fesseln und hier festhalten?“

Florance und Paul blicken sich verzweifelt an. Asha, die sie kaum kennen, zu fesseln ist die eine Sache, aber mich, die mehr als einmal ihr Leben für die Rebellen riskiert hat, festzuhalten, eine ganz andere.

Ich strecke meine Hand fordernd aus. „Würde mir jetzt bitte jemand eine Waffe reichen, mit der ich die Fesseln durchschneiden kann?!"

Paul blickt flehend zu Florance, doch sie zeigt sich nicht bereit, nachzugeben. „Er tut keinem etwas, vertraut mir doch bitte!", jammert sie panisch.

Während Paul sich nicht entscheiden kann, wessen Aufforderung er Folge leisten soll, drückt Khaan mir eine Stahlscherbe in die Hand.

Ich zögere nicht und löse Ashas Fesseln. Danach ziehe ich sie auf die Beine und halte ihre Hand fest in meiner. „Ich hoffe, dass euer Monster an seinen Verletzungen sterben wird, sonst helfe ich höchstpersönlich nach!"

Vielleicht hätte ich damit leben können, dass Judas noch am Leben ist, wenn er wirklich so schwer geschädigt wäre, dass er keinem mehr ein Leid zufügen kann. Aber er hat es wieder einmal geschafft, allen etwas vorzumachen. Ich werde nicht zulassen, dass er irgendjemandem und schon gar nicht Asha etwas antut! Nicht noch einmal! In diesem Fall hätte ich nicht einmal etwas dagegen, wenn die Mutanten ihn sich vornehmen würden.

Obwohl ich die ganze Nacht durch die Wüste gelaufen bin, fühle ich mich nicht erschöpft, sondern voller Tatendrang. Es fällt mir schwer, still zu sitzen. Ich habe Asha in der Obhut von Khaan zurückgelassen und mich auf die Suche nach meiner Mutter gemacht. Gefunden habe ich sie im Krankenlager, jedoch nicht, weil sie selbst Hilfe gebraucht hätte, sondern weil sie Zoe dabei geholfen hat, die Kranken und Verletzten zu pflegen. Wir sind ein Stück abseits gegangen, um ungestört miteinander reden zu können.

„Es ist wirklich toll, dass du jetzt auf der Krankenstation hilfst“, gestehe ich ihr bewundernd. Sie gibt sich wirklich große Mühe sich anzupassen, mehr als ich es je erwartet hätte.

„Irgendwie muss ich mich wohl in meinem neuen Leben zurechtfinden“, seufzt sie. „Um zurück in die Legion zu gehen, ist es zu spät.“

„Würdest du denn gerne zurück in die Zentrallegion? Nach allem, was sie dir angetan haben?“

„Nein!“, sagt sie, ohne zu zögern. „Aber ich vermisse mein Zuhause. Die westliche Legion war mein Zuhause. Dort war alles anders als in der Zentrallegion.“

„Das stimmt“, erwidere ich. „Aber die Legionsführer haben alle Menschen belogen. So durfte es nicht weitergehen. So sollte keiner leben müssen.“

„Ich weiß, aber wir waren auf einem guten Weg. Zusammen mit dir hätten wir etwas Gutes daraus erschaffen können. Ein sicheres Zuhause für alle.“

„Wenn der Krieg vorbei ist, können wir das immer noch.“

„Wird er denn je vorbei sein?!“, fragt sie niedergeschlagen. Ihre Worte treffen mich, ich kenne sie nicht so pessimistisch. Meine Mutter war immer eine Frau mit einem Ziel vor Augen. Sie wusste stets, was sie will und wie sie es am besten erreichen kann.

„Es wird ein schwerer und langer Kampf, aber wenn wir an einen Sieg glauben, können wir es auch schaffen." Ich weiß nur noch nicht wie. „Irgendwann."

„Und was ist dann? Wir leben zwischen Trümmern zusammen mit Menschenfressern. Ohne die Technik der Legion sind wir aufgeschmissen. Ohne die Legion können wir den Boden nicht fruchtbar machen. Ohne die Legion wird es keine Tiere geben, die wir schlachten können. Wir sind auf ihre Technik angewiesen!"

„Aber zu den Rebellen und Freiheitskämpfern gehören jede Menge ehemalige Mitglieder der Legion. Wir können alles wieder aufbauen, nur besser!"

„Hast du eine Ahnung, wie lange es gedauert hat, das alles aufzubauen? Das meiste ist sogar lange vor meiner Zeit entstanden und wurde nur weiter entwickelt. Wir können nicht bei null anfangen, wenn wir gleichzeitig auch noch verdursten oder verhungern."

Ein Schatten fällt auf uns, und als wir beide gleichzeitig aufsehen, steht dort Felix. Es ist das erste Mal, dass wir als Familie zusammen sind. Nur wir drei. Doch Felix scheint nicht an einer Familienzusammenführung interessiert zu sein. Er wirkt besorgt.

„Ist etwas passiert?"

„Eine Truppe aus der Zentrallegion nähert sich dem Lager. Sie haben weiße Flaggen dabei", berichtet er beunruhigt.

„Weiße Flaggen bedeuten, dass sie in friedlicher Absicht kommen", sagt A350 überrascht.

Wir stehen sofort auf und laufen zum Mittelpunkt des Lagers, wo sich die Feuerstelle und der Panzer befinden. Viele Menschen haben sich dort bereits versammelt. Trotzdem entdecke ich Finn sofort. Aber sein Anblick versetzt mir einen Stich ins Herz, denn direkt neben ihm steht Ruby. Offenbar hat er weder mit ihr gesprochen, noch sich von ihr getrennt. Wer weiß, vielleicht hat er sogar mit ihr geredet, sich dann aber von ihr überzeugen lassen, dass sie die bessere Wahl für ihn wäre. Fast wünsche ich mir, dass es unser Gespräch nie gegeben hätte, denn dann würde ihr Anblick vielleicht nur halb so wehtun. Ich habe gehofft, obwohl ich es nicht wollte. Er hat mich darum gebeten ihm Zeit zu geben, aber will ich wirklich warten, bis er sich zwischen mir und Ruby entschieden hat? Will ich ihm jede Möglichkeit offen lassen, ganz egal, ob mir das Herz bricht? Ich war immer ehrlich zu ihm und habe es nicht verdient, so hingehalten zu werden. Er weiß, dass ich ihn liebe. Zuletzt bin ich einen Schritt auf ihn zugegangen, jetzt ist er an der Reihe.

Ich dränge mich mit A350 und Felix durch die Menschen, die alle den Hügel emporblicken, wo Khaan neben Maggie und dem Oberhaupt der Mutanten steht. Rein zufällig stoße ich dabei etwas fester als beabsichtigt gegen Rubys Schulter. Obwohl ich mich nicht zu ihr umdrehe, kann ich ihren wütenden Blick in meinem Rücken spüren. Es ist eine Genugtuung.

Als Khaan mich erblickt, reicht er mir seine Hand und zieht mich zu sich auf den Felsen. Von dort aus lässt sich die Ebene der roten Wüste leicht überblicken. Ein kleiner Trupp, bestehend aus zwei Transportern sowie drei Geländewägen und mehreren Wüstendrifts, nähert sich unserem Lager. An jedem der Fahrzeuge ist eine weiße Flagge angebracht, so wie Felix es gesagt hat.

„Falle!“, grunzt das Oberhaupt der Mutanten. In den vielen Jahren der Einsamkeit haben die Mutanten eine eigene Sprache entwickelt, die mehr aus Lauten als aus einzelnen Wörtern besteht. Sie verstehen jedes Wort, was wir sagen, aber es fällt ihnen schwer, ganze Sätze zu bilden. Lauren scheint da eine Ausnahme zu sein, wobei sie sehr wenig spricht. Jedenfalls, wenn ich sie sehe. Seit unserem ersten Zusammentreffen weicht sie mir aus. Ich kann es ihr nicht verübeln.

„Wir haben keine Waffen, um sie daran zu hindern, das Lager zu betreten. Es war nur eine Frage der Zeit, bis sie uns angreifen würden“, entgegnet Maggie.

„Und was, wenn es gar kein Angriff ist?“, wendet Khaan ein. „Wenn sie uns angreifen wollten, würden sie einen Hubschrauber schicken und Bomben auf uns niederregnen lassen.“

Ich denke an das Gespräch mit meiner Mutter. Sie ist nach wie vor überzeugt davon, dass wir nur eine Zukunft haben können, wenn wir es schaffen, uns mit der Legion zu einigen. Wäre es möglich, dass die Zentrallegion zu derselben Ansicht gelangt ist?

Der Trupp hält wenige Meter vor den Bergen, die das Lager umgeben. Für einige Zeit rührt sich nichts, aber dann ertönt plötzlich eine Stimme, die durch Lautsprecher verstärkt wird.

„Rebellen, fürchtet euch nicht! Wir kommen in friedlicher Absicht!“

Ich höre, wie die vielen Menschen unter uns in Spekulationen ausbrechen. Es ist nicht leicht, den Worten der Legion Glauben zu schenken, nachdem sie uns unser Leben lang belogen und betrogen haben.

„Der oberste Führer der Zentrallegion ist gekommen, um Frieden zu schließen“, verkündet die Stimme aus dem Lautsprecher. „N300 wird nun eine halbe Stunde auf die Führer der Rebellion warten, um mit ihnen den Frieden zu verhandeln.“

Khaan, Maggie und der Mutant sehen sich ratlos an, bevor wir zusammen von dem Felsen klettern, um mit den anderen unser Vorgehen zu beratschlagen. Es wird schnell klar, dass die Mutanten gegen jede Einigung mit der Legion sind. In ihren Augen kann es Frieden nur geben, wenn die Zentrallegion in Schutt und Asche liegt. Maggie, Sharon und Raymond hingegen sind neugierig darauf, was die Legion ihnen anzubieten hat. Khaan hat sich bisher nicht geäußert und zieht mich nun zur Seite.

„Was sollen wir tun?“, fragt er mich. Ich gehöre selbst noch nicht lange zu der FDF und fühle mich deshalb unwohl dabei, eine Entscheidung für so viele Menschen zu treffen. Er sollte Felix oder N600 um Rat fragen, aber nicht mich.

„Ich nehme an, wenn wir ihr Angebot ausschlagen, können wir damit rechnen, dass sie jede ihnen zur Verfügung stehende Waffe gegen uns einsetzen werden“, erwidere ich besorgt.

„Aber die Zentrallegion wird sich niemals auf ein Abkommen einlassen, bei dem wir gleichberechtigt wären. Sie werden einem Abkommen nur zustimmen, solange sie die Oberhand behalten“, entgegnet Khaan.

„Es geht nicht darum ihnen zuzustimmen, sondern erst einmal nur darum, uns ihren Vorschlag anzuhören.“

„Was ist, wenn sie mit unseren Oberhäuptern verhandeln wollen, um sie zu töten? Was ist, wenn sie nur unsere Anführer beseitigen wollen?"

Wenn die Zentrallegion ihr letztes Mitglied der Führungsebene verlieren würde, wären sie erst einmal aufgeschmissen. Ohne N300 würde die Zentrallegion in einem unkontrollierten Chaos versinken. Könnte es sein, dass sie glauben, dass die Rebellen genauso gestrickt sind?

„Es wäre möglich, aber wir sind nicht wie die Zentrallegion. Wir brauchen niemanden, der uns sagt, was wir tun sollen, weil jeder von uns das Ziel vor Augen hat. Wir wollen unsere Freiheit! Wenn einer unserer Führer stirbt, ändert das nichts an unserem Ziel. Dennoch würde ich vorschlagen, dass wir nur die Stellvertreter zu der Verhandlung schicken. Boten, die danach die Vorschläge und Forderungen der Legion an alle Rebellen übermitteln."

Khaan sieht mich ernst an. „Du willst selbst zu der Verhandlung gehen, oder?"

Ich erwidere seinen Blick und nicke. „Ich habe nichts mehr zu verlieren."

„Aber ich habe dich zu verlieren!"

Ich lächle und drücke Khaans Hand. „Das wirst du nicht! Die Legion hat es noch nie geschafft, mich zu töten!"

„Ich vertraue dir", stimmt er mir überzeugt zu, bevor wir zurück zu den anderen gehen.

Khaan erklärt den anderen unseren Vorschlag, nur Stellvertreter zu der Verhandlung zu schicken. Das Oberhaupt der Mutanten weigert sich jedoch, auch nur irgendjemanden seiner Leute in die Hände der Legion gehen zu lassen, sodass nur die Rebellen und die FDF übrig bleiben. Ruby meldet sich freiwillig, doch Maggie lehnt sie aufgrund ihres ungezügelten Temperaments ab. Aus demselben Grund fällt auch Sharon raus.

Ich sehe, wie Maggie immer wieder auffordernd zu Finn blickt, doch er ignoriert sie völlig. Früher wäre er der Erste gewesen, der sich für so eine Aufgabe gemeldet hätte.

„Ich würde es machen", erklärt sich meine Mutter ungefragt bereit.

„Auf keinen Fall!", fauchen Ruby und Sharon gleichzeitig.

„Und ob!", schreie ich zurück. „Meine Mutter wird mich begleiten, wenn sie das möchte!"

„Wir schicken Verräter zu einer Verhandlung mit der Legion?!", ruft Ruby empört aus.

„Weder Cleo noch A350 sind Verräter!", verteidigt uns Khaan, wobei er erneut meine Hand fasst. „Cleo ist die Vertreterin der FDF!"

„Dann komme ich ebenfalls mit", sagt Finn plötzlich, der sich bis vor wenigen Sekunden noch strikt gegen jede Aufforderung seiner Mutter geweigert hat. Geht er meinetwegen mit? Ich blicke zu ihm und sehe, dass er auf meine Hand starrt, die mit der von Khaan verschlossen ist. Womöglich zieht er nun die falschen Schlüsse. Aber war es nicht das, was ich wollte? Ihn eifersüchtig machen? Eifersüchtig sieht er jedoch nicht aus, sondern eher gleichgültig. Erneut überkommt mich das Gefühl, ihn an beiden Schultern packen zu wollen und ihn kräftig zu schütteln. Es ist unmöglich, dass ihm alles egal ist! Das darf einfach nicht sein!

„Ich denke, drei sind eine gute Zahl", verkündet Maggie.

Wir lassen die Rebellen hinter uns und treten aus dem Schutz der Berge auf die offene Ebene, sodass wir das perfekte Ziel für einen der Schützen der Legion wären. Doch seltsamerweise macht mich der Gedanke daran weniger nervös, als Finn an meiner Seite zu wissen. Ich bereue es schon fast, zugestimmt zu haben, dass meine Mutter uns begleiten soll, denn dann könnte ich jetzt wenigstens mit Finn reden. Eigentlich wollte ich ihn ignorieren, was aber alles andere als leicht ist, solange ich ihn noch so sehr liebe.

Die Fahrzeuge der Legion kommen immer näher und mein Herzschlag beschleunigt sich.

„Haben wir einen Plan?“, frage ich meine Mutter.

„Wir hören uns an, was sie zu sagen haben, mehr nicht“, erwidert sie kühl. „Wir treffen keine Entscheidungen, geben keine Zusagen und legen auch keine Einwände ein.“

„Und was ist, wenn die Legion von uns eine Entscheidung fordert?“

„Dann lehnen wir ab!“, sagt sie leichthin. „Wenn sie uns auf der Stelle zu einer Entscheidung zwingen wollen, dann kann ihr Friedensangebot ohnehin nicht ernst gemeint sein.“

Zwei Kämpfer der Legion treten aus dem Schatten der Wagenkolonne und laufen uns entgegen. Ihre Laserwaffen sind zwar aktiviert, aber nicht auf uns gerichtet.

„WA350, WA518, die Zentrallegion grüßt euch“, sagen sie mechanisch und tun dabei so, als wäre Finn gar nicht da.

„Es ist gut, die Verhandlung mit bekannten Gesichtern führen zu können, aber bevor wir euch zu N300 bringen können, müssen wir überprüfen, ob ihr Waffen bei euch tragt.“

Ich hebe bereits meine Arme, um mich durchsuchen zu lassen, doch Finn ergreift überraschend das Wort.

„Nein!“, sagt er streng. „Selbst wenn wir Waffen dabei hätten, werden wir sie nicht ablegen. Die Zentrallegion ist auch nicht ohne Waffen zu uns gekommen.“ Er deutet auf die aktivierten Laserwaffen. „Wir sind euch bereits zahlenmäßig unterlegen, das muss euch für eure Sicherheit genügen.“

Die beiden Wachen schauen von Finn zu meiner Mutter und mir. Sie erwarten, dass wir dem Rebellen widersprechen werden, doch A350 zögert nicht eine Sekunde, sich auf die Seite von Finn zu stellen. „Finn ist das Oberhaupt der Rebellen und Mutanten. Sein Wort ist Gesetz. Wenn ihr euch nicht an seine Forderungen halten wollt, müssen wir leider wieder gehen. Und ich weiß nicht, ob N300 darüber so erfreut wäre.“

Finn wirkt genauso überrascht wie ich über den heftigen Zuspruch meiner Mutter. Doch es führt dazu, dass er endlich eine gerade Haltung annimmt und seine Schultern durchdrückt, anstatt sie schlapp herunterhängen zu lassen. Ein Teil seines einstigen Stolzes kehrt zumindest in sein Äußeres zurück.

Einer der beiden Wachen wendet uns den Rücken zu und spricht in sein Funkgerät. „Die Rebellen weigern sich, die Waffen abzulegen. Sollen wir sie trotzdem passieren lassen?“

Ich kann die Antwort nicht verstehen, doch ich nehme an, dass sie positiv sein muss, denn die Wachen lassen uns an ihnen vorbeitreten. Wir sind nun zwischen den beiden Transportern gefangen. Aus einer der Führerkabinen tritt N300, das letzte Mitglied der Führungsebene der Zentrallegion.

Seine Haltung ist arroganter denn je. Man könnte fast meinen, dass es ihm ganz recht ist, nun der alleinige Herrscher über die Zentrallegion zu sein.

Er tritt auf uns zu, während in seinem Blick unverhohlene Verachtung liegt. „N300 grüßt euch."

„Lassen wir die Floskeln und kommen zu unserem eigentlichen Thema", fährt ihn A350 unerwartet scharf an. Ihre Gefangenschaft in der Zentrallegion hat sie verändert, so viel ist mir nun klar. In ihr scheint ein Hass auf die Zentrallegion zu lodern, der ihr nicht zu verübeln ist. Vielleicht war das sogar nötig, um ihr die Augen zu öffnen. Wer weiß, ob wir sonst nun auf derselben Seite stehen würden?! „Was habt ihr uns anzubieten?"

N300s Augen verengen sich zu schmalen Schlitzen. Er ist es nicht gewohnt, unterbrochen zu werden. Die meisten Menschen verbeugen sich vor ihm und wagen es nur zu sprechen, wenn er sie dazu auffordert.

„Die Zentrallegion befindet sich in einem schlechten Zustand. Die Angriffe der Rebellen haben im Ostsektor große Schäden angerichtet und die Bewohner der Stadt leben nun in ständiger Angst", gesteht N300 zähneknirschend. „Das oberste Ziel seit Gründung der Legion ist es, einen Krieg zu vermeiden. Wir sind nicht einverstanden mit der brutalen Vorgehensweise der Rebellen, aber wir haben verstanden, dass ihr aus Verzweiflung gehandelt habt."

„Komm zum Punkt" zischt Finn genervt.

„Wir möchten den Rebellen einen eigenen Sektor in der Stadt anbieten, über den sie frei bestimmen können. Wir würden gemeinsam über eine Wasser-, Strom- und Nahrungsversorgung verfügen. Zudem möchten wir den Führern der Rebellen Plätze in der Regierung der Zentrallegion anbieten."

„Welchen Vorteil hätte die Zentrallegion davon?", will Finn misstrauisch wissen.

„Wir hätten alle denselben Vorteil davon. Es gäbe keinen Krieg", erwidert N300 eindringlich. „Wobei die Vorteile der Rebellen deutlich überwiegen würden. Ihr hättet wieder ein Dach über dem Kopf und müsstet weder hungern noch Wasser stehlen."

„Aber wir wären Gefangene der Legion!", knurrt Finn.

N300 schüttelt den Kopf. „Was die Rebellen in ihrem Sektor tun und lassen, ist uns gleich, solange ihr nicht in das Stadtgebiet der Legion vordringt. Wir möchten uns nicht verbünden, sondern nur Frieden schließen. Die Rebellen und die Legion können nie eins werden."

„Ich nehme an, es handelt sich um den zerstörten Ostsektor?", fragt A350.

„In der Tat", bestätigt N300 ihre Annahme. „Zurzeit ist die Strom- und Wasserversorgung in diesem Teil der Stadt beschädigt, aber die Gebäude sind bewohnbar und der Rest ließe sich innerhalb weniger Tage wieder einrichten."

Alles wäre besser als der Zustand, in dem wir im Moment gezwungen sind zu leben. Auch wenn wir jetzt Wasser haben, gibt es nach wie vor viel zu wenig zu essen und die Hygiene könnte kaum schlechter sein. Auch wenn wir jetzt keine Entscheidung treffen werden, wird uns wohl nichts anderes übrig bleiben, als das Angebot der Legion anzunehmen.

„Ist das alles?“, will meine Mutter wissen, wobei sie sich reserviert zeigt, so als ginge es bei der Verhandlung um das Schicksal eines anderen und nicht um ihr eigenes.

„Noch nicht ganz“, sagt N300 und führt uns zu der Rückseite einer der Transporter. „Als Zeichen unseres guten Willens haben wir die Transporter mit Nahrung und Medizin füllen lassen. Ganz egal, wie ihr euch entscheidet, werden wir euch beide schenken.“

Er öffnet eine der Planen und gibt Einblick auf eine Ladefläche voller Kisten mit unterschiedlichen Beschriftungen. Über so viel Entgegenkommen bin ich nun doch überrascht. Bei den letzten Konferenzen der Legionsführer hörte sich das noch ganz anders an. Sie wollten die Rebellen und Mutanten gleichermaßen auslöschen. Warum hat sich ihre Meinung geändert? Haben wirklich zwei Anschläge auf den Ostsektor genügt, um sie einknicken zu lassen? Warum sind sie so verzweifelt, dass sie den Rebellen sogar Geschenke bringen? Welcher Plan steckt dahinter?

N300 händigt Finn und meiner Mutter die beiden Schlüssel für die Transporter aus. „Ich erwarte eure Entscheidung am nächsten Tag, ansonsten muss die Zentrallegion annehmen, dass ihr einen weiteren Anschlag gegen uns plant.“

„Wir werden euch unsere Entscheidung wissenlassen“, versichert ihm A350.

„Denkt bitte daran, dass bei einem Krieg immer die Unschuldigen zuerst sterben. Menschen, die keine Chance hatten, selbst über ihr Schicksal zu entscheiden“, redet uns N300 ein letztes Mal ins Gewissen, bevor er in einen der drei Geländewägen steigt und zusammen mit den Wüstendrifts den Rückzug antritt. Wir bleiben mit den Transportern zurück. Meine Mutter winkt mich zu sich, damit ich mit ihr in einen der beiden Transporter einsteige, doch Finn hält sie zurück.

„Was ist, wenn sich in den Transportern Bomben verstecken?“

„Lasst uns den ersten durchsuchen“, schlage ich vor und klettere auf die Ladefläche. Ich schiebe die Kisten hin und her und lausche dabei auf verdächtiges Ticken einer Zeitschaltuhr, doch es ist nur das Rauschen des Wüstenwindes zu hören. „Der Transporter scheint sauber zu sein“, erwidere ich nach wenigen Minuten und springe von der Ladefläche.

„Lasst uns auch auf dem zweiten nachsehen“, schlägt A350 vor, doch Finn widerspricht ihr.

„Nein, fahr ruhig schon damit ins Lager! Dann könnt ihr den Transporter schon einmal entladen und du kannst den anderen von dem Vorschlag der Legion erzählen.“

„Und was ist mit euch beiden?“

„Wir überprüfen den zweiten Transporter und kommen dann hinterher.“

Ich bin froh, dass dieses Mal Finn die Chance ergreift, mit mir alleine zu sein. Ist das der Schritt, auf den ich gewartet habe?

Meine Mutter wirkt nicht glücklich über seinen Vorschlag, aber sie nickt und steigt in die Fahrerkabine. Wir warten, bis sie losfährt, bevor wir uns der zweiten Ladefläche zuwenden. Dieses Mal klettern wir beide in den Transporter. Im Inneren ist es kühler als draußen. Trotzdem habe ich vom Schweiß feuchte Hände und mein Herz rast, als wäre ich einen Marathon gelaufen. Ich kann kaum erwarten, dass Finn das Wort ergreift. Es muss doch irgendetwas geben, dass er mir sagen möchte oder warum hat er sonst meine Mutter alleine zurück ins Lager geschickt? Doch Finn nimmt seine Aufgabe sehr ernst und scheint gar nicht daran zu denken, mit mir zu sprechen. Er schiebt die Kisten nicht nur hin und her, sondern öffnet einige davon sogar. Hauptsächlich enthalten sie, wie N300 gesagt hat, Medikamente und in Beutel eingeschweißte Nahrungsmittel aus eigener Herstellung der Legion. Wir durchsuchen den Transporter deutlich gründlicher als den ersten, trotzdem bin ich nach einer halben Stunde der Meinung, dass wir unsere Arbeit erledigt haben.

„Er scheint sauber zu sein", breche ich das Schweigen.

Finn nickt und geht zum Rand der Ladefläche, dreht sich dann aber zu mir um.

„Khaan ist ein guter Mensch."

Ich hebe überrascht die Augenbrauen. Er verrät mir damit nichts Neues, aber es wundert mich dennoch, dass er ihn anspricht. Ich weiß, dass er meine Hand in der von Khaan gesehen hat, doch ich dachte nicht, dass es ihm etwas bedeuten würde, auch wenn ich mir das Gegenteil gewünscht hätte.

„Ruby ist auch ein guter Mensch", entgegne ich bissig, weil ich nicht weiß, was er mir damit sagen will.

Finns Mund verzieht sich zu einem schwachen Grinsen. „Du bist schlagfertiger geworden!"

Obwohl ich es nicht will, muss ich ebenfalls grinsen. „Ich nehme das als Kompliment."

„So ist es auch gemeint!", bestätigt er mir.

Ich trete auf ihn zu, so nah, dass uns nur Zentimeter trennen. Er weicht nicht zurück und hält meinem Blick stand. Ich sehne mich danach, meine Hände durch sein Haar gleiten zu lassen, seine Wangen zu streicheln und mit meinem Daumen über die Schwielen an seiner Hand zu fahren. Mein ganzer Körper sehnt sich so sehr nach Finn, dass es mich alle Willenskraft kostet, mich ihm nicht direkt an den Hals zu werfen.

„Das verdanke ich dir!"

Finn lächelt ungläubig und schüttelt den Kopf. „Du täuschst dich. Das hast du ganz alleine geschafft."

„Ohne dich hätte ich niemals zu mir selbst gefunden. Bevor ich dich kannte, war ich ein Niemand. Du hast mir gezeigt, was es heißt, zu leben." Meine Stimme bricht und ich spüre, wie meine Unterlippe zittert.

Finn senkt den Blick. Er spürt, wie verletzlich ich in seiner Gegenwart bin. „Ich verdiene deine Anerkennung nicht."

„Ich bereue keinen Tag, den wir zusammen verbracht haben", sage ich ernst. Ich kann nicht an Ruby und das was war denken, solange Finn mir so nah ist. „Solange mein Herz schlägt, werde ich dich lieben. Es ist mir egal, was vorgefallen ist. Alles, was wir durchgemacht haben, hat sich gelohnt, wenn wir zusammen sind."

Finn schaut mir in die Augen. Ich sehe seine Unsicherheit und seine Angst. „Ich habe mir dein

Vertrauen verspielt und bin deiner Liebe nicht mehr würdig."

„Du entscheidest aber nicht darüber, wem ich mein Herz schenke."

Er nimmt meine Hand in seine. „Ich liebe dich so sehr, dass ich dich lieber mit einem anderen sehe, als dich auch nur noch einmal zum Weinen zu bringen. Alles, was ich möchte, ist, dich glücklich zu sehen."

Endlich hat er gesagt, was mein Herz schon immer wusste: Er hat nie aufgehört, mich zu lieben. Solange ich das weiß, spielt alles andere keine Rolle.

„Dann küss mich."

Finn zögert. Seine Hände legen sich wie in Zeitlupe auf meine Wangen. Ich kann nicht länger warten und beuge mich zu ihm vor, presse meine Lippen auf seine. Er schmeckt immer noch nach der Sonne und erinnert mich an unsere Tage an den Ufern des kleinen Sees. Es waren Tage, an denen wir noch Hoffnung hatten, dass sich irgendwann alles zum Positiven wenden würde. Hoffnung dürfen wir nun nicht mehr haben, aber zumindest haben wir für den Moment einander. Finn zieht mich an sich und ich spüre dieselbe Sehnsucht bei ihm, die auch in meiner Brust schlägt. Es ist völlig egal, was er gesagt hat, wenn ich die Wahrheit nun spüren kann.

Meine Beine zittern, als sich unsere Lippen voneinander lösen. „Ich liebe dich nicht für deinen Mut, deine Stärke oder deinen Willen, sondern dafür, dass dein Herz schneller schlägt, wenn meine Hand in deiner liegt. Wage es nie wieder, für mich eine Entscheidung zu treffen."

07. SO GUT WIE TOT (FINN)

„Ich verspreche dir, dass ich noch heute zu dir zurückkommen werde, aber für den Moment musst du mich noch ein letztes Mal ziehen lassen!“, sagt Finn und blickt flehend zu Cleo, die auf dem Beifahrersitz des Transporters sitzt. Vor ihnen taucht das Camp der Überlebenden auf und Finn bremst langsam ab. Er kann in Cleos Gesicht sehen, dass sie Angst davor hat, seine Hand loszulassen. Sie vertraut ihm nicht mehr und das ist allein seine Schuld. Er hat sie zu oft belogen und verlassen. Es ist ein Wunder, dass sie ihn überhaupt noch will. Ihr Herz und ihr Kopf müssen in großem Widerspruch stehen.

Sie hebt ihren Blick und starrt auf die Öffnung in den Bergen, die das Lager von der Außenwelt abschirmt. Das Licht spiegelt sich in den dunkelbraunen Flecken ihrer lichtblauen Augen. Finn kann es kaum erwarten, das warme Braun ihrer großen Augen endlich wiederzusehen. Erst dann wird sie wieder völlig sie selbst sein. Er würde alles tun, um sie nie wieder an die Legion zu verlieren. Das Lichtblau steht ihr nicht, dann ist sie nicht richtig seine Cleo.

„Ist es wegen Ruby?“, flüstert sie. Er liest die Worte mehr von ihren Lippen, als dass er sie hört.

Natürlich ist es wegen Ruby! Sie hat ihm, in gewisser Weise, das Leben gerettet. Sie war für ihn da, als allein der Gedanke an Cleo in umgebracht hatte. Er konnte es sich in der Gefangenschaft der Mutanten nicht leisten zu hoffen. Es war ungewiss, ob er das Sonnenlicht je wiedersehen würde, wie hätte er dann daran glauben können je seine mutige Cleo wiederzusehen? Er wusste schon, als er sich auf

Ruby einließ, dass er ihr eines Tages das Herz brechen würde, trotzdem war er zu schwach, um standhaft zu bleiben. Sie ist die Letzte, die es verdient hätte, verletzt zu werden und trotzdem muss er es tun. Er kann Cleo nicht länger leiden lassen. Es war ein Fehler, dass er überhaupt versucht hat, sie von sich zu stoßen. Er hätte wissen müssen, dass sie ihn nicht einfach aufgeben würde. Sie war schon immer eine wahre Kämpferin.

„Ich will es ihr selbst sagen und sie nicht vor vollendete Tatsachen stellen, ohne auch nur ein Wort mit ihr gesprochen zu haben. Das hat sie nicht verdient!“

Cleo zieht ihre Hand aus seiner zurück und ballt ihre Finger zu einer Faust. Er kann sehen, wie ihre Hände zittern und ihre Fingerknöchel weiß hervortreten. Sie passieren gerade den Durchgang der Felswand und die Rebellen stürmen bereits auf den Transporter zu.

„Ich werde warten, aber nicht ewig!“, erwidert sie scharf, stößt die Tür des Transporters auf und lässt sich in die Menge gleiten. Finn atmet tief ein und aus, bevor er das Fahrzeug ebenfalls verlässt. Ruby steht neben seiner Mutter direkt vor ihm. Ihre Augen blicken erleichtert und hoffnungsvoll zu ihm empor, doch als er ihren Blick erwidert, weicht sie erschrocken zurück. Sie kann in seinen Augen lesen, dass sich etwas verändert hat. Noch bevor sie auch nur ein Wort miteinander gewechselt haben, bricht etwas in ihrem Inneren, wie bei der Oberfläche eines Spiegels. Sie weicht vor ihm zurück und bahnt sich einen Weg durch die Menschenmassen, die Finn mit Fragen belagern. Sie wollen alle wissen, was für ein

Angebot die Legion ihnen gemacht hat und welche Waren der Transporter enthält.

Hilfe suchend blickt sich Finn nach Cleo oder ihrer Mutter um, doch er kann sie nirgendwo entdecken.

Eine Hand berührt seinen Arm und er blickt in das besorgte Gesicht seiner Mutter. „Was ist los? Geht es dir nicht gut?“

Finn kann den kalten Schweiß auf seiner Stirn spüren. Sein Magen fühlt sich flau an. Er schüttelt den Kopf. „Hat A350 noch nicht mit euch gesprochen?“

Maggie schüttelt den Kopf. „Nein, sie wollte das dir und Cleo überlassen.“

Vielen Dank auch!, denkt Finn zähneknirschend. Er weiß, dass sie es nur gut gemeint hat. Sie hat als ehemalige Legionsführerin einen schweren Stand bei den Rebellen. Doch in diesem Moment könnte er ihre Zurückhaltung verfluchen.

Er blickt in die vielen fragenden Gesichter und weiß, dass er den Menschen eine Antwort schuldig ist, doch er kann sich nicht zweiteilen. Er muss mit Ruby reden, bevor sie sich ein eigenes Bild macht. Es würde sich vermutlich nicht einmal sehr von der Wahrheit unterscheiden, doch er will es ihr persönlich sagen, das ist er ihr schuldig.

„Redet mit Cleo!“, erwidert Finn hart und drängt sich an den vielen Menschen vorbei in die Richtung, in die Ruby verschwunden ist. Es fühlt sich falsch an, sich einfach so vor der Verantwortung davon zu stehlen, aber in den letzten Wochen fühlt sich jede seiner Handlungen falsch an. Es ist kein neues Gefühl für ihn und er fragt sich, wann er endlich einmal wieder das Gefühl haben wird, etwas richtig gemacht zu haben. Er war fest davon überzeugt, dass es das Beste wäre, Cleo zu verlassen. Doch ihre Tränen haben ihn eines Besseren belehrt. Tatsache ist, dass er nicht mehr in der Lage ist, zwischen richtig und falsch zu wählen. Es bleibt ihm nichts weiter übrig, als auf sein Herz zu hören und seinen Kopf auszuschalten. Sein Herz kennt nur einen Namen: Cleo.

Er muss nicht lange nach Ruby suchen und findet sie an der Schlucht, die hinter der Trainingsebene liegt. Für einen Moment fürchtet er, dass sie sich das Leben nehmen wolle, doch dann erinnert er sich daran, dass es Ruby ist. Sie ist zu stark, um aufzugeben.

Ihr Gesichtsausdruck ist verkniffen und ihre Augen blicken starr in die Ferne, ohne ein festes Ziel zu haben.

Sie weiß es!

„Ich habe nach dir gesucht“, sagt Finn leise, aber eindringlich.

„Warum?“, faucht sie wütend, jedoch ohne ihn anzusehen. „Hältst du dich für einen feineren Kerl, wenn du offiziell mit mir Schluss machst?!“

Ihre Worte schmerzen ihn. Es ist genau das passiert, was er immer hatte vermeiden wollen. Er wollte niemandem wehtun. Ruby nicht und Cleo noch viel weniger.

„Ich habe wirklich nicht mehr daran geglaubt, sie je wiederzusehen“, erwidert Finn sehr kleinlaut.

„Schön für dich, dass es anders gekommen ist“, zischt sie sarkastisch.

Finn streckt seine Hand nach ihr aus, hält aber inne, als ihn ihr glühender Blick trifft. Würde er sie nun berühren, würde Ruby ihn vermutlich windelweich prügeln. Er würde es in Kauf nehmen, wenn sie sich dadurch besser fühlen würde.

„Es gibt nichts, was ich tun könnte, um das wieder gut zu machen, was du für mich getan hast. Du hast mir das Leben gerettet!"

Ihre Augen formen sich zu Schlitzen. „Wage es ja nicht, mir jetzt deine Freundschaft anzubieten!"

Er hatte es nicht vor, auch wenn er sich genau das wünschen würde. Stattdessen fragt er etwas ganz anderes: „Woran hast du es gesehen?"

„Was?", schnauzt sie zurück.

„Du musstest nur einmal in meine Augen blicken und wusstest es sofort. Woher?"

Für einen kurzen Moment verschwindet der Zorn aus ihren Augen und ein weicher Zug legt sich über ihr Gesicht. „Ich habe die Hoffnung in deinen Augen gesehen." Sie schweigt und schluckt. Er kann die Tränen, die sie standhaft unterdrückt, dennoch sehen. „Ich habe in den letzten Wochen alles versucht, um dich wieder zum Leben zu erwecken. Du warst wie tot, nur noch eine leblose Hülle. Es hat mich fast zerrissen, dich so zu sehen. Du warst nicht mehr der, in den ich mich verliebt habe."

Sie schluckt erneut und die Wut verdrängt den Schmerz in ihrem Blick. „Ich an Cleos Stelle hätte dich nicht zurückgenommen! Aber ich bin dennoch froh, dass sie es getan hat, denn ohne sie bist du ein Wrack! Das ist wirklich traurig!"

Sie drängt sich an ihm vorbei, sodass der Staub zu ihren Füßen aufwirbelt. Ihre Worte hätten ihn verletzten sollen, doch sie bewirken genau das Gegenteil. Finn ist erleichtert. Obwohl Ruby ihm wohl nie verzeihen wird und sie niemals Freunde sein werden, hat sie ihm damit dennoch gezeigt, dass sie seine Entscheidung verstehen kann. Es wäre falsch zu behaupten, dass sie sich für ihn freuen würde, aber zumindest wird sie über ihn hinwegkommen.

08. Überstimmt (Cleo)

Kaum dass ich den Transporter verlasse, steht auch schon meine Mutter vor mir. In ihrem Gesicht liegt eine Mischung aus Besorgnis und Ungeduld.

„Ich habe den anderen noch nichts erzählt. Das musst du tun!“, eröffnet sie das Gespräch. Sie ist mittlerweile gefühlvoller als ich es je für möglich gehalten hätte, wenn man bedenkt, dass sie ihr ganzes Leben ohne die Bedeutung von Gefühlen geführt hat. Aber dennoch kann man sie wohl immer noch als unsensibel bezeichnen, denn sonst hätte sie mir angesehen, dass ich mich gerade am liebsten in ein dunkles Loch verkriechen und verschwinden würde. Vielleicht hat sie es sogar bemerkt, aber es ist ihr schlichtweg egal. Genau wie Asha, konnte sie noch nie nachempfinden, was es bedeutet, Liebeskummer zu haben. Eigentlich sollte ich der glücklichste Mensch der Welt sein, immerhin hat Finn mir seine Liebe gestanden und mir versprochen, zu mir zurückzukommen. Aber das Problem ist, dass ich kein Vertrauen mehr zu ihm habe. Ich glaube ihm, dass er mich liebt. Ich weiß es. Aber ich kann nicht einschätzen, was er für das Beste hält und dann danach handelt. Er fragt mich nur selten nach meiner Meinung. Trotzdem wünsche ich mir, dass er sein Versprechen hält und wir am Abend nebeneinander einschlafen. Es wird nicht leicht werden, aber ich kann ihn nicht aufgeben. Ich kann UNS nicht aufgeben.

Hilfe suchend blicke ich zur Fahrerseite des Transporters, doch Finn ist verschwunden, während sich eine große Menschenmasse um den Transporter gebildet hat. Sie stürmen auf die Ladefläche und durchwühlen die Kisten mit den Medikamenten und Nahrungskapseln. Gleichzeitig reden sie von allen Seiten auf mich ein.

„Was ist passiert?“

„Was will die Legion?“

„Können wir ihnen trauen?“

„Dürfen wir das essen?“

Ich verstehe ihre Ungeduld, aber fühle mich gleichzeitig in die Enge getrieben. Ich weiß nicht, wem ich als erstes antworten soll.

Ein lauter Pfiff ertönt hinter mir. Erschrocken fahre ich herum. Alle verstummen und blicken neugierig zu Khaan, der unbemerkt hinter mich getreten ist.

„Ich bitte alle Anführer des Widerstandes mit mir unter das Sonnensegel zu kommen, damit Cleo uns dort von den Forderungen der Legion berichten kann.“

Ich atme erleichtert aus. Wieder ist Khaan mein Retter in der Not. Er scheint zu wissen, wann ich Hilfe brauche, ohne dass ich auch nur ein Wort zu ihm sagen muss. Dankbar lächle ich zu ihm empor. Er erwidert meinen Blick und tätschelt mir aufmunternd die Schulter. Ich weiß, dass er eigentlich mehr von mir als Freundschaft möchte, aber ich hoffe, dass er auch mein Freund bleiben wird, wenn er erfährt, dass ich es noch einmal mit Finn versuchen möchte.

Er bahnt sich einen Weg durch die Menge, sodass ich ihm nur mit meiner Mutter zu folgen brauche. Wenn es nach ihr ginge, wäre Khaan sicher die bessere Wahl als Finn. Aber solche Entscheidungen trifft nicht der Kopf, sondern nur das Herz.

Unter dem Sonnensegel warten bereits der Anführer der Mutanten sowie Lauren. Ich habe ihr gegenüber immer noch ein schlechtes Gewissen und senke deshalb den Kopf, als wir bei ihnen ankommen. Auch sie blickt an mir vorbei. Maggie, Raymond und Sharon bahnen sich ebenfalls einen Weg aus der Menge. Mir entgeht natürlich nicht, dass Finn und Ruby sich nicht blickenlassen. Es kann bedeuten, dass Finn in diesem Moment mit ihr Schluss macht, aber es kann genauso gut auch heißen, dass sie gerade Versöhnung feiern. Die Ungewissheit bringt mich um. Es ist, als hätte ich einen Knoten im Bauch, der bei jedem Gedanken an die beiden fest zusammengezogen wird und mir die Luft abschnürt.

Als die Anführer der Rebellen in den Schatten des Segels treten, wird es still. Sie erwarten nun alle meinen Bericht. Ich fühle mich unwohl dabei, der Mittelpunkt der ganzen Aufmerksamkeit zu sein, aber da muss ich jetzt wohl durch.

Ich räuspere mich und weiß nicht recht, wo ich anfangen soll. „Die Medikamente und Nahrungskapseln sind ein Geschenk der Legion, das wir annehmen können, ohne dass sie dafür eine Gegenleistung verlangen“, sage ich mit kratziger Stimme. „Sie haben uns auch ein Friedensangebot gemacht. Sie bieten uns an, in den zerstörten Ostsektor der Stadt zu ziehen. Dort hätten wir Zugriff auf ihre Wasserversorgung und ein Dach über dem Kopf. Zudem würden sie auch die Nahrung mit uns teilen …“

Sharon fällt mir ungehalten ins Wort: „Was wollen sie dafür?“

„Sie wollen Regeln mit uns aushandeln, die unser Zusammenleben ermöglichen. Es ist geplant, dass wir den Ostsektor für uns alleine haben. Über ihn könnten wir frei bestimmen, aber aus dem Rest der Legion haben wir uns rauszuhalten."

Sharon starrt mich misstrauisch an, so als wäre ich noch immer ein Teil der Legion und nicht nur der Überbringer ihrer Forderungen. „Wo ist der Haken?"

„Die Legion gibt uns bis morgen Zeit, um eine Entscheidung zu fällen."

„Und was ist, wenn wir uns gegen ihr Angebot entscheiden?", fragt plötzlich Asha, die ich nicht habe kommen sehen.

„Dann geht die Legion davon aus, dass sie mit einem weiteren Angriff von unserer Seite rechnen müssen, und wird selbst zum Anschlag ausholen."

„Sehe ich das also richtig, dass wenn wir nicht nach ihren Regeln spielen, sie uns vernichten werden?", fasst Asha ungefragt zusammen. „Das ist doch kein Friedensangebot!"

Ich bin zwar ihrer Meinung, aber ich weiß auch, dass es völlig egal gewesen wäre, was die Legion uns angeboten hätte, Asha wäre ohnehin dagegen gewesen. Sie hasst die Legion für alles, was A566 ihr angetan hat.

Überraschenderweise stellt sich Maggie gegen ihre Ansicht. „Haben wir eine andere Chance?"

„Wir können genauso weitermachen wie jetzt!", schreit Asha zurück. Sie ist wieder völlig außer sich und verschlossen für alles, was ihrer eigenen Meinung widerspricht.

„Wir haben jetzt zwar einen Wassertank, aber wie lange wird das Wasser reichen?", entgegnet Maggie. „Wir haben nichts zu essen!"

„Zudem hat sich die Legion bisher zurückgehalten. Wenn sie uns mit voller Waffengewalt angreifen, haben wir kaum eine Chance", gibt Raymond zu bedenken.

Asha schnappt fassungslos nach Luft. „Ihr denkt doch etwa nicht ernsthaft darüber nach, dieses falsche Angebot anzunehmen? Wofür habt ihr denn gekämpft?"

Maggie wirft ihr einen wütenden Blick zu. „Wir haben für unsere Freiheit und nicht für die Zerstörung der Legion gekämpft. Wenn wir eine friedliche Einigung finden könnten, wäre das für alle das Beste. In einem Krieg würden nur viele tausend Unschuldige sterben."

„Die Legion hat das Leben eines jeden zerstört, der in ihr leben musste!", brüllt Asha zurück. „Wir dürfen nicht klein beigeben!"

Maggie will bereits etwas erwidern, aber Khaan kommt ihr zuvor. „Asha hat nicht ganz unrecht. Die Legion würde uns kein Angebot machen, bei dem sie den Kürzeren ziehen würde oder auch nur mit uns gleichgestellt wäre. Sie sind stärker als wir und das wissen sie nur zu genau."

Asha ist so überrascht von Khaans Zustimmung, dass es ihr regelrecht die Sprache verschlägt. Sie ist es gewohnt, gegen jeden und alles anzukämpfen. Mit Unterstützung kann sie hingegen nur schwer umgehen.

„Was schlägst du vor?", wendet sich nun der Anführer der Mutanten an Khaan. Seine Stimme ist so rau und dunkel, dass ich mich jedes Mal erschrecke, wenn er spricht. Es ist mehr wie das bedrohliche Knurren eines Tieres.

„Wir wollten nicht nur Freiheit für uns, sondern für alle Menschen, die unter der Legion leiden müssen und solange wir kein Mitentscheidungsrecht über die restlichen Sektoren der Legion haben, ist das nicht gegeben. Wir würden nur dabei zusehen, wie sie alle anderen Menschen weiter unterdrücken und foltern. Die Legion will uns mit ihrem Angebot nur ruhigstellen."

Maggie schüttelt den Kopf. „Es ist das erste Mal, dass sie einen Schritt auf uns zu machen. Wir können das Angebot nicht ausschlagen!"

„Ihr Angebot ist das Zeichen, dass wir ihnen Angst eingejagt haben. Sie fürchten uns, sonst würden sie sich niemals darauf einlassen", widerspricht Khaan. „Sie haben uns unterschätzt!"

„Wir waren uns doch aber einig darüber, dass nicht alles, was die Legion entwickelt hat, schlecht ist. Wir brauchen ihre Technik, und wenn wir ihr Angebot annehmen, könnten wir Einfluss auf die Entwicklung der Legion nehmen. Wir könnten sie zu einem Ort machen, der den Menschen wahre Sicherheit bietet", beharrt Maggie und ich höre meine eigenen Gedanken aus ihrer Stimme. Vor wenigen Monaten dachte ich noch genauso, aber Maggie hat die Zentrallegion nie kennen gelernt. Sie weiß nicht, mit was für Mitteln die Führungsebene arbeitet, um den Menschen ihre Meinung aufzudrücken. Ich brauche nur in das Gesicht meiner Mutter zu blicken und kann ihren zerfetzten Rücken wieder vor mir sehen. Die Narben müssen immer noch da sein und werden nie wieder heilen. Dasselbe wollten sie mit Iris machen, die noch ein Kind ist. Die Führungsebene schreckt vor nichts zurück, um ihren Willen durchzusetzen. Vermutlich war Felix sogar auf dem richtigen Weg und es wäre das Beste gewesen, einen nach dem anderen auszulöschen. N300 ist der Einzige, der übrig geblieben ist, aber solange er lebt, haben wir keine Chance. Er wird seine Macht nicht einfach abtreten.

„Der Ostsektor ist zerstört, vielleicht locken sie uns genau deshalb dorthin, um das ganze Gebiet mit uns in die Luft zu jagen“, sage ich. „Sie wären all ihre Probleme auf einen Schlag los.“

„Eine Explosion lässt sich nicht so gezielt steuern, dass nicht auch andere Teile der Stadt mitbetroffen wären“, entgegnet Lauren. „Es ist nicht so, dass ich dem Angebot der Legion nicht auch misstrauen würde. Ganz im Gegenteil! Aber nicht nur die Legion wäre uns näher, sondern wir wären auch ihr näher. Wir wären praktisch ein Teil von ihr. So ließe sich ein Angriff wesentlich leichter planen als aus der Ferne. Wir würden mitbekommen, wenn sie etwas gegen uns vorhaben und sie könnten uns nicht einfach ausschließen.“

Ihre Worte scheinen das Oberhaupt der Mutanten auf einen düsteren Gedanken zu bringen. „Wir könnten ihnen den Hals umdrehen.“

Ich kann seine großen vernarbten Hände bildlich um N300s schmalen Hals liegen sehen. Es würde ihn kaum Anstrengung kosten und ganz egal wie viele Kämpfer der Legion auch da wären, sie wären nicht schnell genug, um N300s Tod verhindern zu können.

„Nein!“, widerspricht Maggie streng. „Mit so einer Einstellung kommen wir nicht weiter. Wie können wir von der Legion friedliche Absichten verlangen, wenn wir selbst gleichzeitig planen, ihr Angebot auszunutzen und ihren Anführer vor ihren Augen zu töten.“

„Nur im Notfall“, knurrt der Mutant.

Maggie übergeht seinen Kommentar. „Das ist keine Entscheidung, die wir alleine treffen sollten. Wir müssen alle fragen, denn es geht nicht nur um unser Schicksal. Lasst uns alle zusammentrommeln und in einer halben Stunde abstimmen.“

Auch wenn ich nicht mehr Maggies Ansicht teile, was den Frieden mit der Legion betrifft, so muss ich ihr doch zugestehen, dass sie fair handelt. Sie würde keine Entscheidung über den Kopf der Menschen hinweg treffen, die sie sich geschworen hat zu schützen.

Wir lösen unsere Versammlung auf. Khaan und Asha ziehen los, um die Freiheitskämpfer zusammenzutrommeln, während ich mit meiner Mutter alleine unter dem Sonnensegel zurückbleibe. Sie hat während der ganzen Diskussion kein Wort gesagt, so kenne ich sie nicht.

„Ist alles in Ordnung mit dir?“, frage ich sie verunsichert.

„Es fällt mir nicht leicht, meinen Platz in dieser neuen Welt zu finden“, gesteht sie. Vielleicht habe ich mich getäuscht und es wäre ihr trotz ihrer Narben auf dem Rücken lieber, in die Legion zurückzukehren. Dort fände sie sich wenigstens zurecht.

„Was denkst du über das Friedensangebot?“

„Die Legion sucht nur einen Weg, um die Rebellen unter ihre Kontrolle zu bringen.“

Ich atme erleichtert auf. Mir war nicht bewusst, wie groß meine Angst war, mich wieder mit ihr streiten zu müssen. Seitdem ich weiß, dass sie meine Mutter ist, haben wir im Grunde nur gestritten. Sie lächelt mich an und ergreift meine Hand.

„Erst jetzt, wo ich dich kenne, weiß ich, was die Legion mir wirklich angetan hat. Ich werde ihr nie verzeihen, dass sie mir dich und Felix euer ganzes Leben lang weggenommen haben. Keine Mutter und kein Kind sollte das jemals wieder durchmachen müssen."

Ihre Worte treiben mir Tränen in die Augen, wie jedes Mal, wenn sie mir ihre Gefühle zeigt. „Wie verstehst du dich mit Felix?"

Sie zögert und wägt ihre Worte ab, aber entscheidet sich dann für die harte Wahrheit: „Wir sind wie Fremde füreinander."

Ich bin noch einmal zurück zu unserem Nachtlager gegangen, weil ich die Ungewissheit nicht länger ertragen habe. Doch Finn ist nicht da. Auf dem Weg dahin habe ich ihn oder Ruby auch nicht gesehen. Erneut packt mich die Angst, dass er sich gegen mich entscheiden könnte, dabei weiß ich nicht einmal, ob ich je die Bilder von ihm und Ruby aus meinem Kopf vertreiben kann. Im Vergleich zu ihr fühle ich mich schwach und naiv. Sie ist eine erwachsene Frau, die weiß, was sie will und Finn Rückendeckung geben kann. Auch ich würde ihn immer unterstützen, aber nie mit dieser Wortgewalt, wie Ruby es tut. Man kann ihr ansehen, dass sie am liebsten jeden verprügeln würde, der es wagt, etwas gegen Finn zu sagen. Ich hingegen wäre wahrscheinlich seine größte Kritikerin. Wir waren uns noch nie oft einig. Schon immer stand unsere Einstellung der Legion gegenüber zwischen uns und trotzdem haben wir uns verliebt.

Ein leises Rascheln lässt mich aufhorchen und ich entdecke Iris neben mir im Schatten der Felsen. Sie kann sich beinahe lautlos bewegen, sodass man sie erst wahrnimmt, wenn sie direkt bei einem steht.

„Bist du traurig?“, fragt sie mich einfühlsam, wobei meine Sorgen sich in ihrem weichen Gesicht widerspiegeln.

Ich nicke und gebe mir keine Mühe, meine Tränen zurückzuhalten. Iris legt wie selbstverständlich ihren kleinen Arm um mich und wiegt meinen Kopf an ihrer Brust. Unsere erste Umarmung fand in der Gefangenschaft bei den Rebellen statt. Sie und Iris‘ Tränen waren das, was uns von den anderen Gefangenen unterschied. Sie war das, was uns vor dem Tod bewahrte.

„Es ist wegen Finn, oder?“, fragt sie und ich bin erneut beeindruckt davon, wie viel sie für ihr junges Alter schon mitbekommt und einschätzen kann.

„Ich weiß nicht, ob er mich noch liebt“, gestehe ich ihr, wobei meine Stimme zittert. Ich kann die Worte kaum aussprechen, so entsetzlich weh tut mir allein die Möglichkeit.

„Ich bin mir sicher, dass er dich noch liebt“, entscheidet Iris, während ihre zarte Hand meine Wange streichelt.

„Warum?“, entgegne ich verzweifelt. „Er ist mit Ruby zusammen und nicht mit mir!“

„Er ist aber nicht mit Ruby zusammen, weil er sie liebt, sondern weil es der leichtere Weg ist.“

Perplex blicke ich in ihr Gesicht. Iris besitzt eine Weisheit, die für ihr Alter absolut ungewöhnlich ist. Manch ein Erwachsener wird nie über ihr Einfühlungsvermögen verfügen.

„Ich weiß nicht, ob ich ihm je wieder vertrauen kann“, gestehe ich ihr.

„Vertrauen ist etwas, das man sich verdienen muss. Die Liebe hingegen bekommt man geschenkt. Solange ihr euch liebt, ist nichts verloren."

„Aber wenn er mich liebt, wie konnte er mich dann je vergessen?"

„Er musste dich vergessen, um zu überleben", erwidert sie sehr ernst. „Du brauchtest die Erinnerung an ihn, um weiterleben zu können und er musste dich und sich selbst aufgeben, um nichts mehr zu fühlen."

„Woher weißt du das alles?"

Iris kichert. „Das ist nicht schwer! Schau dir doch die Mutanten an. Hast du keine Angst vor ihnen? Aber jetzt essen sie keine Menschen mehr. Stell dir doch mal vor, wie es für Finn und die anderen gewesen sein muss, anderen Rebellen nicht nur beim Sterben zusehen zu müssen, sondern danach auch noch beobachten zu müssen, wie sie geschlachtet und gegessen wurden. Mir wird alleine bei dem Gedanken schlecht!"

Und mir kalt. Wenn ich daran denke, was Finn durchmachen musste, fühle ich mich fürchterlich, weil ich nicht bei ihm sein konnte, um ihm zu helfen. Stattdessen war Ruby bei ihm.

„Hättest du an seiner Stelle noch Hoffnung gehabt, je fliehen zu können? Er hatte erst eine Chance, als es ihm gleichgültig war, ob er leben oder sterben würde."

Ich blicke sie hilflos an. „Aber was soll ich tun, wenn er nie zu mir zurückkommt?"

„Die Liebe ist wie eine Wüstenrose. Sie bahnt sich ihren Weg durch verdorrtes Land, kann Wochen ohne Wasser auskommen, nur um eines Tages wieder in voller Pracht zu erblühen. Wenn du schon nicht auf Finn vertrauen kannst, dann vertrau wenigstens auf die Liebe. Sie wird dich nicht enttäuschen."

Es ist bereits Abend und die Sonne sendet ihr goldenes Licht über die Berge der roten Wüste. Wir haben uns an dem Hügel versammelt, an dem auch am Morgen die Entscheidung darüber gefallen ist, ob wir überhaupt bereit dazu sind, uns ein Angebot der Legion anzuhören. Ich nehme an, dass wir damit unser Schicksal bereits in den Augen der Legion besiegelt haben. Es ist ein Eingeständnis von Schwäche, dass sie auf uns zugehen und genauso schwach ist es von uns, ihnen entgegenzukommen. Wir sind beide verwundet und suchen nach einer Lösung, wie wir aus dem Gefecht doch noch als Gewinner hervorgehen könnten. Keiner denkt ans Aufgeben, alles ist nur Trug und Tarnung. Ich bin mir sicher, dass auch Maggie das weiß. Aber sie wählt den Weg, von dem sie glaubt, dass er die meisten Menschenleben bewahren wird. Sich mit der Legion zu verbünden ist dann erst einmal das Sicherste, aber auf längere Sicht gesehen, wird es keinen der Rebellen glücklich machen. Die Legion wird ihnen niemals die Freiheit gewähren, die sie sich wünschen. Es werden nie Verhandlungen auf Augenhöhe sein.

Das Lagerfeuer brennt bereits und viele sind damit beschäftigt, die Kranken mit den Medikamenten der Legion zu versorgen oder die Vergabe der Nahrungskapseln vorzubereiten. Dennoch ist der Platz zu Füßen des Hügels voller Menschen, die alle gekommen sind, um über ihre Zukunft zu entscheiden. Die Mutanten ragen aus der Menge wie Berge hervor. Ich weiß, dass sie sich allesamt nach der Entscheidung ihres Oberhaupts richten und dieser stellt sich auf Maggies Seite, wenn auch aus anderen Gründen als sie: Er will die Legion von innen heraus zerstören, ohne Kompromisse.

Maggie und die anderen Führer treten zu Khaan und mir auf den Hügel, von dem aus wir über die Menschen blicken, die wir uns geschworen haben zu schützen. Ich entdecke Ruby in der Menge, aber von Finn ist keine Spur zu sehen. Auch wenn meine Liebe für ihn ungebrochen ist, so ist nicht zu leugnen, dass er sich verändert hat. Seine Gefangenschaft bei den Mutanten hat ihm schwerer zugesetzt, als es nach außen den Anschein haben mag. Sie haben ihn gebrochen und das werde ich ihnen niemals verzeihen.

Ruby erwidert meinen Blick herausfordernd. Ihre Augen senden Blitze in meine Richtung. Hat Finn mit ihr gesprochen? Hat er sie meinetwegen verlassen? Es ist genau das, was ich wollte, dennoch fürchte ich Rubys Wut. Ich habe sie schon wütend erlebt. Sie kann skrupellos sein. Wird sie ihren Zorn gegen mich richten?

Mir bleibt keine Zeit, um mir weiter über so eine ‚*Nebensächlichkeit*' den Kopf zu zerbrechen, denn Maggie eröffnet die Abstimmung.

„Die Legion hat uns ein Friedensangebot gemacht. Sie stellen uns den Ostsektor sowie freien Zugang zu Wasser und Nahrung zur Verfügung. Dafür fordern sie, dass wir uns aus dem restlichen Teil der Legion fernhalten und jeden Angriff gegen sie einstellen. Wir werden Verhandlungen mit ihnen über Gesetze führen, die unser gemeinsames Zusammenleben regeln werden. Dieses Angebot gilt jedoch nur bis morgen. Wir müssen uns heute entscheiden und das ist auch der Grund, warum wir euch zusammengerufen haben. Wir sind eure Anführer, aber wir sind nicht in der Lage über das Leben eines jeden Einzelnen zu entscheiden. Diese Entscheidung muss ein jeder für sich selbst treffen."

Sie blickt auffordernd zu Khaan, der nun ebenfalls das Wort ergreift: „Das Angebot der Legion bietet uns sowohl Vor- als auch Nachteile. Wir müssten uns keine Sorgen mehr um unsere Versorgung machen. Jeder hätte ein Dach über dem Kopf und ein Bett für die Nacht. Wenn wir davon ausgehen, dass die Legion ihr Angebot ernst meint, wäre es der friedlichste Weg für uns alle. Ein Weg, der verhindert, dass viele Unschuldige weiter in diesem Krieg sterben müssen. Wir hätten die Chance, die Ressourcen der Legion zu nutzen, um etwas Neues, etwas Besseres, daraus zu erschaffen."

Er macht eine bedeutungsvolle Pause und blickt ernst in die Runde. „Aber wir dürfen niemals vergessen, dass die Legion uns unser gesamtes Leben lang schon belogen, betrogen und unterdrückt hat. Die Führungsebene handelte bisher immer nur zu ihrem eigenen Vorteil und war niemals ehrlich mit uns. Wenn wir das Friedensangebot annehmen, müssen wir damit rechnen, dass es sich um eine Falle handeln könnte, die im schlimmsten Fall unser aller Leben mit einem Schlag auslöscht."

Maggie räuspert sich und macht dadurch ihre Haltung für alle deutlich. „Die Legion hat uns allerdings mit einem Anschlag ihrerseits gedroht, wenn wir ihnen nicht bis morgen unsere Entscheidung mitteilen. Wir wissen alle, dass wir kaum eine Chance gegen die Waffengewalt der Legion haben."

Asha steht in der vordersten Reihe und schnaubt bei Maggies Worten abfällig auf. Die Menschen um sie herum werfen ihr jedoch warnende Blicke zu. Sie lieben Maggie und haben sie nicht grundlos zu ihrer Anführerin ernannt. Sie vertrauen ihrem Urteil.

Khaan übernimmt wieder das Wort: „Wer dafür ist, das Friedensangebot der Legion anzunehmen, möge nun die Hand heben."

Seine eigene Hand verweilt bewegungslos an seiner Seite, genau wie meine eigene. Maggie, sowie alle anderen Anführer der Rebellen, heben jedoch ihren Arm. Eine Welle geht durch die anwesenden Menschen und die Arme werden in die Höhe gerissen. Wir brauchen nicht nachzuzählen, um zu wissen, dass die Entscheidung gefallen ist. Mir entgeht jedoch nicht, dass Ruby nicht dafür gestimmt hat. Ich habe sie unterschätzt. Ich habe angenommen, dass sie schon alleine deshalb dafür stimmen würde, weil ich dagegen bin.

Asha stößt einen tobenden Schrei aus. „Ist das euer Ernst?!", brüllt sie wahllos in die Menge. „Wie bescheuert seid ihr eigentlich?! Ist euch klar, dass ihr gerade euer eigenes Todesurteil unterschrieben habt?!"

Sie wird von allen Seiten angeherrscht, still zu sein. Niemand lässt sich gerne als bescheuert beschimpfen. Ich kann sie jedoch verstehen und steige deshalb von dem Hügel zu ihr hinunter. „Komm, wir gehen!", fordere ich sie auf und lege leicht meine Hand um ihren Ellbogen. Obwohl Asha sich an mich gewöhnt hat, kann sie noch immer nur schwer mit Berührungen umgehen.

Sie wirft mir zwar einen wütenden Blick zu, lässt sich aber von mir aus der Menge führen.

Als wir die Menschen hinter uns zurückgelassen haben, stößt sie erneut einen frustrierten Schrei aus. „Ich habe es geahnt, aber dennoch gehofft, dass wenigstens die Mehrheit der Menschen bei klarem Verstand wäre. "

„Du darfst sie nicht dafür verurteilen, dass sie Angst haben", versuche ich ihr zu erklären. „Das Angebot der Legion anzunehmen ist sicherer, als sich einem Anschlag von ihnen auszusetzen."

„Wenn sie Sicherheit wollen, warum haben sie sich dann überhaupt je gegen die Legion aufgelehnt?", entgegnet Asha verständnislos.

„Es ging darum, dass sie über ihr eigenes Leben entscheiden wollten. Genau das bietet die Legion ihnen an: Mitbestimmung."

„Die Legion besteht aus Lügnern und Verbrechern!" Sie schreit mich an, als wäre ich der Feind. Beruhigend hebe ich meine Hände. „Hey, ich bin deiner Meinung!"

„Dann lass mich mit deinem beschissenen Einfühlungsvermögen in Ruhe!", faucht sie zurück. „Es interessiert mich nicht, warum die Anderen so entschieden haben."

Erst möchte ich ihr widersprechen, doch dann schließe ich meinen Mund. Es ist sinnlos, jetzt zu ihr durchdringen zu wollen. Asha ist sehr unsensibel, was die Gefühle anderer Menschen angeht. Aber das liegt nicht daran, dass sie in der Legion aufgewachsen ist, sondern daran, was ihr in der Legion angetan wurde. Sie hat nur die schlechtesten Seiten des Lebens kennen gelernt und hat genug damit zu tun, sich jeden Tag aufs Neue daran zu erinnern, dass es sich lohnt weiterzuleben. Vermutlich weiß sie nicht einmal, wofür. Ihre einzige Aufgabe ist es, sich an all denen zu rächen, die tatenlos bei ihrem Leid zugesehen haben. Dazu zählt sie jeden einzelnen Führer der Legion. Sie kann keinen Frieden mit ihnen schließen. Ich wünschte, ich könnte ihr mehr als ihre Wut, ihren Zorn und ihre Rachegelüste geben. Etwas Positives. Etwas, das sie glücklich macht. Ich versuche es jeden Tag, indem ich ihr eine gute Freundin bin. Immerhin habe ich es schon geschafft, mir ihr Vertrauen zu verdienen. Eine enorme Leistung, wenn man bedenkt, dass ich die Einzige bin.

Wir steuern auf unser gemeinsames Nachtlager zu, als Asha plötzlich innehält. Sie starrt auf einen Fleck im Schatten, aus dem sich nun eine Gestalt erhebt. Sie hat ihn noch vor mir gesehen, ohne vielleicht zu wissen, um wen es sich handelt. Doch ich erkenne ihn sofort an seinem welligen Haar, den muskulösen Schultern und der angespannten Haltung: Finn. Er ist wirklich zu mir zurückgekommen.

Ich blicke von ihm zurück zu Asha. Sie scheint ihn nun auch erkannt zu haben und ihr zornverzerrtes Gesicht nimmt einen weicheren Zug an. „Seid ihr wieder zusammen?“, fragt sie leise, ohne dass ich sagen könnte, was sie davon hält.

„Ich hoffe es“, erwidere ich genauso leise. Es liegt noch ein langer steiniger Weg vor uns.

„Ich verstehe nicht, was du an ihm findest. Aber ich weiß, dass du glücklicher bist, wenn er bei dir ist“, sagt Asha und blickt mir in die Augen. Seitdem wir die Tabletten der Legion nicht mehr bekommen, ist sie ein paar Zentimeter größer als ich. Entweder ist sie gewachsen oder ich bin geschrumpft. Durch ihre lichtblauen Augen brechen erste grüne Funken hervor und auf ihren Kopf wächst ein rotbrauner Flaum. Leichte Sommersprossen bedecken ihre Nase. Je länger sie der Legion fernbleibt, umso hübscher wird sie. „Ich gehe noch etwas spazieren“, erwidert sie zögerlich und wendet mir den Rücken zu. Ich halte sie am Arm zurück. „Du musst nicht gehen“, versichere ich ihr.

Sie wendet sich erneut zu mir um. „Glaubst du, ich will euch beim Knutschen zusehen?!“, entgegnet sie mit einem Grinsen auf den vollen Lippen. Ich weiß, dass ihr solche Momente schwerfallen. Momente, in denen es nicht um Zerstörung, Gefahr oder Rache geht. Momente, die eigentlich unser Leben bestimmen sollten. Doch umso mehr weiß ich ihr Mitgefühl zu schätzen. Es ist nicht leicht für sie, sich in die Gefühle eines anderen hineinzuversetzen, wenn sie einem selbst völlig unbekannt sind.

„Bleib aber nicht zu lange weg. Das ist die vorerst letzte Nacht unter freiem Himmel und die möchte ich nicht ohne dich verbringen“, bitte ich sie. Wenn ich nicht weiß, wo Asha ist oder wie es ihr geht, könnte ich meine neu gewonnene Zeit mit Finn ohnehin nicht genießen. Ich brauche sie genauso wie ihn an meiner Seite.

„Keine Sorge, so etwas wie Privatsphäre gibt es hier nicht“, erwidert sie neckend und ich wünsche mir für die Zukunft, dass es mehr solcher Momente zwischen uns geben wird.

Ich lasse sie gehen und drehe mich unsicher zu Finn um, der immer noch im Schatten des Hügels auf mich wartet. Mein Herz schlägt wild in meiner Brust und ich fürchte immer noch, dass er nur gekommen ist, um mir zu sagen, dass es für uns keine Hoffnung gibt. Meine Knie zittern bei jedem

Schritt und meine Handflächen sind feucht, als ich ihn erreiche, während mein Mund sich staubtrocken anfühlt.

Der Blick seiner blauen Augen ist ruhig, während sein gesamter Körper unter Spannung zu stehen scheint. Wir schauen uns an, ohne uns zu berühren.

„Ich hatte Angst, dass du nicht kommst", sage ich mit zittriger Stimme. Tränen sammeln sich in meinen Augen, die ich versuche wegzublinzeln. Unruhig trete ich von einem auf den anderen Fuß und warte darauf, dass er etwas sagt. Etwas, das mich von meinem Leiden erlöst.

Doch er sagt kein Wort. Stattdessen legt er seine warmen Hände um meine Wangen und blickt mir tief in die Augen. Ich weiß, dass er mich küssen will, doch etwas scheint ihn zurückzuhalten. Er betrachtet mich auf eine Weise, wie nie zuvor: fassungslos und staunend zugleich. „Verzeih mir."

Seine Lippen zittern bei seinen Worten und seine Stimme ist mehr ein Krächzen. Wir können uns nicht einfach küssen und alles ist vergessen und vergeben. Zuviel ist passiert, um alles ungeschehen zu machen. Wir sind nicht mehr die, die wir einmal waren. Aber ich liebe Finn, weil ich daran glaube, dass er sein kann, wer immer er sein möchte. Ich glaube daran, dass er die Feinde in seinem Inneren genauso besiegen wird, wie die um uns herum. Wir haben etwas, für das es sich zu kämpfen lohnt: Unsere Liebe.

„Unsere Fehler sind unbedeutend, solange unsere Liebe ungebrochen ist. Ich liebe dich nicht, weil du perfekt bist, sondern jeden einzelnen Teil von dir und dazu gehören auch deine Fehler. Es fällt mir nicht schwer, dir zu verzeihen. Viel schwerer fiele es mir, auf dich zu verzichten."

Tränen rollen über seine Wange, die ich mit meinen Fingern wegwische. Er umschließt meine Hände fest mit seinen und bringt all seine Willensstärke auf, um mir fest in die Augen zu sehen, anstatt meine Worte einfach mit einem Kuss zu besiegeln. „Es gibt nichts und niemanden in der Welt, der verhindern könnte, dass ich dich für immer lieben werde. Selbst wenn ich mein Gedächtnis noch zehn Mal verlieren würde, mein Herz würde immer wieder den Weg zu dir finden. Wir gehören zusammen! Für immer!"

Erst jetzt traut er sich, mich zu küssen. Die Worte schienen ihm auf der Seele zu brennen und ich bin froh, dass er sie ausgesprochen hat. Ich habe gekämpft und es hat sich gelohnt. Wir sind wieder vereint und nichts wird uns mehr trennen können. Solange wir einander haben, glaube ich daran, dass alles gut werden kann. Wir werden gegen die Legion kämpfen, genauso wie wir für unsere Liebe gekämpft haben und genauso werden wir siegen.

09. Du wirst mir fehlen (Cleo)

Sowohl Felix als auch Khaan lassen es unkommentiert, dass Finn am Abend neben mir in unserem Nachtlager sitzt. Sein Arm liegt besitzergreifend um meine Schultern. Einzig bei N600 glaube ich ein kurzes zufriedenes Lächeln über die Lippen huschen zu sehen. Für sie scheint meine Vereinigung mit Finn der endgültige Beweis dafür zu sein, dass zwischen mir und Felix nichts laufen wird. Dass wir Geschwister sind, scheint ihr als Beweis nicht zu genügen. Khaan hingegen benimmt sich beneidenswert vorbildlich. Er versorgt nicht nur mich, sondern auch Finn mit Wasser. Beinahe so, als wären sie alte Bekannte. Ich glaube schon fast, dass ich mir sein Interesse an mir nur eingebildet habe. Denn ich hätte Ruby definitiv nicht mit Wasser versorgt! Ich hätte es ihr höchstens ins Gesicht geschüttet, wenn es nicht so verdammt knapp gewesen wäre.

Obwohl ich das erste Mal seit Tagen einen gefüllten Magen habe und mein Mund sich nicht so trocken anfühlt wie der Sand, auf dem wir liegen, bekomme ich in der Nacht kein Auge zu. Ich liege mit meinem Kopf auf Finns Brust und lausche seinem Herzschlag. Unsere Hände sind miteinander verflochten. Wir kennen uns nun schon mehrere Monate und trotzdem ist diese Nähe neu für mich. Genau davon habe ich immer geträumt und jetzt, wo es endlich so weit ist, schnürt mir die Angst, ihn wieder zu verlieren, die Kehle zu.

Erst spät in der Nacht höre ich, wie Asha ihren Platz neben mir einnimmt. Unsere Blicke begegnen sich durch die Dunkelheit. Sie schaut prüfend zu Finn, und als sie feststellt, dass er schläft, flüstert sie: „Bist du glücklich?“

Eine komische Frage, wenn man bedenkt, dass wir morgen in den Ostsektor der Legion einziehen werden, in dem Wissen, dass es vielleicht eine Falle sein könnte, die uns alle das Leben kosten wird. Doch trotzdem nicke ich. Denn würde ich genau in diesem Moment sterben, dann wäre es mit einem Lächeln im Gesicht.

Asha scheint meine Antwort zu beruhigen, denn sie schenkt mir ein schwaches Lächeln und dreht sich dann auf die Seite. Ich frage sie nicht, wo sie die halbe Nacht gewesen ist. Asha mag keine Fragen. Sie erzählt mir, was sie loswerden will und alles andere behält sie für sich, so viel habe ich schon gelernt.

An diesem Morgen werde ich nicht von den ersten Sonnenstrahlen wach, sondern von Finn, der mir einen Kuss auf die staubige Stirn drückt. Irgendwann muss ich wohl doch noch Schlaf gefunden haben, aber nun schlage ich ruckartig die Augen auf. Es ist so weit: Wir werden uns in die Hände des Feindes begeben. Finn sieht mir meine Aufregung an, denn er umfasst beruhigend meine Schultern mit seinen Händen. „Bleib ruhig!“, redet er sanft auf mich ein. „Solange wir zusammen sind, kann uns nichts passieren.“

Es ist, als würde die Zeit für einen Moment stehen bleiben. Ich kann mein Glück, ihn wiederzuhaben, immer noch nicht fassen. Wenn er jetzt weg wäre, würde ich glauben, dass die Nacht nichts weiter als ein schöner Traum gewesen sei. Aber Finn ist immer noch bei mir und er wird mich auch nicht mehr verlassen. Ich nehme seine Hände in meine und beuge mich zu ihm vor. Er kommt meinen Lippen entgegen und wir küssen uns, ungeachtet der aufkommenden Hektik um uns herum. Manch einer würde behaupten, dass es in Zeiten eines Krieges Wichtigeres gibt als die Liebe. Aber das wäre falsch. Denn genau ihretwegen führen wir Kriege: Wir wollen diejenigen beschützen, die wir lieben. Ich könnte niemanden mehr lieben als Finn. Erst durch ihn wurde ich zu der Person, die ich heute bin.

Als sich unsere Lippen wieder voneinander lösen, tritt der Lärm, der um uns herum ausgebrochen ist, an meine Ohren. Trotz der frühen Stunde hetzen die Menschen aufgeregt durcheinander. Obwohl wir im Grunde nichts mehr besitzen, wollen wir nicht mit leeren Händen in der Legion auftauchen. Die Rebellen haben sich die beiden letzten Monate mit Blech- und Holzstücken durchgeschlagen. Sie wollen nichts davon zurücklassen, auch wenn es vielleicht wertlos sein mag.

Finn zieht mich auf die Beine und wir machen uns zusammen auf den Weg durch das Lager. Wir haben kein Ziel, sondern sind auf der Suche nach jemandem, der unsere Hilfe gebrauchen könnte. Es ist nicht wirklich überraschend, dass wir am Ende beim Krankenlager landen. Zoe ist wie alle anderen freiwilligen Helfer damit beschäftigt, die Kranken und Verletzten auf einen der beiden Transporter zu bringen. Vermutlich hat sie die ganze Nacht nicht geschlafen, weil sie die Medikamente der Legion verteilt hat. Sie kniet gerade neben einer grauhaarigen

Frau am Boden und flößt ihr Wasser ein. Erst als wir direkt vor ihnen stehen, blickt sie auf. Ihre Augen wandern von unseren Gesichtern zu unseren miteinander verschränkten Händen. Ihre Lippen verziehen sich zu einem breiten Grinsen: „Na, endlich!“

Ich unterdrücke mein eigenes Grinsen und frage: „Braucht ihr Hilfe?“

„Natürlich!“, erwidert sie sofort ungehindert. „Am besten geht Finn zu den Männern und hilft denjenigen, die nicht alleine laufen können, in den Transporter.“ Sie deutet auf mich. „Und du bleibst bei mir und hilfst mir dabei, die Medikamente zu verteilen, damit ich dich in Ruhe aushorchen kann.“

Finn verdreht die Augen und wirft seiner Schwester einen genervten Blick zu. „Ich weiß wirklich nicht, ob es eine gute Idee ist, Cleo bei dir zu lassen. Wer weiß, ob sie danach noch mit mir zusammen sein will.“

Zoe streckt ihm die Zunge raus und schiebt ihn mit beiden Händen von uns weg. „Sie weiß schon längst jedes noch so dunkle Geheimnis über dich.“

Finn zwinkert mir im Gehen zu. „Glaub ihr kein Wort!“

Zoe verpasst ihm einen liebevollen Schlag auf den Hinterkopf. Als sie alleine zu mir zurückkommt, seufzt sie: „Das hat mir so gefehlt!“

„Was genau meinst du?“, frage ich, als wir zu der Kiste mit den Medikamenten laufen.

„Unsere Blödeleien“, erklärt Zoe. „Finn und ich haben uns schon immer den ganzen Tag gestritten. Natürlich nur Neckereien! Aber als wir von den Mutanten zurückkamen, war plötzlich Schluss damit. Finn hat nicht mehr mitgemacht!“

„Ihr habt viel durchgemacht“, verteidige ich ihn sofort.

Zoe stimmt mir sofort zu. „Ja, vor allem Finn! Aber ich hoffe dennoch, dass er irgendwann wieder der Alte sein wird. Und ich denke, mit dir an seiner Seite schafft er das.“

„Das hoffe ich auch“, erwidere ich, während Zoe mir eine Medikamentenpackung nach der anderen in die Hand drückt.

„Und was, wenn nicht?“

„Wie meinst du das?“

„Was, wenn er nie wieder glücklich sein wird? Was, wenn das traurige Gesicht immer ein Teil von ihm bleiben wird? Wirst du jemanden lieben können, der dir niemals zeigen kann, dass er froh ist, dass du an seiner Seite bist?“

Sie scheint sich Sorgen darum zu machen, dass ich Finn irgendwann verlassen werde, weil mir seine Probleme zu anstrengend sein werden. Aber das wird niemals passieren!

„Finn und ich verstehen uns auch ohne Worte. Ich bin schon glücklich, wenn ich nur seine Hand in meiner halten darf.“

Zoe sieht mich ernst an. Sie scheint etwas sagen zu wollen, doch sie wird von Clyde unterbrochen, der plötzlich zu uns stößt. Er hält eine weiße Nahrungskapsel der Legion in den Händen, aus der ein geruchsloser Dampf aufsteigt. „Das ist für dich“, sagt er zu Zoe und sieht mich entschuldigend an. „Hätte ich gewusst, dass du ihr hilfst, hätte ich dir natürlich auch etwas mitgebracht.“

„Schon in Ordnung“, wehre ich sofort ab.

Zoe hält mir die Kapsel entgegen. „Du kannst gerne meine haben. Ich habe jetzt keine Zeit um etwas zu essen!“

Clyde sieht strafend zu ihr hinab. Er ist deutlich größer, seitdem er die Tabletten der Legion nicht mehr nimmt. Dazu sind seine Schultern breiter geworden. „Du musst etwas essen, wenn schon nicht für dich, dann wenigstens für das Baby!“

Zoe stöhnt genervt auf und nimmt einen großen Schluck aus der Kapsel. „Wenn ich es esse, lässt du mich dann wenigstens in Ruhe?!“, fährt sie ihn grob an.

„Ich meines es nur gut“, erwidert Clyde und geht geknickt.

Clyde ist mein längster Freund und ich fühle mich ihm verbunden. Zudem kann ich Zoes Umgang mit ihm nicht verstehen. Ich war mir sicher, dass sie ihn mag.

„Warum bist du so zu ihm?“, frage ich und kann meinen Ärger kaum verbergen.

„Das verstehst du nicht“, faucht Zoe und trinkt den Inhalt der Kapsel leer, bevor sie sie zu Boden fallen lässt und mit dem Fuß wütend in die Ecke kickt.

„Dann erklär es mir!“, fordere ich. „Du weißt, dass Clyde dich liebt.“

„Wenn er es nicht sagen kann, zählt es nicht“, entgegnet Zoe schnippisch.

„Er zeigt es dir aber jeden Tag!“

„Sobald das Kind da ist, sucht er sich eine andere. Wer will schon eine Frau mit einem Kind, das nicht von einem selbst ist?“

„Es ist doch aber sein Kind!“, entfährt es mir unüberlegt.

Zoe starrt mich fassungslos an. „Was hast du da gerade gesagt?“

„Denkst du wirklich, dass Clyde dich einfach für eine andere verlassen würde? So ist er nicht …“

Sie unterbricht mich zornig. „Das meine ich nicht! Was hast du über das Kind gesagt?“

Einen unpassenderen Zeitpunkt hätte ich mir kaum aussuchen können. „Das Kind ist von ihm, Zoe.“

Sie schüttelt ungläubig den Kopf. „Nein, das ist nicht möglich. Wir wurden nicht miteinander gepaart.“

„Ich habe dir damals versprochen, dass ich dir helfen würde. Ich konnte die Befruchtung zwar nicht verhindern, aber ich habe die Proben vertauscht. Dein Kind ist von Clyde!“

Sie starrt mich entsetzt an. Doch anstatt mit mir zu reden, knallt sie mir ihre flache Handfläche auf die Wange. „Und das sagst du mir erst jetzt?!“, schreit sie mich aufgebracht an. Ich verstehe ihre Wut, dennoch hatte ich gehofft, dass sie sich darüber freuen würde. Finn tritt plötzlich hinter mich. „Was ist hier los?“

„Clyde wird Vater!“, ruft Zoe in gespielter Freude aus. Ihr Körper bebt nur so vor Wut.

Finn runzelt die Stirn und sieht mich fragend an.

„Ich habe die Proben so vertauscht, dass Zoe von Clyde befruchtet wurde“, gestehe ich ihm kleinlaut. Er wirkt erst genauso fassungslos wie Zoe, aber dann breitet sich ein Lächeln über sein Gesicht aus. „Aber das ist doch super!“, ruft er grinsend aus und fängt sich dafür direkt die nächste Ohrfeige von Zoe. Ihn scheint das jedoch nicht im Geringsten zu stören. „Weiß er denn schon von seinem Glück?“

„Nein!“, schreit Zoe sofort. „Und untersteht euch, ihm etwas davon zu erzählen! Das ist meine Aufgabe!“

Sie rauscht wütend an uns vorbei. „Ich dachte wirklich, sie würde sich darüber freuen“, sage ich leise und enttäuscht zu Finn.

„Tut sie auch“, erwidert er ungerührt. „Sie kann es nur nicht zeigen, denn jetzt hat sie keinen Grund mehr, Clyde länger von sich zu stoßen und das ist für sie viel schwerer.“

„Warum stößt sie ihn überhaupt von sich?“

„Nicht jeder von uns geht mit seinen Gefühlen so offen um wie du. Die meisten verstecken sie lieber, aus Angst davor, verletzt zu werden.“

Der Panzer bildet die Spitze unseres Trupps und hat den Durchgang zwischen den Felsen bereits passiert. Ihm folgen die beiden Transporter. Der eine ist voller kranker oder verletzter Menschen, während der andere unsere wenigen Habseligkeiten enthält. Übrig bleibt die große Gruppe der Menschen. Wir stehen in der Mitte der Hügel und sehen unsere eigene Hilfslosigkeit hundertfach in den Augen der anderen widergespiegelt. Es gibt niemanden, der keine Angst davor hat, zurück in die Legion zu gehen. Es ist ein Risiko und es ist ungewiss, was uns dort erwarten wird, aber wir können keinen Kampf gewinnen, wenn unsere Kräfte bereits ihre Grenzen erreicht haben. Vor allem die Rebellen hungern seit Wochen und schaffen es kaum, eine Nacht durchzuschlafen. Die meisten von ihnen bestehen nur noch aus Haut und Knochen. Sie in diesem Zustand kämpfen zu lassen, wäre purer Selbstmord. So gesehen kann ich gut verstehen, warum die

Rebellen bereit waren, das Friedensangebot der Legion anzunehmen. Jedoch verstehe ich nach wie vor nicht, warum die Legion es uns überhaupt unterbreitet hat. Was ist ihre Schwachstelle? Es kann nicht alleine an unserem Anschlag auf den Ostsektor liegen. Wie können sie einen Vorteil daraus ziehen?

Das Versteck in den Bergen hat den Rebellen in den letzten drei Wochen Schutz geboten, aber wie zuhause haben sie sich dennoch nicht gefühlt. Wie sollte man sich auch an einem Ort zuhause fühlen, der nur aus Staub und Stein besteht?

Ich blicke zu Finn, der direkt neben mir geht und meine Hand hält. Seit dem gestrigen Abend scheinen unsere Hände miteinander verschmolzen zu sein. Wir lassen uns nur noch los, wenn es gar nicht anders möglich ist. Seine Nähe gibt mir Sicherheit. Nicht, weil ich das Gefühl habe, dass er mich vor der ganzen Welt beschützen könnte, sondern weil ich ihn lebendig weiß und mir keine Sorgen um ihn zu machen brauche. Die Sorge um Finn war das, was mich in der Zentrallegion schier umgebracht hätte. Ich konnte mit der Ungewissheit kaum leben. Selbst sein Tod wäre leichter zu akzeptieren gewesen, als nicht zu wissen, ob es für ihn noch Hoffnung gibt oder nicht. Finn hatte den Glauben an sich aufgegeben, vielleicht musste er das, um bei den Mutanten überleben zu können.

Felix, N600, A233 und meine Mutter laufen vor uns, während Zoe, Clyde und Grace mit Iris und Emily hinter uns herziehen. Ich weiß nicht, ob Zoe bereits mit Clyde geredet hat. Jedenfalls macht es nicht den Anschein, denn sie verhält sich ihm gegenüber genauso abweisend wie auch schon zuvor. Maggie und Khaan führen den Zug mit den anderen

Anführern an. Ich bin froh, dass ich mich nicht zwischen meinen alten und neuen Freunden entscheiden muss. Stattdessen habe ich das Gefühl, dass wir jeden Tag mehr zu einer Einheit verschmelzen. Mir fehlt nur eine Person schmerzlich und das ist Florance. Obwohl sich jeder gegen sie stellt, kümmert sie sich weiterhin um A566. Ich glaube ihr sogar, dass sie in der Überzeugung handelt, dass er hilflos ist. Aber ich glaube auch Asha, dass er nur vorgibt, es zu sein. Ich weiß, dass der Tag kommen wird, an dem A566 Florance sein wahres Gesicht zeigen wird. Mir bleibt nur zu hoffen übrig, dass an diesem Tag Paul in ihrer Nähe sein wird, um ihr Halt zu geben. Ich kann nicht mehr tun, als sie vor ihm zu warnen und das habe ich bereits mehrfach. Doch Florance ist zu stur, um meinen Worten Glauben zu schenken.

Nun sind wir an der Reihe, den Durchgang zu passieren. Die Felsen erheben sich meterhoch über unsere Köpfe. Mir wird schwindelig von dem Anblick, als mich plötzlich jemand am Ellbogen packt. Schwarze Flecken tanzen über meinen Blick, als ich in Ashas ernstes Gesicht blicke. „Können wir kurz miteinander reden?"

Wenn Asha reden will, muss es wichtig sein. Wir befinden uns mitten in dem Durchgang und alles in mir sträubt sich dagegen, ausgerechnet jetzt Finns Hand loszulassen. Wir sollten den Schritt gemeinsam gehen. Finn scheint es nicht anders zu gehen, denn auch wenn er meine Hand loslässt, sagt er: „Geht ruhig. Ich warte hier auf euch!"

Wir treten gemeinsam aus dem Trupp heraus und Finn wartet an der Felswand, während ich Asha zurück ins Innere folge. Erst jetzt bemerke ich den großen Beutel auf ihrem Rücken. Im Panzer und dem Transporter war genug Platz, es ist unnötig, dass sie selbst etwas trägt. Zumal sie auch nicht mehr besitzt als jeder andere. Bei dem Gedanken, was sie vorhaben könnte, wird mir flau im Magen. Trotzdem folge ich ihr so lange, bis sie im Schatten der Felsen stehen bleibt.

„Ich komme nicht mit“, sagt sie entschieden. Meine schlimmste Befürchtung bewahrheitet sich und legt sich wie ein Stein in meinen Magen. Ich wusste es. Ich wusste es, seitdem die Entscheidung gefallen war, dass wir zurück in die Legion gehen würden. Ich wusste es im Grunde schon davor. Ich wusste es, seitdem sie A566 angegriffen hatte. Ashas Tage waren von diesem Zeitpunkt an gezählt. Dass sie überhaupt solange noch hier geblieben ist, liegt wohl an mir.

Ich möchte sie anflehen, bei mir zu bleiben, aber ich bringe es nicht über mich. Denn es wäre purer Egoismus. Ich kann Asha verstehen. Ich kann verstehen, dass sie nicht in einer Stadt mit dem Mann leben kann, der ihr das Leben zur Hölle gemacht hat. Jetzt zu gehen ist für sie keine Flucht, sondern ein Neuanfang.

„Wohin willst du gehen?“

„Ich weiß es nicht“, gesteht sie mir ehrlich. „Vermutlich immer weiter in den Süden. Soweit, bis es nicht mehr weitergeht.“

„Und was hoffst du dort zu finden?“

„Leben“, antwortet sie schlicht. „Die Legion kann nicht alles sein. Die alte Welt war voller Menschen. Ich kann nicht glauben, dass niemand außer uns es geschafft haben soll zu überleben.“

„Was tust du, wenn du wirklich andere Menschen gefunden hast?"

„Dann komme ich mit ihnen zurück und hole dich." Ihre sonst so starke Stimme bricht bei ihren Worten und ich weiß, dass sie sich wünscht, dass ich mit ihr komme. Ich weiß, dass es meine Pflicht als ihre Freundin wäre, sie zu begleiten. Ich schaue mich zu Finn und dem Trupp um, in dem meine ganzen anderen Freunde in ein ungewisses Leben in der Legion ziehen. Ich kann ihnen nicht allen für Asha den Rücken kehren. Und ich kann genauso wenig Finn darum bitten, es zu tun. Es tut mir weh, sie enttäuschen zu müssen. Meine Lippen beben.

Ashas Augen formen sich blitzschnell zu schmalen Schlitzen. „Wage es ja nicht, zu heulen!", zischt sie mir drohend zu und ich breche in Lachen aus, während Tränen über meine Wangen laufen. Obwohl Asha sich vor Nähe fürchtet, drücke ich sie fest an mich. Vielleicht wird es ein Abschied für immer sein. Vielleicht sehen wir uns niemals wieder. Wir wissen es beide nicht.

„Ich komme zurück", verspricht sie mir mit zittriger Stimme. „Ich komme zurück und hole dich. Versprochen."

Wir lösen uns voneinander. „Bleib am Leben!", bitte ich sie.

„Ich weiß, dass du überleben wirst", sagt sie im Gegenzug. „Du bist und bleibst meine Heldin!"

„Könnten wir uns jetzt bitte beide umdrehen und gehen? Ich kann es nicht ertragen, dir dabei zuzusehen."

Sie nickt. „Auf drei, dann rennen wir beide los, ohne uns umzusehen. Das bringt Unglück!"

„In Ordnung. Eins …"

„… zwei …“

„… drei!“

Ich renne los, so schnell ich kann. Noch während ich loslaufe, weiß ich, dass ich Asha nicht einfach so ziehen lassen kann. Ich kann sie nicht alleine der Wüste und ihrer Einsamkeit überlassen. Wenn ich selbst nicht mit ihr kommen kann, so muss ich jemanden finden, der das an meiner Stelle übernimmt. Es gibt nur einen Menschen, dem ich zutraue, eine Wüste zu durchqueren, ohne dabei den Verstand zu verlieren; nur einen Menschen, der stark genug ist, um Asha zu beschützen. Nur einen Menschen, den ich bitten kann, für mich den Kampf gegen die Legion sausen zu lassen.

Ich erreiche Finn, der mich fragend ansieht. Doch ich habe keine Zeit ihm zu antworten, stattdessen fasse ich ihn bei der Hand und wir passieren gemeinsam rennend den Durchgang. Er stellt keine Fragen, sondern folgt mir blind. Wir stürmen an allen anderen vorbei. Man könnte meinen, wir wären auf der Flucht. Als ich die Spitze des Zuges ausmachen kann, mobilisiere ich meine letzten Kraftreserven und sprinte los. Nach Atem ringend lande ich praktisch direkt vor Khaans Füßen. Er blickt erschrocken zwischen Finn und mir hin und her. „Was ist los?“, fragt er mich besorgt.

Ich ziehe mich an seinen starken Schultern auf die Beine. „Ich muss dich um etwas bitten“, beginne ich ohne Umschweife, während Finn die anderen dazu bewegt weiterzugehen.

„Es ist alles andere als fair, aber du bist der Einzige, der mir helfen kann.“

Er blickt verständnislos auf mich hinab.

„Du musst mit Asha in den Süden gehen. Sie will nach anderen Überlebenden suchen. Menschen, die außerhalb der Legion überlebt haben."

Seine besorgte Haltung wandelt sich in Enttäuschung. „Ich bin der Einzige, auf den du verzichten kannst", stellt er klar.

Ich möchte ihm widersprechen und ihm sagen, wie viel Stärke er mir in den letzten Wochen gegeben hat. Hätte ich ihn vor Finn kennen gelernt, wäre ich vermutlich unsterblich in ihn verliebt. Aber so ist es nicht gewesen. Als wir uns trafen, gehörte mein Herz bereits Finn und Khaan hatte daher nie eine Chance bei mir.

„Asha will mit Hilfe zurückkommen, aber sie wird es nicht ohne dich überleben", flehe ich. „Sie ist stark, aber alleine kann sie es nicht schaffen. Niemand könnte das. Bitte geh mit ihr!"

Khaan verschränkt die Arme vor der Brust, während die Menschen an uns vorbeiziehen. „Wie stellst du dir das vor? Die Freiheitskämpfer haben mich zu ihrem Anführer bestimmt. Ich kann sie doch nicht einfach so im Stich lassen."

„Du hast mich zu deiner Stellvertreterin gemacht", erwidere ich kleinlaut. „Bitte, Khaan! Ich würde dich nicht darum bitten, wenn ich mir nicht sicher wäre, dass du es als Einziger schaffen kannst."

Er sieht mich mit einer Verachtung an, die mir tief ins Herz schneidet. „Lass es mich noch einmal zusammenfassen, damit wir beide uns im Klaren darüber sind, was du von mir verlangst. Du möchtest, dass ich deiner Freundin Asha hinterherjage, nur weil sie keine Lust hat, zurück in die Legion zu gehen? Und deshalb erwartest du von mir, dass ich mein eigenes Leben aufs Spiel setze und alle meine Freunde zurücklasse?“

An seinen Worten und seinem Gesichtsausdruck merke ich, dass es mir bisher nicht gelungen ist, ihn zu überzeugen. Aus seinem Mund hört sich meine Forderung nicht nur egoistisch, sondern geradezu wahnsinnig an. Wie konnte ich glauben, dass ich ihn überzeugen könnte?

„Es liegt nicht daran, dass Asha einfach keine Lust hat. Sie kann nicht!“, flehe ich verzweifelt, doch Khaan zeigt bisher kein Verständnis. „Bitte glaub mir, wenn ich dir sage, dass niemandem so viel Leid in der Legion widerfahren ist wie Asha.“

„Wovon sprichst du?“

„Ich kann es dir nicht sagen. Das wäre ihr gegenüber nicht fair! Aber ich verspreche dir, dass wenn du es wüsstest, du verstehen könntest, warum sie lieber alleine in die Wüste geht, als mit uns zu kommen.“

Ich kann sehen, dass ihn meine Worte erreichen und nachdenklich machen, doch trotzdem bleibt er hart. „Selbst wenn, ich kenne Asha überhaupt nicht. Warum sollte dann ausgerechnet ich ihr nachlaufen?“

Mir bleibt noch eine letzte Karte übrig, die ich nicht vorhatte auszuspielen, aber Ashas Leben ist mir wichtiger als meine Moral. Ich blicke Khaan direkt in die Augen. „Bitte! Tu es für mich!“

Er schaut mich fassungslos an. Es hat nichts gebracht, ihn aus Mitgefühl für Asha zu bitten, noch als Ausweg im Krieg gegen die Legion. Auch mit der Überzeugung, dass er der Einzige ist, der es schaffen könnte, kam ich nicht weiter. Meine letzte Chance ist, es ihn aus Liebe für mich tun zu lassen. Ich habe keinen Beweis dafür, dass er so für mich empfindet, lediglich eine Vermutung. Doch ich sehe in seinen Augen ein Funkeln, das mir sagt, dass ich damit richtig lag.

Bestimmt eine Minute lang stehen wir da und starren uns nur an. Ich kann sehen, wie er mit sich ringt, doch schließlich nickt er. Es ist ein geknicktes Einverständnis.

„Ich gehe ihr nach“, stimmt er mir zu. Mir fallen seine zur Faust geballten Hände auf, als er fortfährt: „Aber nur, um sie zurückzuholen!“

Ich schüttele sofort den Kopf. „Nein, das bringt nichts! Sie kommt nicht zurück!“

Seine Fäuste zittern vor unterdrückter Wut. „Das ist alles, was ich dir anbieten kann! Es ist mehr als genug.“

Ich fühle mich nicht nur ungerecht, sondern auch unverschämt. „Aber dann setzt du dein Leben völlig umsonst aufs Spiel.“

„Nein, nicht umsonst!“, widerspricht er mir. „Denn dann habe ich es wenigstens versucht und dir meinen guten Willen bewiesen.“

Er lässt mich mit seinen letzten Worten alleine zurück. Wenn Khaan nicht zurückkehren wird, habe ich ihn in den Tod geschickt. Ich hätte ihn niemals darum bitten dürfen, es aus Liebe für mich zu tun. Ich möchte ihm nachrennen und von ihm hören, dass er es aus seinem eigenen Willen heraus tut. Aber Finn hält mich zurück. „Lass ihn ziehen! Du hast bekommen, was du wolltest.“

Seine Worte treffen mich. „Was hättest du an meiner Stelle getan?“

„Ich hätte es nicht anders gemacht“, erwidert Finn. „Aber wir können nicht erwarten, dass jeder glücklich mit unseren Entscheidungen ist. Khaan versucht es und das ist alles, was jetzt zählt."

„Aber er soll es selbst wollen!", rufe ich verzweifelt aus.

„Du kennst Khaan besser als ich, würde er eine Sache tun, hinter der er nicht steht? Nur, weil du ihn darum bittest?"

Khaan gehört zu den stärksten Menschen, die ich kenne. Er ist gerechter als jeder andere. „Aber er kennt Asha nicht einmal."

„Hast du aus Wut noch nie etwas gesagt, dass du nicht so gemeint hast?"

‚Ich hasse dich! Ich wünschte, ich hätte dich niemals kennen gelernt!', das habe ich zu ihm gesagt, als er behauptet hat, dass er mich nicht mehr lieben würde. Ich wollte ihm genauso wehtun, wie er mir. „Doch, das habe ich." gestehe ich.

10. Der Friedensvertrag (Cleo)

Die Schutzmauer, die die Legion sowohl vor äußeren Einflüssen schützt als auch gleichzeitig die ganze Legion zum Gefängnis macht, ist nach wie vor heruntergefahren. Ich weiß nicht, ob es an dem zerstörten Ostsektor liegt oder ob sie sie extra für unsere Ankunft runtergefahren haben. Doch allem Anschein nach haben sie uns bereits erwartet, denn in den Trümmern erwartet uns eine etwa zwanzig Mann starke Kämpfergruppe samt drei Legionsführern. Eine recht geringe Anzahl, wenn man die Größe der Zentrallegion bedenkt.

Die Kämpfer schirmen die Legionsführer vor uns mit erhobenen Waffen ab, als würden sie jederzeit mit einem Angriff von unserer Seite rechnen. Erst als Maggie sich mit erhobenen Händen aus unserer Gruppe löst, lassen sie die Waffen sinken und treten beiseite. Ich kenne keinen der Legionsführer. Sie stammen ihrem Alter nach zu urteilen allesamt aus der dritten Generation.

„Wir sind gekommen, um das Friedensangebot anzunehmen, das uns N300 unterbreitet hat“, eröffnet Maggie das Gespräch.

„SA3712 begrüßt euch in der Zentrallegion“, heißt uns der mittlere der Legionsführer sehr förmlich willkommen. Etwas anderes war von der Zentrallegion auch nicht zu erwarten.

„Wir freuen uns, dass euch unser letztes Mitglied der Führungsebene von einer friedlichen Einigung überzeugen konnte“, fährt er fort und stellt damit die Rebellen dar, als wären sie auf Krieg aus gewesen.

Aber seine Worte sind unbedeutend, solange N300 seine Versprechen hält.

„Der gesamte Ostsektor soll euch gehören, jedoch ist euch das Betreten der restlichen Stadt vorerst verboten. Um das zu gewährleisten, werden wir an allen Schnittstellen Wachen aufstellen. Solltet ihr auf ihre Warnung nicht reagieren und versuchen, trotzdem in den restlichen Teil der Stadt vorzudringen, haben sie die Erlaubnis, mit aktivierten Waffen auf euch zu schießen."

Seine Worte sind hart, sehr hart. Aber ich nehme nicht an, dass irgendjemand das Bedürfnis verspürt sich nicht an sie zu halten. Jedenfalls noch nicht.

„Die Wasser- und Stromversorgung sind noch nicht wieder intakt, aber alle bewohnbaren Häuser wurden mit Decken, Kissen, Wasser und Nahrungskapseln ausgestattet. Solltet ihr mehr benötigen, könnt ihr euch an eine der Wachen wenden. Morgen erwartet N300 eure Anführer zu Friedensvertragsverhandlungen im Legionsführerpalast. Ein Flugschiff wird euch dafür abholen. Es ist euch verboten, die Stadt ohne ausdrückliche Erlaubnis zu betreten!"

Maggie verhält sich dem Legionsführer gegenüber genauso kühl und abweisend. „Vielen Dank für das freundliche Empfangskomitee!", entgegnet sie, wobei ihre Stimme vor Sarkasmus trieft. „Wir sind alle müde und erschöpft, würdet ihr euch deshalb nun bitte aus dem Ostsektor zurückziehen? Wir wären gerne unter uns!"

Sie fordert sie mit schönen Worten auf, uns allein zulassen, so wie es mit N300 vereinbart war. Werden sie sich an die Abmachung halten?

SA3712 wirft ihr einen vernichtenden Blick zu. Bevor er „Rückzug!“, brüllt, worauf sich die Kämpfer erneut um die Legionsführer formieren und uns geschlossen den Rücken kehren. Erst als ihre Gruppe außer Sichtweite ist, wagen wir aufzuatmen. Schon jetzt habe ich das Gefühl, eine Gefangene zu sein, wird sich daran jemals etwas ändern, solange wir auch nur in der Nähe der Legion sind? Vielleicht hätten wir alle mit Asha weiterziehen sollen, aber dafür hätten unsere Vorräte nicht gereicht und viele der Kranken, Verletzten oder schwangeren Frauen wären dazu nicht in der Lage gewesen. Obwohl Ashas Weg sie ins Ungewisse führt, beneide ich sie in gewisser Weise trotzdem. Sie wird zum ersten Mal in ihrem Leben ein Gefühl von Freiheit verspüren. Khaan wird sie auf keinen Fall davon abbringen können. Aber wer weiß, vielleicht bringt ihn auch genau dieses Gefühl dazu, doch mit ihr ziehen zu wollen.

Wir schwärmen, ohne dass uns jemand einen Befehl dafür erteilen muss, in die umliegenden Gebäude aus. Mir ist der Ostsektor nicht gänzlich unbekannt, da hier das Gebäude der Müllverbrennung untergebracht ist. Jedoch spuckte mich das Flugschiff lediglich vor dessen Eingang am Morgen aus und holte mich auch genau dort am Abend wieder ab. Für Spaziergänge blieb also nie Zeit. Es fühlt sich seltsam an, sich nun frei in diesem Teil der Stadt bewegen zu können. Neben kleineren, meist zweistöckigen Gebäuden aus der Zeit vor dem Dritten Weltkrieg, gibt es auch große Hochhäuser, die ganz offensichtlich das Werk der Legion sind. Sie bestehen hauptsächlich aus Glas, durch das sich von außen nichts erkennen lässt, aber von dessen

Innerem man die komplette Straße oder je nach Stockwerk auch die ganze Stadt überblicken kann. Finn und ich betreten das höchste Gebäude, aber anstatt uns mit den Decken und Lebensmitteln aufzuhalten, die die Legion für uns hat bereitstellen lassen, steigen wir über die Feuertreppe ein Stockwerk nach dem anderen empor. Es ist ein dunkler fensterloser Turm, der lediglich eine Öffnung an der Decke besitzt. Ich zähle die Stufen nicht, die wir wortlos zurücklegen.

Wir mussten zuvor nicht besprechen, was wir nun tun würden, es war, als würden unsere Füße ihren Weg von alleine finden. Erst als die Stufen enden, treten wir zurück in das lichtdurchflutete Innere des Gebäudes. Es ist ein moderner Bürokomplex, der mit Schreibtischen ausgestattet wurde. Jeder einzelne ist ordentlich aufgeräumt, aber wirkt dennoch so, als könnte jede Minute die Arbeit wieder losgehen. Ich weiß nicht, wofür die Büros hier vor nicht einmal einer Woche noch genutzt wurden. Es gibt vieles in der Zentrallegion, von dem ich nichts weiß. Viele Geheimnisse, die mir wahrscheinlich das Blut in den Adern gefrieren lassen würden.

Doch gerade jetzt versuche ich weder an die Zentrallegion noch an die Gefahr zu denken, sondern wenigstens für den Moment nur Finns Nähe zu genießen. Seine Hand fühlt sich in meiner fast schon selbstverständlich an und trotzdem beginnt mein Herz, wie wild zu schlagen. Wir treten an die wandhohen Fenster und blicken auf die Stadt, die sich vor unseren Füßen erstreckt. Die Zerstörung, die das Feuer und die Bomben im Ostsektor hinterlassen haben, ist von hier oben deutlicher zu erkennen, als am Boden. Dieser Teil der Stadt hebt sich dunkel und rußverschmiert hervor, aber auch der Rest der Stadt ist nicht einmal mehr halb so glänzend wie ich ihn in Erinnerung hatte. Die Straßen sind wie leer gefegt, nur das Blau der Kämpfer leuchtet noch hier und da auf.

„Kannst du dir vorstellen, hier alt zu werden?“, fragt Finn neben mir.

Ich wende meinen Blick von der Zentrallegion und konzentriere mich auf sein Gesicht. Seine Muskeln sind angespannt, sodass sein Kinn markant hervortritt. „Noch verfügen wir nicht über den Luxus, an die Zukunft denken zu können“, erwidere ich ernst. „Das Einzige, was zählt, ist das Hier und Jetzt und das müssen wir genießen.“

Er wendet den Blick ebenfalls ab und streicht mir mit der Hand über die Wange. Ein schmutziger Verband ist um seine Haut gewickelt. „Dann bin ich für diesen Moment der glücklichste Mensch der Welt.“

Es ist lange her, dass wir wirklich alleine waren. Das letzte Mal war es in einem der künstlichen Felder in der westlichen Legion. Die Erinnerung daran treibt mir die Schamesröte ins Gesicht. Dort haben wir uns zum ersten und bisher einzigen Mal geliebt. Finn scheint ebenfalls daran zu denken, doch anstatt rot zu werden, zieht er mich an sich und presst seine Lippen auf meine. Er ist zärtlich, doch ich spüre den Hunger, der tief in seinem Inneren wütet. Seine Hände wandern von meinen Wangen zu meinen Schultern, über meine Arme und verweilen schließlich auf meinen Hüften. Ich habe das Gefühl unter seiner Berührung zu verbrennen. Der Stoff des Anzuges der Legion ist so dünn, dass ich mich beinahe nackt fühle. Finns Hände packen mich etwas fester, so als würde es ihm immer schwerer fallen, die Kontrolle zu bewahren. Vielleicht ist es aber genau das, was passieren muss, damit wir wieder zueinander finden. Im Moment gehen wir noch voller Vorsicht miteinander um, so als ob ein falsches Wort unser wackliges Kartenhaus schon zum Einsturz bringen könnte. Ich presse mich gegen Finn, will ihm nah sein. Meine Hände krallen sich in seinen Nacken und das Gefühl seiner Haut auf meiner blockiert meine Gedanken. Er kann nicht länger an sich halten und drückt mich gegen die kalte Glasscheibe in meinem Rücken. Die Kälte ist angenehm auf meiner erhitzen Haut. Seine Lippen wandern von meinem Mund zu meinem Hals und verweilen über meinem Schlüsselbein. Mein Kopf dreht sich und ich kann an nichts anderes mehr denken, als an Finns starken Körper. Seine Muskeln sind von seinem Leben auf der Flucht trainiert, ich kann sie fühlen, wenn ich mit der Hand über seine Schultern und Arme streiche.

‚Obwohl um uns herum das absolute Chaos herrscht, habe ich in dem Möhrenfeld mit Finn meinen inneren Frieden gefunden. Es gibt nichts, was mehr zwischen uns steht. Wir wissen alles voneinander. Auch wenn wir nicht immer einer Meinung sind, so schätzen wir den anderen für seine Stärken und verzeihen ihm seine Schwächen.

Ich habe mich so nach ihm gesehnt und hatte gleichzeitig Angst vor der Wahrheit. Der Kuss wird immer leidenschaftlicher. Zu viele Wochen liegen hinter uns, in denen jede Berührung verboten war. Wir haben viel nachzuholen. Ob wir je die Zeit dafür haben werden?

Am liebsten würde ich ihn nie wieder loslassen und mit ihm eins werden. Ich möchte ihm näher sein als je zuvor einem

Menschen. Jede seiner Bewegungen spüren und in sein Herz blicken können.

Doch plötzlich löst sich Finn atemlos von mir. Zum ersten Mal ist sein Gesicht gerötet. „Das ist nicht der richtige Zeitpunkt und nicht der richtige Ort", stößt er hervor. Als ich verstehe, wovon er spricht, schießt mir ebenfalls die Röte ins Gesicht. Daran hatte ich nicht gedacht, aber seltsamerweise erfüllt mich der Gedanke, mit ihm zu schlafen, nicht länger mit Furcht. Es erscheint mir eher wie die richtige Abfolge der Dinge.

„Und was, wenn es nie einen richtigen Zeitpunkt geben wird?", frage ich ihn herausfordernd und deute auf das Feld um uns herum. „Dieser Ort ist genauso gut oder schlecht wie jeder andere. Es ist mir egal, wo ich bin, solange wir zusammen sind."

Finn blickt mir erst besorgt, aber dann lächelnd entgegen. Seine warmen Hände legen sich erneut um meine Wangen, während mein Herz mir bis zum Hals schlägt.

„Bist du dir sicher, dass du das wirklich willst?"

„Ich könnte mir nicht sicherer sein."'

Als ich mit Finn geschlafen habe, hätte ich mir nicht sicherer sein können. Doch ich habe nicht den Schmerz vergessen, den ich empfand, als er die Türen des rettenden Hubschraubers hinter mir zuschlug. Ich fühlte mich von ihm verraten und beschmutzt. In diesem Moment habe ich bereut, mit ihm geschlafen zu haben. Ich habe bereut, mich ihm völlig offenbart zu haben, um dann von ihm hintergangen zu werden. Diese Gedanken schießen mir durch den Kopf, während ich so kurz davor bin, die Kontrolle zu verlieren. Es mag sein, dass wir jeden Tag unseres Lebens wie den Letzten leben sollten. Jede Sekunde auskosten und genießen sollten. Aber ich kann mich ihm nicht öffnen, solange ich immer noch fürchte, dass er mich wieder verlassen wird. In mir tobt derselbe Hunger wie in ihm, aber ich bin es meinem Herzen schuldig, dieses Mal stark zu bleiben. Er wird mich deshalb nicht weniger lieben.

Bevor ich ihn nicht mehr bremsen kann, schiebe ich ihn von mir. Finn blickt mich schuldbewusst an, so als habe er etwas falsch gemacht. Mir kommt bei seinem Blick plötzlich ein ganz anderer Gedanke: Wie weit ist er mit Ruby gegangen?

„Es tut mir leid", entschuldigt er sich und tritt von mir zurück. Verlegen streicht er sich durch das fettige Haar. Wir hätten alle eine Dusche dringend nötig.

„Es gibt nichts, wofür du dich entschuldigen müsstest", versichere ich ihm und spüre trotzdem die seltsame verhaltene Stimmung, die nun zwischen uns entstanden ist.

Erst schweigt er und wendet sich von mir ab, doch dann dreht er sich erneut mit flammendem Blick zu mir um. „Ich habe nie mit Ruby geschlafen", stößt er aus. „Ich will, dass du das weißt."

Obwohl ich nicht danach gefragt habe, erleichtern mich seine Worte ungemein. Ich schmiege mich an ihn und versiegle seine Lippen mit einem weiteren Kuss. Ich habe mich nicht in ihm getäuscht und ich weiß, dass mein Vertrauen zu ihm mit jedem weiteren Tag zurückkommen wird. Wenn ich mit ihm schlafe, will ich, dass nichts mehr zwischen uns steht. Kein noch so kleiner Zweifel an uns.

Obwohl jeder einen überdachten Schlafplatz in den Gebäuden des Ostsektors gefunden hat, wurde am Abend dennoch ein Lagerfeuer entzündet, um das sich die meisten nun versammelt haben. Es ist unsere erste Nacht in unserem neuen Zuhause, das sich mehr wie ein Flüchtlingslager anfühlt, als ein Gefühl von Sicherheit zu vermitteln. Niemand spricht es aus, aber insgeheim rechnen wir alle jederzeit mit einem Angriff der Legion. Wir fühlen uns ihnen trotz der schützenden Hausmauern ausgeliefert.

Doch zumindest gibt es genug Wasser, sodass wir uns waschen konnten. Solange der Strom noch nicht wieder läuft, funktionieren auch die Dampfduschen noch nicht. Ich weiß schon gar nicht mehr, wie lange es her ist, dass ich den warmen Dampf um mich herum gespürt habe. Alleine die Vorstellung zaubert mir ein seliges Lächeln auf die Lippen. Den Rebellen wäre ein See, eine heiße Quelle oder gar eine Badewanne lieber, aber ich wusste schon immer die Vorzüge einer Dampfdusche zu schätzen. In dieser Hinsicht bin ich ganz ein Kind der Legion.

Ich nehme einen weiteren Schluck von der dampfenden Flüssigkeit aus der Nahrungskapsel. Sie hat keinen Geschmack, ist aber dickflüssiger als Wasser. Es sind die ersten Versuche der Zentrallegion von den Tabletten auf normales Essen umzusteigen. Mittlerweile haben sie deutliche Fortschritte gemacht. Die Legionsführer verfügen immerhin über Obstplantagen, aber für uns wollten sie wohl nicht mehr als die Kapseln hergeben. Doch selbst die sind besser als nichts.

Sie füllen unsere Mägen und versorgen uns mit allen überlebenswichtigen Nährstoffen.

Ich sehe Clyde von der anderen Seite des Feuers geradewegs auf mich zusteuern. Sein Gang ist zielstrebig, und als er vor mir und Finn stehen bleibt, kann ich in seinen Augen lesen, dass Zoe ihm die Wahrheit gesagt hat. Vermutlich kann ich mir nun die nächste Standpauke anhören. Finn steht abrupt mit den Worten „Ich lass euch mal alleine!“ auf und verzieht sich. Tolle Unterstützung!

Ich hebe abwehrend die Hände. „Es tut mir leid, okay?! Ich dachte wirklich, ich täte euch damit einen Gefallen.“

Clyde erwidert nichts, sondern lässt sich wortlos neben mich sinken.

„Magst du Zoe nicht?“, hake ich unsicher nach, weil ich sein Schweigen nicht ertrage. Dabei basiert unsere Freundschaft eigentlich auf Blicken oder Gesten und nicht auf Worten, die in der Legion schon immer rar waren.

„Doch, ich mag sie sogar mehr als jede andere“, antwortet Clyde.

„So etwas nennt man Liebe“, flüstere ich und lächle ihn an, doch er starrt nachdenklich in die Flammen.

„Du hattest kein Recht über unser Leben zu entscheiden“, sagt er ernst, ohne mich anzusehen.

„Genauso wenig wie die Legion über uns bestimmen sollte“, pflichte ich ihm bei. Überrascht dreht er den Kopf nun doch zu mir. „Ich bin dir dankbar.“

Seine Worte überraschen mich wiederum. Zwar hätte ich mir diese Reaktion gewünscht, aber ich hatte nach Zoes Wutanfall nicht mehr damit gerechnet.

„Du hast mir die Chance auf ein richtiges Leben gegeben“, erklärt sich Clyde. „Ohne deinen Eingriff würde Zoe sich vermutlich irgendwann einem anderen zuwenden, weil sie mich leid wäre.“

Eigentlich sollten mir Zoes Worte gezeigt haben, dass ich mich besser aus den Angelegenheiten anderer heraushalten sollte, trotzdem kann ich nicht länger dabei zusehen, wie zwei meiner Freunde ihrem Glück länger im Wege stehen.

„Clyde“, seufze ich. „Zoe mag dich genauso sehr wie du sie, aber du musst ihr auch zeigen, dass du sie gern hast.“

Er runzelt verwirrt die Stirn. „Ich bin immer für sie da. Ich kümmere mich um sie und das Baby so gut es geht. Manchmal habe ich sogar schon das Gefühl, dass es ihr zu viel ist. Wie sollte ich ihr denn noch mehr zeigen, wie viel sie mir bedeutet?“

Ich beuge mich dicht an sein Ohr. „Küss sie.“

Er starrt mich skeptisch an, so als hätte ich ihm vorgeschlagen, einen Handstand zu machen. „Deshalb ist sie wütend auf mich?“

Ich nicke und habe Verständnis für ihn. Als ich bei den Rebellen war, verspürte ich zwar schon früh den Wunsch, Finn nah zu sein, aber ich konnte mir meine Gefühle nicht erklären. Sie sind das Gegenteil von dem, was man uns in der Legion beigebracht hat. Körperliche Nähe existierte in unserem menschlichen Miteinander praktisch nicht. Der Wunsch danach war zwar dennoch da, aber die meiste Zeit unseres Lebens mussten wir ihn unterdrücken, weil wir keine logische Erklärung dafür hatten. Liebe ist nicht logisch, sie ist gesetzlos, unberechenbar und führt zu Krieg.

„Bist du dir sicher?“

„Ganz sicher.“

Er steht auf und lässt seinen Blick über die Anwesenden wandern. Mir ist schleierhaft, was er vorhat, doch als ich sehe, wie sich seine Augen weiten, als er Zoe entdeckt, ahne ich bereits, was er vorhat. Doch bevor ich ihn bremsen könnte, stürmt er auch schon direkt auf sie zu. Zoe befindet sich gerade im Gespräch mit Grace und sieht Clyde erst, als er praktisch direkt vor ihr steht. Das wütende Funkeln kehrt augenblicklich in ihren Blick zurück, jedoch nur für den Bruchteil einer Sekunde. Denn bereits im nächsten Moment zieht Clyde sie schwungvoll an sich und presst seine Lippen auf ihre. Augenblicklich verstummt jedes Gespräch am Lagerfeuer und alle starren fasziniert zu den beiden. Wie wird Zoe reagieren? Wird sie ihm eine Ohrfeige verpassen?

Als er sich von ihr löst, starrt sie ihn fassungslos an. Ihre Mundwinkel zucken und ich erwarte fast, dass sie ihn anfahren wird, was er sich dabei gedacht hat. Zoe lässt sich nicht gerne überrumpeln und schon gar nicht vor so einer großen Zuschauerzahl. Aber sie überrascht uns alle, und Clyde wohl am meisten, als sie ihre Finger um seinen Hals legt und ihn erneut küsst. Die Rebellen fangen an zu johlen, zu lachen und zu klatschen. Clydes Unerfahrenheit konnte sie für einen Moment von ihrer Angst und ihren Sorgen ablenken.

„Das hast du gut gemacht“, sagt plötzlich eine weibliche Stimme direkt neben mir. Ich erkenne sie an ihrem weichen, glockengleichen Klang. Florance hat unsicher eine Locke um ihren Zeigefinger gewickelt, als sie mich mit einem schwachen Lächeln ansieht. Ich verspüre ein Gefühl der Sehnsucht ihr gegenüber. Sie war die Erste, die sich bei den Rebellen um mich gekümmert hat. Sie ist mit offenem Herzen auf mich zugegangen und hatte Verständnis für mich wie kein anderer. Sie war für mich wie eine große Schwester, die mir dabei half, meinen Platz in der Welt zu finden. Ich vermisse ihr sanftes Wesen und ihr fröhliches Lachen, aber ich kann ihr nicht verzeihen, dass sie sich ausgerechnet um den Mann kümmert, der Ashas Leben zur Hölle auf Erden gemacht hat. Der Mann, der Zoe und mir jegliche Würde rauben wollte. Der Mann, der eines Tages auch Florance selbst auf die eine oder andere Art verletzen wird. Es ist lediglich eine Frage der Zeit.

„Was willst du?“, fahre ich sie unfreundlich an. „Musst du nicht Verbrecher hüten?!“

Ich sehe den Schmerz und die Enttäuschung in ihrem Blick. „Paul passt auf Judas auf“, erklärt sie. „Ich möchte dir sagen, dass es mir leidtut, dass Asha gegangen ist. Ich weiß, dass du sie sehr gern hattest.“

„Du weißt, warum sie gegangen ist.“

„Ja, ich weiß“, gesteht sie leise. Vermutlich hat sie genau deshalb das Gefühl, sich bei mir entschuldigen zu müssen.

„Warum entschuldigst du dich bei mir, wenn er in deinen Augen doch immer noch unschuldig ist?“

Sie blickt verzweifelt zu Boden. Sie hat ihre Hände zwischen ihre Beine gepresst und wippt unruhig auf und ab. „Ich habe gelogen“, sagt sie ganz leise, kaum hörbar.

Obwohl ich es schon wusste, frage ich dennoch: „Womit?“

Sie hebt schuldbewusst den Blick. „Er kann wieder gehen und sprechen. Ich weiß nicht seit wann, aber ich glaube ihm, dass er ein besserer Mensch werden möchte. Jeder hat eine zweite Chance verdient!“

„Er nicht“, fauche ich sofort. „Wer weiß noch davon?“

„Niemand“, erwidert sie prompt. „Bitte erzähl es nicht, sonst würde man ihn sofort töten. Ich hatte das Gefühl, dir die Wahrheit schuldig zu sein. Bitte lass mich nicht glauben, einen Fehler gemacht zu haben, indem ich dir vertraut habe. Judas hat Angst. Er hat Todesangst.“

„Das sollte er besser auch. Du aber auch, wenn du bei ihm bleibst“, fahre ich sie wütend an. „Wenn du ihn auch nur einen Moment aus den Augen lässt, werde ich ihn eigenhändig umbringen.“

Sie starrt mich entsetzt an. „Das meinst du nicht ernst.“

„Doch, er ist eine Gefahr für jeden von uns und am meisten für dich. Ich hoffe wirklich, dass du niemals am eigenen Leib erfahren wirst, wozu er fähig ist.“

Florance steht auf und blickt auf mich hinab. „Wirst du es für dich behalten?“

„Ja, aber ich rate dir dennoch, ihm niemals den Rücken zuzuwenden.“

Florance nickt verletzt. „Es tut mir wirklich leid, dass es so zwischen uns geworden ist. Du fehlst mir sehr!“

Ich stehe auf und lasse ihre Worte nicht an mich heran. Warum muss sie auch so stur sein? Ihr Helfersyndrom, mit dem sie mir von Anfang an zur Seite gestanden hat, wird ihr nun womöglich den Tod oder zumindest große Verletzungen bringen.

Finn und ich haben unser Nachtlager abseits von allen anderen in dem zweiten Stockwerk eines Hochhauses errichtet, in dem sich früher ein weiterer Bürokomplex befand. Wir haben die Schreibtische wie eine Mauer um uns herum positioniert, sodass wir das Gefühl haben ein kleines Zimmer in dem großen Raum errichtet zu haben. Unsere beiden Decken und Kissen haben wir auf dem Boden ausgebreitet und aneinander geschmiegt die Nacht verbracht. Diese Momente sind es, die uns wieder näher zueinander bringen. In dieser Hinsicht ist es sogar gut, dass Asha nicht mehr da ist. Ich habe mich für sie verantwortlich gefühlt und hätte sie niemals alleine gelassen. Jetzt, wo sie weg ist, hat Finn mich wieder für sich. Trotzdem wäre es mir anders lieber. Vor dem Einschlafen musste ich an sie denken und habe mich gefragt, wie sie ihre erste Nacht mitten in der Wüste wohl verbringen wird. Hat Khaan es überhaupt geschafft, sie einzuholen?

Bei Tagesanbruch stehen wir auf und verlassen unsere Unterkunft. Am Lagerfeuer haben sich bereits die ersten Frühaufsteher oder Ruhelosen eingefunden. Maggie, so wie alle anderen Anführer, befindet sich unter ihnen. Die Legionsführer der Zentrallegion, die uns am Vortag empfangen hatten, haben uns keine genaue Uhrzeit für unseren Transport zum Legionsführerpalast genannt, sodass uns nichts anderes übrig bleiben wird, als abzuwarten.

Sharon pustet in die dampfende Flüssigkeit aus der Nahrungskapsel. Ihr Gesicht wirkt angewidert. „Wenn die glauben, dass wir uns für ewig mit dieser Chemiepampe zufriedengeben werden, haben sie sich definitiv geschnitten", mault sie schlecht gelaunt. Die Friedensverhandlungen könnten sich schwierig gestalten, wenn sie schon mit einer schlechten Grundstimmung in die Verhandlungen geht.

„Ich würde sagen, dass wir auf das chemische Essen komplett verzichten und stattdessen wieder selbst Obst und Gemüse anbauen, so wie wir es in den Höhlen bei der westlichen Legion auch gemacht haben", erwidert Maggie.

Sharon zuckt mit den Schultern und blickt in die Runde. „Wo ist eigentlich Ruby? Hat sie einer gesehen, seitdem wir aufgebrochen sind?"

Als niemand antwortet, richtet sie ihren Blick direkt auf Finn. Der hebt abwehrend die Hände.

„Schau nicht mich an, ich weiß es auch nicht!"

Über Sharons Gesicht huscht ein boshaftes Grinsen. „Dachte nur, immerhin bist du ja ihr Freund!" Sie fixiert mich gehässig. „Oder auch Exfreund."

Ich kann spüren, wie Finn sich neben mir verkrampft. „Sie würde meinetwegen nicht einfach abhauen“, behauptet er überzeugt. „Wer ist gestern den Panzer gefahren? Normalerweise hat das immer Ruby gemacht.“

Ich kann die Sorge in seiner Stimme hören. Er ist mit mir zusammen, aber ich kann es ihm nicht übel nehmen, dass ihm Rubys Schicksal dennoch nicht egal ist. Immerhin standen sie sich sehr nahe, auch wenn sie glücklicherweise nicht miteinander geschlafen haben.

„Sie taucht schon wieder auf. Vielleicht braucht sie auch einfach mal ein bisschen Freiraum“, versucht Maggie uns zu beruhigen. Ich frage mich unwillkürlich, was sie von Finns Entscheidung in Bezug auf mich hält. Hätte sie Ruby als Finns Wahl bevorzugt?

Ich kann das Surren der Motoren des Flugschiffes schon hören, bevor wir es überhaupt sehen können. Wenige Sekunden später taucht es hinter der nächsten Häuserecke auf und steuert auf unseren Lagerplatz zu. Der Wind, den die Propeller erzeugen, lassen die Flammen des Feuers wild in die Höhe züngeln. Asche wirbelt auf und ich schütze meine Augen mit erhobener Hand, bis das Flugschiff zum Stehen kommt und zwei Kämpfer hinausspringen. Sie marschieren uns entgegen und bleiben in einem respektvollen Abstand von drei Metern stehen.

„Führungsmitglied N300 verlangt, die Anführer der Rebellion im Palast der Legionsführer zu sehen“, verkünden sie zeitgleich, als hätten sie den Satz auswendig gelernt. Ihre Formulierung stößt bei mir bitter auf. *N300 verlangt nach uns*. Es ist keine Einladung und keine Bitte, sondern eine Forderung! Vielleicht hatte Khaan Recht und es war ein Fehler sich noch einmal auf die Legion einzulassen. Allen Hoffnungen zum Trotz! Doch für einen Rückzieher ist es definitiv zu spät. Jetzt bleibt uns nichts anderes mehr übrig, als das Beste aus unserer Situation zu machen.

Gehorsam steigen wir nacheinander in das Flugschiff. Das Flugschiff setzt sich in Bewegung und bereits nach weniger als einer Minute lassen wir den Ostsektor hinter uns und steuern tiefer in die Stadt. Ich merke direkt, dass irgendetwas anders ist. Ich kann nicht benennen, woher ich das weiß. Es ist eher so, als könne ich es fühlen. Ich blicke hinab in die sonst so akkuraten Straßen und entdecke mehrere leere Verpackungen, die wie Steppenläufer vom Wind durch die Straßen gefegt werden. Das ist komisch, denn die Bewohner der Zentrallegion nehmen ihr Essen normalerweise in den Ausgabestellen oder auch in ihren Unterkünften zu sich, wo sie die Reste direkt entsorgen. Zudem gibt es Arbeiter, die für die Reinigung der Stadt zuständig sind.

Ich entdecke ein weiteres Flugschiff, das gerade vor einem der Gebäude hält. Soweit ich weiß befinden sich dort einige der unterirdischen Felder, auf denen die Legion Gemüse anpflanzt. Vor der Haltestelle des Flugschiffs stehen zehn Kämpfer in ihren blauen Anzügen. Sie haben alle aktivierte Laserwaffen, die sie auf die Arbeiter richten, die einer nach dem anderen das Flugschiff verlassen. Das ist neu. Früher waren solche Maßnahmen nicht nötig, um die Menschen zum

Arbeiten zu zwingen. Sie haben es getan, weil sie nicht wussten, was sie sonst tun sollten. Sie hatten keine Ahnung von der Welt da draußen.

Als wir weiterfahren, kommen wir an einem weiteren Flugschiff vorbei. Geschockt starre ich in das Innere, indem ein wahrer Kampf tobt. Arbeiter in braunen Anzügen gehen auf die Wachen los, die in Panik wild um sich schießen. Bewegungslose Körper liegen bereits am Boden. Endlich habe ich eine Erklärung dafür, warum N300 uns mit einem Friedensangebot entgegen gekommen ist. Unser Ausbruch aus der Zentrallegion muss etwas bei den Menschen bewirkt haben. Sie wachgerüttelt haben. Seitdem sind sie außer Kontrolle und N300 scheint nicht zu wissen, wie lange er noch gegen sie ankommen kann. Die Zentrallegion zerfällt nicht nur von außen, sondern auch von innen. Das ist der Grund, warum N300 uns überhaupt den Frieden angeboten hat. Er kann nicht an zwei Fronten gleichzeitig kämpfen und fürchtet sich davor, die alleinige Macht zu verlieren.

Als wir den Palast der Legionsführer erreichen, werden wir direkt zu dem Konferenzraum geführt, in dem N300 auf uns wartet. Obwohl es erst eine Woche her ist, dass ich selbst als Legionsführerin durch die Gänge gelaufen bin, kommt es mir deutlich länger vor. Mit Finn an meiner Seite habe ich das Gefühl, ein anderer Mensch zu sein. Ein Mensch, der bereit ist, für seine Ziele alles zu riskieren. Solange wir Hoffnung haben, sind wir unbesiegbar.

N300 erwartet uns bereits am Kopf eines ovalen Tisches. Er macht sich nicht einmal die Mühe aufzustehen, als wir den Raum betreten. Für einen kurzen Moment starrt er mich an, bevor er seinen Blick über die anderen Anführer gleiten lässt.

„Nehmt Platz“, fordert er uns auf, als sich bereits der Anführer der Mutanten neben ihn gesetzt hat. N300 rückt ein Stück von ihm hab, so als würde ihm seine bloße Anwesenheit bereits die Luft zum Atmen rauben. Seine helle Haut wird nun noch ein paar Nuancen bleicher.

Maggie nimmt auf seiner anderen Seite Platz, während wir uns auf die restlichen Stühle verteilen.

„Ich freue mich, dass ihr so vernünftig gewesen seid, mein Friedensangebot anzunehmen. Habt ihr die erste Nacht im Ostsektor gut verbracht?“

Seine Haltung und seine Worte drücken Überlegenheit aus. Er glaubt immer noch, dass er am längeren Hebel sitzt und wir uns ihm unterworfen haben.

„Wir haben das Angebot unter Vorbehalt angenommen“, stellt Maggie klar. „Zu einem Frieden wird es nur kommen, wenn die Gesetze, die unser Zusammenleben regeln sollen, auch in unserem Interesse sind.“

„Ich sehe schon, ihr mögt Plaudereien genauso wenig wie ich. Das gefällt mir!“, behauptet N300 und holt einen schmalen Bildschirm aus der Tischschublade. „Halten wir uns nicht länger mit Höflichkeiten auf. Ich habe bereits im Vorfeld eine Liste mit Forderung der Zentrallegion erstellt. Ihr braucht nur noch zu unterzeichnen."

Er tippt auf die Bildfläche des Geräts und eine Liste wird in der Mitte des Tisches in den Raum projiziert, sodass wir sie alle gleichzeitig lesen können.

1. Kontakt zwischen Rebellen und der übrigen Bevölkerung ist verboten!

2. Eine Strommauer wird zwischen dem Ostsektor und dem restlichen Teil der Stadt errichtet

3. Die Müllbeseitigung fällt in das Aufgabengebiet der Rebellen

4. Die Legion stellt den Rebellen täglich Nahrung und Wasser zur freien Verfügung

5. Die Stromversorgung im Ostsektor wird wiederhergestellt

6. Forschung, Bildung, Politik und alle übrigen Bereiche bleiben Aufgabe der Führungsebene

7. Regeln der Legion betreffen nicht den Ostsektor, dürfen aber auch nicht kritisiert werden

8. Der Ostsektor ist für seine Verwaltung selbst zuständig

9. Der Ostsektor und die Legion bilden eine Fraktion gegen feindliche Angriffe von außerhalb

10. Die Partei, die sich nicht an den Vertrag hält, erklärt damit den Krieg

Im ersten Moment ist es still, doch dann unterbricht überraschenderweise Felix als erster das Schweigen. „Zusammengefasst heißt das, wir sollen für die Legion die Drecksarbeit machen und uns aus allem anderen aushalten. Richtig? Ich nehme an, wenn wir uns nicht daran halten, wird die Legion uns die Nahrungszufuhr streichen."

N300 sieht ihn scharf an. „Falsch! Wenn ihr euch nicht daran haltet, löst ihr damit den Krieg aus!"

„So geht das nicht", stimmt Maggie Felix ebenfalls zu, jedoch in einem weniger scharfen Ton. „Wenn wir jeden anderen Bereich abgesehen von der Müllbeseitigung der Legion überlassen, begeben wir uns in ein Abhängigkeitsverhältnis. Das ist für uns nicht tragbar und damit für uns ausgeschlossen!"

„Was schlagt ihr stattdessen vor?", will N300 wissen und wirkt dabei sichtlich gelangweilt.

„Wir wollen unser eigenes Essen anbauen und einen eigenen Wassertank, sodass wir wenigstens in dieser Hinsicht unabhängig von der Legion sind."

„Die Wasserzufuhr ist kaputt", erwidert N300 scharf. „Jemand hat sie zerstört."

Wir wissen alle, wer dafür verantwortlich ist, doch keiner sagt etwas. N300 zeigt sich überraschend kompromissbereit. „Aber das ist nichts, was sich nicht reparieren ließe. Ich habe auch nichts dagegen, wenn der Ostsektor sich um eine eigene Nahrungsversorgung kümmert, solange dabei die Arbeit in der Müllverbrennung nicht zu kurz kommt." Sein Blick ruht auf mir. „WA518 hat bereits Erfahrungen damit sammeln können und wird euch alle einweisen." Glaubt er etwa, dass ich mich für meine Arbeit in der Müllbeseitigung schäme? Jeder an diesem Tisch weiß, dass ich dazu genau wie jeder andere gezwungen wurde. Zudem muss sich irgendjemand darum kümmern und ich werde kein Problem damit haben, es wieder zu tun.

„Ist das alles?", fragt N300 unbeeindruckt und ändert die Regeln nach Maggies Wünschen ab, während diese fragend sowohl zu dem Mutanten als auch zu Raymond und Sharon blickt. Keiner sagt etwas. N300s Plan sieht vor, dass der Ostsektor und die restliche Legion wie zwei Städte nebeneinander leben, jedoch keine Berührungspunkte haben werden. Was in der Legion passiert, bleibt in der Legion. Und genauso andersherum.

„Die Menschen leiden unter der Legion“, knurrt plötzlich N600, die bisher still neben Felix gesessen hat. „Wir haben es alle auf dem Weg hierher gesehen. Wollen wir wirklich dabei zusehen, wie sie weiter unterdrückt und gefoltert werden?!“

Ich stimme ihr zu, dennoch überrascht es mich, dass ausgerechnet sie das Thema anspricht. Die Worte hätten aus Khaans Mund stammen können, doch er ist nicht hier. Und eigentlich wäre es deshalb meine Aufgabe, doch ich bin genauso wortkarg wie alle anderen auch.

„Wir können nicht die ganze Welt retten“, faucht Sharon. „Wir müssen als Erstes an uns denken!“

„Wir haben viele schwangere Frauen und Kinder unter uns. Sie brauchen einen Ort, an dem sie ohne Gefahr aufwachsen können.“

„Dafür gibt es die Strommauer. Die Probleme der Legion werden euch nicht betreffen“, erklärt N300, während N600 Hilfe suchend durch den Raum blickt. Ich will genauso wenig die Augen vor dem Leid der anderen Menschen schließen wie sie, aber ich weiß auch, dass wir gerade keine andere Chance haben. Wenn wir den Vertrag mit der Legion nicht unterzeichnen, wird N300 uns aus Rache dem Erdboden gleichmachen. Lieber würde er die ganze Stadt in die Luft jagen als seine Macht zu verlieren.

„In Ordnung“, sagt Maggie, fügt aber ein „Vorerst“ hinzu. Sie ist die Erste, die ihre Unterschrift unter den Friedensvertrag setzt. Das

Oberhaupt der Mutanten, Raymond, Sharon, Finn, Felix und ich folgen. N600 ist die Einzige, die sich weigert. Dafür erntet sie meinen Respekt. Jedoch brauchen wir ihre Unterschrift nicht, damit der Vertrag gültig ist. Alleine meine Zustimmung hätte für die FDF gereicht, da Khaan mich zu seiner Stellvertreterin ernannt hat. Was hätte er an meiner Stelle getan? Hätte er sich auf N600s Seite und gegen den Frieden gestellt? Es ist kein wirklicher Frieden, da mache ich mir nichts vor, sondern eher ein Waffenstillstand auf Zeit. Aber das ist genau das, was wir im Moment brauchen, um wieder zu Kräften zu gelangen.

11. VERFOLGT (ASHA)

Asha marschiert dem Horizont entgegen. Egal wohin sie auch blickt, es sieht alles gleich aus. Kein See, kein Baum, kein Stein, an dem sie sich orientieren könnte. Selbst die Berge und Hügel des Rebellenlagers liegen weit hinter ihr zurück. Die ersten paar Kilometer ist sie gerannt, aus Angst, dass sie sonst einen Rückzieher machen könnte. Die Sonne brannte ihr aufs Haupt und der Schweiß rann von ihrer Stirn über ihren Nasenrücken und in ihre Augen. Trotzdem blieb sie nicht stehen und blickte auch nicht zurück.

Jetzt ist es zu spät, um umzukehren. Ihr bleibt nur der Weg vorwärts in den Süden. In ihrer Hand liegt ein kleines Gerät mit Metallgehäuse, wenn sie es aufklappt, zeigt es ihr die Himmelsrichtungen an. Früher nannte man so etwas Kompass, aber das Gerät stammt aus der Legion und deshalb empfindet sie den alten Namen als unpassend. Zudem zeigt es nicht nur die Himmelsrichtungen an, sondern misst auch die Luftfeuchtigkeit und ermittelt danach, in welcher Richtung es Wasser oder einen Wald geben könnte. Doch bisher sind die Werte dafür so gut wie nicht vorhanden. Um sie herum scheint nichts weiter als die trostlose rote Wüste zu sein. Das Gerät wird ihre einzige Erinnerung an die Legion sein, abgesehen von den Narben, die sich durch ihr Herz und ihre Eingeweide ziehen. Doch sie möchte nicht länger hassen, sondern lieber an die guten Dinge denken, die ihr widerfahren sind. Viele Dinge sind es nicht. Eigentlich ist es nur Cleo und vielleicht die kleine Iris, von der sie sich nicht einmal verabschiedet hat. Abschiede sind nicht ihr Ding und es war schon schwierig genug, Cleo Lebwohl zu sagen.

Erstaunlicherweise ist sie nicht einmal die Erste gewesen, von der sie sich verabschiedet hatte, sondern Paul. Nicht weil er ihr besonders ans Herz gewachsen wäre, sondern weil sie sich irgendwoher Proviant besorgen musste und sie wollte nicht stehlen. Er hatte sie betreten und beinahe schuldbewusst angestarrt, als sie ihm erklärt hatte, was sie vorhat. Eifrig hat er sie nicht nur mit so viel Wasser versorgt, dass sie den Beutel kaum tragen kann, sondern auch mit Nahrungskapseln, dem Kompass, Wechselkleidung, einem Schlafsack, einem Messer und sogar einer Laserwaffe. Es war mehr als sie erwartet hätte. Nachdem er ihr den Beutel ausgehändigt hatte, schaute er betrübt auf sie hinab. So traurig und verzweifelt, dass sie schon befürchtete, dass der große Kerl in Tränen ausbrechen würde. „Es tut mir leid, was zwischen dir und Florance vorgefallen ist. Sie ist ein guter Mensch."

Asha hatte ihm ernst in die Augen geblickt und gesagt: „Du weißt, dass sie gelogen hat. Du weißt, dass A566 nicht so hilfsbedürftig ist wie er tut."

Er hatte genickt, ohne sie anzusehen.

„Lass sie nicht mit ihm alleine", hatte ihn Asha gewarnt und er hatte den Blick wieder gehoben. „Darf ich dich zum Abschied umarmen?"

Schon aus Prinzip und Gewohnheit war Asha sofort hastig einen Schritt zurückgewichen, doch dann hatte sie innegehalten und in Pauls große vertrauensvolle Augen geblickt. Sie musste vor ihm keine Angst haben. Trotz seiner Größe und seinem muskulösen Körperbau, war er wie ein Lamm:

unschuldig und sanftmütig. Sie war wieder einen Schritt auf ihn zugegangen und hatte genickt. Ganz vorsichtig hatte Paul sich zu ihr runtergebeugt, seine Arme um sie gelegt und ihr den Rücken getätschelt, so als habe er Angst sie zu zerbrechen. „Erzähl es bloß keinem“, hatte Asha scherzhaft geknurrt. Wenn Florance nicht gewesen wäre, hätte sie Paul wirklich mögen können. Sie mochte seine Stärke, seinen Humor und vor allem seine Feinfühligkeit. Doch die Umarmung hatte nicht länger als ein paar Sekunden gedauert, bis Asha sie abgebrochen hatte. „Lebwohl“, hatte sie gemurmelt und war losgegangen, ohne sich umzusehen.

Obwohl es Unglück bringt, sieht Asha erneut über ihren Rücken in die Richtung, aus der sie gekommen ist. Sie erwartet nichts als Sand und einen blauen, wolkenlosen Himmel zu sehen, doch stattdessen erstarrt sie in ihrer Bewegung. Eine Gestalt hebt sich von dem Rot der Ebene ab. Sie ist zu weit entfernt, um etwas erkennen zu können. Aber die bloße Existenz dieser Gestalt lässt bei Asha den Schweiß ausbrechen. Wer ist das? Es muss jemand sein, den sie kennt. Cleo? Hat sie es sich womöglich anders überlegt? Asha wusste, dass sie sie nicht begleiten würde, auch wenn ein winziger Funke Hoffnung dennoch in ihrem Inneren gelodert hatte. Aber sie musste Cleo nur dabei beobachten, wie sie Finn ansah, um zu wissen, dass sie ihn niemals wieder verlassen würde. Asha erwartete es auch nicht von ihr. Sie hätte es nicht ertragen, Cleo unglücklich zu sehen und das wegen ihr selbst.

Wer könnte ihr sonst den weiten Weg, den sie bereits hinter sich gebracht hat, gefolgt sein? Ihr

Herzschlag beschleunigt sich und ihr Hals schnürt sich zu. A566? Hat er sich aus dem Lager geschlichen und ist ihr gefolgt? Panisch blickt sie sich um. Es gibt nichts, hinter dem sie sich verstecken könnte. Die Person muss sie schon lange gesehen haben. Es hilft nichts, sich vor ihr zu verstecken. Oder doch? Könnte sie sie überraschen, wenn sie sich auf der Stelle in den Sand eingraben würde? Sie wüsste nicht genau, wo sie liegt und sie könnte warten bis sie an ihr vorüber gegangen ist, um sie dann von hinten zu überwältigen. Ein einzelner gezielter Schnitt mit dem Messer durch den Hals würde schon genügen. Es wäre ihr eine Freude, A566 beim Verbluten zu zusehen. Während das Leben aus seinen Augen weichen würde, würde sie ihm zum Abschied ins Gesicht spucken, das einzige was er verdient hat.

Asha lässt den Beutel fallen und beginnt wie wild mit den bloßen Händen zu graben. Ihre Fingernägel reißen ein, doch sie ist so damit beschäftigt sich zu verstecken, dass sie es nicht einmal spürt. Erst als das Loch tief genug ist, um sich darin zu verstecken, zerrt sie den Schlafsack aus dem Beutel, verteilt Sand auf ihm und steigt in das kleine Loch. Vorsichtig zieht sie den Schlafsack über ihren Kopf und kann nur hoffen, dass die Tarnung gut genug ist, um nicht von ihrem Verfolger bemerkt zu werden.

Es ist so still, dass sie nach einigen Minuten bereits fürchtet, dass sie sich ihn nur eingebildet hat. Es wäre nicht das erste Mal. In der Zentrallegion ist sie oft aus dem Schlaf aufgeschreckt und war überzeugt davon, dass A566 direkt vor ihrem Bett stehen würde. Sie hatte geschrien und um sich getreten. Cleo hatte nicht selten einen ihrer Schläge abbekommen, in dem Versuch, sie zu beruhigen.

Asha rinnt der Schweiß über den Rücken und das Gesicht. Er brennt in ihren Augen und die Luft in dem kleinen Loch ist so stickig, dann sie kaum atmen kann. Ihre Versuche die Luft anzuhalten, um besser hören zu können, machen es nicht besser. Ihr Herzschlag ist so laut, dass sie nichts anderes mehr wahrnehmen kann. Sie versucht sich erfolglos zu beruhigen, als plötzlich eine Stimme die Stille durchbricht.

„Asha?“

Das Blut rauscht in ihren Ohren. Wie kann er es wagen, sie bei ihrem neuen Namen zu nennen? Wie kann er es wagen, diesen mit seiner Stimme zu beschmutzen? Dafür wird sie ihn doppelt leiden lassen. Aber zumindest weiß sie nun, dass er tatsächlich da ist.

„Asha, wo bist du?“, ruft er erneut. Seine Stimme ist gedämpft unter dem Schlafsack, dennoch ist sie sich absolut sicher, dass es nur A566 sein kann.

„Ich hab dich gesehen! Versteck dich nicht vor mir!“

Er muss ihr ganz nah sein. Mit zittrigen Fingern hebt sie den Schlafsack leicht am Rand an. Sofort rieselt ihr Sand ins Gesicht. Sie unterdrückt den Drang, zu husten. Erst kann sie ihn nicht sehen, doch dann tauchen die schwarzen Stiefel der Legion direkt vor ihren Augen auf. Beinahe wäre er auf sie draufgetreten.

„Asha, lass die Spielchen und komm raus!“

Er geht an ihr vorbei. Sie zögert nicht länger und bricht unter dem Schlafsack hervor. In ihrer Hand hält sie das Messer festumklammert, mit dem sie nun in einem Zug auf ihn zuspringt. Er geht mit einem Schrei zu Boden und sie packt ihn unterm Kinn, reißt seinen Kopf in die Höhe und setzt die Messerspitze an seine Kehle. Dieses Mal darf sie nicht zögern! Sie wird nicht noch einmal so eine Chance bekommen.

„Asha“, keucht es panisch unter ihr. „Ich bin es, Khaan!“

Irritiert hält sie inne, während das Blut in ihren Ohren rauscht.

„Khaan“, schreit er erneut verzweifelt, ohne sich gegen sie zu wehren. Das Messer liegt direkt an seinem Hals, während ihre Hand sein Kinn umschlossen hält. Sie starrt auf seinen Hinterkopf, der von winzigen Stoppeln bedeckt ist. Nur wenige Millimeter, nicht mehr. Genau wie bei ihr. A566s Haare sind deutlich länger. Zudem hat er einen Bart. Hat er sich rasiert, um sie zu täuschen?

„Hör auf meine Stimme und nimm das Messer weg“, bittet der Mann sie betont langsam. Sie zögert und weiß nicht mehr, was sie glauben soll. Sie will keinen Unschuldigen töten und vertraut ihren eigenen Sinnen nicht mehr.

„Cleo hat mich dir hinterhergeschickt“, sagt der Mann eindringlich. Die Art, wie er den Namen ihrer Freundin ausspricht, löst etwas in ihrem Inneren. Er sagt es einfühlsam und fast liebevoll. A566 ist nicht in der Lage, so gefühlvoll zu sprechen. Er kann so tun als ob, dennoch liegt immer das Grollen des Monsters in jedem seiner Worte.

Asha lässt blitzartig sein Kinn los und erhebt sich von ihm, als habe sie sich verbrannt. Khaan rollt sich keuchend auf den Rücken und blickt zu ihr empor. „Cleo hätte mich ruhig vorwarnen können, dass du versuchen würdest, mich umzubringen.“

Asha presst ihre Lippen aufeinander und starrt zu dem Mann vor ihren Füßen. Nach ihrer Erkenntnis, dass es nicht A566 ist, kommt die Wut. „Was machst du hier?“, faucht sie genervt.

„Sagte ich doch bereits“, erwidert Khaan ungerührt. „Cleo wollte, dass ich dich zurückhole.“

Seine Worte sind wie eine Ohrfeige. Asha war fest davon überzeugt, dass Cleo ihre Entscheidung nachvollziehen könnte. Und stattdessen schickt sie ihr einen Spürhund hinterher. „Dann bist du umsonst gekommen!“

Er richtet sich in seinem weißen Anzug auf, der vom Sand rotbraun verfärbt ist. „Sei doch vernünftig! Was du vorhast ist purer Selbstmord!“

„Immer noch besser, als zurück in die Legion zu gehen!“

Khaan blickt ihr nachdenklich ins Gesicht und Asha fürchtet für einen Moment, dass Cleo ihm von A566 erzählt haben könnte. Aber das würde sie nie tun. „Was kann so schlimm sein, dass du lieber sterben würdest als mit deinen Freunden einen Neuanfang in der Legion zu versuchen?“

Sie atmet erleichtert auf. Er weiß es nicht. „Das geht dich gar nichts an!“, faucht sie dennoch. „Tust du eigentlich alles, was Cleo dir aufträgt?“

„Nein, nur das, was ich selbst für vernünftig erachte.“

„Und du findest es also vernünftig, mich zu verfolgen? Warum hast du nichts gesagt?“

„Das hätte ich gerne, war aber nicht so leicht, bei dem Tempo, das du an den Start gelegt hast. Man könnte meinen, du wärst auf der Flucht.“

Er zieht eine Wasserflasche aus seinem Rucksack und nimmt einen großen Schluck.

Asha wendet ihm den Rücken zu und zieht den Kompass aus ihrer Tasche. Der Zwischenfall hat sie Zeit gekostet. „Geh zurück und richte Cleo aus, dass ich in der Lage bin, auf mich selbst aufzupassen." Sie läuft los, ohne Khaans Reaktion abzuwarten. Es überrascht sie jedoch wenig, dass er ihr trotzdem folgt. „Das ist, was ich mit Vernunft meine. Es ist unvernünftig, geradezu leichtsinnig, allein die Wüste durchqueren zu wollen."

„Du kannst mich ja begleiten", scherzt Asha gehässig, da sie nicht glaubt, dass Khaan sich darauf einlassen wird. Und täte er es, wäre sie dennoch wütend. Sie will diesen Weg alleine gehen.

„Ich kann heute nicht mehr zurück, da ich es nicht vor Sonnenuntergang zur Legion schaffe", behauptet Khaan. „Du kannst mich anschweigen oder versuchen mich abzuhängen, aber du wirst mich für heute nicht mehr los."

Sie wirft ihm einen genervten Blick zu, als sie erkennt, dass sie ihn wohl erst am nächsten Morgen wieder loswerden wird. Sie fühlt sich in Khaans Anwesenheit beobachtet und unter Druck gesetzt. Sie kennt ihn kaum und vertraut ihm nicht. Seine Begleitung ist ihr keine Hilfe, sondern eher eine Last.

„Was glaubst du, wird Cleo tun, wenn du ohne mich zu ihr zurückkehrst? Du kannst doch nicht ernsthaft glauben, dass sie aus lauter Dankbarkeit Finn verlassen wird, um lieber mit dir zusammen zu sein!"

Sie wählt ihre Worte bewusst so, dass sie Khaan verletzen.

Doch er zuckt nur mit den Schultern. „Es geht hierbei nicht um Cleo und mir ist durchaus bewusst, dass ich bei ihr keine Chance habe."

„Hast du nicht gerade noch zugeben, dass du nur hier bist, weil sie dich mit ihren großen Augen angesehen, mit den Wimpern geklimpert und dich gebeten hat, doch die hilflose Asha zurückzuholen?!"

Khaan kneift wütend die Augen zusammen. „Wenn du unbedingt eine Antwort brauchst, sollst du eine haben. Sie hat mich nicht gebeten dich zurückzuholen, sondern mit dir zu gehen! Aber ich habe abgelehnt."

Als die erste Luft raus ist, wird er etwas ruhiger. „Ehrlich gesagt fühlt es sich aber ganz gut an, mal aus allem raus zu sein. Ich habe keine Lust Cleo bei ihrem Liebesglück mit Finn zuzusehen. Ich freue mich für sie, aber ich bin trotzdem nicht wild darauf, es täglich vor Augen geführt zu bekommen. Reicht dir das?"

Asha verschlägt seine Antwort die Sprache. So unbeherrscht kennt sie Khaan nicht. Er war für sie immer die Vernunft in Person. Stets überlegen und gerecht. Nie eifersüchtig, nie selbstsüchtig!

Es ist wohl egal, was sie sagt, heute muss sie ihn ertragen. Verärgert beißt sie die Zähne aufeinander und geht noch etwas schneller. Wenn er sie unbedingt begleiten will, soll er sich gefälligst ihrem Tempo anpassen. Morgen kann er dann den ganzen Weg in Erinnerung an sie zurücklaufen.

12. VERRAT (CLEO)

Finn und ich haben uns freiwillig für die Arbeit in der Müllverbrennung gemeldet, während die übrigen Rebellen sich eher versucht haben, davor zu drücken. Die Aussicht den ganzen Tag in einem stickigen und dazu stinkenden Raum unter der Erde zu verbringen, klingt nicht gerade verlockend. Am Ende hat das Los darüber entschieden.

Obwohl ich die Arbeit in der Müllverbrennung bereits kenne, bin ich von dem Anblick geschockt, der sich uns bietet, als wir die große Halle betreten. Früher befand sich der Müll zu einem Hügel gehäuft am Ende des fensterlosen Raums, sodass wir den Müll mit Schubkarren zu den einzelnen Brennöfen fahren mussten. Jetzt ist das nicht mehr nötig, denn der Boden der Halle ist voller Müll. Wir können keinen Fuß vor den anderen setzen, ohne auf alte Verpackungen, Papier oder technische Überreste zu treten. Es scheint so, als hätte nach dem Angriff der Rebellen niemand mehr hier gearbeitet. Es wird Tage dauern, um der Lage wieder Herr zu werden. N300 muss davon gewusst haben und die Vorstellung, wie wir im Müll ersticken, wird ihn wohl sehr gefreut haben.

Die Masse an Müll ist jedoch nicht das Schlimmste. Unerträglicher ist der beißende Gestank. Durch die Hitze der Brennöfen hat sich bereits in vielen leeren Verpackungen Schimmel gebildet, der Fliegen magisch anzieht, die unerlässlich um unsere Köpfe schwirren und sich auf unserer verschwitzen Haut niederlassen. Ich bin mir nicht einmal sicher, ob die Gase, die sich hier unten entwickelt haben, nicht giftig sind. Doch ich will auch nicht die Arbeit bereits am ersten Tag verweigern. Das wäre genau das, was N300 erwartet. Dann hätte er einen Grund, uns Vertragsbruch vorzuwerfen.

Mit gutem Beispiel versuche ich voranzugehen und greife mir als Erste eine der Schaufeln. Ich öffne einen der Brennöfen, aus dem mir die Hitze wie eine Wolke entgegenschlägt. Mit einem beherzten Stoß vergrabe ich die Schaufel in dem Müll rund um meine Füße und befördere die erste Ladung in die geöffnete Luke des Brennofens. Grauer Qualm steigt zischend auf und ich schaufele immer weiter.

Kurze Zeit später haben auch die anderen Helfer sich auf die übrigen Brennöfen verteilt und die Hitze in der Halle ist kaum zu ertragen. Ich kann an nichts anderes mehr denken als meinen Wunsch, dass am Abend die Dampfduschen doch wieder funktionieren mögen. Zudem sollten wir die Legion um Anzüge zum Wechseln bitten, denn ich habe das Gefühl, dass ich den Schweiß nie wieder aus meinem herausbekommen werde. Außerdem weist er bereits einige Löcher auf. Anderen wird es sicher ähnlich ergehen.

Finn arbeitet unerschöpflich weiter, während ich kurz innehalte, um Luft zu holen. Dabei entdecke ich meinen Bruder und N600 zwei Öfen weiter. Sie redet auf ihn ein, während er wütend in dem Müll herumstochert und sie nicht beachtet. Erst als sie ihre Hand nach seinem Arm ausstreckt, funkelt er sie wutentbrannt an und knallt ihr die Schaufel direkt vor die Füße. Er schreit etwas, dass ich durch die lauten Öfen nicht verstehen kann.

„Ich bin gleich wieder da“, sage ich zu Finn und laufe alarmiert los.

„… du bist eine Verräterin!“, wirft Felix ihr gerade vor, als ich die beiden erreiche.

„Wenn ich nicht gelogen hätte, wärst du in der Todeszelle gelandet!“, schreit N600 schniefend zurück. Es geht also immer noch um dasselbe Thema. Ich selbst konnte sie komischerweise dafür nie gänzlich verurteilen. Ganz im Gegenteil, ein Teil von mir hat sie von Anfang an verstanden, sonst hätte ich alles abgestritten. Wir wollten beide Felix schützen, nur dass ich dabei den ehrwürdigeren Teil übernommen habe und für sie nur der zu verachtende Teil übrig blieb. Wenn sie die Lüge nicht in den Raum geworfen hätte, hätte mir vielleicht niemand geglaubt. Sie gab mir den Anstoß zu meinem Handeln.

„Kannst du N600 bitte sagen, dass sie jemand anderen mit ihrer Anwesenheit beglücken soll?!“, fährt Felix in sarkastischem Tonfall nun mich an. Bis jetzt habe ich nicht einmal gewusst, dass die beiden überhaupt zur Arbeit hier sind. Sie müssen freiwillig gekommen sein, denn bei den Helfern, die ausgelost wurden, waren sie nicht dabei.

„Cara!“, schreit N600 weinend und völlig aufgelöst zurück. „Ich heiße jetzt Cara!“

Felix sieht sie so wütend und herablassend an, wie ich es zuvor noch nie bei ihm erlebt hatte. Nicht einmal, als ich ihm gestanden habe, dass wir Geschwister sind. „Für mich wirst du immer N600, die Verräterin, sein.“

N600 oder auch Cara schnappt verletzt und bestürzt nach Luft, wobei ihr Gesicht trotz der Hitze erstaunlich bleich wird. Ich sehe, wie ihre Knie nachgeben und reagiere schnell, indem ich sie unter den Armen packe, bevor sie zusammenbrechen kann. Ihre Haut ist eiskalt, aber dennoch von Schweiß bedeckt. Sie kann sich kaum auf den Beinen halten, trotzdem versucht sie sich von mir loszureißen. „Lass mich in Ruhe!“, fährt sie mich an, doch ich lasse nicht locker und führe sie weg von Felix, der trotz ihrer Schwäche nicht unterdrücken kann, uns nachzubrüllen: „Erteil ihr am besten Hausverbot, damit ich sie nicht wiedersehen muss. Lieber arbeite ich den ganzen Tag in der Müllverbrennung, als sie ertragen zu müssen!“

N600 schluchzt erneut verletzt neben mir auf und ich werfe meinem Bruder einen drohenden Blick über die Schulter zu, der besagt: *‚Halt jetzt deinen Mund oder ich stopf ihn dir.‘*

Felix rümpft die Nase, aber wendet sich wieder seiner Arbeit zu, ohne sich weiter um uns zu kümmern.

Ich führe das Mädchen an den ganzen Brennöfen vorbei zu dem Podest, auf dem sich früher der Platz des Aufsehers befand. Die Möbel stehen noch immer da, nur den Posten des Aufsehers gibt es nun nicht mehr. Dies ist auch nicht nötig, solange alle tatkräftig ihre Arbeit erledigen

N600 lässt sich ungefragt in den Schreibtischstuhl plumpsen und atmet tief ein und aus. Sie streicht sich den kalten Schweiß mit ihrem

Handrücken von der Stirn, während ich ihr eine Wasserflasche reiche.

Sie nimmt sie entgegen, ohne mich eines Blickes zu würdigen. Erst nachdem sie einen großen Schluck genommen hat und langsam wieder Farbe in ihre bleichen Lippen zurückkehrt, sieht sie zu mir auf.

„Er hasst mich“, sagt sie betrübt.

„Er ist enttäuscht und verletzt“, widerspreche ich ihr.

„Warum?“, fragt sie verständnislos. „Wie kann er mich dafür hassen, dass ich ihm das Leben retten wollte?!“ Sie funkelt mich eifersüchtig an. „Wenn es um dich gegangen wäre, hätte er mich auch geopfert!“

„Das weißt du nicht“, entgegne ich. „Felix ist ein ehrlicher und gerechter Mensch!“

„Anders als ich oder was willst du mir damit sagen?“

„So habe ich das nicht gemeint! Ich versuche nur dir dabei zu helfen, ihn zu verstehen.“

„Wie soll ich ihn je verstehen können?“, faucht sie. „Ich habe weder eine Mutter noch eine Schwester!“ Ich kann den Kummer hören, der aus ihren wütenden Worten spricht. Sie fühlt sich einsam und Felix ist ihr einziger Freund, der sich nun auch noch von ihr abgewandt hat.

„Du hast dir einen Namen gegeben, oder?“, frage ich, um sie abzulenken.

Sie wirkt überrascht und sagt leise: „Ja, ich heiße nun Cara.“

„Was bedeutet er?“

„Es ist lateinisch und heißt *‚Die Liebe‘*. Felix weigert sich, ihn zu akzeptieren.“

„Ich finde, es ist eine gute Wahl, Cara“, lächle ich ihr aufmunternd zu.

Sie runzelt misstrauisch die Stirn. „Warum bist du so nett zu mir?“

„Warum sollte ich es nicht sein? Ich habe dir nichts vorzuwerfen.“

„Ich hätte dich sterbenlassen!“

„Aber nur um Felix zu retten. Das war auch das, was ich wollte. Wir waren uns in diesem Punkt einig.“

Sie blickt mir nachdenklich in die Augen, so als wäre sie nicht sicher, ob sie meinen Worten glauben schenken kann. Aber schließlich scheint ihre Abneigung mir gegenüber einzuknicken. „Es tut mir leid, dass ich mich dir gegenüber immer wie ein Ekel benehme. Aber es ist einfach so, dass Felix mich, seit du da bist, links liegen lässt. Früher waren wir einmal beste Freunde, fast unzertrennlich.“

Eine Entschuldigung, an die ein Aber geknüpft ist, ist nicht wirklich ernst zu nehmen. Trotzdem bedeuten mir ihre Worte etwas. Sie weiß selbst, dass sie sich manchmal unfair mir gegenüber verhält. Aber ich kann es ihr nicht wirklich verübeln. Seit Ruby weiß ich, wie sich Eifersucht anfühlt. Ich selbst habe auch keinen Grund ausgelassen, um Ruby zu widersprechen.

„Ich bin mir sicher, dass Felix dich auch vermisst. Freunde vergisst man nicht einfach, nur weil sie einen Fehler gemacht haben.“

„Danach sieht es aber gerade sehr aus!“

„Ich glaube eher, dass er sich zurzeit von dir unter Druck gesetzt fühlt. Je mehr du auf ihn zugehst, umso weiter rudert er zurück. Du musst ihm Zeit geben, dich vermissen zu können.“

Angst spiegelt sich in ihren Augen wieder. „Und was, wenn er jemand neuen kennen lernt? Was, wenn ich ihm gar nicht fehlen werde?“

„Euch verbindet euer ganzes Leben. Es gibt niemanden, der dir das nehmen kann oder dich ersetzen könnte. Versuch, ohne ihn weiterzumachen. Dir einen Namen zu geben war schon ein guter Anfang!“

„Ich weiß aber nicht, wie ich ohne ihn zurechtkommen soll. Wir haben immer alles zusammen gemacht!“

„Such dir eine andere Arbeit! Ich nehme an, jeder Job ist besser als die Müllverbrennung. Magst du Kinder?“

„Lieber als stinkenden Müll allemal!“, lacht sie bitter auf.

„Ein paar Häuser von hier nach rechts, kümmert sich eine Freundin von mir um die Kinder der Rebellen und der Legion. Ihr Name ist Grace, du erkennst sie an ihren feuerroten Haaren. Sie ist sehr nett. Frag sie, ob du ihr helfen kannst.“

„Wird Felix mich nicht noch mehr verachten, wenn ich mich jetzt auch noch vor der Arbeit hier drücke?“

„Im Moment ist egal, was du tust, er würde sich ohnehin über alles aufregen. Aber es wird ihm schon bald fehlen, sich mit dir zu streiten.“

Sie nickt nachdenklich. „Ich vertraue dir, so verrückt das auch klingen mag.“

Wir stehen auf und ich begleite sie zur Tür. Kaum dass sie gegangen ist, taucht tatsächlich mein Bruder neben mir auf. „Hast du sie endlich rausgeschmissen?

„Nein, Cara ist freiwillig gegangen."

„Cara", sagt er mit angewidertem Gesicht. „Warum benutzt du diesen bescheuerten Namen? Hast du vergessen, was sie dir angetan hat?"

„Sie hat mir nichts angetan! Sie wollte dich nur retten, genau wie ich", erwidere ich sehr ernst und eindringlich. Meine Worte scheinen jedoch nicht zu ihm durchzudringen, denn er verschränkt lediglich beleidigt die Arme vor der Brust. Ich habe keine Lust weiter mit ihm zu diskutieren und lasse ihn deshalb einfach am Ausgang stehen, während ich mich wieder der ungeliebten Arbeit zuwende.

Die Abende am Lagerfeuer sind zu einem Ritual der Rebellen geworden. Es ist eine schöne Art, den Tag gemeinsam ausklingen zu lassen. Erst vor wenigen Minuten haben die letzten Techniker der Legion in ihren grünen Anzügen den Ostsektor verlassen. Sie haben sich darum gekümmert, die Strom- und Wasserversorgung wieder in Gang zu setzen. Morgen werden sie noch einmal kommen, um bei der Bewässerungsanlage für die Felder zu helfen. N300 hält sich wirklich vorbildlich an den Friedensvertrag und erfüllt jede seiner Zusagen sofort, fast schon zu korrekt. Ich werde ihn nie leiden können und der Legion immer misstrauen, aber dennoch weiß ich die Funktion der Dampfdusche zu schätzen. Es war befreiend zu spüren wie der Dreck und Schweiß des Tages und der letzten Wochen aus sämtlichen Poren meiner

Haut gespült wurde. Weniger angenehm war es dafür nach der Dampfdusche direkt wieder in die schmutzige Kleidung steigen zu müssen.

Finn wollte am Lagerfeuer auf mich warten, deshalb hatte ich noch keine Zeit, mit ihm über meine weitere Forderung bezüglich der Kleidung zu sprechen. Während ich durch die Häuserzeilen laufe, höre ich plötzlich ein leises „Cleo!“. Erstaunt blicke ich mich zu allen Seiten um, ohne jemanden zu erkennen.

„In der Seitengasse“, zischt die Stimme und ich gehe ein paar Schritte zurück, um in die schmale Straße blicken zu können. Durch die großen Hochhäuser liegt die Gasse völlig im Schatten und ich brauche ein paar Sekunden, bis ich Florance und Paul in ihrer dunklen Kleidung erkenne. Eigentlich habe ich keine Lust, schon wieder mit Florance zu reden. Ich dachte, ich hätte mich ihr gegenüber deutlich ausgedrückt. Solange sie sich um A566 kümmert, will ich nichts mehr mit ihr zu tun haben.

Sie scheinen mein Misstrauen meinem Gesicht ablesen zu können, denn Paul tritt ungeduldig aus der Gasse und zieht mich am Arm ins Innere. Würde er mich gewaltsam festhalten, wenn ich mich weigern würde, mit Florance zu reden?

„Ich brauche deine Hilfe“, sagt dieser verzweifelt, während er meinen Arm loslässt und neben seine Freundin tritt.

Ich schüttele verständnislos den Kopf. „Wobei?“

„Judas ist verschwunden“, gesteht sie und unwillkürlich taucht das Bild der gefolterten Asha vor meinen Augen auf, gefolgt von meiner eigenen schrecklichen Erfahrung mit A566.

„Hast du jemandem erzählt, dass er wieder gesund ist?“, drängt Florance und ich erkenne, dass sie sich vor allem um A566 selbst sorgt und nicht um das Heil der anderen Frauen. Ihr scheint nach wie vor nicht bewusst zu sein, mit was für einem Monster sie es zu tun hat.

„Nein, hab ich nicht“, antworte ich ehrlich.

„Vielleicht hat uns jemand belauscht und will ihn nun töten“, überlegt sie laut und blickt Hilfe suchend zu Paul.

Ihre Naivität macht mich rasend. „Du solltest dich lieber um das Leben einer jeden Frau hier sorgen. Dieses Mal wird er sie nämlich töten, um sich ihres Schweigens sicher sein zu können.“

„Er hat sich verändert“, beharrt Florance standhaft.

Wir blicken beide gleichzeitig wutentbrannt zu Paul, der sich in seiner Position sichtlich unwohl fühlt und einen Schritt zurückweicht.

Er hebt beschwichtigend die Hände. „Müssen wir ihn nicht so oder so finden?“

„Doch!“, stimmt Florance zu und wendet sich erneut mir zu. „Würdest du uns bitte helfen? Niemand außer dir weiß über seinen Zustand bescheid.“

Ich zögere, denn alles in mir sträubt sich dagegen, irgendetwas mit Florance zu unternehmen, solange sie dem Falschen vertraut. Es fühlt sich falsch an, wie ein Verrat an Asha. Gleichzeitig muss ich aber an die hilflosen Frauen denken, die ihm zum Opfer fallen könnten. Ich nicke nachgiebig, aber stelle klar: „Sollten wir ihn aber in einer eindeutigen Situation erwischen, wirst du den anderen sagen, dass er wieder gesund ist und was er getan hat. Du wirst ihn nicht länger vor seiner verdienten Strafe schützen! Abgemacht?“

„Das wird nicht passieren“, antwortet Florance sofort, lenkt dann aber ein: „Aber wenn doch, werde ich ihn nicht länger in Schutz nehmen. Das verspreche ich dir.“

Paul blickt schmunzelnd zwischen uns hin und her. „Wisst ihr eigentlich, dass ihr beide einen Sturkopf vergleichbar mit dem eines Stiers habt?!“

Florance und ich kneifen zeitgleich die Augen verärgert zusammen. Jetzt ist nicht die richtige Zeit für Scherze. „Halt die Klappe, Paul“, erwidert sie genervt.

Er grinst jedoch nur und drückt ihr, trotz Gegenwehr, einen Kuss auf die rechte Schläfe. „Lasst uns aufbrechen! Die Sonne geht schon unter.“

Wir treten aus dem dunklen Schatten der schmalen Seitengasse auf die offene Straße. Niemand ist zu sehen, da sich die meisten zu dieser Uhrzeit am Lagerfeuer aufhalten. Rechts liegt das Feuer, sodass wir uns nach links wenden. A566 wird sich nicht unter den Augen so vieler Menschen aufhalten. Wir unterlassen es seinen Namen zu rufen, da wir so nur die Aufmerksamkeit auf uns richten würden. Stattdessen spähen wir in jeden Hauseingang und jede noch so kleine Straße. Sollte er sich in einem der leer stehenden Gebäude verschanzen, haben wir ohnehin kaum eine Chance ihn zu finden.

Nach wenigen Minuten erreichen wir eine große Kreuzung. Unentschlossen blicken wir in alle Richtungen.

„Wir sollten uns aufteilen", schlägt Florance vor. „Paul, du gehst weiter gerade aus, Cleo nach links und ich nach rechts."

„Halt! Das ist keine gute Idee", wendet Paul alarmiert ein. „Cleo und du solltet euch lieber nicht trennen. Sucht zusammen weiter!"

Ich erkenne die Besorgnis in seiner Stimme. Er fürchtet, dass eine von uns alleine auf A566 treffen könnte. Er vertraut Florance Urteilsgabe genauso wenig wie ich.

Florance hat denselben Gedanken und wirkt sowohl beleidigt als auch verletzt. Paul geht auf sie zu und legt seine Hände um ihre Arme. „Liebling, wenn du auf Judas und seinen Entführer triffst, hast du alleine keine Chance ihn zu retten. Das weißt du! Du bist die stärkste Frau, die ich kenne, aber in mentaler Sicht und nicht in körperlicher Sicht. Sucht zusammen weiter! Bitte!"

Paul macht ihr etwas vor, um den Frieden zu wahren und sie zu schützen. Ich kann Florance Gesicht ansehen, dass sie ihn durchschaut, trotzdem gibt sie sich geschlagen. Sie haucht ihm einen schnellen Kuss auf die Lippen. „Ich liebe dich!"

Paul lächelt zufrieden und streichelt ihr über die makellose Haut ihrer Wange. „Ich dich auch!"

Bevor ich mit Finn zusammenkam, waren die beiden immer so etwas wie mein persönliches Traumpaar und irgendwie sind sie es noch immer, trotz allem, was vorgefallen ist. Sie unterstützen einander, ohne Wenn und Aber. Während Paul sich nach links wendet, biegen wir nach rechts ab. In der Hoffnung, dass wir irgendwann in der Mitte wieder aufeinandertreffen werden.

Wir setzen unsere Suche fort, während es langsam zu dämmern anfängt. Vielleicht hätte ich Finn kurz Bescheid geben sollen, so wird er sich nun wahrscheinlich Sorgen um mich machen.

„Danke, dass du mir hilfst", unterbricht Florance meine Gedanken.

Ich sehe sie scharf an. „Das tue ich nicht dir zuliebe, sondern weil ich die anderen Frauen vor dem Monster schützen will!"

„Trotzdem danke", sagt sie kleinlaut.

Wir halten beide verblüfft inne, als das Surren der Motoren eines Flugschiffes zu hören ist. Die Absprache mit N300 lautete, dass sich die Legion nur auf Einladung in den Ostsektor begeben würde. Ich kann mir nicht vorstellen, dass so ein später Besuch mit Maggie abgesprochen ist.

Florance und ich ziehen uns eilig in den nächsten Hauseingang zurück. Ungeduldig blicke ich mich in alle Richtung um und versuche mich zu orientieren. Ich habe die Zentrallegion immer nur aus einem Flugschiff heraus gesehen und bin nie über die Straßen gelaufen. Der Blick auf die Hausfassaden hilft mir nicht weiter, deshalb hebe ich den Blick zu den Dachspitzen. Am Ende meines Sichtfeldes erkenne ich die verschnörkelten Türme des Legionsführerpalastes und genau aus dieser Richtung kommt ein Flugschiff geradewegs auf uns zu.

Wir drücken uns mit angehaltenem Atem tiefer in den Hauseingang, während das Schiff zur Landung ansetzt. Erst als das zischende Geräusch ertönt, welches die Landung des Flugschiffes verrät, riskiere ich einen Blick. Die Türen öffnen sich und ich glaube meinen Augen kaum. A566 steigt in Begleitung zweier Wachen sowie eines weiteren Legionsführers aus. Er geht aufrecht, genauso selbstgefällig und arrogant wie eh und je, genau wie damals.

„Schau hin!“, fordere ich Florance durch zusammengebissene Zähne auf. Sie muss es mit eigenen Augen sehen, sonst wird sie mir wieder nicht glauben. Florance folgt meiner Anweisung ohne Weigerung und sieht gerade noch rechtzeitig, wie A566 die Hand des anderen Legionsführers schüttelt. Die Wachen und der Mann im weißen Anzug steigen zurück in das Flugschiff, während A566 genau in unsere Richtung kommt. Ich ziehe Florance zurück in den Eingang und höre, wie das Flugschiff wieder vom Boden abhebt.

„Ich werde ihn zur Rede stellen“, sagt Florance wutentbrannt und will bereits loszustürzen. Mir gelingt es gerade noch, sie aufzuhalten. Alarmiert presse ich meine Hand auf ihren Mund und drücke sie gegen die Eingangstür in den Schatten des Gebäudes. A566 geht unbesorgt an uns vorüber. Erst als ich ihn nicht mehr sehen kann und das Flugschiff in weiter Ferne verschwunden ist, lasse ich Florance wieder los. Sie schnappt gierig nach Luft und starrt mich böse an. „Was sollte das? Warum hast du mich nicht mit ihm reden lassen?“

„Hast du es immer noch nicht kapiert? Er ist nicht der Gutmensch, für den du ihn hältst! Er hat uns verraten und macht gemeinsame Sache mit der Legion!“

Sie will etwas erwidern, doch dann hält sie inne. Ich kann ihre Gedanken rasen sehen, schließlich nickt sie niedergeschlagen. „Du hast Recht!“

Ihre Einsicht raubt mir die Sprache.

„Vermutlich hattest du sogar die ganze Zeit Recht und ich war nur zu naiv und dumm, um es zu merken. Er hat mich nur benutzt!“

Für einen Moment befürchte ich, dass sie mir nur etwas vormacht, so wie Paul es bei ihr getan hat. Doch so ist Florance nicht! Sie hält nie ihre Meinung zurück und sagt alles immer geradeheraus. Wenn sie von etwas überzeugt ist, würde sie niemals kleinbeigeben.

„Wenn wir ihn einfach mit dem Vorwurf konfrontieren, werden wir nie herausfinden, worum es in dem Gespräch, das er offenbar mit N300 hatte, ging. Ich bin mir sicher, sie planen etwas gegen uns und A566 ist ihr Spion. Gewiss hat er sich ihnen noch selbst angeboten!“

„Was schlägst du stattdessen vor?“

„Wir müssen ihn im Auge behalten, aber das können wir nicht alleine.“

„Wir könnten Finn, Ruby, Clyde und die anderen einweihen.“

„Das ist gut.“

„Zusätzlich könnte ich ihn noch ausspionieren“, schlägt Florance eifrig vor.

„Nein!“, wende ich sofort ein. „Tu das auf keinen Fall! So sehr ich A566 auch verachte, er ist klug. Er würde dich durchschauen und wäre gewarnt.“

„Aber ich will mich an ihm rächen! Seinetwegen habe ich die Freundschaft zu euch allen riskiert und nur wegen ihm ist Asha jetzt weg. Ich kannte sie kaum, trotzdem fühle ich mich ihr gegenüber schuldig. Ich hätte sie ihn töten lassen sollen!“

Obwohl Florance Recht hat, tut sie mir jetzt leid. Sie hat in der Überzeugung gehandelt, einem Menschen beizustehen, dem niemand eine zweite Chance geben will. Sie wollte etwas Gutes tun und hatte nicht die Absicht, irgendjemandem zu schaden. „Versprichst du mir etwas?“

„Alles“, erwidert sie ohne zu zögern.

„Vertrau mir beim nächsten Mal!“

„Ich verspreche dir etwas anderes, es wird kein nächstes Mal geben!“

Wir lächeln uns zaghaft an. Obgleich uns wegen des Verrats von A566 große Gefahr droht, bin ich in diesem Moment einfach glücklich, dass ich Florance die Augen öffnen konnte. Die Sorge um sie war kaum erträglich und ich habe meine Freundin sehr vermisst.Ich bin froh, sie nun wieder zu haben.

„Darf ich dich jetzt endlich umarmen?“, fragt sie verlegen, was ich mit einem Nicken beantworte. Sie grinst und drückt mich auf ihre sanfte, aber bestimmte Art an sich. Ich rieche den vertrauten Duft ihrer blonden Locken. Dieser süße, leicht blumige Duft hat mir schon immer so viel Geborgenheit gegeben, dass ich erleichtert seufze. Sie nimmt mich an die Hand und wir laufen gemeinsam los, um erst Paul zu finden und dann unsere Freunde vor A566 zu warnen. Die Anführer der Rebellion wollen wir dabei bewusst auslassen, damit A566 keinen Verdacht schöpfen wird. Es dürfen nur so viele über seinen Verrat bescheid wissen, dass wir in der Lage sein werden, ihn Tag und Nacht zu überwachen. Florance, Zoe, ich, alle anderen Frauen, denen er je ein Leid zugefügt hat und vor allem Asha werden ihre Rache an ihm bekommen. Dafür werde ich sorgen.

13. Unerwartete Verstärkung (Asha)

Während tagsüber einem die Sonne die Haut verbrennt, wird es in der Nacht so kalt und vor allem windig, dass sich die Sandkörner, die ins Gesicht geschleudert werden, wie viele kleine Glassplitter anfühlen. Ashas Haut an den Händen und im Gesicht ist verbrannt und aufgesprungen. An einigen Stellen schält sie sich bereits, doch sie lässt sich kein Unbehagen ansehen. Ihr Trost ist, dass es Khaan auch nicht besser geht. Seine Haut vergleicht sie im Stillen mit der Schale einer Schrumpfkartoffel. Der Gedanke bereitet ihr ein Grinsen, das Khaan nicht versteht und sie deshalb immer wieder verunsichert anblickt. Asha hat generell den Eindruck, dass Khaan sie beinahe fürchtet. Umso besser, denn so hält er wenigstens Abstand zu ihr und kommt nicht auf falsche Ideen. So sehr er sie auch nervt, möchte sie ihn trotzdem nicht umbringen müssen.

Entgegengesetzt ihrer Annahme erweist er sich sogar als nützlich. Denn in den letzten schwachen Strahlen der Dämmerung baut er ihnen aus einer Plane, vier Nägeln und einer kleinen Eisenstange eine Art Zelt, sodass sie etwas geschützter vor dem Wind die Nacht verbringen können. Er lässt ihr den Vortritt, was sie jedoch nicht ehrt, sondern verärgert. Männer, die eine Frau bevorzugt behandeln, zeigen Ashas Ansicht nach, dass sie die Frau nicht als ebenbürtig betrachten, sondern in ihr das schwächere Geschlecht sehen.

Sie will keine Vorzugsbehandlung von ihm, nur weil ihr etwas zwischen den Beinen fehlt.

Kaum dass sie im Inneren des Zeltes sitzt, zieht sie ihren Schlafsack eng um sich, fast wie eine Zwangsjacke.

Sie kann nichts mehr sehen, sondern nur hören, wie Khaan sich zu ihr in den schmalen Innenraum des Zeltes quetscht. Er berührt ihre Beine und sie glaubt, seinen Atem auf ihrem Gesicht spüren zu können. Ihre Augen sind weit geöffnet, obwohl sie nichts erkennen kann. Ihr Herz hämmert gegen ihre Brust und ihre Hände zittern. Sie steht kurz davor eine Panikattacke zu erleiden, aber diese Blöße will sie sich vor Khaan nicht geben. Er würde Fragen stellen und sie erst recht nicht mehr als gleichberechtigt betrachten. Ganz im Gegenteil. Würde er sie in einem ihrer schwächsten Momente sehen, so wäre sie von da an nur noch das schwache, hilfsbedürftige Mädchen, er würde sie nur noch mitleidig ansehen.

Asha ruft sich immer wieder ins Gedächtnis, dass Khaan nicht A566 ist. Er wird ihr nichts tun. Cleo hätte ihn ihr nicht nachgeschickt, wenn von ihm eine Gefahr ausgehen würde. Cleo besitzt im Gegensatz zu ihr eine gute Menschenkenntnis. Sie muss auf ihr Urteil vertrauen! Doch obwohl sie das alles weiß, ist ihr Herzschlag so laut, dass sie nichts anderes mehr wahrnehmen kann. Sie bekommt kaum noch Luft in der Dunkelheit.

„Geht es dir nicht gut?“, durchbricht Khaan ihre rasenden Gedanken.

„Können wir ein Feuer machen?“, stellt Asha eine Gegenfrage.

„Wir haben nichts, womit ein Feuer brennen könnte“, erwidert er verblüfft. Natürlich nicht! Zudem würde die Plane direkt Feuer fangen. Wenn Asha in der Lage wäre, einen klaren Gedanken zu fassen, wäre sie selbst darauf gekommen. Jetzt hält Khaan sie nicht nur für schwach, sondern auch noch für dumm. Das bekommt sie ja super hin! Hätte sie dieselbe Panik, wenn sie alleine wäre? Alleine könnte sie genauso jemand überfallen und dann wäre niemand da, um ihr zu helfen.

Sie hört, wie Khaan eilig beginnt, in seinem Beutel zu wühlen. „Ich habe irgendwo eine Taschenlampe!“, erklärt er ihr ungefragt. Spürt er, dass sie Angst hat?

Asha krallt ihre Hände in den Schlafsack und atmet tief ein und aus. Kalter Schweiß bricht auf ihrer Stirn aus, während ihr Rücken bereits nass geschwitzt ist. Sie hat das Gefühl, jemand würde auf ihrer Brust sitzen und so verhindern, dass sie atmen kann.

Endlich flackert ein helles Licht auf, sodass Asha erst erschrocken die Augen zusammenkneifen muss. Die Taschenlampe taucht den kleinen Innenraum des Zeltes in ein grelles Licht. Khaan sitzt ihr direkt gegenüber und mustert sie besorgt. Wortlos reicht er ihr eine Trinkflasche.

Asha fühlt sich gedemütigt vor ihm, aber nimmt die Flasche trotzdem und dreht den Verschluss mit zittrigen Fingern ab. Sie nimmt gierig drei Schlucke hintereinander, bevor sie Khaan die Flasche zurückreicht. Sie kann ihn dabei nicht einmal ansehen, so sehr schämt sie sich für ihr Verhalten.

Khaan sagt nichts, aber schaltet das Licht auch nicht aus. Von außen ist das Peitschen des Windes gegen die Plane zu hören.

„Sind dir die Geräusche auch unheimlich?“, fragt Khaan sie schließlich.

„Was für Geräusche?“, murmelt Asha leise.

„Der Wind. Manchmal hört es sich an, als würde jemand dort draußen zu uns flüstern.“

Darauf hatte Asha bisher gar nicht geachtet. Ihre Panik vor der Dunkelheit und ihren Erinnerungen war viel zu groß, um an irgendetwas anderes zu denken. Doch jetzt lauscht sie auf das Rauschen. Sie bemerkt nicht einmal, wie ihr Herzschlag sich dabei beruhigt.

„In den ersten Nächten bei den Rebellen konnte ich deshalb gar nicht schlafen. Ich habe ständig mit einem Angriff gerechnet.“

Erstaunt hebt Asha wieder ihren Blick. Hat Khaan gerade zugegeben, dass er Angst hatte? „Ein Angriff von der Legion?“

Ashas Angst vor einer bestimmten Person ist so groß, dass sie sich vor nichts anderem mehr fürchten kann. Niemand könnte ihr etwas Schlimmeres antun als A566, davon ist sie überzeugt.

„Ja“, bestätigt Khaan. „Aber es war auch einfach ungewohnt. In der Legion ist es nachts totenstill. Es gibt keine Geräusche. Nicht einmal das Brummen einer Maschine.“

Asha erinnert sich an die Nächte in der westlichen Legion. Bevor sie zur Arbeit in den Legionsführerpalast bestellt wurde, hatte sie nie ein Problem damit gehabt, nachts Schlaf zu finden. Die Stille war angenehm und beruhigend. Doch seitdem A566 ein Auge auf sie geworfen hatte, waren die Nächte zu ihrem Feind geworden. Sie hatte erst wieder Schlaf gefunden, als sie nicht mehr alleine gewesen war. In Cleos Nähe hatte sie es geschafft, wenigstens ein paar Stunden durchzuschlafen. In der Zentrallegion hatte sie die ruhige Atmung von Cleo und Iris, die rechts und links von ihr lagen, in den Schlaf gewiegt.

„Ich habe seit Wochen keine Nacht mehr ohne Cleo verbracht. Sie fehlt mir!“, gesteht Asha und ist selbst erstaunt über ihre Ehrlichkeit.

„Ich kann die erste Wache übernehmen“, schlägt Khaan vor. „Sobald du wieder aufwachst, kannst du mich ablösen. In Ordnung?“

Asha zögert. Sie möchte keine Schwäche zeigen, aber dafür ist es wohl schon zu spät. „Lässt du das Licht an?“, fragt sie leise und ohne ihn anzusehen. Sie hasst sich selbst für ihre Angst.

„Solange bis du eingeschlafen bist“, verspricht Khaan ernst. In seiner Stimme ist keine Belustigung zu hören. Wenigstens etwas.

Asha zieht ihre Beine bis zur Brust und rollt sich wie eine Katze auf dem Boden zusammen. Sie liegt mit dem Rücken zu Khaan, damit er ihr Gesicht nicht sehen kann. Anfangs kann sie ihre Augen nur für wenige Sekunden schließen und reißt sie immer wieder auf, aus Angst, dass er bereits das Licht wieder gelöscht hat. Sie weiß, dass das nicht jede Nacht so weitergehen kann. Irgendwann wird die Batterie der Taschenlampe aufgebraucht sein und je länger sie zum

Einschlafen braucht, umso früher wird dies der Fall sein. Sie zwingt sich, die Augen geschlossen zu halten, woraufhin ihre Ohren aber nur noch aufmerksamer lauschen. Es ist nicht das Flüstern im Rauschen des Windes, das ihr den Schlaf raubt, sondern der Atem von Khaan. Er ist fremd und dazu ist er ein Mann. Sie kann nicht anders als ihm zu misstrauen, auch wenn es dafür keinen realistischen Grund gibt. Sie hat das Gefühl Stunden wachzuliegen, aber Khaan sagt nichts und löscht auch nicht das Licht. Er weiß, dass sie nicht schläft, spricht sie aber auch nicht darauf an. Irgendwann ist ihr Kopf jedoch so müde von ihren vielen Gedankengängen, dass er abschaltet. Doch selbst im Schlaf verfolgen sie die Ängste immer weiter.

Als Asha wieder zu sich kommt, weiß sie instinktiv, dass etwas nicht stimmt. Als erstes fällt ihr auf, dass der Wind nicht mehr rauscht, erst dann spürt sie die Spitze an ihrer Kehle und schlägt schockiert die Augen auf. Die Plane ist zurückgeschlagen und vor ihr hat sich eine Person aufgebaut, die einen Speer bedrohlich auf sie gerichtet hält. Die aufgehende Sonne steht im Rücken des Angreifers, sodass sie ihn nicht erkennen kann. Er erhebt sich wie ein dunkler Schatten über ihr.

„Ihr wärt so leicht zu töten!“, sagt Ruby zur Begrüßung und lässt den Speer sinken.

14. Nicht mehr wert als Abfall (Finn)

Der süßlich faulige Geruch des Abfalls, gepaart mit dem beißenden Rauch der Brennöfen, treibt Finn die Tränen in die Augen und schnürt ihm den Hals ab. Er lässt sich die Schwäche aber nicht anmerken, sondern arbeitet verbissen weiter. Er wirft eine volle Schaufelkelle nach der anderen in die lodernde Öffnung des Ofens. Dabei stellt er sich vor, wie Cleo diese Arbeit vor Wochen alleine ausführen musste. Er weiß, dass sie es als Legionsführerin nicht hätte tun müssen, aber er kennt sie gut genug, um zu wissen, dass sie es dennoch aus Solidarität den Arbeitern gegenüber getan hatte. Je mehr er schwitzt und je mehr seine Hände und sein Rücken schmerzen, umso besser kann er sich in ihre damalige Situation hineinversetzen. Sie hatte es auch nicht leicht. Gerade weil sie Legionsführerin war. Die Arbeiter begegneten ihr mit Misstrauen und die anderen Legionsführer verachteten sie. Außer Asha und Iris hatte sie niemanden. Trotzdem ist sie stark geblieben und hat sich von niemandem unterkriegen lassen. Sie hat bis zum Schluss die Hoffnung nicht aufgegeben, ihn lebendig wiederzusehen. Sie brauchte und wollte niemanden, der ihr dabei half, ihn zu vergessen. Auch wenn Cleo ihm verziehen hat, weiß Finn nicht, ob er sich jemals selbst verzeihen können wird. Er fragt sich immer wieder, warum er nicht stärker gewesen ist. Die Zeit bei den Mutanten war schwer, ein Albtraum. Das Schlimmste, was er bisher durchmachen musste. Er war sich sicher, dass er sterben würde. Aber hätte er nicht dennoch mit seinen letzten Gedanken bei Cleo sein sollen, anstatt sich in die Arme einer anderen zu flüchten?!

Jedes Mal wenn er darüber nachdenkt, was oft der Fall ist, möchte er seinen Kopf mit voller Wucht gegen eine Steinwand schlagen. In seinem Inneren tobt ein Selbsthass, den er kaum unter Kontrolle halten kann. Er hat das Gefühl, auf ganzer Linie versagt zu haben. Nicht nur bei Cleo, sondern auch bei den Mutanten. Sie sind zurzeit eine gute Unterstützung für die Rebellen und sie haben einen gemeinsamen Feind. Aber was passiert, wenn die Mutanten sich eines Tages gegen sie wenden werden? Wenn sie kein gemeinsames Ziel mehr haben? Zudem haben sie ihn durch ihre Folter in ein Monster verwandelt. Oft liegt Finn die ganze Nacht wach, weil er sich davor fürchtet, D499s Augen in seinen Träumen zu sehen und den metallischen Geschmack seines Blutes auf seiner Zunge zu schmecken. Die Erinnerung ist so lebendig, dass er sich auf der Stelle übergeben könnte.

Den größten Fehler hat er jedoch an Ruby begangen. Er wusste, dass er ihr eines Tages das Herz brechen würde. Selbst wenn Cleo nie zurückgekehrt wehre, hätte Ruby nur den Schatten der Person gehabt, die er einmal gewesen war. Sie hat es selbst gesagt: ‚*Ich an Cleos Stelle hätte dich nicht zurückgenommen! Aber ich bin dennoch froh, dass sie es getan hat, denn ohne sie bist du ein Wrack! Das ist wirklich traurig!*‘

Finn nahm an, dass sie es, wenn sie ihm schon nicht verzeihen konnte, wenigstens verstehen würde. Aber er scheint sich getäuscht zu haben, denn Ruby ist verschwunden. Während Cleo mit Florance Judas bei seinem Verrat beobachtet hat, saß er nicht wartend am Feuer, wie sie angenommen hatten, sondern war selbst unterwegs. Er hatte erfolglos nach Ruby gesucht. Seitdem sie den Ostsektor erreicht haben, hat sie niemand mehr gesehen. Sie ist den Panzer gefahren und danach verschwunden. Ein Teil von ihm macht sich große Sorgen, dass ihr etwas passiert sein könnte. Aber der andere Teil erinnert ihn daran, dass Ruby schon ein großes Mädchen ist, das keinen Mann braucht, der auf sie aufpasst. Sie ist eine Überlebenskünstlerin. Vermutlich sogar die Beste von ihnen. In diesem Fall bleibt aber nur eine Erklärung übrig: Sie ist gegangen. Abgehauen, ohne sich von irgendjemandem zu verabschieden. Aber wem hätte sie auch „Lebwohl" sagen sollen? Ihm, der sie verlassen hat? Maggie, die sie nie an der Seite ihres Sohnes akzeptiert hat? Zoe, die schon immer wusste, dass die Beziehung ein Fehler war und nicht müde wurde, ihn zurück in Cleos Richtung zu drängen? Die traurige Wahrheit ist, dass obwohl Ruby schon immer ein Teil der Rebellen war, sie keine Freunde unter ihnen hatte. Sie ist eine Einzelkämpferin, vor der sich die meisten fürchten und mit der die Meisten nicht viel zu tun haben wollen.

Eine Hand legt sich auf die Haut seiner glühenden Schulter. Beinahe erschrocken fährt er aus seinen Gedanken und blickt ihn Cleos besorgtes Gesicht. Obwohl ihre Lippen aufgesprungen sind und ihre Haut von roten Flecken übersät ist, verschlägt ihr Anblick ihm immer wieder die Sprache. Das Braun ihrer Augen strahlt eine Wärme aus, die sich wie ein Feuer den Weg zu seinem Herzen bahnt. Ihre hohen Wangenknochen verleihen ihr einen erhabenen Ausdruck und spiegeln ihre Neugier und ihre Intelligenz wieder. Die vollen Lippen lösen in ihm den Drang aus, sie immer wieder küssen zu wollen. Wenn er sie küsst, kann er all das Leid und die Hoffnungslosigkeit vergessen. Er sehnt sich danach, wieder eins mit ihr zu werden. Nicht nur körperlich, sondern vor allem im Geist und im Herzen. Er will keine Geheimnisse mehr vor ihr.

„Schau mal, was ich auf dem Boden gefunden habe", sagt sie und deutet auf eine dunkle Spur vor ihren Füßen. Es sind Stiefelabdrücke sowie mehrere große Pfützen zu erkennen.

„Sieht nach getrocknetem Blut aus", erwidert Finn.

„Die Spur geht noch weiter", entgegnet Cleo und tritt ein paar Schritte zurück. Langsam haben die den Abfall, der zwischen den Brennöfen lag, beseitigt, sodass der Steinboden nun fast wieder zu erkennen ist. Die Spur scheint sich im gesamten Raum zu verteilen.

„Vielleicht ein Kampf?", überlegt er, als ein schriller Schrei das laute Knarren der Öfen übertönt.

Er kommt von einer Frau, die am Ende des Gangs vor dem großen Müllberg steht, der bis zur Decke der meterhohen Halle reicht. Mehrere

Personen sind bereits zu ihr geeilt, als der Ruf ertönt: „Hier liegt eine Leiche!“

Cleo und Finn stürzen beide gleichzeitig los, sowie alle anderen anwesenden. Es bildet sich eine Traube um die Frau, da jeder den Fund mit eigenen Augen sehen will, so schockierend dieser auch sein mag.

Maden bedecken den Körper der Leiche und Fliegen setzen sich immer wieder auf die bleiche, fast graue Haut.

„Sie lag direkt unter dem Müll“, stammelt die Frau entgeistert. In der Tat scheint die tote Frau schon mehrere Tage unter dem Abfall begraben zu sein. Sie trägt den braunen Anzug der Legion, der sie als Arbeiterin ausweist. Vermutlich ist sie gestorben, bevor die Rebellen den Ostsektor bezogen haben. Finn denkt an die Blutspuren, die sich über den Boden verteilen. Er geht um die Leiche herum, aber entdeckt keine Wunden an ihr, die das viele Blut am Boden erklären würden. Lediglich an ihrer Brust ist ein kleines Loch zu sehen, das vermutlich von dem tödlichen Strahl einer Laserwaffe stammt. Auch wenn die Rebellen schon viel Abfall verbrannt haben, ist der Müllberg immer noch gigantisch, da jeden Tag eine neue Fuhre von der Legion dazukommt. Wie viele Leichen mögen unter dem Müll noch versteckt sein?

„Wir müssen sie rausziehen“, entscheidet Cleo und fasst die Frau an den Füßen. Finn eilt ihr zur Hilfe und packt sie unter den Armen. Obwohl die Frau seit mehr als einer Woche tot zu sein scheint, fühlt sich ihre Haut heiß und glitschig von dem Müll an. Er kann sie kaum halten, da sie ihm immer wieder aus den Händen zu rutschen droht. Sie tragen sie quer durch die ganze Halle bis zu dem ehemaligen Podest der Legionsführer. Danach kehren sie gemeinsam zu den anderen zurück, die mit Furcht auf den Müllberg vor sich starren. Alle haben den gleichen Gedanken. „Lasst uns alles durchsuchen“, schlägt Finn vor und nimmt sich eine Schaufel, mit der er vorsichtig an der Stelle zu graben beginnt, an der die Frau gelegen hat. Die Brennöfen werden geschlossen und alle beginnen den Müllberg in der gesamten Halle zu verteilen, um an die unteren Schichten heranzukommen. Immer wieder ertönt ein Aufschrei und Leichen werden aus dem Berg geborgen. Der Geruch ist nach wie vor schlimm, aber die Fliegen, die um den Kopf schwirren und sich auf die verschwitzte Haut setzen, sind kaum zu ertragen. Sie machen keinen Unterschied zwischen den Toten und den Lebenden.

Gegen Nachmittag erreichen sie endlich den Boden des Berges, während der Müll sich nun wieder über den gesamten Gang erstreckt. Nur die Leichen thronen wie zur Show drapiert auf dem Podest. Es sind genau zehn Arbeiter in braunen Anzügen. Keiner von ihnen weist außer den Einschusslöchern des Laserstrahls irgendeine Verletzung auf. Das viele Blut am Boden stammt von sieben Kämpfern in blauen Anzügen, die ebenfalls unter dem Abfall begraben waren. Sie wurden förmlich niedergeschlagen. Es sind siebzehn Leichen, die von der Legion wie Dreck unter dem Müll verscharrt wurden. Cleo erkennt einige der D-ler als ehemalige Arbeiter der Müllverbrennung wieder. Ihr kommen beim

Anblick der vielen Leichen die Tränen. Finn zieht sie tröstend an sich, während er genauso entsetzt wie alle anderen auf das schaurige Bild vor sich blickt. Es ist unglaublich, was die Legion diesen Menschen angetan hat. Nicht nur, dass sie ein Leben in Unterdrückung und Folter führen mussten, selbst im Tot wurde ihnen keine Würde zu Teil. Er ballt die Hände zu Fäusten und bereut, sich je auf einen Friedensvertrag mit der Legion eingelassen zu haben. N300 muss von den Leichen gewusst haben und es war ihm völlig egal, dass die Rebellen sie finden würden. Ganz im Gegensatz, er wollte es so. Vermutlich ist es eine Warnung. Genau dasselbe wird mit ihnen passieren, wenn sie sich ihm widersetzen. Er wird ihnen nicht mehr Wert als Müll beimessen und sie auch genau so beseitigen lassen.

„Ich kenne keinen dieser Menschen“, sagt Finn laut in die Runde. „Dennoch macht mich ihr Schicksal unsagbar wütend. Niemand hat es verdient, so verscharrt zu werden! Die Legion hat sie selbst im Tod noch gedemütigt. Es ist unsere Pflicht, ihnen die letzte Ehre zu erweisen.“

Cleo hebt den Kopf von seiner Schulter und blickt ihn mit verweintem Gesicht fragend an. „Was hast du vor?“

„Wir werden sie verbrennen, aber nicht so, wie die Legion es von uns erwartet, sondern in einer Zeremonie. Lasst uns die Leichen an die Oberfläche tragen und ihnen ihre Freiheit schenken, wenigstens im Tod sollen sie frei sein.“

Obwohl niemand der Anwesenden, außer Cleo, auch nur einen der Toten kannte, sind alle sofort einverstanden mit dem Vorschlag. Es berührt einen jeden, da niemand nach seinem Tod ein solches Schicksal erleiden möchte. Wenngleich der Krieg mit der Legion gerade auch ruht, so spüren die Rebellen dennoch die drohende Gefahr und fühlen sich dem Tod oft näher als dem Leben.

Als die anderen Rebellen Finn und die übrigen Helfer mit den vielen Leichen durch den Ostsektor ziehen sehen, liegt auf allen Gesichtern derselbe geschockte und zutiefst mitfühlende Ausdruck. Jeder von ihnen könnte einer dieser Toten sein. Am Stadtrand errichten sie einen großen Scheiterhaufen, auf dem sie die Leichen in Decken gewickelt ablegen. Das Holz und die Kohle für den Scheiterhaufen nehmen sie aus der Müllverbrennung. Eine andere Möglichkeit haben sie nicht, denn es gibt keinen Wald und die Gebäude der Legion bestehen größtenteils aus Stahl, Glas oder Stein. Das hat jedoch zur Folge, dass das Lager nun leer ist und sie die Legion erst um eine neue Lieferung werden bitten müssen, um morgen weiterarbeiten zu können. Doch darüber können sie sich auch morgen noch Gedanken machen. Solange die Leichen noch unter ihnen sind, ist es, als wären sie immer noch Gefangene der Legion. Es wird Zeit, dass ihnen endlich jemand die Freiheit schenkt.

Als die Sonne bereits untergegangen ist, versammeln sich alle an dem Scheiterhaufen, der von Maggie in Brand gesteckt wird. Es ist eine wortlose Zeremonie. Niemand kannte die Toten gut genug, um eine Rede für sie zu halten. Doch es ist auch nicht nötig, denn jeder teilte für eine gewisse Zeit seines Lebens ihr Schicksal. Sie alle sind Verbündete gegen die Legion.

Das Feuer greift schnell von dem Stroh auf das Holz über und hüllt bald knackend das gesamte Gerüst in Flammen ein. Schwarzer Rauch steigt den Himmel empor. Die sich ausbreitende Hitze lässt die Wangen der Anwesenden glühen. Die Toten scheinen in einem Flammenmeer zu ertrinken. Die Rebellen werden das Feuer brennen lassen, bis nur noch Asche übrig sein wird.

Finn hält Cleos Hand. Er ist froh, dass sie bei ihm ist, denn er wüsste nicht, wie viele Tote er ohne sie noch ertragen könnte. Es macht keinen Unterschied mehr, ob er die Menschen kannte oder nicht. Viel trauriger ist es um die, die nie eine Chance hatten, ihr Leben selbst zu bestimmen, die nie das Gefühl von Freiheit verspürt haben. Sie sterben, ohne je wirklich gelebt zu haben. Sie sterben, ohne je Freundschaften geschlossen zu haben. Sie sterben, ohne Liebe erfahren zu haben.

Die Flammen lodern plötzlich hektisch in den Himmel empor und sprühen Funken, erst da bemerken die Rebellen das Flugschiff, das sich ihnen von hinten genähert hat. Durch das laute Knistern des Feuers war es nicht zu hören. Es ist bereits gelandet und ein Legionsführer in Begleitung von gleich fünf Wachen verlässt das Schiff und steuert zielstrebig auf sie zu.

Maggie löst sich aus der Gruppe und geht dem Legionsführer entgegen. Finn kann nicht verstehen, worüber sie reden, aber sowohl das Gesicht seiner Mutter als auch das des Legionsführers sind zornerfüllt. Maggie dreht sich schließlich um und winkt Cleo, das Oberhaupt der

Mutanten und die beiden anderen Rebellenführer zu sich. Finn lässt Cleos Hand nicht los, sondern geht mit ihr, er will sie in dieser unsicheren Situation nicht alleine lassen.

„Was ist los?“, fragt er besorgt und blickt zwischen seiner Mutter und dem Legionsführer hin und her.

„N300 verlangt, mit den Anführern der Rebellion zu sprechen. Er ist nicht einverstanden mit der Zeremonie“, erklärt Maggie kurz angebunden.

Sharon stößt einen abfälligen Laut aus, der ihre Meinung über N300 wortlos kundtut.

Cleo wendet sich Finn zu. Ihre Hand löst sich aus seiner. „Ich bin bald zurück!“, verspricht sie, doch Finn schüttelt den Kopf und hält ihre beiden Hände gleichzeitig fest. „Ich gehe mit dir! Nichts und niemand kann uns trennen, erinnerst du dich?“

Sie lächelt erleichtert. „Nichts und niemand kann uns trennen!“

Er kann dem Gesicht seiner Mutter ablesen, dass es ihr lieber wäre, wenn ihr Sohn nicht zu oft den Legionsführerpalast betreten würde. Finn bereut den Tag, an dem er Cleo alleine in den Hubschrauber gesetzt hat. Er hat sich geschworen, sich nie wieder von ihr trennen zu lassen und daran wird er sich auch halten.

Sie steigen in das Flugschiff, während das Feuer weiter seine Rauchschwaden in den Himmel entsendet. Selbst als sie über dem Legionsführerpalast, fast am anderen Ende der Stadt, landen, ist es noch zu sehen.

N300 erwartet sie dieses Mal nicht in einem der Konferenzräume, sondern stürmt direkt auf sie zu, kaum dass sie das Flugschiff verlassen haben.

„Was soll das? Schafft ihr es nicht einmal eine Woche, euch an den Friedensvertrag zu halten?!", fährt er Maggie barsch an und packt sie grob am Oberarm. Ehe Finn reagieren kann, tritt der Mutant in seiner vollen Gestalt neben N300 und knurrt zwischen zusammengebissenen Zähnen: „Lass sie los!"

N300 funkelt ihn kampflustig an, aber löst dann die Hand von Maggies Arm.

„Ich weiß nicht, worüber du dich aufregst", erwidert Maggie betont gelassen.

„Das Feuer!", schreit N300 aufgebracht zurück. „Wir hatten eine Einigung darüber, dass die Bewohner der Legion nicht die Angelegenheit des Ostsektors sind!"

„Wenn die Legion ihre Leichen wie Abfall in der Müllverbrennung beseitigt, ist es unsere Angelegenheit! Denn die Müllverbrennung ist das Aufgabengebiet des Ostsektors!", widerspricht ihm Finn energisch. Cleos Händedruck gibt ihm Kraft.

N300 betrachtet ihn, als habe er ihn gerade zum ersten Mal überhaupt wahrgenommen. Sein Blick drückt Verachtung aus. „Es ist und bleibt ein Vertragsbruch!", behauptet er weiterhin. „Ich werde in diesem Fall Gnade vor Recht walten lassen, aber solltet ihr euch auch nur noch einmal nicht an die Abmachungen halten, werde ich meine Schlüsse ziehen und dementsprechend reagieren."

„Drohst du uns etwa?“, faucht Sharon erbost.

„Was ist eigentlich dein verdammtes Problem?“ Finn kommt ihr zur Hilfe: „Hast du Angst, dass deine eigenen Leute sehen, dass es noch ein anderes Leben außerhalb von Unterdrückung und Folter gibt? Ein Leben, in dem Menschen mit Würde beerdigt werden, anstatt ohne jeden Respekt beseitigt zu werden?“

Selbst Maggie kann sich nicht länger zurückhalten: „Wir werden uns an den Friedensvertrag halten, solange die Legion ihre Leichen nicht bei uns entsorgt. Sollte sich auch nur noch eine Leiche in den Ostsektor verirren, werden wir das ebenfalls als Vertragsbruch ansehen und darauf reagieren!“

Der Hass und die Wut liegen spürbar, wie das Knistern eines Elektrozauns, in der Luft. Der Frieden hat nicht lange angehalten und es ist nur eine Frage der Zeit, bis die Situation wie ein Pulverfass explodieren wird.

N300 tritt einen Schritt zurück. „Die Legion hält immer ihr Wort.“

Finn blickt durch die Glaskuppel in den Sternehimmel. Er ist hier im Ostsektor nicht ganz so strahlend wie draußen in der Wüste. Die Lichter der Legion blenden zu sehr. Cleo liegt in seinem Arm, doch anstatt in die Sterne, blickt sie auf sein Gesicht und streichelt sanft über seine stoppelige Wange. „Ich bin stolz auf dich!“

Verblüfft wendet er sich ihr zu. „Warum?“ Diese Worte hat er schon lange nicht mehr aus ihrem Mund gehört.

„Du bist auf einem guten Weg. Ich habe heute einen Teil des alten Finns wiedergesehen."

„Wie war denn der alte Finn?"

„Der alte Finn hatte keine Angst davor, seine Meinung zu sagen. Der alte Finn hat für die Menschen gekämpft, die er liebt, und ist für seine Überzeugungen eingestanden."

Er lächelt sie traurig an. „Hört sich nach einem tollen Typen an. Aber was willst du dann mit dem Versager, der jetzt neben dir liegt?"

„Du bist kein Versager!", lacht sie auf und küsst seine Stirn. „Der alte Finn war mutig, aber der neue Finn ist noch mutiger. Es gibt nichts Schwierigeres, als jeden Tag gegen die eigenen Ängste ankämpfen zu müssen. Du machst das wirklich sehr gut!"

Finn kann nicht anders als ihren Kopf zwischen seine Hände zu nehmen und ihr einen Kuss auf die Lippen zu drücken. Sie weicht nicht zurück. Er spürt deutlich, dass ihm nach mehr verlangt. Doch anstatt dem Bedürfnis Ausdruck zu verleihen, weicht er zurück. Er will Cleo auf keinen Fall unter Druck setzen. Sie wird ihm sagen und zeigen, wenn sie bereit dazu ist. Zudem fühlt er sich *ihr gegenüber* schuldig, solange er noch jeden Tag an Ruby denkt. Gerade heute hat er noch die ganze Stadt nach ihr abgesucht. Was würde Cleo wohl dazu sagen? Würde sie falsche Schlüsse daraus ziehen? Sie haben einander versprochen, keine Geheimnisse mehr voreinander zu haben, selbst wenn es bedeutet, den anderen zu verletzen.

„Ich muss dir etwas gestehen", beginnt er ernst.

Cleo wirkt überrascht und richtet sich auf. „Das hört sich nicht gut an, worum geht es?"

„Ich habe in der Nacht, in der du mit Florance unterwegs warst, nach Ruby gesucht, aber ich habe sie nicht gefunden. Ich befürchte, dass sie meinetwegen abgehauen ist."

„Gib dir nicht die Schuld daran!", sagt Cleo und zieht ihn an sich.

„Wem, wenn nicht mir, soll ich dann die Schuld geben?!"

„Niemandem! Es war ihre Entscheidung und ich bin mir sicher, dass sie ihren Weg gehen wird. Ruby ist niemand, um den man sich Sorgen machen müsste. Du weißt selbst, dass sie sich von nichts und niemandem unterkriegen lassen wird."

Finn blickt ihr nachdenklich in die Augen, als sich plötzlich sein Mund zu einem Lächeln verzieht. „Ich liebe dich dafür, dass du voller Respekt über Menschen sprechen kannst, die du eigentlich verachten müsstest. Du lässt dich von deinen Gefühlen nicht blenden, sondern siehst immer die Wahrheit."

„Ich verachte Ruby nicht. Wie könnte ich jemanden verachten, der demjenigen, den ich am meisten auf der Welt liebe, das Leben gerettet hat? Ich bin ihr zu Dank verpflichtet!"

15. Zerbrochenes Vertrauen (Cleo)

Es ist jedes Mal aufs Neue eine Wohltat nach einem ganzen Tag in der Müllverbrennung in den Aufzug zu steigen und an die Oberfläche zu fahren. Sobald die Türen sich öffnen, atme ich tief ein. Die Luft in der Legion ist zwar bei Weitem nicht so gut wie außerhalb der Kuppel, aber im Vergleich zu den Dünsten, die unter der Erde herrschen, ist sie herrlich. Es ist ein kurzer Moment, in dem ich mit mir selbst und meiner Umwelt zufrieden bin. Natürlich ist es falsch, dass wir dort für die Legion arbeiten, aber irgendjemand anders müsste dort auch arbeiten, wenn wir die Legion besiegt hätten. Es wird immer Arbeiten geben, die weniger Spaß machen als andere.

Als ich die Augen wieder öffne, steht überraschend Iris vor mir und blinzelt zu mir nach oben. Ihr Wüstenfuchs Dumbo schmiegt sich an ihr Bein.

„Hallo“, sagt sie freundlich und die Strahlen der untergehenden Sonne bringen ihre Augen zum Leuchten. Sie haben die Farbe von feuchten Kieselsteinen, wie ich sie mir in einem Flussbett vorstellen würde. „Kannst du kurz mit mir mit kommen? Ich möchte dir etwas zeigen.“

Es ist schon länger her, dass Iris und ich miteinander gesprochen haben. Sie hilft tagsüber, genau wie Emily, Grace mit den Kleinkindern und die Nächte verbringt sie ebenfalls bei ihnen. Früher wäre ich vielleicht eifersüchtig gewesen, aber mittlerweile stehe ich darüber. Es ist völlig normal, dass sie sich in Emilys Nähe wohler fühlt, denn lange Zeit waren sie die beiden einzigen Gleichaltrigen.

Iris war es, die mich endgültig dazu gebracht hatte, Finn eine zweite Chance zu geben. Zwar hatten auch Zoe und Clyde mir dazu geraten, aber sie waren aus meiner Sicht voreingenommen. Iris hingegen vertraue ich blind. Uns verbindet eine Innigkeit und Freundschaft, die mit nichts zu vergleichen ist. In gewisser Weise sind wir wirklich Schwestern, doch nicht durch unser Blut verbunden, sondern durch unsere gemeinsamen Erlebnisse. Sie hat mir mein Leben gerettet und ich ihres.

„Na klar", antworte ich ihr bedenkenlos und werde mir erst in dem Moment über Finn bewusst, der neben mir steht und fragend zu Iris blickt. Sie hat mich gefragt und nicht uns. Er schenkt Iris ein Lächeln und beugt sich so weit runter, dass er auf einer Höhe mit ihr ist. „Darf ich auch mitkommen?"

Iris mustert ihn kurz, bevor sie wieder zu mir aufsieht. „Vertraust du ihm vollkommen?"

Ich bin von der Frage so überrascht, dass ich zu lange mit der Antwort warte. Eigentlich sollte mir ein ‚Ja' ganz leicht von den Lippen gehen, immerhin sind wir wieder zusammen. Aber nur weil man jemandem eine zweite Chance gibt, bedeutet das nicht, dass man vergessen könnte, was gewesen ist. Mein Zögern verletzt Finn. Ich kann es in seinen Augen lesen. Er weicht zurück und tut so, als würde es ihm nichts ausmachen. „Schon okay, ich lasse euch lieber alleine!"

„Finn …“, setze ich an, doch er hebt abwehrend seine Hand. „Du brauchst mir nichts zu erklären. Ich habe mir dein Vertrauen noch nicht verdient!“

Ich möchte ihm widersprechen, aber es würde sich falsch anhören, nachdem ich mich vor Iris nicht für ihn eingesetzt habe. Selbst jetzt wüsste ich nicht die richtige Antwort auf ihre Frage. Es ist nicht so, dass ich glauben würde, dass Finn irgendetwas tun würde, um mich bewusst zu verletzen. Ich weiß, dass er mir nie wehtun wollte. Dennoch ist es geschehen. Ich vertraue ihm in der Hinsicht nicht, dass er akzeptiert hat, wie ich meine eigenen Entscheidungen treffe. Ich fürchte mich vor seiner Bevormundung.

Wir rühren uns nicht von der Stelle, während Finn sich immer weiter von uns entfernt. Ich blicke verzweifelt zu Iris.

„Habe ich einen Fehler gemacht?“

„Ist es denn ein Fehler ehrlich zu sein?“, entgegnet sie.

„Nein, die Wahrheit ist niemals falsch, aber manchmal tut sie weh und man sollte sie deshalb verschweigen.“

„Ich kann verstehen, dass Finn enttäuscht darüber ist, dass er sich dein Vertrauen noch nicht zurückverdienen konnte. Aber er sollte auch verstehen, warum du ihm noch nicht vertraust.“

„Es ist nicht nur wegen Ruby, sondern vielmehr, dass er bereit war, mich aufzugeben, anstatt um mich zu kämpfen.“

„Das Schlimmste an einem Betrug ist nicht der Betrug selbst, sondern das Vertrauen, das zerbrochen wurde. Ihr werdet lange kämpfen müssen, um es wieder neu knüpfen zu können und jeden Zweifel auszulöschen."

Ihre Worte enthalten viel Weisheit. Vermutlich sollte ich mich in Zukunft mit jedem Problem an sie wenden. Gäbe es noch die Klassifizierung, so wäre Iris mindestens eine B-lerin geworden. Ich kann sie in dem grünen Anzug auf der Krankenstation bildlich vor mir sehen. Sie hätte jedoch ihre Arbeit so gut gemacht, dass sie der Legion bald ein Dorn im Auge geworden wäre. Die Legion konnte Menschen mit Einfühlungsvermögen noch nie leiden.

„Was wolltest du mir eigentlich zeigen?"

Sie lächelt viel sagend, nimmt mich an die Hand und zieht mich mit sich, ohne mir eine Antwort zu geben. Ich hatte erwartet, dass das, was sie mir zeigen will, ganz in der Nähe sein würde, doch dem scheint nicht so. Wir bewegen uns immer weiter auf den Rand des Ostsektors zu und langsam werde ich ungeduldig. Ich habe keine Vorstellung davon, was mich erwarten wird. Selbst als deutlich wird, dass es sich um etwas Wichtiges handeln muss, mache ich mir keine Gedanken.

„Ist es noch weit?", frage ich, obwohl ich die Antwort bereits kenne. Es kann nicht mehr weit sein, denn bald werden wir die Strommauer erreichen, die uns von dem Rest der Legion trennt. Weiter kommen wir nicht. Oder etwa doch? Wollte sie mir das zeigen? Es wäre ein Vertragsbruch. Ich bleibe abrupt stehen. „Iris wir dürfen den Ostsektor nicht verlassen! Das weißt du, oder?", frage ich sie eindringlich.

„Wir verlassen den Ostsektor nicht", erwidert sie schlicht und geht weiter. Sie weiß, dass ich ihr genauso wie ihr Wüstenfuchs ergeben folgen werde, egal wohin.

Plötzlich verlässt sie die leere Hauptstraße und biegt in eine schmale Seitengasse. Wie oft mag sie diesen Weg schon gegangen sein? Sie scheint sich bestens auszukennen. Ich kann das Flimmern der Strommauer bereits einige Meter vor uns sehen, doch Iris geht gerade darauf zu.

„Wir können hier nicht weiter!", rufe ich alarmiert, doch sie wirft mir nur einen amüsierten Blick zu.

„Ich sehe die Strommauer auch", beruhigt sie mich grinsend, aber geht dennoch weiter. Erst als sie nur noch wenige Zentimeter von der durchsichtigen Mauer trennen, die nur durch ein Flimmern in der Luft zu erkennen ist, bleibt sie stehen. Das Surren und Zischen der vielen Voltzahlen ist zu hören. Würden wir die Mauer berühren, wären wir vermutlich beide sofort tot. Dumbo wagt sich erst gar nicht so nah an den Strom heran, sondern hält einige Meter Abstand. Fast so, als würde er Wache halten.

„Was genau wolltest du mir denn jetzt zeigen?", frage ich verständnislos, denn der Weg endet hinter der Mauer in einer Sackgasse.

„Hat dir schon einmal jemand gesagt, dass du sehr ungeduldig bist?", erkundigt sich Iris scherzhaft, bevor sie hinzufügt: „Wir müssen einen Moment warten. Sie kommen gleich!"

„Sie?!", frage ich verständnislos und zweifle langsam an Iris' Urteilsvermögen. War es ein Fehler, alleine mit ihr zu gehen? Normalerweise ist sie sehr verantwortungsbewusst und vorsichtig. Ich blicke mich besorgt um. Was, wenn wir beobachtet werden? Könnte die Legion unser Verhalten bereits als weiteren Vertragsbruch deuten?

Ein Knarren lässt mich herumfahren und ich sehe mit Schrecken wie sich der Kanaldeckel am Boden der Sackgasse hebt.

„Sie kommen“, flüstert Iris aufgeregt. Eine dreckverschmierte Hand lugt bereits hervor. Der Deckel wird krachend zurückgeschoben und der Hand folgt ein Mann der vierten Generation in einem braunen Anzug, ein D-ler. Ihm folgen zwei weitere Männer sowie eine Frau in dem blauen Anzug der Kämpfer. Zu viert stellen sie sich uns gegenüber. Nur das Flimmern der Strommauer liegt zwischen uns.

„Hallo, Iris“, grüßt die Frau freundlich und deutet dann auf mich. „Ist das deine Freundin, von der du uns so viel erzählt hast?“

Ich starre sprachlos zwischen den vier Legionären und Iris hin und her. Jetzt begehen wir definitiv einen Vertragsbruch und so wie es sich anhört, ist Iris nicht zum ersten Mal hier. Den Rebellen ist der Kontakt zu den Bewohnern der Legion streng verboten. Am sichersten für uns wäre es, wenn wir einfach umdrehen würden und so täten, als hätten wir die vier nie gesehen. Aber der sicherste Weg ist nicht immer der richtige Weg. Ich bin zu neugierig, um zu gehen.

„Das ist Cleo. Sie kann euch helfen, der Legion zu entkommen“, stellt mich Iris vor. Darum geht es hier also? Diese Menschen wollen fliehen und ich soll ihnen dabei helfen? Wie stellt Iris sich das vor? Ich kann die Strommauer nicht einfach abschalten. Ein Vertragsbruch würde uns alle in Gefahr bringen.

Die Frau beginnt zu lachen, als sie mein ratloses Gesicht sieht. „Ich nehme an, Iris hat dir nichts von uns erzählt?!“

Ich schüttele den Kopf.

„Das macht nichts“, erwidert sie. „Lass mich von vorn anfangen. Seitdem die Rebellen die Legion angegriffen haben, ist es hier schlimmer denn je. Viele Menschen sind bei dem Angriff gestorben, aber nicht, weil die Rebellen sie getötet haben, wie die Legion es uns glauben lassen will, sondern weil sie von Kämpfern der Legion erschossen wurden, als sie versucht haben zu fliehen. Ich habe es mit eigenen Augen gesehen!“

Sie senkt den Kopf. „Ich selbst habe auf die Unschuldigen geschossen. So war unser Befehl und ich bin es nicht gewohnt, Befehle zu missachten. Aber ich habe danach die Bilder nicht mehr aus meinem Kopf bekommen und erkannt, dass sich etwas in der Legion verändert hat, dass die Menschen sich verändert haben. Die Legionsführer sind nicht mehr da, um die Bewohner vor den Angriffen von außerhalb zu schützen, sondern sie halten uns gefangen wie Tiere. Sie fürchten ihre Macht zu verlieren und sind bereit, jeden zu opfern. Seit dem Angriff wurden jeden Tag Menschen gefangen genommen und die Schichten sind erhöht worden, um die Lücken aufzufüllen. Viele der Arbeiter müssen Tage durcharbeiten, und wenn sie sich weigern, werden sie auf brutalste Weise bestraft oder vor den Augen der anderen erschossen, um als

Warnung zu dienen. Niemand ist mehr freiwillig in der Legion!“

Sie und die Männer blicken mich eindringlich an, so als wäre ich der Schlüssel zu ihrer Freiheit. Doch auch wenn ich Mitleid mit ihnen empfinde, weiß ich nicht, wie ich ihnen helfen soll, ohne uns selbst in Gefahr zu bringen.

Es fällt mir schwer, zu sprechen. „N300 fürchtet sich vor euch. Egal wie lange er euch auch bekämpfen wird, solange ihr zusammenhaltet, wird er sich irgendwann geschlagen geben müssen.“

Einer der Männer schüttelt vehement den Kopf. „N300 fürchtet sich nicht vor uns, sondern vor den Anderen.“

„Was für andere?“

„Die Menschen jenseits des Meeres.“ Er sagt das, als sei es selbstverständlich. Doch ich habe zuvor noch nie von Menschen gehört, die außerhalb der Legion leben, abgesehen von den Rebellen. Geschweige denn von einem Meer. Mir ist bewusst, dass es auf der alten Erde viel Wasser und viele verschiedene Länder gab. Doch die Legion hatte uns im Bildungsunterricht immer beigebracht, dass die Bevölkerung der Radioaktivität zum Opfer gefallen ist. Wir sind die Einzigen, die unter der Erde überlebt haben. Haben sie gelogen?

„Woher wisst ihr von diesen Menschen?“

„Sie versuchen bereits seit mehreren Monaten über Funk Kontakt zur Legion aufzunehmen, doch die Legionsführer fürchten sich vor ihnen. Es sind zu viele. Wenn sie hier herkämen, könnten sie die Legion dem Erdboden gleichmachen."

„Woher wisst ihr das?", frage ich verständnislos.

Die Frau lächelt. „Die Legionsführer sind nie ohne Wachen unterwegs, weil sie selbst einander misstrauen. Der Tag, an dem sich ihre Wachen gegen sie gewandt haben, war ihr Ende. Wir wissen alles über die Legion und ihre Geheimnisse."

„Warum greift ihr dann die Legion nicht an und nehmt alle Legionsführer fest?"

„Leider stehen nicht alle auf unserer Seite. Viele dienen der Legion zu lange, um sich gegen sie zu wenden und andere fürchten die Menschen jenseits des Meeres genauso sehr wie die Legionsführer. Lieber lassen sie sich weiter unterdrücken, als sich dem Unbekannten zu stellen."

Allein der Gedanke, dass es dort draußen noch Menschen geben könnte, die nicht in einer Legion leben, die ihr ganzes Leben nicht einmal von so etwas gehört haben, birgt Hoffnung. Was, wenn diese Menschen kämen, um uns zu befreien? Wissen sie, wie es in der Legion zugeht? Wissen sie von unserem Krieg? Wissen sie überhaupt, dass es Rebellen gibt?

„Gibt es eine Möglichkeit zu diesen Menschen Kontakt aufzunehmen?"

Die Vier blicken sich zögernd an. „Eventuell schon."

„Aber?"

„Wir helfen euch, wenn ihr uns helft."

„Sind wir nicht ohnehin in der gleichen Lage?"

„Nein, denn ihr könnt über euch Selbstbestimmen, während wir jeden Tag unter der Legion leiden müssen. Wir wollen hier raus! Wir wollen zu euch in den Ostsektor!“

„Das geht nicht“, erwidere ich ungehalten. „Wenn wir euch bei uns aufnehmen, brechen wir den Friedensvertrag mit der Legion und sie werden uns angreifen.“

„Wenn ihr uns nicht bei euch aufnehmt, sterben jeden Tag noch mehr von uns. Es gibt für uns keinen anderen Ausweg!“

Iris sieht flehend zu mir auf. „Wir müssen ihnen helfen!“

„Wie stellt ihr euch das überhaupt vor? Ich kann die Strommauer nicht abschalten.“

„Die Strommauer wird jedes Mal heruntergefahren, wenn ein Flugschiff in den Ostsektor einfährt oder diesen wieder verlässt. Wenn es das nächste Mal so weit ist, werden wir fliehen. Doch wir brauchen dich, um sicher sein zu können, dass die Rebellen uns bei sich aufnehmen werden und nicht an die Legion verraten.“

Im ersten Moment hört es sich absurd an, dass die Rebellen irgendjemanden an die Legion verraten könnten. Schließlich ist die Legion unser gemeinsamer Feind. Doch dann denke ich daran, wie froh Maggie und die anderen über das kleine bisschen Sicherheit waren, dass die Legion ihnen bot. Sie waren einverstanden damit, sich aus den Angelegenheiten der Legion rauszuhalten, obwohl wir das Elend, das in den Straßen herrscht, mit eigenen Augen gesehen haben. Nur Cara hatte sich dagegen aufgelehnt. Nur Menschen, die in der Legion gelebt haben, können verstehen, wie es sich anfühlt. Für die meisten Rebellen ist das zu lange her. Sie haben keine Verbindung mehr zu den Bewohnern der Legion. Für sie sind es Fremde. Es ist schon schwer genug für sie, sich mit den Überlebenden der westlichen Legion zu arrangieren. Sie sind anders als die Rebellen. Zurückhaltender und weniger angriffslustig, was jedoch nicht bedeutet, dass sie nicht dieselben Gefühle empfinden können. Clyde, Iris und ich sind dafür das beste Beispiel.

Iris klammert sich an meine Hand. „Bitte, Cleo, du musst mit den anderen reden. Mir würden sie nicht zuhören!"

„Ich rede mit den anderen, aber ich kann nicht versprechen, dass ich sie überzeugen kann."

„Dein Wort reicht uns!", sagt die Frau. „Im Gegenzug werde ich dich in die Empfangszentrale der Legion führen. Dort ging damals der Funkspruch der Anderen ein! Wir können von dort aus versuchen eine Verbindung zu ihnen herzustellen."

Meine Hände sind feucht und mein Herz jagt vor Aufregung, als ob ich im Begriff wäre, einen großen Fehler zu begehen. Doch wenn ich meine Möglichkeiten abwäge, lande ich immer wieder beim selben Schluss. Ich könnte alles tun, was die Legion von uns verlangt, um den Frieden zu sichern. Aber ich weiß, dass uns das niemals die Freiheit bringen würde, nach der wir uns sehnen. Ich kann nicht in Frieden leben, wenn ich weiß, dass hinter der Strommauer Menschen zu Tode gefoltert werden, nicht wenn ich etwas dagegen unternehmen kann. Es wird zwar nicht jeder der

Rebellen meine Meinung teilen, aber zumindest handle ich dann nach meinem Gewissen. Es war immer mein Ziel, den Bewohnern der Legion Freiheit zu schenken, dabei zählt es nicht, ob es sich um die westliche, südliche oder Zentrallegion handelt. Lieber sterbe ich in dem Versuch unser aller Leben zu ändern, als alt zu werden mit der Schuld, es nie versucht zu haben. Ich kann nur hoffen, dass Finn mich verstehen wird. Die Legion war schon immer die Mauer, die uns entzweit hat. Wird sie auch dieses Mal zwischen uns stehen? Wir haben uns beide verändert, aber genug, um am selben Ende zu kämpfen?

Noch bevor wir den Lagerplatz erreichen, hören wir bereits wildes Stimmengewirr. Iris und ich sehen uns betroffen an. Was ist nun schon wieder vorgefallen? Wir rennen gleichzeitig los, während die Strahlen der untergehenden Sonne lange Schatten vor uns werfen. Anfangs können wir gar nicht erkennen, was der Auslöser für die Unruhe ist. Eine große Menschengruppe hat sich in der Nähe des Lagerfeuers formiert. Sie sind alle aus irgendeinem Grund sehr wütend. Ich versuche etwas zu erkennen, indem ich mich auf die Zehenspitzen stelle, doch es ist kein Durchkommen. Iris hingegen krabbelt mit ihrem kleinen, schmalen Körper durch die Beine der Menschen, bis ich sie bald nicht mehr sehen kann. Ich halte erfolglos Ausschau nach einem bekannten Gesicht, als Iris bereits zurückkommt. Sie wirkt geschockt.

„Sie haben A566 festgenommen. Er wurde dabei erwischt, wie er Florance angegriffen hat."

Mein Herz macht einen Aussetzer. Was bedeutet angegriffen? Ich habe zwar geahnt, dass es irgendwann so weit kommen würde, aber nicht nachdem sie die Wahrheit bereits erkannt hatte. Ich dachte, das würde sie vor ihm schützen, aber offenbar hat es sie erst recht zur Zielscheibe gemacht. Ich nehme nicht länger Rücksicht, sondern dränge mich unsanft an den anderen vorbei. Als ich die Mitte des Kreises erreiche, kauert A566 dreckverkrustet und blutverschmiert am Boden. Seine Nase scheint gebrochen zu sein und sein linkes Auge ist so zugeschwollen, dass er kaum noch etwas sehen kann. Ihm gegenüber steht Paul, völlig außer sich. Er muss von Finn und Clyde gleichzeitig zurückgehalten werden, um nicht erneut auf ihn loszugehen. Panisch blicke ich mich nach Florance um und entdecke sie im Schatten von Sharon. Sie hat die Arme um ihren zitternden Körper geschlungen und weint bitterlich. Ich eile sofort zu ihr und erkenne, dass ihre Lippe aufgeplatzt ist, ansonsten wirkt sie jedoch unversehrt.

„Was ist passiert?“, stoße ich aus.

„Er ist wie ein Tier über mich hergefallen“, schluchzt Florance kopfschüttelnd. „Wer weiß, was er mit mir gemacht hätte, wenn Paul mich nicht rechtzeitig gefunden hätte.“ Ihre Worte erleichtern mich, auch wenn es schlimm genug ist, was passiert ist. A566 hat mich nun ebenfalls entdeckt und jault bei meinem Anblick wie ein verletztes Tier.

„Ich wollte ihr nicht wehtun“, beteuert er verzweifelt. „Ich hatte Angst!“

Ich kenne seine Lügen bereits zu Genüge. In der westlichen Legion hatte er auch behauptet, dass Asha eine Lügnerin sei, die alle Legionsführer hassen würde und ich ihr deshalb kein Wort glauben dürfe. Er hatte es geschafft, dass ich tatsächlich an Ashas Worten gezweifelt habe. Aber das war, bevor ich ihn auf frischer Tat erwischt habe und meine eigenen schrecklichen Erfahrungen mit ihm machen musste.

„Du bist ein Monster!“, zische ich und spüre, wie die ganze Wut wieder hochkommt. Seinetwegen befindet sich Asha nun in der Wüste. Khaan hätte vor Tagen zurück sein müssen. Mir bleibt nur die Hoffnung, dass er sich entschieden hat, Asha doch zu begleiten.

„Ich habe mich geändert“, schreit A566 und blickt Hilfe suchend von einem Gesicht zum anderen. „Es stimmt, ich habe euch etwas vorgemacht, aber nur, weil ich wusste, wie ihr reagieren würdet. Einem, der einmal gelogen hat, glaubt man nicht mehr. Ich wollte sie nur bitten, es mich selbst erklären zu lassen, aber sie war völlig außer sich. Es hat mir das Herz gebrochen, sie so zu sehen. Sie war meine einzige Freundin!“

In dem Moment prescht Paul erneut nach vorne. „Freundin?! Du wolltest sie endgültig zum Schweigen bringen, du Schwein!“

A566 weicht panisch vor ihm zurück. „Bitte! Ich bin auf eurer Seite!“

Finn hält Paul zurück, aber ergreift nun selbst das Wort: „Wenn du auf unserer Seite bist, was hast du dann alleine im Legionsführerpalast zu suchen gehabt?!“

„Ich war dort, um N300 meine Hilfe anzubieten. Ich wollte ihn glauben lassen, dass ich für ihn spionieren würde, aber in Wahrheit hätte ich mein Wissen an die Rebellen weitergegeben."

„Wer soll dir das denn bitte glauben?!", unterbricht ihn Finn wütend. „Hältst du uns für so dumm?"

Ich will A566s ehrliche Antwort darauf lieber gar nicht hören. Seiner Ansicht nach sind alle Menschen, die nicht der Klassifizierung der Legionsführer angehören, geistig zurückgeblieben. Meine Ernennung hielt er seit jeher für einen Komplott.

„Es ist aber die Wahrheit!", schreit er verzweifelt. „Die Legionsführer haben mich genauso wie euch in der Wüste zurückgelassen. Das verzeihe ich ihnen nie!"

„Das, was du Asha und vielen anderen Frauen angetan hast, ist ebenfalls nicht zu verzeihen!", schreie ich haltlos.

„Er hat den Tod verdient!", pflichtet mir Zoe bei. Wir haben beide bereits seine Bekanntschaft gemacht.

„Ich habe Fehler gemacht, aber wer ist schon frei von jeder Schuld? Wenn Asha unschuldig wäre, warum ist sie dann gegangen? Kommt ihre Flucht nicht einem Schuldeingeständnis gleich?!"

Wie kann er es wagen?! Ich bin nicht mehr zu halten und stürze mich auf ihn. Mein Fuß trifft seinen Magen und meine Faust sein blutiges Gesicht. Er weint und schreit, aber ist klug genug sich nicht zu wehren. Meine Mutter und Felix reißen mich von ihm. Ich habe nicht einmal bemerkt, dass sie dort waren. „Er wird seine

Strafe bekommen“, versichert mir A350 und blickt herausfordernd zu Maggie und den anderen Legionsführern. „Entscheidet, was mit ihm passieren soll!“

Maggie wirkt unruhig. „Wenn er bei N300 war, wer sagt uns, dass er nicht bereits mit ihm etwas geplant hat? Uns ist der Kontakt zu Bewohnern der Legion verboten. Ich nahm an, dass dasselbe auch für die Legion gilt. N300 hat sich heimlich mit einem unserer Gefangenen getroffen. Das ist ein Vertragsbruch und ich erwarte eine Stellungnahme von ihm dazu. Erst dann können wir über A566 Strafe entscheiden!“

„Ich laufe zu den nächsten Wachen der Legion und werde ihnen mitteilen, was vorgefallen ist. N300 soll höchstpersönlich hier erscheinen!“, schimpft Sharon und rennt los. A566 wird in der Zeit von einem der Mutanten gepackt und gefesselt, jedoch nicht ohne noch ein paar Schläge einstecken zu müssen.

Iris zieht an meiner Hand. Sie ist unbemerkt neben mich getreten. „Du musst mit ihnen über die anderen reden!“, drängt sie ungeduldig.

„Das ist ein denkbar schlechter Zeitpunkt“, wehre ich ab.

„Aber wenn N300 mit dem Luftschiff den Ostsektor passiert, werden sie über die Grenze stürmen. Du hast ihnen versprochen, dass wir sie aufnehmen werden!“

„Ich habe gar nichts versprochen!“, erinnere ich sie. „Wenn N300 gemeinsame Sache mit A566 gemacht hat, können wir jede Unterstützung gebrauchen.“

„Und was, wenn nicht?! Was, wenn die Rebellen sie dann an die Legion ausliefern?"

Ich bin überzeugt davon, dass das Friedensangebot nicht ernst gemeint war, sondern immer nur eine Taktik war, um uns ruhig zu stellen. Die Legion kann unmöglich an drei Fronten gleichzeitig kämpfen: Die Rebellen, die Aufstände im Inneren und dazu noch die Kontaktaufnahme einer unbekannten Macht. N300 wird sich dieses Mal nicht herausreden können. Ein Krieg ist nun unumgänglich!

Diese Erkenntnis lässt mich erschaudern. Ich sehe die vielen hilflosen Gesichter, die einem Krieg als erstes zum Opfer fallen werden: Kinder, Mütter, Kranke, Verletzte und Alte.

Panisch stürze ich auf Maggie zu. „Wir müssen den Ostsektor sofort räumen!"

Sie sieht mich verständnislos an. „Jetzt?!"

„Natürlich jetzt! Was glaubst du wird passieren, wenn wir N300 mit unseren Vorwürfen konfrontieren. Er wird sich zur Wehr setzen und dann ist hier niemand mehr sicher."

„Er wird es als Angriff ansehen, wenn wir fliehen, bevor wir seine Antwort gehört haben!"

„Haben wir eine andere Wahl? Mach die Augen auf. Es hat nie einen Frieden gegeben!" Ich schreie sie mittlerweile an und so ziehen wir die Aufmerksamkeit aller auf uns.

Finn tritt hinter mich und versucht seiner Mutter ins Gewissen zu reden: „Lass zumindest die Schwangeren und die Kinder fliehen, solange sie noch die Chance dazu haben. Wenn sich alles zum Guten wenden sollte, können sie immer noch zurückkommen."

Es erfüllt mich mit Stolz, dass er sich auf meine Seite stellt. Vielleicht ziehen wir zum ersten Mal wirklich am selben Strang. Ich bereue, dass ich ihm mein Vertrauen nicht zusagen konnte. Ich habe das Gefühl, ihm damit Unrecht getan zu haben, obwohl ich die Frage nach wie vor nicht mit einem deutlichen ‚Ja' beantworten könnte. Ich möchte ihm aber vertrauen.

Finns Einwand macht Maggie nachdenklich und schließlich lenkt sie ein. „Kümmert euch darum."

Bevor wir losstürzen können, stellen sich uns Zoe und Clyde in den Weg. Sie haben das Gespräch mit angehört. „Wir nehmen die beiden Transporter und kümmern uns um die Kranken, Verletzten und schwangeren Frauen. Sucht ihr in der Zeit alle Kinder zusammen!"

Sofort blicke ich mich zu allen Seiten nach Iris um, doch sie ist verschwunden. Hat sie das Gespräch gehört und ist deshalb zu Grace und Emily gelaufen? Es ist das, was ich mir wünsche, doch eine Stimme in meinem Inneren sagt mir, dass es nicht so ist. Ich vermute sie stattdessen an einem anderen Ort, nahe der Mauer des Ostsektors.

„Was ist los?", fragt Finn, als er mein Gesicht sieht. Im Lager ist die Panik ausgebrochen und alle rennen wild durcheinander. Ich habe keine Zeit, um Finn von den Menschen jenseits des Meeres zu erzählen. Aber wie soll ich ihm dann erklären, wo ich Iris vermute? Und was, wenn ich mich täusche? Es macht mich wahnsinnig, sie nicht in Sicherheit zu wissen, aber ich kann nicht nach ihr suchen, während das Lager im Chaos versinkt. Es war schwer genug, Maggie von der Flucht zu überzeugen.

„Schon gut“, erwidere ich deshalb und laufe mit ihm los zu dem Gebäude, in dem Grace die Kinder betreut.

Cara, ehemals N600, fängt uns am Eingang ab. „Was ist los?“, fragt sie alarmiert. „Wir haben den Tumult gehört, aber sind mit den Kindern lieber hier geblieben.“

„Die Ereignisse überschlagen sich“, erwidere ich gehetzt. „A566 hat Florance angegriffen, dabei ist herausgekommen, dass er gemeinsame Sache mit der Legion macht. Maggie will N300 jetzt zur Rede stellen.“

Sie reißt erschrocken die Augen auf. „Glaubt ihr, dass er sich das gefallen lassen wird?“

„Nein, das ist es ja gerade. Wir müssen die Kinder aus dem Ostsektor bringen, aber möglichst ohne dass sie von der Panik etwas mitbekommen.“

„Ich geh rein und hole Grace“, schlägt Finn vor und betritt das Gebäude, während ich mit Cara vor der Tür auf sie warte.

„Ist Iris bei euch?“

Sie schüttelt den Kopf. „Nicht dass ich wüsste, warum?“

Ich hatte es nicht erwartet, aber es wäre dennoch eine Erleichterung gewesen. „Und Emily?“

Meine Frage beantwortet sich von selbst als das rothaarige Mädchen als Erste aus der Tür tritt. „Müssen wir jetzt zurück in die Wüste?“, fragt sie ängstlich, offenbar hat sie etwas von dem

Gespräch zwischen Finn und Grace mitbekommen.

„Ja, aber dieses Mal haben wir wenigstens genug Wasser“, versichere ich ihr. „Kannst du mir bitte helfen?“

Ihre Augen weiten sich. Genau wie Iris ist sie immer erpicht darauf zu helfen und nicht wie ein Kleinkind behandelt zu werden. „Was soll ich tun?“

„Kümmere dich um die Kinder und bring sie mit deiner Mutter zu Zoe ins Krankenlager. Grace schafft das nicht ohne dich!“

„Das ist leicht, die Kleinen gehorchen mir aufs Wort!“, behauptet Emily, als würde sie über junge Hundewelpen sprechen.

„Gehst du bitte ebenfalls mit?“, wende ich mich an Cara. Sie hebt überrascht die Augenbrauen. „Kommst du nicht mit?“

Ich schüttele den Kopf. „Nein, Finn und ich werden hier gebraucht.“

„Und was ist mit Felix? Wo ist er?“, sie stockt. „Geht es ihm gut?“

„Als ich ihn zuletzt gesehen habe, war er wohlauf. Bitte kümmere dich um die Kinder. Sie brauchen dich jetzt mehr als er.“

Sie wirkt unschlüssig, aber nickt zustimmend. Ich weiß, ich verlange viel von ihr. In so einer Situation wäre ich auch nicht gerne von Finn getrennt. Dieser tritt nun mit Maggie und den Kindern aus dem Gebäude. Sie haben Pärchen gebildet und sich in einer Reihe formiert.

„Wir machen jetzt einen Ausflug zu Tante Zoe!“, sagt Grace mit bemüht fröhlicher Stimme.

„Geht durch die Gassen“, raunt ihr Finn zu, bevor sie losmarschieren. „Was nun?“

„Wir müssen zurück zum Lager. Vielleicht ist Sharon schon mit Neuigkeiten von N300 zurück.“

Erneut rennen wir los und kommen gerade rechtzeitig, um zu sehen, wie ein Flugschiff am dunklen Nachthimmel auf uns zusteuert. In wenigen Sekunden wird die Strommauer ausgeschaltet werden und in diesem Moment werden die rebellierenden Legionäre die Grenze stürmen. Wenn N300 das sieht, wird er vermutlich direkt kehrt machen und den Befehl zum Angriff erteilen, egal ob auf uns oder auf die Legionäre. Er wird alles und jeden niederschießen lassen, was sich bewegt. Ob er dabei unschuldige trifft ist ihm egal, solange die Flüchtlinge für ihren Ungehorsam bestraft werden.

A566 wird von dem Oberhaupt der Mutanten an beiden Armen festgehalten, während Maggie einen Schritt vor ihnen steht, um N300 als Erste zu empfangen. Es ist alles sehr schnell gegangen. Ungewöhnlich schnell. Fast so, als hätte N300 schon lange Bescheid gewusst, bevor einer seiner Wachen sich auch nur bei ihm melden konnte. Sharon scheint noch nicht einmal wieder zurück zu sein. Genauso wenig haben die Transporter bisher das Lager verlassen können. Wenn es wirklich zu einem Kampf kommen sollte, werden sie es nicht rechtzeitig schaffen zu fliehen.

Das Flugschiff hat nun fast die kleine Versammlung erreicht. Entweder haben die Legionäre den Zeitpunkt verpasst, um loszustürmen oder sie wurden bisher nicht von N300 bemerkt. Sand weht in unsere Gesichter, als das Schiff zur Landung ansetzt. N300 steigt in Begleitung von zwei Legionsführern sowie zehn Wachen aus. Er schreitet erhaben auf uns zu und bleibt in einem sicheren Abstand von fünf Metern stehen.

„Warum habt ihr mich gerufen?“

Maggie tritt noch einen weiteren Schritt vor. „Wir haben einen Verräter in unseren Reihen“, sie deutet auf A566, der mittlerweile aufgegeben hat, sich zu wehren. „Hast du diesen Mann schon einmal gesehen?“ Ihre Stimme ist so scharf wie die Klinge eines Messers.

N300 kneift die Augen zusammen, so als könne er ihn nicht richtig erkennen. Maggie hilft ihm auf die Sprünge. „Dieser Mann wurde gesehen, wie er ein Flugschiff aus dem Legionsführerpalast verlassen hat. Ich muss dich wohl kaum daran erinnern, dass für dich Kontakt zu Rebellen genauso verboten ist wie für uns Kontakt zu Bewohnern der Sicherheitszone. Du hast uns betrogen!“

„Ganz langsam“, rief N300 aus. „Ich würde dir nicht raten, vorschnell irgendwelche Beschuldigungen auszusprechen!“ In seiner Stimme liegt eine nicht ausgesprochene Drohung. „Ich erinnere mich an diesen Mann. Es ist schwer ihn zu erkennen, so wie ihr ihn zugerichtet habt.“ Es ist eine Anklage, doch überraschenderweise zeigt er sich versöhnlich. „Aber ihr habt Recht! Er ist ein Verräter! Er kam zu mir, weil er sich mir als Spion anbieten wollte, doch ich habe abgelehnt.“

Die Aussagen von A566 und N300 decken sich in diesem Punkt. Entweder, weil sie sich für diesen Fall bereits abgesprochen haben oder weil es womöglich die Wahrheit ist. Doch ich kann mir nicht vorstellen, dass N300 auf einen Spion verzichten würde, es sei denn, er bräuchte gar keinen. Unauffällig blicke ich zu den Gebäuden um uns herum. Nach dem Angriff der Rebellen wurden viele beschädigt und damit auch die Kameras, die sich in ihnen befanden. Doch was, wenn N300 neue hat installieren lassen, während die Techniker vorgaben, die Strom- und Wasserversorgung zu reparieren? Es würde mich nicht überraschen. Für die Legion bedeutete Überwachung schon immer Macht. Auf diese Weise wäre er über alles informiert, was im Ostsektor passiert. Das würde auch erklären, warum er lange, bevor eine Meldung ihn erreichen konnte, zu uns aufgebrochen ist.

„Warum hast du uns nichts von seinem Angebot erzählt?“, fragt Maggie wütend.

„Das ist nicht mein Problem! Es ist euer Verräter, nicht meiner! Ich halte mich aus den Angelegenheiten der Rebellen raus.“

„Der Vertrag besagt aber, dass wir uns gegen jeden anderen Feind gemeinsam verbünden!“, schreit Maggie aufgebracht.

„Feind?!“, echot N300 herablassend. „Dieser Mensch ist so armselig, dass er nicht einmal aufrecht gehen kann. Das ist kein Feind, das ist ein Niemand!“ In diesem Moment hebt er seine aktivierte Laserwaffe und feuert einen einzelnen Schuss ab, der A566 direkt in die Brust trifft. Er sackt augenblicklich in den Armen des Mutanten zusammen, der ihn erschrocken fallen lässt. Nur ein paar Zentimeter daneben und das Oberhaupt der Mutanten wäre jetzt an Stelle von A566 tot.

Ich kann kaum glauben, dass es jetzt so weit ist. A566 ist tot. Es ging schneller als ich erwartet hätte. Völlig unspektakulär! Irgendwie hätte ich gedacht, dass er auf andere Weise sterben würde. Eher durch die Hand eines Menschen als durch einen schlichten, schmerzlosen Laserschuss. Ich weiß nicht, ob ich es selbst geschafft hätte ihn zu erwürgen oder zu erstechen, Asha hätte es geschafft, daran habe ich keine Zweifel. Sie ist nicht da und vielleicht wird sie nie erfahren, dass sie am Ende doch noch gesiegt hat. A566 ist tot, während sie hoffentlich lebt. Es ist ein besserer und einfacherer Tod, als er es verdient hätte.

„Ist euer Problem damit gelöst?", will N300 genervt wissen.

Maggie ist sprachlos, N300 kommt ihr erneut zuvor. „Gibt es einen bestimmten Grund, warum gerade zwei Transporter den Ostsektor in Richtung Wüste verlassen?" Wut schwingt in seiner Stimme mit.

Zoe und den anderen muss die Flucht gelungen sein. Es ist ungünstig, dass ausgerechnet N300 sie dabei gesehen hat.

„Unter dem Verdacht des Verrats erschien uns der Ostsektor für die Schwächeren unter uns nicht länger sicher genug", rechtfertigt sich Maggie.

„Ein Verdacht, der sich nicht bestätigt hat", korrigiert N300. „Wie würdet ihr es finden, wenn ich alle Bewohner der Sicherheitszone in Sicherheit brächte und nur die Kampfeinheiten zurückließe? Wollt ihr den Ostsektor zu einem Schlachtfeld machen?"

„Es ist eine Vorsichtsmaßnahme, mehr nicht", erklärt sie erneut. In diesem Moment ertönt eine

Lautsprecherdurchsage. „Fluchtversuch! Arbeiter fliehen in den Ostsektor! Haltet sie auf!“

Seine Augen verfinstern sich und sein Gesicht verzieht sich zu einer wutentbrannten Maske. „Habt ihr damit etwas zu tun?“

„Nein, wir wussten nichts davon!“, schreit Maggie sofort überrumpelt zurück.

„Nein?! Dann beweist es mir und kämpft gegen sie! Zeigt mir, dass euch der Frieden mit der Legion ernst ist.“

Die Rebellen reißen entsetzt die Augen auf.

„Kämpft oder ich werde Flugzeuge mit Bomben auf eure beiden Transporter jagen. In der offenen Wüste sind sie eine perfekte Zielscheibe!“

In diesem Moment stürmt das Oberhaupt der Mutanten nach vorne und legt seine mächtigen Finger um N300s Hals, sodass dessen Füße vom Boden abheben. „Du wirst sterben!“, verkündet der Mutant und bezieht damit deutlich Stellung, während N300s Augen bereits aus ihren Höllen hervorquellen, doch im nächsten Moment wird das Oberhaupt von gleich zehn Laserstrahlen auf einmal getroffen und geht zu Boden. N300 krabbelt auf allen vieren zurück zu dem Flugschiff, während die übrigen Mutanten auf die zehn Kämpfer der Legion losgehen.

16. Die Rebellen greifen an (Cleo)

N300 wird sich schon bald rächen, aber bis es so weit ist, muss ich unbedingt Iris finden. Bei einem Angriff sollte sie sich auf keinen Fall in der Legion befinden. Ich nehme Finns Hand in meine. „Wir müssen nach Iris suchen! Sie ist in der Legion!"

„Die Legion ist der letzte Ort, an den wir jetzt gehen sollten", entgegnet Finn. „Und woher willst du das überhaupt wissen?"

„Ich wusste von den Flüchtlingen, weil Iris sie mir heute Morgen vorgestellt hat", gestehe ich verzweifelt. „Sie haben Informationen über andere Überlebende jenseits des Meeres. Iris will über Funk Kontakt zu ihnen aufnehmen."

„Warum hast du mir nichts davon gesagt?", wirft er mir vor.

„Wann hätte ich das denn tun sollen?! Hilfst du mir jetzt oder nicht?"

„Es ist zu gefährlich!", widerspricht Finn und hält mich am Arm fest, damit ich nicht gehen kann. Ich spüre, wie mich eine Welle der Enttäuschung überkommt und weiß wieder, warum es mir so schwerfällt, ihm zu vertrauen.

„Wenn Zoe in diesem Moment in der Legion wäre, würdest du dann nicht nach ihr suchen?"

„Doch!", antwortet er prompt.

„Dann kannst du auch verstehen, warum ich jetzt nach Iris suchen muss. Sie ist für mich wie eine Schwester! Bitte, Finn!"

Seine Hand löst sich von meinem Arm und schließt sich stattdessen um meine Hand. Zusammen rennen wir los. Nach wenigen Minuten stoßen wir bereits auf die ersten Flüchtlinge, die erschrocken darüber wirken, dass wir ihnen entgegenkommen. „Die Legion greift uns an!“, schreit Finn. „Versteckt euch oder flieht, wohin ihr könnt!“

Ich halte unter ihnen Ausschau nach einem bekannten Gesicht von den vier Menschen, denen ich am Morgen begegnet bin. Ich kenne ihre Bezeichnungen nicht. „Kennt jemand von euch Iris?“, rufe ich laut, doch die Flüchtlinge sind zu panisch und aufgeregt, um mir zuzuhören. Einige von ihnen rennen bereits zurück in die Legion. Es ist das totale Chaos ausgebrochen. Finn sieht meine Verzweiflung und zwingt einen der Fliehenden stehen zu bleiben, indem er ihn festhält.

„Kennst du eine Iris? Sie ist ein kleines Mädchen!“

Erst schüttelt der Mann den Kopf, doch dann hält er inne. „Iris, mit der ZC4888 gesprochen hat?“

„Ja!“, rufe ich sofort aus. Er muss die Kämpferin vom Morgen meinen. „Wo ist sie?“

„ZC4888 ist mit einem Mädchen zur Empfangszentrale aufgebrochen, um einen Hilferuf an die Menschen jenseits des Meeres zu senden.“

„Danke!“, schreie ich und wir rennen gegen den Strom der fliehenden Menschen an. Während wir durch die Straßen jagen, ertönt eine neue

Lautsprecherdurchsage. „Die Rebellen greifen an! Verteidigt die Legion!“

Es war zu erwarten, dass N300 behaupten würde, dass wir es waren, die den Friedensvertrag gebrochen haben. Auf diese Weise möchte er sich die Unterstützung seiner verbliebenen Anhänger sichern. Die Strommauer ist noch nicht wieder aktiviert, sodass wir die Grenze problemlos überqueren können. Anfangs sind die Straßen genauso verlassen wie im Ostsektor, doch als wir die nächste Kreuzung passieren, stoßen wir beinahe mit einer Gruppe Kämpfer zusammen. Als sie uns als Rebellen identifizieren, richten sie ihre Waffen auf uns und wir sind gezwungen, vor ihnen in die nächste Gasse zu flüchten. Ich verliere völlig den Überblick und halte nach dem Legionsführerpalast Ausschau, da ich weiß, dass er sich in unmittelbarer Nähe der Empfangszentrale befinden muss. Kaum dass wir die Kämpfer abgehängt haben, geraten wir in eine Gruppe D-ler, die ebenfalls versuchen, uns festzuhalten. In ihren Augen sind wir der Feind, der den Frieden gebrochen hat und ihnen nach dem Leben trachtet. Auf einem der wenigen öffentlichen Plätze wird auf einer Leinwand der Angriff des Mutanten auf N300 ausgestrahlt, was meine Vermutung bestätigt, dass N300 uns die ganze Zeit mit Kameras hat überwachen lassen, sonst gäbe es diese Aufnahmen nicht. Der Platz ist voller Menschen, die entsetzt über das Geschehen sind. Wir können uns gerade noch unbemerkt an ihnen vorbeischleichen. Selbst wenn wir Iris finden, wird es nicht leicht werden, sich wieder aus der Legion herauszuschleichen. Wir befinden uns mitten unter dem Feind.

Die Türme des Legionsführerpalastes weisen uns den Weg. Doch nur der größte Turm beinhaltet die Empfangszentrale. Als er in Sichtweite ist, sehen wir auch direkt die beiden Wachen, die davor positioniert wurden. „Ich lenk sie ab!“, schlägt Finn vor. „Du gehst rein und suchst nach Iris.“

Ich weiß, dass es unsere einzige Chance ist, sie wiederzufinden, aber begeistert bin ich von seinem Vorschlag dennoch nicht. Ich presse meine Lippen auf seine. „Versprich mir nicht zu sterben!“ Es ist eine dumme und naive Forderung, aber ich muss es dennoch von ihm hören.

„Versprochen!“, erwidert er sofort. „Ich werde hier so lange warten, bis ihr wieder herauskommt. Vorher gehe ich hier nicht weg!“

Ich küsse ihn erneut, bevor er auf die Wachen mit lautem Geschrei losstürmt. Sie schießen auf ihn, doch er schafft es auszuweichen und bringt sie dazu, ihm in die nächste Straße zu folgen. Der Eingang ist frei für mich und ich hechte ins Innere. Dort erwartet mich ein Aufzug, der mich vom Erdgeschoss innerhalb weniger Sekunden fünfhundert Meter in die Höhe schießen wird. Der Aufzug ist jedoch durch einen Scanner gesichert, der nur von Legionsführern, registrierten Technikern und Kämpfern bedient werden kann. Ich kann nur hoffen, dass mein Daumenabdruck noch als Legionsführerin registriert ist.

Ich presse meinen Finger auf die Schaltfläche und spüre, wie das warme Licht des Laserstrahls über meine Haut tastet und jede Rille aufzeichnet. Ich habe das Gefühl, dass Minuten vergehen, obwohl es nur Sekunden sein können, bis endlich das grüne Licht aufleuchtet und mir Zutritt in den Aufzug gewährt. Die Türen schließen automatisch und es geht in die Höhe. Mir ist flau im Magen, ob von der Geschwindigkeit oder aus Angst kann ich jedoch nicht sagen. Als die Türen sich fünfhundert Meter weiter oben wieder öffnen, blicke ich direkt in das rote Licht eines aktivierten Laserstrahls. Erschrocken weiche ich zurück in die Kabine.

„Cleo!“, sagt die Kämpferin erleichtert und ich erkenne sie als die Frau vom Morgen wieder, ZC4888. „Du hast uns einen ordentlichen Schrecken eingejagt. Wir hatten schon befürchtet, dass wir aufgeflogen wären.“

Ich entdecke Iris an einem Schaltpult hinter ZC4888. Sie hält ein Mikrophon in der Hand und sagt immer wieder: „Wir brauchen Hilfe!“

„Wir müssen sofort fliehen! Die Legion greift den Ostsektor an!“, erwidere ich und reiße Iris von dem Mikrophon. „Finn ist alleine da unten! Er braucht unsere Hilfe!“

Ich habe das Gefühl, dass nur Sekunden über sein Leben entscheiden werden. Je länger er auf uns warten muss, umso größer wird die Gefahr, wenn er es überhaupt geschafft hat, die beiden Wachen zu überwältigen.

Wir steigen zu dritt in den Aufzug und fahren nach unten.

„Hat es funktioniert?“, frage ich nun doch.

„Es scheint nicht so“, antwortet ZC4888. „Wir haben keine Antwort bekommen.“

„Vielleicht hören sie es aber trotzdem!“, beharrt Iris.

„Was ist bei euch schief gelaufen? Warum greift die Legion jetzt plötzlich den Ostsektor an?“, will ZC4888 im Gegenzug wissen.

„Sie haben von uns verlangt, gegen euch zu kämpfen. Wir haben uns dagegen entschieden!“ Eigentlich hat es nie eine wirkliche Entscheidung gegeben, da das Oberhaupt der Mutanten allen zuvor gekommen ist. Ich habe mich immer vor ihnen gefürchtet, aber ohne ihn hätten die Rebellen womöglich die falsche Entscheidung getroffen. Ich konnte in Maggies Augen sehen, wie sie mit sich rang. Sie zog es tatsächlich in Erwägung, die Flüchtlinge zu bekämpfen, um sich und die Rebellen zu schützen. Aber es wäre ein Fehler gewesen!

Als ich Finn vor dem Aufzug entdecke, löst sich das flaue Gefühl in meinem Magen schlagartig auf. Ich falle ihm um den Hals und küsse ihn erneut. Am liebsten würde ich damit gar nicht mehr aufhören. „Ich würde dir nichts versprechen, was ich nicht auch halten kann“, flüstert Finn mir ins Ohr und jagt mir damit einen Schauer über den Körper. Ich halte seine Hand fest umschlossen und bin nicht gewillt sie je wieder loszulassen.

Zu viert laufen wir los, dabei kommt es uns zugute, dass wir ZC4888 bei uns haben, denn sie kennt die Zentrallegion besser als wir und trägt zudem noch die typischen Merkmale der Legion: einen kahlen Kopf, lichtblaue Augen, Einheitsgröße und einen makellosen blauen Anzug der Kämpfer. Kaum dass wir den

Legionsführerpalast hinter uns gelassen haben, kommen wir jedoch trotzdem zum Stehen. Der öffentliche Platz, an dem die Bilder von dem Angriff des Mutanten auf N300 ausgestrahlt wurden, ist mittlerweile überfüllt. Zahlreiche Menschen sind dazu gekommen, fast kommt es mir vor, als wären sie zu einer Versammlung zusammengekommen. Wir ducken uns in einen der Hauseingänge, um nicht bemerkt zu werden.

„Während ihr im Turm wart, hat es weitere Lautsprecherdurchsagen gegeben. Eine davon hat die Menschen aufgefordert, sich umgehend an einem gewissen Platz einzufinden. Ich nehme an, das muss dieser hier sein."

Ich zweifle nicht an Finns Worten, dennoch verstehe ich sie nicht. „Warum sollen die Menschen sich ausgerechnet hier versammeln? Wenn die Legion sie vor den Rebellen schützen wollte, wäre es doch besser sich unter Tage zu sammeln, wo Angreifer nicht hin können", überlege ich laut, während auf der Leinwand weiter die Filmfrequenz auf Dauerschleife läuft.

„Vielleicht geht es N300 genau um diesen Film", sagt Iris und deutet mit dem Kopf auf die Leinwand. „Er will sichergehen, dass auch wirklich jeder, der ihm noch folgt, die Rebellen als ihren Feind betrachten."

„Was würde das glaubhafter machen, als einen gigantischen Mutanten zu zeigen, der ihrem letzten Führungsmitglied praktisch die Augen aus den Höhlen quetscht?!", stimmt Finn zu. „Vielleicht hat er sogar genau das gewollt!"

„Vermutlich war es ihm gleichgültig", sagt ZC4888. „Egal, ob ihr euch nun gegen die

Flüchtlinge oder ihn gewendet hättet. Er hätte es so oder so für seine Zwecke nutzen können."

„Wie sollen wir jetzt an den vielen Menschen vorbeikommen?", unterbreche ich die Spekulationen.

„Wir müssen einen Umweg gehen", antwortet ZC4888 und will bereits losgehen, als uns plötzlich eine Stimme innehalten lässt.

„Lang leben die Rebellen! Tod der Legion!", schreit jemand von einem Dach, welches sich direkt über der Versammlung befindet. Alle richten den Kopf nach oben und ich erkenne A566, aus dessen Hand gerade ein runder Gegenstand zu Boden gleitet. A566? Wie kann das sein? Sollte er nicht tot sein? Es gibt eine laute Explosion, die den Boden erschüttert. Ich stürze zu Boden und weiß für einen Moment nicht mehr, wo oben und unten ist. Wie ist es möglich, dass A566 nun lebendig auf dem Dach steht und mit Bomben um sich wirft. Ich habe doch mit eigenen Augen gesehen, wie N300 ihn erschossen hat! War alles nur ein Trick? Sein Tod nur vorgetäuscht? Ein Plan, um uns in die Irre zu führen? Gratuliere, das ist ihnen perfekt gelungen! In meinen Ohren klingelt es und Rauch erschwert mir die Sicht. Sekunden später rappele ich mich wieder auf und sehe den schwarzen Krater, den die Bombe in der Mitte des Platzes hinterlassen hat. A566 steht immer noch auf dem Dach und hält in seiner Hand bereits die nächste totbringende Bombe. „Für die Rebellen!", brüllt er erneut, während die Menschen versuchen zu fliehen. Dadurch, dass der Platz so überfüllt ist, stürzen sie übereinander, wobei viele zu Boden gehen. Für uns gibt es zwischen der Masse der Legionäre in ihren Anzügen kein Entkommen, ohne bemerkt zu werden. Wir fallen mit unserer schmutzigen Kleidung und unseren bereits gewachsenen Haaren sofort auf. Die nächste Explosion schleudert mich gegen die Hauswand und presst mir die Luft aus den Lungen. Vor meinen Augen wird es schwarz und ich stürze auf meine Knie. Noch ehe ich wieder ganz bei mir bin, werde ich unter den Armen hochgerissen und mitgezerrt. Ich stolpere mehr, als dass ich wirklich laufe. Vage erkenne ich Finn neben mir, der mich stützt. Wir fliehen und nehmen keine Rücksicht mehr darauf, ob uns jemand sehen könnte. Die Panik ist zu groß, um auf Mitmenschen zu achten. Panisch blicke ich mich nach Iris um und entdecke sie erleichtert auf ZC4888s Rücken hinter uns. Meine Dankbarkeit werde ich zu einem anderen Zeitpunkt in Worte fassen müssen. Während wir uns einen Weg durch die Menschenmassen bahnen, drehe ich mich immer wieder nach den beiden um. Sie sind solange hinter uns, bis wir eine Kreuzung erreichen. Alle Menschen fliehen nach links, doch der Ostsektor liegt rechter Hand. Finn zerrt mich aus der Masse und das ist der Zeitpunkt, an dem wir Iris und ZC4888 verlieren. Denn von rechts stürmen in diesem Moment ebenfalls Menschen auf uns zu. Es sind die Flüchtlinge der Legion, die sich vor den Kämpfen im Ostsektor in Sicherheit bringen wollen und deshalb lieber wieder dorthin zurückfliehen, wo sie hergekommen sind. Für Finn und mich hingegen führt der Weg direkt ins Kampfgebiet. Wir können uns nicht unter

Legionären verstecken, die N300 alle gegen uns aufgebracht hat. Schon gar nicht, nachdem A566 die Menschen im Namen der Rebellen bombardiert hat. Ich weiß, dass ich Iris aufgeben muss. Wegen ihr bin ich hergekommen und nun habe ich sie doch verloren. In dem Tumult habe ich keine Chance, sie zu finden. Wie weit wird ZC4888s Fürsorge für sie gehen? Wird sie sie genauso wie ich im Notfall mit ihrem Leben schützen? Werde ich meine kleine Schwester jemals wiedersehen? Doch ich habe keine Zeit, weiter darüber nachzudenken.

Im Gegensatz zu mir zögert Finn nicht länger und zieht mich an den Hausfassaden entlang in Richtung Osten. Je näher wir dem Sektor kommen, umso lauter wird es. Es ist das Zischen von Laserstrahlen sowie explodierenden Granaten zu hören. Der Platz, an dem wir uns jeden Abend zum Lagerfeuer getroffen haben, ist ein Schlachtfeld. Überall am Boden liegen leblose Körper, von Rebellen wie Legionären gleichermaßen. Viele braune und blaue Anzüge, jedoch, soweit ich sehen kann, nicht ein weißer. Ich möchte wetten, dass die Legionsführer sich in ihrem Konferenzraum versammelt haben und das Geschehen über eine dreidimensionale Leinwand verfolgen, so als wäre es nur ein Film und nicht die Realität, in der Menschen ihr Leben lassen.

Wir sind völlig orientierungslos und halten nach einem bekannten Gesicht Ausschau, als Finn mich plötzlich zu Boden stößt. An der Stelle, wo gerade noch mein Kopf war, zischt ein Laserstrahl durch die Luft. In geduckter Haltung rennen wir über den Platz und suchen Schutz hinter dem

Panzer, der am Rand des Schlachtfeldes steht. Dort treffen wir auf Pep und Lauren, die offenbar dieselbe Idee hatten. Pep hält mit schmerzverzerrtem Gesicht seinen linken Arm, der von einem Laserstrahl durchschossen wurde. Sein Gesicht ist kreidebleich und der Geruch von verbranntem Fleisch liegt in der Luft. Es tritt kaum Blut aus der Wunde, da diese von der Hitze des Laserstrahls versiegelt wurde. Trotzdem besteht die Gefahr einer Entzündung. Wir haben nicht einmal mehr Medikamente oder Verbandmaterial, um ihn zu einem späteren Zeitpunkt zu versorgen, da Zoe in den Transportern alles mitgenommen hat. Ich reiße kurzerhand den rechten Ärmel von meinem weißen Legionsführeranzug und reiche ihn Lauren. „Leg ihm einen Verband an, um die Wunde zu schützen."

Sie nimmt meinen Rat ohne zu zögern an. Der Stoff ist schmutzig und verschwitzt, aber zumindest wird es vorerst das Eintreten von weiterem Schmutz verhindern. Laurens eigene Kleidung besteht aus vielen Leder-, Stoff- und Fellresten, sodass sie ihn damit schlecht hätte verbinden können.

Eine Lautsprecherdurchsage unterbricht plötzlich den Kampflärm. „Rückzug!"

Was? Warum erteilt N300 den Befehl zum Rückzug? Stehen seine Chancen auf einen Sieg so schlecht? Ich hätte erwartet, dass er seine Kämpfer eher sterbenlassen würde, als aufzugeben.

Ich riskiere einen vorsichtigen Blick hinter dem Panzer hervor und sehe tatsächlich, wie die

Kämpfer in ihren blauen Anzügen fliehen, anstatt weiter Laserstrahlen in die Luft zu entsenden. Was kommt jetzt? Wird N300 nun wie angedroht Bomben auf uns niederregnen lassen?

Während Lauren bei Pep im Schutz des Panzers bleibt, treten Finn und ich hinaus auf den Platz. Nun entdecken wir auch Maggie, Raymond und Sharon, die wie viele andere tapfer gekämpft haben. Aus den Hauseingängen treten weitere Rebellen, unter ihnen auch meine Mutter und Felix sowie Florance und Paul. Mir entgeht nicht, dass die Münder einiger der Mutanten blutverschmiert sind. Ich kann mir schon denken, was das zu bedeuten hat, doch ich nehme an, im Kampf um Leben oder Tod gibt es genauso wenig Regeln wie in der Liebe.

Wenige Minuten später sind die einzigen Überreste der Legion auf dem Platz ihre Toten. Keiner von uns traut jedoch dem plötzlichen Frieden. Wir blicken immer wieder in den Himmel und halten Ausschau nach einem Flugschiff oder gar einem Kampfflugzeug, doch es bleibt ungewöhnlich still. Nach weiteren zehn Minuten beschließen wir die Zeit zu nutzen, um unsere Verletzten notdürftig zu versorgen. Wir ziehen uns geschlossen in eines der größeren Gebäude zurück. Die meisten Verletzten weisen Schussverletzungen ähnlich der von Pep auf. Ein Arm oder ein Bein sind in diesem Fall noch harmlos. Schlimmer sind die Schüsse in den Bauch, die Brust oder den Rücken. Dort ist es zum einen schwerer, die Blutung zu stillen und zum anderen können lebensnotwendige Organe getroffen worden sein. Viele von ihnen werden

den heutigen Tag nicht überleben. Und für die anderen stehen die Chancen ebenfalls schlecht, falls die Legion einen weiteren Angriff plant.

Beim Anblick von Florance muss ich erneut an A566 denken, der wie ein Gott über der Versammlung in der Legion thronte und Bomben wie Blitze schleuderte. ‚*Lang leben die Rebellen! Tod der Legion!*' Ich nehme ihm seinen Sinneswandel nicht ab und bin eher überzeugt davon, dass er ein Teil in N300s großem Plan ist. Diesem kam der Bombenangriff auf die unschuldigen D-ler nämlich gerade recht. Was hat A566 dafür bekommen? Einen Platz im Legionsführerpalast? Rehabilitation?

Ich spüre einen leichten Händedruck an meinem Fuß und blicke zu Boden. Ein Mädchen mit blutüberströmtem Gesicht blickt zu mir auf, jedoch nur mit einem Auge, denn dort, wo das andere war, hat sie ein Laserstrahl getroffen und ihre Haut förmlich durchbohrt und versengt.

„Felix", keucht sie und erst da erkenne ich sie mit Entsetzen. Es ist Cara. Cara, die ich eigentlich mit Grace und den Kindern in Sicherheit geschickt hatte. Ich gehe neben ihr zu Boden und raune Finn zu: „Hol Felix!"

Er hält sofort Ausschau nach meinem Bruder, während ich Caras Hand in meine nehme. Ich würde ihr gern sagen, dass alles gut werden wird, aber das kann ich nicht. Ich kann ihr nicht einmal versprechen, dass irgendjemand von uns morgen noch am Leben sein wird.

Finn kommt kurze Zeit später in Begleitung von Felix zurück. Mein Bruder erkennt Cara sofort und Tränen füllen seine Augen, als er ihren

Kopf in seinen Schoss bettet. „Warum bist du hier?“, schimpft er sie vorwurfsvoll.

Finn reicht ihm ein sauberes Tuch und eine Wasserflasche, mit der er Cara das Blut aus dem Gesicht waschen kann.

„Ich passe auf dich auf!“, flüstert Cara, während sie Felix mit ihrem gesunden Auge betrachtet.

„Du hättest mal lieber auf dich selbst aufpassen sollen!“, entgegnet Felix beinahe wütend. „Das nächste Mal muss ich das wohl für dich übernehmen“, fügt er jedoch etwas sanfter hinzu, wobei ein zufriedenes Lächeln über Caras Gesicht huscht. „Es tut mir leid“, sagt sie erneut.

„Das hast du mittlerweile oft genug gesagt. Ich kann es nicht mehr hören. Halt jetzt einfach deinen vorlauten Mund!“, herrscht Felix sie an, während er ihr mit dem Tuch über das Gesicht fährt. Sein Tonfall ist barsch, aber Cara spürt die Liebe trotzdem, die sich hinter seinen Worten versteckt.

17. Gewitter in der Wüste (Asha)

„Was willst du hier?“, knurrt Asha genervt und stößt Rubys Speer von ihrem Hals. Sie hatte befürchtet, dass ihr die Einsamkeit in der Wüste zu schaffen machen könnte, aber inzwischen wäre sie ganz froh darüber, alleine zu sein. Erst Khaan und jetzt auch noch Ruby. Beides Menschen, die sie sich niemals freiwillig als Reisebegleitung ausgesucht hätte.

„Wir sollten immer dafür sorgen, dass wenigstens einer von uns Wache hält, während die anderen beiden schlafen. Ihr habt ja gesehen, wie schnell man einen Speer an die Kehle gesetzt bekommen kann“, fährt Ruby fort, als hätte sie Ashas Worte nicht gehört. Vorwurfsvoll schießt Ashas Blick in Khaans Richtung. Erst bietet er sich so bereitwillig an und dann schläft er einfach ein. „Sag das ihm! Ich bin es nicht, die während ihrer Wache eingeschlafen ist“, faucht Asha und deutet auf Khaan. Doch er lässt sich auf den Streit mit den beiden Frauen erst gar nicht ein, sondern verstaut die Plane in seinem Beutel. „Es ist nichts passiert“, sagt er gelassen.

„Am besten macht ihr euch beide direkt auf den Heimweg!“, entscheidet Asha. Wenn ich gewollt hätte, dass mich jemand begleitet, hätte ich schon jemanden gefragt.“

„Hier geht es aber nicht darum, was du willst!“, schreit Ruby zurück. „Ich werde mir von dir bestimmt nicht vorschreiben lassen, was ich zu tun und zu lassen habe. Ich bin nicht umsonst die ganze Nacht gelaufen!“

„Dann beantworte mir doch einfach mal meine Frage: Was willst du hier?“, wiederholt sich Asha schreiend. Sie würde Ruby am liebsten jetzt schon den Hals umdrehen. Khaan ist wenigstens freundlich und zuvorkommend, Ruby hingegen spielt sich bereits nach zwei Minuten als neue Anführerin auf. Asha hat solche Menschen schon immer verachtet: Selbst ernannte Führungspersönlichkeiten.

„Dasselbe wie du! Ich suche einen Ausweg“, erklärt Ruby schulterzuckend und wirft Asha eine Nahrungskapsel zu. Kalt schmeckt der Inhalt noch entsetzlicher als warm.

„Einen Ausweg wovor?“, hakt Asha weiter nach, worauf sie einen ungläubigen Blick von Ruby erntet. Die Antwort scheint für sie offensichtlich zu sein.

„Vor der Legion, natürlich. Wovor suchst du denn bitte einen Ausweg, wenn nicht vor der Legion?!“

A566, schießt es Asha sofort durch den Kopf, aber natürlich würde sie das niemals jemandem sagen. Schon gar nicht zu der unsympathischen Ruby und vor Khaan noch viel weniger.

Ruby fährt ungerührt fort. „Es tut mir leid, aber ich glaube einfach nicht an den Frieden mit der Legion. Das ist doch nur ein kurzer Waffenstillstand, bis N300 ein neuer Weg eingefallen ist, um uns dem Erdboden gleichzumachen. Entweder wir finden hier draußen einen Verbündeten, der uns dabei hilft, die Legion neu aufzubauen oder wir sterben. Aber lieber sterbe ich unter freiem Himmel, als von einer Laserwaffe durchlöchert zu werden."

Ihre Worte haben etwas Wahres, auch wenn es nicht der Grund ist, warum sich Asha zum Gehen entschlossen hat. Wenn sie an die Grausamkeit der Legion denkt, macht sie sich unwillkürlich sorgen um Cleo und Iris. Eigentlich nahm sie an, dass sie den schwierigeren Part haben würde, aber sicher kann man sich da wohl nie sein. Dennoch vermutet Asha, dass mehr hinter Rubys Flucht steckt. Eventuell ist sie sogar aus genau demselben Grund hier wie Khaan: Cleo und Finn.

Ashas eigene Seele ist so zerlöchert wie ein Sieb und vermutlich irreparabel beschädigt, doch gerade das führt dazu, dass sie keine Gelegenheit auslassen kann, Salz in die offenen Wunden anderer zu schütten. Vor allem, wenn ihr diese Menschen nichts bedeuten.

„Ich glaube dir nicht", sagt sie gerade heraus und funkelt dabei Ruby herausfordernd an. „Du bist nicht hier, weil du den Rebellen helfen willst. Du bist hier, weil du es nicht erträgst, Finn mit Cleo zusammen zu sehen. Du erträgst es nicht, dass du verloren hast!"

Rubys Mund formt sich zu einem schmalen Strich, während auf ihrer Stirn ein Nerv unkontrolliert zu zucken beginnt. Asha rechnet damit, dass sie jeden Moment auf sie losgehen wird, doch Ruby behält die Kontrolle und ballt lediglich ihre Hände zu Fäusten.

„Und wenn schon …", brummt sie zurück. „Vielleicht will ich auch einfach nur einmal in meinem Leben die verdammte Heldin sein. Ich habe mein halbes Leben als Spionin in der Legion verbracht und habe es nie gedankt bekommen. Cleo war gerade einmal zwei Monate bei den Rebellen, aber wird gefeiert, als hätte sie die Welt gerettet, nur weil sie dahin zurückgegangen ist, wo sie herkommt. Dazu hat sie ihre Aufgabe als Spionin nicht einmal gut gemacht. Sie konnte sich nie entscheiden, auf welcher Seite sie stehen will."

Asha hört die Verachtung aus Rubys Stimme und ballt nun ihre eigenen Hände zu Fäusten. Cleo hat sie nicht nur von A566 befreit, sondern ihr ein neues Leben geschenkt. Dafür wird sie sie immer lieben, ganz egal, welche Fehler sie auch begehen mag. Doch anstatt Ruby die Faust ins Gesicht zu donnern, wählt sie ebenfalls Worte als ihre Waffe. „Aus dir spricht der Neid. Such die Fehler bei dir selbst und nicht bei anderen. Das ist doch armselig!"

Die Plane ist mittlerweile verstaut und Khaan wirft seine leere Nahrungskapsel zu denen der Frauen auf den Boden. „Seid ihr beiden nun fertig? Können wir dann jetzt weitergehen?"

Asha runzelt die Stirn. „Du wolltest doch zurückgehen?!"

Er blickt zwischen ihr und Ruby hin und her. „Wenn ich gehe, zerfleischt ihr euch noch im Verlauf des Tages wie zwei Hyänen. Wer sollte dann am Ende als glorreicher Held zurückkehren?"

In seiner Hand liegt Ashas Kompass und er läuft los, ohne auf eine der beiden zu warten. Ein winziger Splitter in Ashas zersprungenem Herz freut sich über seine Entscheidung. Doch der restliche Teil verflucht ihn. „Selbst dann wird Cleo dich nicht lieben!", schimpft sie, um ihm wehzutun. Sie kann aber nicht sagen, ob ihre Worte ihn getroffen haben, da sie nur seinen Rücken sehen kann und der nicht einmal zusammenzuckt. Ruby rollt über ihre Worte mit den Augen. „Wenn du andere nicht verletzen kannst, bist du nicht glücklich, oder? Das ist armselig!"

Anfangs bemerken sie die Veränderung gar nicht, da sie ganz langsam vonstatten geht. Es beginnt mit einem kleinen Hügel. Danach wird der Boden immer fester. Der Sand wird langsam zu Stein. Verdorrte Sträucher säumen den Weg. Das Rot der Wüste verliert seine/die Farbe, wird zu einem schlammigen Braun. Erst als sich eine Wolke vor die Sonne schiebt, hält Khaan plötzlich inne. Er starrt in den Himmel, von einer Wolke zur anderen. Er hat so etwas noch nie gesehen, genauso wenig wie Asha. Selbst Ruby kennt nur künstliche Wolken, die von der Legion produziert wurden, damit der Wald in ihrer Testgegend wachsen konnte. Sie kamen im Bruchteil von Sekunden, entleerten sich für zehn Minuten und waren danach wieder verschwunden. Fast so als hätte jemand Wassereimer über ihren Köpfen ausgeschüttet. Doch diese Wolken am grauen Himmel bewegen sich, haben unterschiedliche Formen, streben auseinander und formieren sich neu. Sie bewegen sich als wären sie lebendig und verdecken die grellen Strahlen der Sonne völlig.

Asha blickt zu Boden und scharrt mit den Stiefeln in den kleinen Steinen. Sie weiß nicht, was die Veränderung zu bedeuten hat. Ein Donnern ertönt und ein grelles Licht zuckt durch den Himmel: ein Blitz.

Keiner von ihnen rührt sich. Sie können sich nicht sattsehen an dem grauen Himmel und den Wolken, die miteinander zu kämpfen scheinen. Ein weiteres Donnergrollen lässt sie zusammenzucken. Es ist so nah, dass man meinen könnte, zwei Panzer wären bei voller Fahrt aufeinandergestoßen. Weitere Blitze fahren durch den Himmel.

Ein einzelner Regentropfen trifft auf Ashas Nasenspitze. Ungläubig streicht sie sich mit dem Finger darüber. Sie hat dieses Naturereignis noch nie selbst erlebt und kennt es lediglich aus dem Bildungsunterricht in der Theorie oder von den raumhohen Videofrequenzen des Atriums in der westlichen Legion. Ruby und Khaan müssen ebenfalls etwas abbekommen haben, denn beide haben sie die Handflächen geöffnet und starren erwartungsvoll in den Himmel. Der nächste Tropfen trifft Ashas Stirn, danach ihre Schulter. Die Tropfen fallen nun im Sekundentakt. Der Donner lässt den Himmel erbeben und die Blitze zucken unkontrolliert über den Himmel.

Asha schließt die Augen und spürt, wie der Regen auf ihre Lider prasselt. Ihr brauner Anzug wird durchnässt. Die Tropfen laufen über ihr Gesicht wie Tränen. Sie reißt den Mund auf und streckt ihre Zunge heraus. Sie spreizt die Arme und dreht sich blind im Regen. Das Gefühl ist unglaublich. Sie ist eins mit dem Regen, den Wolken, dem Donner und den Blitzen. So muss sich Freiheit anfühlen. So und nicht anders.

Dieses Gefühl ist unbezahlbar und sie wird es sich von niemandem mehr nehmen lassen.

Ein gewaltiger Knall lässt den Boden erzittern und Asha reißt geschockt die Augen auf. Nur wenige Kilometer von ihnen entfernt ist einer der Blitze in den Boden eingeschlagen und hinterlässt eine Rauchfahne. Erst jetzt erkennen die drei die Gefahr, die von dem Gewitter ausgeht. Sie zögern nicht länger und rennen los. Sie brauchen einen Unterschlupf, ob sie einen finden werden, ist jedoch sehr ungewiss.

Die Steine unter ihren Füßen sind von dem Regen glitschig geworden, sodass sie immer wieder ausrutschen und von ihrem schweren Gepäck zu Boden gerissen werden. Ruby rennt voraus, während sich Khaan immer wieder nach Asha umblickt. Er scheint sie für die schwächere der beiden Frauen zu halten, was Asha ärgert. An allem ist die letzte Nacht schuld. Er hätte sie so niemals sehen dürfen: so verletzlich. Am liebsten würde sie ihm die Bilder aus dem Kopf prügeln. Immer, wenn er ihr helfen will, schlägt sie seine Hand weg. So lange, bis er es aufgibt. Die Landschaft wird immer felsiger. Hügel erheben sich und formen eine Art Flusslauf, durch den das viele Wasser einen reißenden Strom bildet.

Als Asha das nächste Mal aufschaut, ist Ruby verschwunden. Sie hält irritiert inne und sucht die grauen, von Regen fast schwarzen Felsen nach ihr ab. Sie entdeckt ihre winkende Hand in einer Felsöffnung und folgt ihr. Es ist keine große Höhle, sondern mehr eine Lücke zwischen den Felsen. Sie haben geradeso Platz zu dritt. Durch das Gewitter ist es deutlich abgekühlt und Asha fröstelt in der nassen Kleidung. Sie zieht deshalb den Schlafsack hervor und wickelt sich in ihm ein. Sobald der Regen aufgehört hat, werden sie zumindest genug Sträucher finden aus deren Holz sie ein Feuer entzünden können.

Khaan befestigt die Plane an den Felsen, sodass sie in der Felslücke geschützt vor dem Regen sind. Er ist nur noch zu hören, aber nicht mehr zu sehen, sie werden also auch nicht mehr weiter durchnässt. Der Tag und die Flucht durch den Regen waren anstrengender als es Asha gedacht hätte. Erst jetzt, wo sie zwischen Ruby und Khaan in ihrem Schlafsack gewickelt auf dem Boden sitzt, spürt sie, wie erschöpft ihr Körper ist. Ihre Füße pochen und ihre Arme sind schwer.

„Wer hält die erste Wache?", nuschelt Ruby, ebenfalls verschlafen. Sie muss noch viel erledigter sein, da sie bereits die letzte Nacht durchgewandert ist.

„Ich mache das", meldet sich Khaan freiwillig.

„Das hat in der letzten Nacht ja auch so gut geklappt", knurrt Asha. Sie rechnet mit einem Konter, doch Khaan bleibt gelassen. „Ich kann es nur anbieten, wenn ihr nicht wollt, ist das auch okay."

„Macht das unter euch aus", murmelt Ruby desinteressiert und dreht sich zur Seite. Khaan blickt fragend zu Asha. Er wartet auf eine Antwort von ihr. „Ich werde dieses Mal nicht einschlafen, versprochen!", beteuert er, als sei er unendlich scharf darauf die Wache zu übernehmen. Warum muss er immer so zuvorkommend und höflich sein? Was bringt es ihm? Niemand wird ihn deshalb mehr lieben. Die

Welt ist ein Ort für Einzelgänger und Egoisten, die ihr Wohl vor das eines jeden anderen setzen. Khaan wird es auf die harte Tour lernen müssen, was ihr trotz allem leidtut.

18. Eingeschlossen (Cleo)

Als nach mehreren Stunden kein weiterer Angriff der Legion folgt, wagen wir uns wieder auf die offene Straße. Die Sonne geht bereits wieder auf. Die Leichen liegen nach wie vor auf dem Platz. Die Legion interessiert sich nicht für die Toten, die im Kampf für sie gestorben sind. Ich hingegen ertrage den Anblick kaum. So viele leblose Körper. Ihr Tod erscheint mir sinnlos. Nicht ein Legionsführer befindet sich unter ihnen. Die Kämpfer handelten auf ihren Befehl, weil sie geboren wurden, um ihnen zu gehorchen. Wenn wir es geschafft hätten, sie von unseren Zielen zu überzeugen, wären sie jetzt noch am Leben. Es gibt keinen Grund, warum sie an der Herrschaft der Legionsführer länger festhalten sollten. Sie schützen die Menschen schon lange nicht mehr, sondern benutzen sie nur noch zu ihrem eigenen Schutz und um sich selbst zu profilieren. Eine Lüge folgt auf die nächste. Es war falsch, sich je auf einen Frieden mit ihnen einzulassen. Das wusste nicht nur Khaan, sondern auch Maggie. Trotzdem verstehe ich, dass sie keine andere Wahl hatten. Wir waren zu schwach, um weiter zu kämpfen. Wir brauchten eine Ruhepause.

Ob Zoe und Clyde es geschafft haben, mit den anderen zu fliehen? Hat die Legion sie außer Acht gelassen und stattdessen ihr Augenmerk auf uns gelegt? Sie wären ein leichtes Opfer gewesen, weil von ihnen keine Bedrohung ausging. Hat das N300 genauso gesehen und sie deshalb vielleicht erst einmal verschont?

„Wir müssen den Ostsektor verlassen“, sagt Sharon entschieden mit dem Blick auf die vielen Toten. „Wir hätten nie herkommen dürfen.“

„Vielleicht, aber jetzt ist es zu spät, um zurückzugehen“, erwidert Finn, „Wir haben zu viele Verletzte, die es nie bis in den Schutz der Berge schaffen würden.“ Ich blicke zu ihm auf und erkenne deutlicher denn je, dass er sich verändert hat. Der Finn, den ich kennen gelernt habe, hat sich nur wenig um das Wohl der Allgemeinheit geschert, stattdessen brannte er für seine Rache an der Legion. Damals hätte er sich selbst mit der Legion in die Luft gejagt, ungeachtet der vielen Unschuldigen, die dabei sterben würden. Hauptsache die Legion wäre zerstört worden. Doch so ist er nicht mehr! Er selbst sieht seine Veränderung vielleicht als eine Schwäche an, doch in meinen Augen ist er stärker denn je. Er hat sein Herz nicht nur für mich, sondern auch für die Schwachen geöffnet. Es ist ihm nicht mehr wichtig, die Legion mit einem Schlag auszulöschen. Wichtiger ist es ihm zu leben. Ein Leben zusammen mit mir.

„Wenn wir hier bleiben, wird die Zahl der Verletzen und Toten nur noch ansteigen“, entgegnet Sharon. „Das war noch längst nicht alles!“

„Ich stimme euch beiden gleichermaßen zu“, sagt Maggie. „Wir müssen wissen, ob die beiden Transporter in Sicherheit sind, aber können hier gleichzeitig nicht weg. Ich würde vorschlagen, ein kleiner Trupp macht sich auf den Weg in unser ehemaliges Lager und prüft die Lage. Der Rest von uns ist währenddessen gezwungen, hier zu bleiben."

„Das ist doch Wahnsinn!", schimpft Sharon aufgebracht. „Den Verletzten hilft es nicht, wenn wir ihnen noch einen Tag das Händchen halten, bis sie dann ohnehin verrecken. Und wir direkt mit ihnen!"

„Sie sind verletzt, weil sie für uns gekämpft haben", schreit Felix plötzlich hinter mir. „Stell dir vor, du wärst an ihrer Stelle. Wie würdest du es finden, wenn wir einfach abhauen und dich hier zurücklassen würden?!"

„Erstens würde ich mich nicht verletzen lassen und zweitens würde ich es verstehen. Niemand kämpft hier für einen anderen, sondern wir kämpfen alle für unsere Freiheit. Ich würde von niemandem verlangen, sein Leben und seine Freiheit für mich zu riskieren!"

Felix weiß, dass nicht jeder hier ist, weil er für die Freiheit kämpft. Cara ist seinetwegen hier. Sie ist aus Liebe geblieben. Sie gehört zu denen, die den morgigen Tag vielleicht nicht mehr erleben werden. Er wird sie niemals hier alleine zurücklassen. Genauso wenig, wie ich ihn hier zurücklassen würde. Für mich existiert die Option einer Flucht somit nicht.

„Niemand zwingt dich, zu bleiben", erwidert Finn und legt mir seinen Arm um die Schulter. Er wendet sich von Sharon und der Diskussion ab. „Lass uns die letzte Kohle und das Holz aus der Müllverbrennung holen, damit wir zumindest den Toten die Freiheit schenken können."

Sharon ist mit ein paar anderen losgezogen, um nach den Transportern zu sehen. Sie hat versprochen, dass sie danach wiederkommen wird, aber sicher bin ich mir dessen nicht. Unsere Lage scheint aussichtslos und es wäre nicht verwunderlich, wenn nun noch mehr Menschen den Weg von Asha wählen würden.

Das Holz und die Kohle haben nicht ausgereicht, um den Flammen genug Futter für die vielen Leichen zu bieten, sodass wir auch noch das letzte Benzin aus dem Panzer nehmen mussten, um die Toten damit zu übergießen. Wird es nun jeden Tag so weiter gehen? Leichen, die wir den Flammen übergeben müssen? Es gibt nichts mehr, womit wir ein Feuer entzünden können. Wenn wir die bloßen Körper verbrennen müssen, wird es nicht nur sehr lange dauern, sondern auch entsetzlich stinken.

Als Maggie brennende Holzscheite in den Scheiterhaufen wirft, ziehen sich die Flammen rasend schnell an der Benzinspur entlang, sodass bald alle Körper von dem Feuer umhüllt sind.

„Löscht das Feuer", schreit plötzlich jemand aus weiter Ferne. Irritiert fahren wir herum und sehen Sharon mit ihren Begleitern mit winkenden Händen auf uns zu stürmen. Sie können unmöglich schon im Lager in den Bergen gewesen sein. Warum sind sie umgekehrt? Was ist passiert?

„Wasser!", schreit sie weiter panisch. Niemand von uns rührt sich, da wir ihr Verhalten nicht verstehen können.

„Was ist denn los?", fährt Finn sie an.

„Wir sind eingeschlossen!", schreit Sharon und deutet in den Himmel. Wir folgen ihrer Hand und sehen, wie sich der schwarze Rauch mehrere Meter über unseren Köpfen teilt. Fast so, als würde er gegen eine unsichtbare Wand prallen. Anstatt weiter in den Himmel emporzusteigen, weicht der Rauch zu allen Seiten aus. Wenn wir das Feuer nicht bald löschen, werden wir von dem Rauch eingehüllt werden und darin ersticken.

Nun rennen auch alle anderen aufgeregt auf. Wasser wird aus Eimern und Flaschen auf die Flammen geschüttet, doch durch das Benzin ist es zwecklos. Das Feuer hat sich so rasch ausgebreitet, dass wir ihm nicht mehr Herr werden können.

„Wir müssen fliehen", entscheidet Maggie, doch Sharon rüttelt sie an beiden Schultern. „Wir können nicht! Hast du mich nicht verstanden?! Die Legion hat uns eingeschlossen!"

„Was soll das heißen?"

„Wir sitzen unter einer durchsichtigen Kuppel! Es gibt kein Entkommen!"

Maggie kann ihren Worten nicht glauben. „Vielleicht wollen sie uns nur aus dem Ostsektor vertreiben! Wir müssen versuchen, in die Stadt zu fliehen. Egal, was uns dort erwartet."

Ich selbst starre in den Himmel und sehe, wie sich der Rauch dort oben sammelt und ausbreitet. Es ist tatsächlich eine runde Kuppel, die einen Großteil des Ostsektors zu bedecken scheint. Maggie sieht es ebenfalls, trotzdem rennt sie verzweifelt los, um einen Ausweg zu finden. Finn und ich folgen ihr, wie viele andere auch. Wir müssen mit eigenen Augen ansehen, wovon Sharon uns erzählt hat.

Die Kuppel ist unsichtbar und so sehen wir auch nicht, wo sie beginnt. Maggie läuft praktisch gegen sie und wird mit einem *Plopp*-Geräusch zurückgeschleudert. Vorsichtig strecke ich meine Hände aus und berühre die transparente Wand. Es fühlt sich weder wie Glas an noch irgendein anderes mir bekanntes Material. Die Materie gibt nach, fast wie Gummi, aber ohne zu brechen. Meine Hand verschwindet beinahe völlig in ihr, doch hier geht es nicht weiter.

Eine neue Panikwelle bricht über uns herein. Ist das der Plan der Legion? Wollen Sie uns verbrennen? Und zusehen, wie wir langsam sterben?

Mittlerweile liegt ein dicker Nebel über dem Platz, der nicht nur die Sicht, sondern auch die Atmung erschwert. Wir halten uns die Arme vor Mund und Augen und tasten uns an der Häuserfront entlang zu dem Haus, in dem die Verletzten untergebracht wurden. Unsere Augen tränen bereits, als wir hektisch gegen die verschlossene Tür hämmern. Nach wenigen Sekunden öffnet sich die Tür einen Spalt, sodass wir eintreten können. Es ist dunkel und ich kann die Menschen nur schemenhaft ausmachen. Die Türen und Fenster wurden verriegelt oder mit Möbeln versperrt. Der Boden ist immer noch bedeckt von Verletzen, während sich die Gesunden in die Ecken gekauert haben. Von draußen ist nur das stete Knistern der Flammen zu hören. Die Stille bereitet mir eine Gänsehaut. Erst jetzt erkenne ich in der Person, die uns die Tür geöffnet hat, meine Mutter. Sie steht direkt vor mir. „Ich wusste, dass du unseretwegen zurückkommen würdest."

„Du hättest dasselbe für mich getan", erwidere ich, ohne zu überlegen.

„Nein, hätte ich nicht", behauptet sie jedoch. „Es ist dumm und leichtsinnig! Aber ich bin dennoch froh, dass du hier bist. Die Welt braucht Menschen wie dich, sonst wären wir nichts mehr als eine leere Hülle."

Wir folgen ihr in die Ecke, in der sich Felix mit Cara zurückgezogen hat. Trotz der Umstände scheint es ihr bereits etwas besser zu gehen. Immerhin kann sie aufrecht sitzen, auch wenn ihr Kopf gegen Felix' Schulter gelehnt ist. „Wir sind eingeschlossen", berichte ich den Dreien flüsternd, doch keiner von ihnen wirkt sonderlich beeindruckt.

„Die Kuppel ist uns nicht neu", erwidert Felix. „Nur ihr Standort hat sich verändert."

„Was meinst du damit?"

„Die Kuppel wird seit einigen Jahren auf öffentliche Plätze projiziert, wenn die Paarungskämpfe stattfinden. Sie schützt die Zuschauer vor den Laserstrahlen der Kämpfenden."

„Warum wurde sie eingeführt?"

„Die FDF gab es lange, bevor du zu uns gekommen bist. In einem Jahr hat eine Frau, statt gegen ihren Paarungsgegner zu kämpfen, auf die Führungsebene geschossen. N300 selbst wurde dabei verletzt, danach haben sie sich die Kuppel ausgedacht. Sie können von außen alles sehen, was im Inneren passiert, aber die Menschen in der Kuppel können nicht nach außen blicken. Selbst wenn jemand direkt vor einer der Wände stehen würde, könnten wir ihn nicht sehen."

„Also kommt, solange die Kuppel aktiviert ist, niemand hinein und niemand heraus", schlussfolgere ich.

„Nein, so stimmt das nicht", widerspricht mir jedoch Felix. „Wir kommen nicht raus, aber die Legion kommt rein. Bei den Paarungskämpfen in den höheren Leveln gab es eine zusätzliche Schwierigkeit, um die Spreu vom Weizen zu trennen. Die Kämpfer mussten nicht nur gegeneinander antreten, sondern gleichzeitig gegen Umwelteinflüsse bestehen."

Als er mein geschocktes Gesicht sieht, fährt er fort. „Blitz, Regen, Hitze, Nebel oder auch Pflanzen, die plötzlich aus dem Boden schießen und einen mit ihrem Gift töten können."

„Wie ist das möglich?"

„Weder der Regen noch die Pflanzen sind real, sondern nur eine optische Täuschung. Jedoch können wir den Unterschied nicht spüren. Wenn wir glauben, dass das Gift der Pflanze real ist, sterben wir trotzdem daran."

„Wenn es eine reine Willensfrage ist, warum reden wir uns dann nicht so lange ein, dass nichts von dem, was wir sehen, wahr ist, bis wir es selber glauben? Könnten wir damit nicht die Kuppel verschwinden lassen?"

„Für die meisten Menschen ist das real, was sie mit ihren Sinnen wahrnehmen können. Wenn du die Regentropfen auf deiner Haut spürst, fällt es dir schwer zu glauben, dass sie nicht echt sein könnten. Genauso mit den Pflanzen. Wenn dich ihr Gift lähmt, zweifelst du keine Sekunde daran, dass sie dich nicht auch töten kann."

Der Rauch dringt durch die schmalen Ritze der verrammelten Türen und Fenster, sodass wir bereits wie von einem leichten Nebel umhüllt sind, der uns den Schweiß auf die Stirn treibt. „Vielleicht lässt N300 es aber auch gar nicht erst so weit kommen, sondern wartet lieber, bis wir alle verbrannt oder erstickt sind", murmelt Cara, bevor sie von einem Hustenreiz gepackt wird. Mir selbst schnürt sich ebenfalls die Kehle zu und ich versuche, so flach wie möglich zu atmen. Finn zieht mich schützend in seine Arme. Ich höre, wie schwer ihm das Atmen fällt, wobei sein Herz heftig gegen seine Brust hämmert. Der Rauch wird immer dichter und scheint bis in meinen Kopf vorzudringen. Ich kann keinen klaren Gedanken mehr fassen. Meine Haut glüht und meine Lungen brennen. Tränen fließen aus meinen Augen, die ich schmerzvoll zusammenpresse. Ich klammere mich an Finn fest und versuche mich auch gedanklich an ihm festzuhalten. *Finn. Finn. Finn. Finn. Finn.*

Nichts.

Ein heftiges Donnern reißt mich aus der Bewusstlosigkeit. Ich schieße erschrocken aus Finns Arm empor und lausche in die Stille. Erst da bemerke ich, dass der beißende Rauch verschwunden ist. Zwar ist es nach wie vor dunkel, dadurch dass die Fenster abgedeckt sind, aber ich verspüre keinen Hustenreiz mehr und kann wieder klar sehen. Wie viel Zeit ist inzwischen vergangen? Jemand muss das Feuer gelöscht haben. Die Legion? Warum sollte sie? Ist es so, wie Felix gesagt hat und sie schicken uns eine Plage nach der anderen in die Kuppel? Was haben sie jetzt mit uns vor?

Es wäre das Sicherste, ich würde hier versteckt bleiben, aber meine Neugier ist größer. Ich löse mich aus Finns Arm und werfe einen verstohlenen Blick auf Felix, Cara und meine Mutter. Ich sehe, wie ihre Körper sich heben und senken. Sie haben überlebt. Gerade als ich gehen will, reißt meine Mutter die Augen auf.

Sie braucht einen Moment, um sich zu orientieren. Dann starrt sie fragend zu mir empor. „Wohin willst du?"

„Ich muss wissen, was passiert ist und wie es den anderen geht."

Sie schaut sorgsam auf Felix und Cara, bevor sie ebenfalls aufsteht. „Ich komme mit dir."

Wir schieben den schweren Tisch vor der Tür weg, wobei weitere Menschen desorientiert erwachen. Langsam öffnen wir die Tür nur einen winzigen Spalt breit und spähen nach draußen. Alles ist bedeckt von einer schwarzen Rußschicht, während der Boden zu dampfen scheint. Es regnet. Die Feuer wurden von sanftem Nieselregen gelöscht.

Am liebsten würde ich hinausrennen und den Regen mein Gesicht waschen lassen, aber ich halte inne und rufe mir Felix' Worte ins Gedächtnis. *Nichts von dem, was du glaubst, zu sehen oder zu spüren, ist real.*

Was ist, wenn es giftiger Regen ist, der unsere Haut verätzt? Die Legion würde nicht einfach so das Feuer für uns löschen. Sie hätten nur noch abwarten müssen und wir wären alle verbrannt.

Doch ehe ich etwas sagen kann, drängen sich bereits die ersten Menschen an mir vorbei, hinaus in den Regen. Ich will sie aufhalten, aber da erblicke ich Maggie und die anderen, die ebenfalls durch den Regen laufen und fassungslos den Schaden begutachten, den die Flammen angerichtet haben. A350 berührt meinen Arm. „Es ist zu spät, um sie aufzuhalten. Wir können uns nicht ewig in diesem kleinen Zimmer verstecken. Versuch daran zu denken, dass alles nur eine Illusion ist, dann kann dir auch nichts passieren."

Sie ergreift meine Hand und wir treten gemeinsam aus unserem Versteck. Als der erste Regentropfen meine Haut berührt, weiß ich, was Felix gemeint hat. Ich kann ihn spüren. Ich spüre die Nässe, die selbst durch meinen Anzug dringt. Es ist unmöglich, den Regen nicht als real zu empfinden.

Wir laufen in die Mitte des Platzes und drehen uns im Kreis. Das glänzende Glas und der silbrig strahlende Stahl der Gebäude sind nun in schwarzen Ruß gehüllt, der langsam von dem Regen abgespült wird. An manchen Stellen kommt bereits der Stahl wieder schwach zum Vorschein. Der Anblick erinnert nicht mehr im Geringsten an die leuchtende Stadt, die ich bei meiner Ankunft in der Zentrallegion aus dem Flugzeug heraus erblickt habe. Sie wirkt beinahe tot.

Immer mehr Menschen treten auf den Platz hinaus. Unter ihnen auch Finn. Er blickt sich suchend nach mir um und ich hebe meinen Arm, um ihn zu mir zu winken. Doch in diesem Moment ertönt ein weiteres lautes Donnern. Das Donnern, das mich aufgeweckt hatte. Erschrocken blicke ich zur Decke der Kuppel, die nicht zu erkennen ist. Ich sehe lediglich graue Regenwolken. Etwas löst sich aus dem Himmel. Es sieht aus, als würden die Wolken wie ein Puzzle auseinanderfallen. Noch während ich versuche zu begreifen, was ich dort sehe, schlägt das erste Hagelkorn auf den Platz ein. Es ist faustgroß und hat Raymonds Schulter getroffen, der unter Schmerzen zusammenbricht und anfängt zu schreien. Das nächste Hagelkorn trifft den Kopf eines Rebellen, der praktisch vor unseren Augen zerquetscht wird.

Erneut bricht Panik aus, da alle, die zuvor auf den Platz geströmt sind, nun schlagartig die Flucht ergreifen. Finn befindet sich mitten in dem Getümmel und probiert sich einen Weg zu mir durch zu bahnen, wird jedoch immer weiter zurückgezerrt. Ich selbst stürze mit meiner Mutter in seine Richtung. Wir versuchen Blickkontakt zu halten, doch Menschen drängen sich zwischen uns, sodass es nur Sekunden dauert, bis ich Finn aus den Augen verloren habe. Die Hagelkörner schlagen nun immer schneller zu Boden. Auf dem offenen Platz haben wir keine Möglichkeit, uns vor ihnen zu schützen. Menschen werden getroffen und gehen zu Boden. Neben dem Donnern höre ich überall um mich herum Schreie voller Qual. Es ist ein Geräusch, dass sich in mein Gedächtnis einbrennt und ich wohl niemals vergessen werde.

Ich drehe mich zu allen Seiten nach Finn um, aber kann ihn nicht finden. Erst als wir die schützende Häuserfront erreichen, entdecke ich ihn. Er liegt einige Meter von uns entfernt auf dem Platz. An seiner Stirn ist eine frische Platzwunde aus der Blut sickert. Jedoch scheint sie nicht von einem Hagelkorn zu stammen, sondern von Füßen, die ihn unter sich begraben haben.

Mein Instinkt lässt mich achtlos losrennen, doch ich werde von A350 zurückgerissen. „Du wirst erschlagen!“, warnt sie mich verzweifelt.

„Nichts davon ist real!“, erinnere ich sie und reiße mich los. Die Hagelkörner schlagen neben meinen Füßen ein und lassen den Boden beben. Ich höre das Grollen des Himmels. Es gibt nichts, was dafür sprechen würde, dass sie nicht echt sind. Ich habe gesehen, wie der Kopf eines Rebellen von ihnen getroffen wurde. Ich habe gesehen, wie Raymonds Schulter zerschmettert wurde.

Die Angst schnürt mir beinahe die Kehle zu. Als ich Finn erreiche, kann ich kaum atmen und mein Herz schlägt so wild, dass es in meiner Brust zu zerspringen droht. *Nichts davon ist real.*

Ich versuche Finn unter den Armen zu packen, als ein Hagelkorn meine Schulter streift und meinen Fuß nur um Zentimeter verfehlt. Vielleicht ist weder der Hagel noch der Donner real, aber sie werden mich trotzdem töten. Plötzlich taucht Paul an meiner Seite auf und wirft sich Finn mit einem Schwung über die Schulter. Wir rennen zusammen los und erreichen den Unterschlupf unbeschadet. Sobald Paul Finn zu Boden hat gleiten lassen, falle ich ihm um den

Hals. Ich habe das Gefühl, dass er nicht nur Finn, sondern auch mir das Leben gerettet hat. Er ist der wahre Held unter uns.

Wir drängen uns zurück in das Haus und verrammeln erneut die Tür. Die Hagelkörner schlagen wie Fäuste dagegen. Es hört sich an, als würden wir von allen Seiten bedrängt werden. Der Boden auf dem Platz muss bereits von Hagelkörnern übersät sein. Wie lange wird es dieses Mal dauern, bis die Legion sich etwas Neues einfallen lässt, um uns zu foltern? Werden wir überhaupt jemals lebend die Kuppel verlassen können?

Es gibt für uns keine Chance, aus eigener Kraft zu entkommen. Alles, was uns übrig bleibt, ist auf Asha oder auf Hilfe der Fremden jenseits des Meeres zu hoffen.

19. HÖHENANGST (ASHA)

Asha erwacht mit Khaans Kopf an ihrer Schulter und Rubys Ellbogen gefährlich nah an ihrem Magen. Beide schlafen noch, was bei dem Platzmangel in der winzigen Höhle an ein Wunder grenzt. Schwaches Licht dringt durch die Ritzen der Plane, die Khaan vor den Eingang gehängt hat. Der Regen scheint aufgehört zu haben. Vorsichtig, um die anderen nicht zu wecken, schiebt Asha Rubys Arm beiseite und duckt sich unter Khaans Kopf weg, der sich daraufhin brummend an die Wand lehnt. Asha will diesen ersten Moment des Tages für sich alleine haben. Sie hebt die Plane gerade so weit an, dass sie darunter hindurchkriechen kann. Die Sonne ist noch nicht aufgegangen, aber es dämmert bereits.

Kaum dass sie die Höhle verlassen hat, streckt sie sich dem Himmel entgegen und lässt ihre Knochen knacken. Unter ihrem Vorsprung erstreckt sich ein ausgetrockneter Bachlauf. Nur kleine Pfützen erinnern noch an den heftigen Regenfall. Das erscheint Asha ungewöhnlich, denn es ist bei Weitem noch nicht warm genug, um das Wasser bereits verdampfen zu lassen. Sie legt den Kopf schief und geht in die Hocke. Der Bachlauf scheint nach rechts leicht abzufallen. Wohin ist das Wasser geflossen? Gibt es hier irgendwo vielleicht einen See oder gar das Meer? Wo Wasser ist, sind Menschen meist nicht weit. Ihre Fingerspitzen beginnen vor Aufregung zu kribbeln. Am liebsten würde sie sofort alleine loslaufen, aber es wäre dumm und unsinnig. Ruby und Khaan würden sie ohnehin irgendwann wiederfinden.

Sie ist zu weit gekommen, um leichtfertig mit ihrem Leben umzugehen.

Stattdessen dreht sie sich auf dem Absatz um und reißt die Plane rücksichtlos aus den Felsen. Während Ruby leicht mit den Augen blinzelt, schläft Khaan tief und fest weiter. Asha tritt unsanft nach seinem Fuß.

„Aufstehen! Wir müssen weiter!“, bestimmt sie in barschem Tonfall.

Ruby setzt sich auf und wirft ihr einen genervten Blick zu. „Wer hat dich zu unserer Führerin bestimmt?!“

„Niemand, aber ihr werdet trotzdem aufstehen müssen!“

„Wir sollten uns weigern, alleine für deine unverschämte Art, uns zu wecken“, faucht Ruby wütend, aber stopft ihren Schlafsack in ihren Beutel.

„Wäre ein Speer an deiner Kehle mehr nach deinem Geschmack gewesen?“

„Wie einfallslos“, kommentiert Ruby, aber Asha entgeht nicht das winzige Grinsen, das über ihre Lippen huscht. Sie schaut zu Khaan, der bisher nicht ein Wort gesagt hat. Seitdem Ruby zu ihnen gestoßen ist, hat er kaum noch geredet. Vermutlich gehen ihm die permanenten Streitereien der beiden Frauen auf die Nerven. Als er Ashas Blick bemerkt, schaut er jedoch auf.

„Du bist während deiner Wache wieder eingeschlafen“, stellt Asha fest. Eigentlich hätte er jemanden von ihnen wecken sollen, damit einer immer aufpassen kann.

„Ihr habt beide tief und fest geschlafen", erwidert Khaan ausdruckslos und steht auf. Asha hat das Gefühl, dass er wegen irgendetwas sauer ist, aber sie kann nicht sagen, woran es liegt. Bereut er vielleicht schon, die Rebellen verlassen zu haben? Cleo verlassen zu haben?

„Es hat dich niemand gezwungen, die erste Wache zu übernehmen", wendet Ruby ein. „Du hast dich freiwillig gemeldet!"

„Hätte es denn eine von euch beiden machen wollen? Ihr hättet doch nur wieder miteinander gestritten."

„Einer hätte es machen müssen", beharrt Ruby. „Zur Not hätten wir eben gelost."

„Wobei ihr euch dann gegenseitig Betrug vorgeworfen hättet", murmelt Khaan mehr zu sich selbst, als zu uns. „Nein, danke, den Stress tue ich mir nicht an."

„Heute wirst du jedenfalls nicht noch einmal die Wache übernehmen", entscheidet Ruby strikt. „Du bist unzuverlässig!"

Khaan starrt sie an, als hätte sie ihm vorgeworfen, einen Mord begangen zu haben. Zuverlässigkeit gehört zu einer der Charaktereigenschaften, für die Khaan in der Zentrallegion bei der FDF immer am meisten geschätzt wurde. Asha selbst verachtet ihn für seine Treue und Hilfsbereitschaft. Es erscheint ihr nicht richtig, ausgerechnet Khaan Unzuverlässigkeit vorzuwerfen. Ohne sein Pflichtgefühl Cleo gegenüber wäre er gar nicht erst hier.

„Khaan ist nicht unzuverlässig", hört sie sich selbst mit ungewohnt überzeugter Miene sagen, woraufhin nicht nur Ruby, sondern auch Khaan selber, sie überrascht anblicken.

„Ach, nein?“, fragt Ruby mit einem gehässigen Grinsen.

Asha ahnt bereits, was als Nächstes kommen wird. Ruby wird sich über sie lustig machen und ihr irgendwelche Avancen für Khaan unterstellen.

„Nein, er ist nur zu feige, um sich mit uns zu streiten, deshalb gibt er lieber klein bei.“

Khaan rollt mit den Augen und läuft los. Ruby lacht und geht ihm nach „Der war gut!“, lobt sie Asha kichernd. Asha hat jedoch nicht das Gefühl, etwas Gutes gesagt zu haben. Sie fühlt sich eher schäbig für ihre gemeinen Worte. Khaan ist genauso wenig feige wie unzuverlässig.

Nachdem sie etwa eine Stunde dem ausgetrockneten Bachlauf gefolgt sind, hält Asha inne. Da Ruby und Khaan vor ihr laufen, bemerken sie es nicht und gehen zunächst weiter. Es liegt ein unbekanntes Geräusch in der Luft. Ganz still und leise, kaum wahrnehmbar. Eine Art Rauschen. Es erinnert Asha an die Strommauer der Legion, doch dafür fehlt das Zischen. Khaan bleibt plötzlich mehrere Meter weiter stehen und dreht sich fragend zu ihr um. Es ist fast, als hätte er gespürt, dass sie nicht mehr hinter ihm ist.

„Was ist los?“

„Hört ihr das?“

Sie beginnen, ebenfalls zu lauschen. Keiner von ihnen wagt es auch nur, zu atmen. Asha erkennt an ihren aufmerksamen Gesichtern, dass sie das Rauschen ebenfalls hören.

„Ein Fluss!“, ruft Ruby als Erste aus. „Das ist Wasser!“

Asha und Khaan wissen zwar beide, was ein Fluss ist, aber gesehen haben sie noch nie einen. Ruby hingegen ist bei den Rebellen aufgewachsen und hat den kleinen Bachlauf im Lager des nördlichen Rebellenlagers bei einem Besuch mit eigenen Augen gesehen. Es war jedoch mehr ein Plätschern als ein richtiges Rauschen. Der Fluss, den sie nun hören, muss deutlich größer sein.

Alleine die Vorstellung eines rauschenden Flusses scheint alle Drei zu beflügeln, denn sie beschleunigen ihre Schritte und werden immer schneller, je lauter das Rauschen wird. Als es so nah scheint, dass man mit dem nächsten Schritt bereits im Wasser stehen müsste, rennen sie los. Der Bachlauf schlängelt sich durch die mittlerweile hohen Felsen und macht eine Biegung nach der nächsten.

Als sie das Ende des Bachlaufes erreichen, stürzen sie beinahe in die Tiefe. Denn der eigentliche Fluss fließt erst viele Meter unter ihnen. Eine steile Felswand trennt sie von dem Wasser. Wenn sie gestürzt wären, wären sie vermutlich jetzt alle tot. Während Asha und Ruby sehnsüchtig auf das Wasser hinabblicken, tritt Khaan enttäuscht einen Schritt zurück.

„Das war es dann jetzt wohl“, sagt er ungewohnt demotiviert.

„Warum?“, erwidert Ruby sofort. „Wir folgen dem Fluss einfach weiter von hier oben aus.“ Sie deutete auf die Felsen, durch die kein Weg führt. Sie sind steil und uneben.

„Das wäre Selbstmord!“, entgegnet Khaan, womit er vermutlich Recht hat.

Asha blickt erneut runter zu dem Fluss, an dessen Ufer auf beiden Seiten ein schmaler Weg entlangführt. Es wachsen dort sogar vereinzelte Sträucher mit grünen Blättern. Die ganze Landschaft ist nicht mehr Rot wie die Wüste, sondern eher Grau wie der Fels um sie herum.

„Wir könnten die Felswand mit Seilen hinunter klettern und direkt am Fluss weitergehen“, schlägt sie vor und beginnt bereits in ihrem eigenen Beutel nach dem Seil zu suchen, das ihr Paul mit den anderen Sachen eingepackt hatte. Sie weiß, dass zumindest Khaan auch eins hat, doch er macht keine Anstalten danach zu suchen.

Ruby schaut ebenfalls über den Abgrund nach unten. „Also ich gehe definitiv nicht als Erste!“

„Besser so, das Seil würde unter deinem Gewicht reißen und dann säßen wir hier oben fest“, behauptet Asha mit frechem Grinsen und ist zufrieden, als ein wütendes Funkeln in Rubys Augen tritt. Sie ist keinesfalls zu dick. Sie ist sogar kleiner als Asha, aber dafür weist sie einen weiblicheren Körper auf. Während Asha mehr wie ein schmaler, formloser Strich erscheint, besitzt Ruby sowohl Rundungen am Po als auch an der Brust. Zusammen mit ihren hellblonden Haaren und den stechenden grauen Augen könnte sie wohl als hübsch durchgehen. Findet Khaan sie wohl attraktiv? Sowohl er als auch Finn zogen Cleo Ruby vor, wobei Asha weiß, dass das bei Finn nichts mit dem Äußeren zutun hatte. Er ist Cleo einfach genauso verfallen wie sie ihm. Ruby hatte nie eine Chance, genauso wenig wie Khaan bei Cleo. Wäre es da nicht offensichtlich, wenn Khaan und Ruby sich zusammentäten? Asha blickt zwischen den beiden hin und her und muss sich alleine bei dem Gedanken ein Lachen verkneifen. Unmöglich.

Sie knotet ihr Seil mit dem von Ruby zusammen und blickt fragend zu Khaan, der immer noch bewegungslos herumsteht. „Wenn du schon nicht helfen willst, dann gib uns wenigstens dein Seil", fordert sie ihn auf. Er scheint aus seinen Gedanken zu erwachen und sucht solange in seinem Beutel, bis er das Seil findet und es weiter an Asha reicht. Sie verknotet es mit den beiden anderen und blickt sich nach einer Möglichkeit um an der sie es sicher festmachen kann.

Ruby deutet auf einen Felsen. „Der sieht stabil genug aus."

Asha gibt ihr das Ende des Seils. Als Ruby es festgezurrt hat, lassen sie den Rest den Abgrund hinabfallen. Es reicht bis knapp über den Boden.

„Perfekt!", stellt Asha zufrieden fest und schaut erneut zu Khaan, der weder mitgeholfen noch etwas gesagt hat. „Was ist los? Willst du dich dieses Mal nicht freiwillig als Erster melden?!"

„Nein, ich gehe als Letztes", sagt er entschieden. Asha zuckt mit den Schultern und blickt zu Ruby, die einladend auf das Seil deutete. „Es war deine Idee. Ich lasse dir gern den Vortritt."

Asha blickt den Abgrund hinab. Er ist tef, sehr tief. Selbst Cleos Zimmer in der westlichen Legion war nicht so weit vom Boden entfernt. Sollte das Seil reißen, wird sie vermutlich nicht einmal mehr genug Zeit haben, um sich ihres Todes bewusstzuwerden. Ihr Leben wird mit einem Schlag enden. Doch haben sie überhaupt eine andere Chance? Der Bachlauf endet hier und sie sind ihm zu lange gefolgt, um jetzt umzukehren und nach einem anderen Weg zu suchen. Ein Zurück gibt es nicht mehr. Asha legt beide Hände fest um das Seil und geht langsam rückwärts auf den Rand des Abgrundes zu. Der Wind weht um sie herum. Ein Schritt weiter und sie stürzt ab.

Langsam geht sie zu Boden. Wird sie überhaupt genug Kraft in den Armen haben, um sich an dem Seil festzuhalten? Ihre Haut ist empfindlich und harte Arbeit nicht gewohnt, wobei sie die Arbeit in der Müllverbrennung bereits etwas abgehärtet hat. In der ersten Woche hatte sie jeden Tag Blasen an den Händen, aus denen sich mittlerweile eine zarte Hornhaut gebildet hat.

Ruby reicht ihr ein Stück Stoff. „Wickel dir das um die Handflächen. Es wird die Reibung etwas verhindern."

Asha folgt ihrer Anweisung. Sie kann sich kaum bewegen aus Angst den Abgrund hinabzustürzen, der sich direkt in ihrem Rücken befindet.

„Hast du etwa Angst?", fragt Ruby sie mit einem gehässigen Grinsen. Natürlich hat sie Angst. Große Angst. Aber sie ist nichts im Vergleich zudem, was sie in der Legion ertragen musste. Trotzdem fürchtet sie, dass wenn sie noch länger wartet, einen Rückzieher machen wird. Diese Genugtuung will sie Ruby nicht geben. Sie klammert sich an das Seil und lässt ein Bein in der Luft baumeln, bevor sie damit Halt an der Felswand sucht. Danach bringt sie auch ihr zweites Bein in Position, sodass sie sich nun bereits zur Hälfte im Abgrund befindet. Langsam tastet sie sich mit den Händen am Seil weiter zurück. Schließlich hängt sie mit ihrem vollen Gewicht an der Felswand. Sie schaut zu Ruby und Khaan auf, die sie besorgt beobachten. „Wir sehen uns dann unten“, erwidert Asha und versucht dabei ihrer Stimme einen lockeren, lässigen Klang zu verleihen, doch ihr gelingt es nicht, das Zittern zu unterdrücken. Sie tastet sich langsam und vorsichtig weiter mit den Füßen nach unten. Ihr Blick ist starr auf den Fels vor sich gerichtet. Sie darf nur nicht nach unten schauen. Das wäre ihr Ende.

Immer weiter, Schritt für Schritt. Der Abstieg erscheint ihr endlos, obwohl das Rauschen des Flusses immer lauter wird.

Sie spürt ein Ziehen in den Oberarmen und Handgelenken, während ihre Füße kaum noch Halt zu finden scheinen. Ihr ganzer Körper zittert vor Angst und Anstrengung. Sie weiß nicht, wie weit der Boden noch entfernt ist, aber sie hat das Gefühl sich nicht länger halten zu können. Ihre Handinnenflächen brennen wie Feuer.

„Du hast es fast geschafft“, schreit Ruby von oben und reflexartig blickt Asha zu Boden. Es sind vielleicht noch drei Meter. Ihre Erleichterung ist so groß, dass sie sich nicht länger halten kann und stürzt. Sie landet auf ihrem Hintern, der zwar höllisch schmerzt, aber Schlimmeres scheint nicht passiert zu sein. Selbst ihre Handflächen sind unversehrt geblieben. Der Stoff hat gehalten. Sie erhebt sich und fängt an zu lachen. Sie hat es geschafft! Alleine und als Erste! Stolz durchflutet sie. Sie winkt Ruby, die von dem Abgrund zu ihr nach unten blickt. „Komm runter! Es ist ganz einfach!"

Jetzt, wo sie den Abstieg hinter sich hat, lässt sich das leicht behaupten. Ruby scheint ihr Vorbild anzuspornen und sie klettert flink wie eine Katze über den Abgrund. Sie bewegt sich deutlich schneller als Asha die Felswand hinab. Man könnte fast meinen, sie hätte Erfahrung darin. Bei ihr sieht es in der Tat leicht aus. Doch Asha lässt sich davon nicht ärgern. Sie hat es geschafft und das ist alles, was zählt.

Als Ruby bei ihr ankommt, kann sie dieselbe Erleichterung in ihrem Gesicht ablesen, die auch sie nach dem Abstieg empfunden hat. Das verrät ihr, dass es auch Ruby schwergefallen sein muss. Sie lachen einander zum ersten Mal an.

Zusammen blicken sie nach oben, doch von Khaan ist nichts zu sehen.

„Komm endlich runter!", brüllt Ruby rauf. „Oder traust du dich nicht?!"

Khaans Kopf erscheint über dem Abgrund und selbst aus der Entfernung kann Asha erkennen, wie bleich er ist.

Ruby bemerkt es ebenfalls. „Ich glaube, unser Freund hat Höhenangst", sagt sie leise zu Asha und schaut besorgt zu ihm nach oben.

„Warum hat er denn nichts gesagt?", fragt Asha verständnislos.

Ruby zieht die linke Augenbraue hoch. „Das ist doch wohl klar. Er ist der einzige Kerl und dann soll er vor uns zugeben, dass er vor so etwas Lächerlichem wie Höhe Angst hat?! Ich an seiner Stelle hätte auch geschwiegen."

„Es ist nicht schlimm, Angst zu haben. Unsere Angst macht uns stärker", entgegnet Asha. Sie hat das Gefühl, als würde Cleo aus ihr sprechen. Es sind keine Worte, die sie von sich kennt. Ganz im Gegenteil. Ihre Angst hatte sie immer nur schwachgemacht und eingeschränkt. Sie hat noch nicht vergessen, wie sehr sie in der ersten Nacht in der Wüste gelitten hatte. Sie hatte richtige Panik. Angst vor Khaan, Angst vor der Einsamkeit, Angst vor einem Übergriff. Doch am meisten Angst vor ihren Träumen. Khaan war für sie da gewesen.

Entschlossen umfasst sie das Ende des Seils.

„Was hast du vor?"

„Ich klettere hoch und helfe ihm!"

„Ich glaube, das brauchst du gar nicht", erwidert Ruby und deutet nach oben. Khaan klettert gerade über den Abgrund. Seine Bewegungen sind eilig und unvorsichtig. Seine Füße finden kaum Halt auf dem glatten Fels.

Asha tritt zurück und blickt besorgt zu ihm auf. Kaum, dass er ein paar Meter weiter unten ist, rutschen seine Beine zum ersten Mal ab und er schafft es gerade noch, sich festzuhalten.

„Lass dir Zeit!", ruft sie hoch. An Ruby gewandt, fragt sie: „Glaubst du, es würde ihm helfen, wenn ich ihm entgegenkomme?"

„Willst du ihm seine Schwäche direkt unter die Nase reiben?!"

„Aber wir müssen ihm doch irgendwie helfen können!"

„Er muss da jetzt alleine durch. Wir mussten das auch!“ Ruby mustert Asha von der Seite. „Er ist schon ein großer Junge und schafft das auch ohne dich. Ganz sicher!“

Je näher Khaan ihnen kommt, umso deutlicher wird das unkontrollierte Zittern seiner Hände. Sein Gesichtsausdruck ist hoch konzentriert. Sein Abstieg scheint zum Scheitern verurteilt zu sein und Asha kann kaum hingucken. Sie rechnet bereits damit, ihn jede Sekunde fallen zu sehen.

Ruby entgeht ihre Sorge nicht, jedoch amüsiert sie sich auch noch darüber. „Machst du dir etwa Sorgen um ihn?“

„Natürlich, du etwa nicht?“

„Ich vertraue seinen starken Armen“, scherzt diese unbeeindruckt. „Du magst ihn, oder?“

„Nein!“, faucht Asha sofort, so als gäbe es nichts Abwegigeres. „Ich mache mir nichts aus Männern!“

Ruby zieht erstaunt die Augenbrauen hoch. „So ist das also.“

Erst da begreift Asha, was Ruby meint. „Nein, das auch nicht! Ich meinte damit, dass ich mir nichts aus der Liebe mache. Sie verletzt nur und macht einen angreifbar. Es ist besser, sich erst gar nicht darauf einzulassen.“

Sie ist selbst erstaunt, welch ehrliche Worte aus ihrem Mund kommen. Für einen kurzen Moment sieht sie so etwas wie Verständnis über Rubys Gesicht huschen, bevor diese erneut zu Khaan aufblickt.

„Ich habe schon zu sehr von der Liebe gekostet, um jetzt noch enthaltsam leben zu können. Hast du schon bemerkt, wie knackig sein

Hintern ist?! Von hier unten lässt sich das wirklich gut beurteilen.“

Wütend funkelt Asha Ruby an. Khaan leidet wahrscheinlich gerade Höllenqualen und sie hat nichts Besseres zu tun, als seinen Hintern zu begutachten. Kein Wunder, dass Finn sich nicht für sie entschieden hat. Wie konnte er sich je auf sie einlassen?!

Trotzdem blickt sie ebenfalls zu Khaan auf, genau zu dem Zeitpunkt, als dieser gerade den Halt verliert und mit seinen Händen erst mehrere Meter am Seil hinabrutscht und schließlich vor Schmerz schreiend loslässt. Er stürzt direkt auf sie zu. Die Frauen beginnen vor Schreck ebenfalls zu schreien, ducken sich und hören ihn schließlich auf dem Wasser aufschlagen. Alles passiert so schnell, dass sie keinen klaren Gedanken fassen können. Entsetzt starren beide in die Fluten, die Khaan unter sich begraben. Lebt er noch oder hat ihn der Aufprall getötet? Ist er bewusstlos? Das nächste Mal sehen sie seinen Beutel einige Meter weiter auftauchen, doch von Khaan keine Spur.

„Er schafft das, hast du gesagt! Vertrau mir, hast du gesagt!“, schreit Asha wutentbrannt. „Ich hätte ihm helfen sollen!“

„Warum hast du es dann nicht?!“, schreit Ruby zurück. Die Panik steht ihr ins Gesicht geschrieben.

20. Eiszeit (Finn)

Der Hagel hat erst vor wenigen Stunden nachgelassen, danach ist es ruhig geworden. Alle sind erschöpft von dem Tag und niemand traut sich, das Gebäude ein weiteres Mal zu verlassen. Wer weiß, was die Legion sich als Nächstes für sie ausdenkt. Sie sind gefangen und diese Tatsache schlägt einige der Rebellen so sehr nieder, dass sie jegliche Hoffnung verloren haben. Warum beendet N300 nicht einfach ihr Leben, statt sie noch weiter zu quälen und leiden zu lassen? Ein schneller Tod wäre ein Akt der Gnade, nichts wofür die Legion oder N300 stehen würde. Er ist ein machthungriger Spieler und die Rebellen sind zu seinen lebendigen Schachfiguren geworden.

Finn versucht nicht darüber nachzudenken, aber manchmal, wenn es still ist und Cleo die Augen geschlossen hat, fragt auch er sich: Haben wir überhaupt eine Chance? Es sind Gedanken, die ihn schwächen, doch er ist machtlos gegen sie. Jedes Mal zwingt er sich Cleo anzusehen, die er schon so oft fast verloren hätte. Das erste Mal, als sie zurück in die Legion ging, um die Spionin für die Rebellen zu spielen. Das zweite Mal, als er sein Gedächtnis verlor und es ohne ihren unerschütterlichen Glauben an ihn und ihre Liebe, wohl nie wiedergefunden hätte. Das dritte Mal, als er sie aufgab und sich mit Ruby versuchte, zu trösten. Das letzte Mal war das törichtste und dümmste gewesen, was er hätte tun können. Er hätte es verdient gehabt, sie zu verlieren, aber sie hatte erneut um ihn gekämpft. Er ist es ihr schuldig jetzt nicht aufzugeben, egal wie hoffnungslos ihre Situation auch erscheinen mag.

„Ich hab Hunger“, brummt Paul ein Stück hinter ihm, worauf Florance ihm nur tröstend den Arm streichelt. „Schatz, wir haben alle Hunger.“

„Das ist doch bescheuert! Wir haben genug zu essen. Wir müssten es nur aus dem Vorratslager holen.“

„Ich will nicht, dass du jetzt rausgehst. Wahrscheinlich liegen die Hagelkörner ohnehin so hoch, dass kein Durchkommen ist“, erwidert Florance besorgt.

„Das Vorratslager ist zwei Häuser entfernt. So hoch kann der Hagel gar nicht liegen, dass wir es nicht schaffen können“, beharrt Paul. Das Knurren seines Magens ist überdeutlich zu hören.

Finn dreht sich zu ihm und weiß, dass er sich Florances Zorn sicher sein kann. „Ich würde dich begleiten.“

„Auf keinen Fall!“, protestiert Florance sofort. „Du hast noch eine Kopfverletzung! Paul hat dir erst das Leben gerettet. Das muss für diese Woche reichen.“

„Ich würde auch mitkommen“, sagt Cleo überraschend. Finn hat nicht mitbekommen, dass sie überhaupt aufgewacht ist. Florance funkelt sie wütend an. „Schön, dass du mir auch noch in den Rücken fällst! Wenn das so ist, komme ich ebenfalls mit!“

Nun starrt Paul sie entsetzt an. „Das ist zu gefährlich! Ich kann mich nicht konzentrieren, wenn ich mir Sorgen um dich machen muss.“

„Und ich kann nicht alleine hier bleiben, wenn du dich in Gefahr begibst. Es ist ganz einfach. Entweder wir gehen zusammen oder gar nicht."

Finn sieht das Lächeln, das über Cleos Lippen huscht. Er weiß, dass sie nicht nur Florance, sondern auch Paul von der ersten Sekunde ihrer Zusammenkunft ins Herz geschossen hatte. Als sie die beiden das erste Mal streiten gesehen hatte, war sie todunglücklich. Zu dieser Zeit konnte er sie nicht einmal gut leiden und trotzdem berührte ihn ihr verzweifelter Anblick. Es war ihr erster Tag, den sie freiwillig miteinander verbracht hatten. Er nahm sie mit zu dem kleinen See und versuchte ihr das Schwimmen beizubringen, später lagen sie nebeneinander im Gras und blickten in den Himmel.

„Was bedeutet Finn?"

„Finn steht für Wanderer. Ich denke, es heißt, dass ich auf der Suche bin."

„Und wonach suchst du?"

„Ich weiß es nicht. Zoe, mich selbst … Ich denke, ich werde es wissen, wenn ich es gefunden habe."

Jetzt, wo er Cleo in seinem Arm hält, war er sich vollkommen sicher gefunden zu haben, wonach er immer gesucht hatte. Vielleicht hatte er sie erst so oft verlieren müssen, um sich wirklich sicher sein zu können, dass sie die Richtige ist. Die Erinnerung an diese Tage erscheint ihm beinahe unbeschwert. Obwohl die westliche Legion sie in der Strommauer gefangen hielt, hatten sie im Vergleich zu ihrer jetzigen Situation ein gutes Leben. Sie hatten Momente, in denen sie durchatmen konnten. Momente des Glücks und trotzdem war er immer unglücklich. Allein durch die Existenz der Strommauer fühlte er sich wie ein Gefangener. Manchmal war es so schlimm, dass er glaubte, daran ersticken zu müssen. Wenn er damals schon gewusst hätte, was er heute wusste, hätte er sich dann mit der Situation zufriedengeben können? Nein, denn ohne ihren Kampf gegen die Legion hätte er weder Cleo je kennen gelernt, noch wären seine Schwester und Mutter je befreit worden. Alleine dafür war jeder Kampf gerechtfertigt.

Maggie und die anderen Anführer sind nun ebenfalls aufgestanden. Sie wirken unruhig. „Wir wagen uns wieder raus! Wenn N300 uns vom Blitz erschlagen lassen möchte, soll er das tun. Aber wir werden uns hier nicht tagelang wie Kaninchen im Bau verstecken."

Entschlossen läuft sie zur Tür und schiebt zusammen mit Raymond den Tisch beiseite. Die Tür fällt von alleine auf und mit ihr rollen viele faustgroße Hagelkörner in den Innenraum. Ihr ehemaliger Lagerplatz ist kniehoch bedeckt von Hagel, sodass die Menschen, die dort erschlagen wurden, darunter begraben wurden und nicht mehr zu sehen sind. Mit dem Hagel ist eine ungewohnte Kälte eingezogen. Die Rebellen sind lediglich die Kühle der Nächte gewöhnt, aber das ist nichts im Vergleich zu dem Frost, der nun herrscht. Zudem ist es düster, sodass die gegenüberliegenden Häuser nur noch schemenhaft zu erkennen sind. Der Hagel hat auch in ihnen Schäden hinterlassen. Fenster sind zersplittert, Türen aus den Angeln gerissen. Selbst einige Hauswände weisen Löcher auf.

Maggie übernimmt das Kommando und teilt die Unverletzten in Gruppen ein. Die erste Gruppe schickt sie los, um nach Gegenständen und Materialien zu suchen, die sich verbrennen lassen. Die zweite Gruppe geht in das Vorratslager, um alle Lebensmittel in den Unterschlupf zu bringen. Die dritte Gruppe macht sich zu dem Wassertank auf. Cleo und Finn gehören zusammen mit Maggie zu der Dritten.

Es ist nicht leicht, sich einen Weg durch den Hagel zu bahnen. Nicht nur, dass sie rutschen, es ist zudem eiskalt und ihre Beine fühlen sich bald taub an. Außerdem hat Finn Angst, auf eine der Leichen zu treten, die sich unter der Eisschicht befinden. Cleo hält sich an seiner Hand fest. Ihre helle Haut wirkt in dem trüben Licht und vor dem Eis fast bläulich, während ihre Lippen vor Kälte zittern. Glücklicherweise ist es bis zu dem Wassertank nicht weit. Sie haben Eimer und Flaschen dabei, um so viel Wasser wie möglich mitzunehmen. Maggie betätigt den Zapfhahn, doch es läuft kein Wasser. Im ersten Moment glaubt sie, dass N300 ihnen den Zufluss gestoppt hätte. Sie klettert mit Finn auf das Dach des Tanks und gemeinsam schlagen sie ein Loch in den Deckel. Das Wasser ist gefroren. Verzweiflung spiegelt sich in ihren Gesichtern wieder. Wie sollen sie ohne Wasser überleben? Ist das N300s Plan? Sie nicht nur erfrieren, sondern auch noch verdursten zu lassen? Was wird wohl früher zum Tod führen? Will er so auf Nummer sicher gehen?

Langsam steigen sie von dem Tank wieder hinunter. Die anderen blicken sie fragend an.

Niemand von ihnen hat Erfahrung mit der Kälte. Nicht einmal die Rebellen aus dem kühleren Norden. Das Wasser gefrieren kann, war bisher bloße Theorie.

Cleo kombiniert die Kälte mit der Verzweiflung in den Gesichtern von Maggie und Finn als erste. „Das Wasser ist gefroren, oder?"

Maggie nickt. „Wir müssen eine Möglichkeit finden Feuer zu machen."

Als sie ihren Unterschlupf wieder erreichen, sind auch die anderen beiden Gruppen zurückgekehrt. Sie haben fleißig das Lager leergeräumt, doch etwas, um Feuer zu machen, konnten sie nicht finden.

Der große Berg an Nahrungskapseln wirkt nun nicht mehr ganz so groß, wenn man bedenkt, dass es für viele hundert Menschen reichen muss. Kommen Zoe und die anderen außerhalb der Kuppel besser zurecht? Sie hatten kaum Zeit, um genug Nahrung einzupacken. Vor allem das Wasser war in der Wüste schon immer ihr größtes Problem. Es war einer der Gründe, warum sie sich überhaupt auf den Friedensvertrag mit der Legion eingelassen hatten.

Um nicht in völliger Verzweiflung zu versinken, beschließen sie, die Nahrungskapseln zu verteilen. Mit gefülltem Magen lässt es sich besser nachdenken.

21. TÖTET SIE ALLE (CLEO)

Schweißperlen glänzen auf Finns Stirn, obwohl es so kalt ist, dass unser Atem kleine Wolken in der Dunkelheit entstehen lässt. Er krümmt sich vor Schmerz und hat beide Hände über seinem Magen zusammengepresst. Der Raum ist erfüllt von den Würgegeräuschen oder dem Stöhnen der Menschen. Nicht einmal zwei Stunden nachdem wir die Nahrungskapseln zu uns genommen haben, begannen die Ersten sich zu übergeben. Es stinkt entsetzlich und wir können nirgendwohin fliehen, da vor der Tür des Hauses Eiszeit herrscht. Vermutlich könnten wir nicht einmal mehr raus, selbst wenn wir wollten, weil die Türen bereits zugefroren sind.

Mir und einigen anderen geht es vergleichsweise gut, obwohl wir dieselben Nahrungskapseln zu uns genommen haben. Es scheint, als seien nicht alle vergiftet gewesen oder unsere Körper reagieren unterschiedlich auf das Gift. Finn hat wie viele andere direkt zwei von den Nahrungskapseln zu sich genommen. Sie sind klein und sorgen erst nach ein paar Minuten für ein Sättigungsgefühl. Paul hat sogar direkt drei verzehrt. Ihm geht es elend. Florance hat sich mit ihm in das obere Stockwerk zurückgezogen. Wenn er nicht bricht, hat er Durchfall. Er verliert zu viel Flüssigkeit und wir haben nichts, was wir ihm geben könnten, um das wieder auszugleichen.

Wir waren zuvor schon von Hunger, dem Feuer und dem Hagel geschwächt, aber die verdorbenen Nahrungskapseln zusammen mit der Kälte geben uns den Rest. Niemand ist der Kälte gemäß angezogen. Die Anzüge der Legion sind alle zu dünn. Das Einzige, was uns wärmt, sind die Körper der anderen Menschen. Doch diese sorgen gleichzeitig für den kaum ertragbaren Gestank. Cara geht es als Einzige vergleichsweise gut. Sie hatte die Nahrungskapsel verweigert und sich deshalb sogar mit Felix gestritten. Nun ist er froh darum, denn er könnte sich nicht mehr um sie kümmern. Er wälzt sich unter Schmerzen auf dem Boden.

Die ersten Toten haben die Nahrungskapseln bereits gefordert. Es waren einige der Verletzen, die die Magenkrämpfe nicht ertragen konnten. Ihr Immunsystem brach zusammen. Die Leichen befinden sich nun in einem anderen Raum, da wir sie nicht rausbringen konnten. Ich möchte, dass das Leiden ein Ende hat, aber ich weiß, dass das unseren Tod bedeuten würde. Solange wir uns unter dieser Kuppel befinden, gibt es für uns keine Hoffnung. Leiden bedeutet in diesem Fall leben. Ich bin aber noch nicht bereit aufzugeben. Seitdem Finn wieder bei mir ist, fühle ich mich lebendiger denn je. Wir sind zusammen und das ist alles, was zählt. Ich lasse mir diesen Traum nicht nehmen, von niemandem. Und am wenigstens von der Legion. Es ist egal, wie viele Plagen N300 sich noch für uns ausdenken wird, solange Finn lebt, kann er meinen Überlebenswillen nicht brechen.

Ein heftiges Husten lässt mich herumfahren. Sharon kniet über ihrem Erbrochenen und ringt nach Luft, während sie von einem Hustenstoß nach dem anderen gepackt wird. Sie hat Blut gespuckt. Tränen quellen aus ihren Augen hervor.

Raymond klopft ihr auf den Rücken und sie beruhigt sich etwas, bricht jedoch in seinen Armen zusammen.

Ich wende mich ab, weil ich nicht dabei zusehen will, wie eine starke Frau wie Sharon von einer Vergiftung getötet wird. Ich höre ihr Röcheln. Sie kann kaum sprechen. „Tötet sie! Tötet sie alle!"

Dann ist es still und ich weiß, dass ich ihre raue Stimme nie wieder hören werde. Sie war mir gegenüber immer misstrauisch und konnte nie über meine Herkunft hinwegsehen, trotzdem hat sie einen solch qualvollen Tod nicht verdient. Sie hätte ein langes Leben verdient. Ein Leben, in dem es nicht nur darum gegangen wäre, gegen die Legion anzukämpfen oder vor ihr zu flüchten. Vielleicht hätte sie dann auch einmal ihre harte Schale ablegen können, um wenigstens für einen kurzen Moment so etwas wie Glück zu empfinden.

Ich spüre ein Zittern von meinen Beinen durch meinen gesamten Körper vibrieren. Verwirrt blicke ich zu Finn, dessen Kopf in meinem Schoß liegt. Er scheint es ebenfalls bemerkt zu haben und setzt sich auf. Es ist weder Finn noch sind es meine Beine, der Boden bebt. Es ist ganz leicht, kaum wahrnehmbar. Trotzdem sorgt es dafür, dass alle schlagartig verstummen. N300s nächster Streich hat somit wohl gerade begonnen.

Dem Beben folgt ein Knacken von außerhalb des Gebäudes. Es ist das Eis, das unter der Erschütterung zu Brechen beginnt. Anfangs ist es leise, genauso schwach wie das Beben. Doch trotzdem spüren die Rebellen die Gefahr, die von ihm ausgeht. Sie rappeln sich auf die Beine und lauschen in die Stille. Es scheint fast, als wagten sie nicht, zu atmen.

Das erste Krachen kommt von oben. Es ist ohrenbetäubend und scheint die Erde zusätzlich zu erschüttern. Einige Rebellen werden zu Boden geworfen, während Paul und Florance aus dem zweiten Stock über die Treppe nach unten stürzen.

„Wir müssen raus hier!“, kreischt Florance panisch. „Das Dach ist eingestürzt!“

Wie auf Kommando gibt die Decke ein bedrohliches Knacksen von sich. Nun gibt es kein Halten mehr und alle stürzen zu der Tür, in der Hoffnung, dass sie sich öffnen lässt. Ich bin die Erste, und als ich den Türknopf berühre, zittert dieser so sehr in meinen Händen, dass ich ihn kaum zu fassen bekomme. Ich drehe ihn um und werde von den anderen nach draußen geschoben. Der Boden ist völlig vereist, auch wenn er durch das Erdbeben nun an allen möglichen Stellen aufreißt. Ich schlittere über den Boden und bekomme gerade noch Finns Hand zu fassen, um ihn nicht wieder zu verlieren. Wir drehen uns im Kreis und stürzen auf unsere Knie. Es gibt keine Möglichkeit Halt zu finden. Mittlerweile ist das Beben so heftig, dass wir auf und ab geschleudert werden, während das Eis um uns herum bricht und die Häuser einstürzen. Splitter aus Eis und Metall regnen zu Boden. Finn und ich klammern uns aneinander, in der Hoffnung, nicht erschlagen zu werden. Es gibt nichts, was wir tun könnten, um uns zu schützen. Wir sind N300 schutzlos ausgeliefert.

Als das Beben nachlässt, dringen die Schreie und das Weinen der anderen Rebellen zu uns durch. Es ist wie ein Klagelied für alle diejenigen, die der neusten Erfindung von N300 zum Opfer gefallen sind. Es sind viele, die erschlagen und unter Trümmern begraben wurden. Pep ruft verzweifelt nach Lauren, die er in dem Tumult verloren hat. Die Mutantin ist jedoch nirgendwo zu sehen. Erst sein Bruder Jep und jetzt auch noch das Mädchen, dem er sich nach langer Zeit zum ersten Mal wieder geöffnet hat. Es macht keinen Unterschied, dass sie eine Mutantin war. Er hat sie für ihren Charakter und nicht für ihre Abstammung gemocht. Vielleicht schlägt ihr Herz sogar noch irgendwo unter den Trümmern. Doch wir werden kaum eine Chance haben, sie zu finden.

Fassungslos blicke ich um mich. Der einstige Ostsektor ist gezeichnet von Verwüstung. Kein Gebäude steht mehr. Die Legion hat uns die letzte Möglichkeit, Schutz zu suchen, genommen. Wir sitzen auf dem Präsentierteller, dort, wo N300 uns sehen kann. Ob A566 wie ein Schoßhund neben ihm sitzt? Macht ihnen das Spiel mit unseren Leben eigentlich Spaß? Schließen sie mit den anderen Legionsführern Wetten ab, wen es von uns als Nächstes erwischt? Ich hasse N300 so sehr, wie noch nie zuvor. Als W300 meine Mutter auspeitschen ließ, wollte ich ihn eigenhändig erwürgen. Ich wollte ihn tot sehen, doch das reicht für N300 nicht. Ich möchte, dass er leidet, so wie wir in diesem Moment leiden müssen. Ich kann ihm keine Freunde oder Familie nehmen, denn so etwas besitzt er nicht. Das Einzige, was ihm etwas bedeutet, ist seine Macht. Er wird sie verlieren. Ich weiß es und spüre es mit jeder Faser meines Körpers. Die Legion wird fallen. Sie wird genauso enden wie der Ostsektor. Ich kann nicht sagen wie oder wann, aber ich glaube daran, dass es so kommen wird, es muss so kommen. Keiner der Rebellen, Freiheitskämpfer und Bewohner der Sicherheitszone soll umsonst gestorben sein. Am Ende werden wir siegen. Für das Oberhaupt der Mutanten. Für Sharon. Für Lauren. Für alle, die ihnen noch folgen werden. Für jeden von ihnen.

Wir sitzen eng zusammengekauert zwischen den Trümmern, als ein bedrohliches Knurren uns erschauern lässt. Langsam, wie in Zeitlupe, drehe ich mich um und blicke direkt in das geifernde Maul der Bestie. Fingergroße spitze Zähne und glühende Augen. Während die anderen zu schreien beginnen, bin ich wie erstarrt und kann mich nicht rühren. Ich kann das Tier nicht identifizieren. Es ist keines der alten Welt, sondern eine neue schaurige Erfindung der Legion. Die Haut ähnelt den harten Schuppen eines Krokodils, die Körperform entspricht jedoch mehr einem Tiger. Es ist nicht alleine gekommen, sondern in einem großen Rudel. Keines der Tiere gleicht dem anderen. Gifttentakel eines Oktopusses an dem muskulösen Körper einer Hyäne, Stoßzähne eines Elefanten an einem gigantischen Albatros. Wie lange hat die Legion an diesen Kreationen gearbeitet? Waren sie ursprünglich für die Paarungskämpfe geplant? N300 setzt jede Waffe gegen uns ein, die er finden kann. Weiß er, dass sein Ende naht?

Langsam erhebe ich mich, ohne die bedrohlichen Augen des Tieres aus dem Blick zu lassen. Es faucht, knurrt und bleckt die Zähne. Hat die Legion sie bereits aggressiv gezüchtet? Weder Mensch noch Tier sind von Geburt an böse.

Ich spüre, wie Finn neben mir in die Hocke geht, um sich ein Stahlstück zur Verteidigung zu nehmen. In diesem Moment setzt die Bestie zum Hechtsprung an. Mir bleibt nichts anderes übrig, als zur Seite zu springen und Finn dabei direkt mit umzustoßen. Während ich hart auf meiner Schulter in den Splittern aus Glas und Metall lande, kommt das Tier elegant auf seinen Pfoten auf und rast erneut auf uns zu. Finn reißt das scharfkantige Stahlstück in die Höhe und trifft die Seite des Tieres. Es weicht laut brüllend zurück, aber schlägt mit seiner Pfote nach uns.

Die Rebellen sind auseinander gestürmt. Während einige die Flucht ergreifen, versuchen andere gegen die Bestien zu kämpfen. Die ersten Opfer liegen bereits blutend am Boden. Mir fällt auf, dass es den Tieren nicht darum geht, uns zu fressen. Es geht ihnen nur ums Töten. Sind sie überhaupt real oder nur eine weitere Illusion der Legion?

Als das Tier erneut auf uns zu springt, aktiviere ich meine Laserwaffe am Handgelenk und feuere einen gezielten Schuss auf die Brust ab, dort wo ich das Herz vermute. Die Bestie zuckt zusammen, aber schnappt weiter nach uns. Wir werden von ihr in die Enge gedrängt. Ich schieße immer weiter auf sie, doch das Tier scheint kaum einen Schaden davon zu tragen. Es ist fast, als würden meine Schüsse einfach durch sie hindurchgleiten. Finns Schläge mit der Stahlspitze hingegen hinterlassen klaffende Wunden auf dem großen Körper. Je näher er jedoch dem Tier kommt, umso größer ist die Gefahr für ihn selbst. Wir sitzen in der Falle und können weder vor noch zurück oder zur Seite flüchten. Das Tier wittert seine Chance und stürmt mit gefletschten Zähnen auf uns zu, obwohl Finn es mit dem Stahlstück trifft, lässt es nicht von uns ab und schnappt unablässig nach uns. Seine Zähne streifen meinen Oberarm und hinterlassen eine klaffende, blutende Wunde. Schmerz spüre ich jedoch kaum. Mein Herz rast und mein gesamter Körper scheint unter Strom zu stehen. Sowohl Finn als auch ich schreien unkontrolliert vor Angst. Es kann sich nur noch um Sekunden handeln, bis das Tier einem nach dem anderen die Kehle aus dem Hals reißen wird.

Plötzlich trifft jedoch ein Stein den Kopf der Bestie und sie fährt brüllend herum. Maggie und A350 sind uns zur Hilfe gekommen. Sie schleudern alles, was sie finden können nach dem Tier, um es von uns abzulenken. Finn nutzt die Gelegenheit und bohrt der Bestie die Stahlspitze mit voller Wucht in den massigen Körper. Es fährt herum und vergräbt seine Zähne in Finns Schulter, der vor Schmerz laut aufschreit. Tränen quellen aus seinen Augen, doch der Körper des Tieres erschlafft ,noch während es die Zähne in Finns Fleisch vergraben hat. Finn wird unter ihm begraben. Ich versuche ihn zu befreien, doch es gelingt mir erst mit Maggies und A350s Hilfe. Finns Haut ist noch heller als meine eigene und er zittert am ganzen Körper. Seine Lippen sind beinahe blau. Blut aus seiner Schulter färbt den Boden unter ihm dunkelrot. Wir zögern nicht länger und ziehen Finn auf die Beine, der sich kaum bewegen kann. Maggie überlässt ihn mir und sagt: „Versteckt euch irgendwo!"

„Wir geben euch Rückendeckung", fügt meine Mutter hinzu. Um ihre Kinder zu schützen, bilden die beiden Frauen eine Einheit. Ich fasse Finn um die Taille und stütze sein Gewicht auf meine Schultern. Er kann kaum gehen, sodass ich ihn ziehen muss. Es gibt keinen Ort, an dem wir sicher vor den Bestien wären, deshalb fliehe ich hinter den nächsten Schutthaufen. Ich lasse Finn zu Boden sinken und versuche seine Blutung mit einem Stofffetzen von meinem Anzug zu stillen. Er wirkt völlig weggetreten und kann nicht einmal die Augen offenhalten. Schweißperlen treten auf seine glühende Stirn. Ich weiß, dass es nicht nur an dem Biss liegt, sondern auch an der Vergiftung durch die Nahrungskapseln. Panisch blicke ich mich um. Rund um uns herum tobt der Kampf, doch schon bald wird eine der Bestien von Finns Blut angelockt werden. Er kann sich nicht wehren und ich kann nicht kämpfen, solange ich Angst haben muss, dass falls ich ihm auch nur eine Sekunde den Rücken zukehre, er von einer anderen Bestie zerfleischt wird. Ich tue das Einzige, was mir in den Sinn kommt, um ihn irgendwie schützen zu können. Ich häufe Scherben aus Stein, Glas und Stahl über ihn als wollte ich ihn begraben, dabei passe ich auf, nichts zu nehmen, was zu schwer ist, um ihn nicht zu erdrücken. Bald ist sein Körper unter dem Schutt verschwunden. Gerade rechtzeitig, um dem Angriff der nächsten Bestie auszuweichen. Dieses Mal ist es eine Art Stier. An Stelle seiner Hörner wachsen aus seinem Kopf jedoch Schlangen, die mich zu beißen versuchen. Ich nehme den Kampf erst gar nicht auf, sondern renne los. Solange ich das Schlagen der mächtigen Hufe hinter mir höre, ist Finn zumindest vor dieser Kreatur in Sicherheit. Ich war noch nie eine gute Kämpferin, aber schon immer eine gute Läuferin. Meine einzige Chance besteht darin, das Tier abzuhängen oder irgendwie zu überlisten.

Wie häufig, wenn ich mich verausgabe, spüre ich nach wenigen Minuten bereits den metallischen Geschmack von Blut in meinem Mund. Ich kann mir keine Sekunde des Luftholens leisten, da die Bestie sich direkt hinter mir befindet. Sie jagt mich durch die Trümmer, vorbei an Leichen und Blutpfützen. Immer weiter auf den Rand der Kuppel zu. Ich kann das Ende nicht sehen, doch ich weiß, dass es irgendwo hier bald sein muss, denn wir befinden uns genau in der Straße, die früher den Ostsektor mit dem Rest der Stadt verband. Anfangs fiel es mir nicht auf, da die Häuser alle eingestürzt sind, doch nun erkenne ich es an der leichten Erhöhung, die die Straße bestreitet. Hier hat Iris mich ZC4888 und den anderen vorgestellt, die in mir die Hoffnung auf eine Rettung durch die Menschen jenseits des Meeres säten. Haben diese wohl jemals Iris Hilferuf erhalten? Ist meine kleine Schwester überhaupt noch am Leben? Vielleicht versucht sie sogar, uns zu befreien? Wäre sie an meiner Stelle, würde ich alles in meiner Macht stehende tun, um diese verdammte Kuppel öffnen zu können. Ich weiß, dass all das, was ich für Iris tun würde, sie auch für mich tun würde. Ich zweifle nicht an ihrem Mut oder ihrer Willensstärke, jedoch daran, dass sie überhaupt noch in der Lage ist, irgendetwas unternehmen zu können.

Obwohl ich weiß, dass sich jeden Moment die Wand der Kuppel unsichtbar vor mir erheben könnte, renne ich immer weiter. Wie durch eine innere Eingebung mache ich schließlich einen Schlenker zur rechten Seite, den der Stier unmöglich hätte vorhersehen können. Er rennt weiter und stößt mit voller Wucht gegen die Wand der Kuppel. Die Erschütterung lässt die Erde beben. Erschrocken kneife ich die Augen zusammen. Als ich sie wieder öffne, sehe ich den eingedellten Kopf des leblosen Tieres. Der Kopf wurde förmlich zerquetscht bei dem Aufprall. Meine Beine geben unter mir vor Erschöpfung nach. Meine Lungen scheinen vor Anstrengung jeden Moment zu platzen und ich ringe am Boden liegend um Atem. Hier am Rand der Kuppel ist es beinahe ruhig. Meine Augen gleiten dem falschen Himmel entgegen und eine Träne löst sich aus meinem Augenwinkel. Ich weiß nicht, wie lange ich noch durchhalten werde. Ich versuche stark zu sein, aber der Tod klopft bereits an meine Schulter. Meine Brust hebt und senkt sich, während immer mehr Tränen über meine Wangen fließen. Nur ein kurzer Moment der Schwäche. Ein Moment, in dem ich die Angst zulasse, nicht lebend die Kuppel zu verlassen. Ein Moment, in dem ich die Angst zulasse, Finn zu verlieren. Der Gedanke an ihn ist es, der mich wieder aufstehen und weiter kämpfen lässt.

22. FLUSSABWÄRTS (ASHA)

Sie stolpern über die Steine, immer den Blick auf den grauen Beutel in den Wassermassen gerichtet. Die Strömung ist reißend und der Abstand zu ihm wird immer größer. Trotzdem sind sie nicht bereit aufzugeben. Sie dürfen nicht aufgeben, Khaans Leben hängt davon ab.

Während sie dem Flusslauf folgen, bemerken sie kaum, wie sich die Natur um sie herum verändert. Die einzelnen verdorrten Büsche mehren sich, tragen grüne Blätter. Grashalme ziehen sich über den Boden abseits des Steinstreifens am Flussufer. Bäume spenden Schatten und Vögel erfüllen die Luft mit ihrem Gesang. Asha fällt und schlägt mit den Knien zuerst auf. Der spitze Schmerz fährt durch ihren gesamten Körper. Sie versucht verzweifelt wieder auf die Beine zu kommen, doch Ruby hält sie zurück.

„Wir haben ihn verloren. Gib es auf!“, keucht sie. Asha sucht den Fluss nach dem Beutel ab, doch er ist verschwunden. Zu weit weg, als das sie ihn noch einholen könnten. Sie schlägt sich erledigt die Hände vors Gesicht. Schuldgefühle machen sich in ihr breit. Khaan hat sich geschämt, zu seiner Angst zu stehen, weil es Ruby und ihr immer nur darum ging zu beweisen, wer die Stärkere von ihnen beiden ist. Dabei wäre Khaan ohne sie gar nicht mehr hier. Er suchte nach ihr, weil Cleo ihn darum gebeten hatte, aber geblieben ist er aus einem anderen Grund. Asha kennt den Grund zwar nicht, aber sie weiß, dass es etwas mit ihr zu tun gehabt haben muss. Seine Meinung hatte sich geändert, nachdem er die erste Nacht neben ihr Wache gehalten hatte. War es ihre Schwäche, die ihn zum bleiben bewegte, oder war es etwas, das sie gesagt hatte?

„Das darf nicht wahr sein“, ruft sie verzweifelt aus.

„Bleib ruhig“, erwidert Ruby ungerührt. „Vielleicht schafft er es an einer seichteren Stelle ans Ufer.“

„Hast du auch nur ein einziges Lebenszeichen von ihm gesehen?!“, faucht Asha wütend.

„Nein, aber das bedeutet nicht, dass es keine Hoffnung für ihn gibt. Khaan ist ein starker Mann!“

Asha starrt sie wütend, aber wortlos an.

„Sei eine starke Frau und steh auf, damit wir weitergehen können!“, fordert Ruby sie auf. Asha beißt die Zähne zusammen und folgt widerwillig ihrer Anweisung. Sie laufen schweigend los und Asha vermisst Khaan mehr denn je. Obwohl er in den letzten Tagen kaum etwas gesagt hat, war sie sich seiner Anwesenheit stets bewusst. Erst jetzt erkennt sie, welche beruhigende Wirkung er auf sie hatte, er war ihr Ruhepol.

Sie machen Rast im Schatten einer der Bäume und lassen sich beide gegen den Baumstamm sinken. Der Baum trägt keine Früchte und zum Fischefangen haben sie weder die Erfahrung noch die Kraft, sodass sie weiterhin mit den Nahrungskapseln der Legion vorlieb nehmen müssen. Die Flüssigkeit hinterlässt ein gluckerndes Gefühl in ihren leeren Mägen. Ruby sagt nach einer Weile mit geschlossenen Augen: „Das hätten wir von Anfang an tun sollen."

„Was?"

„Weglaufen! Die Legion einfach hinter uns lassen."

Die Rebellen hätten erst gehen können, nachdem die Strommauer der westlichen Legion gefallen war. Cleo, Iris und Asha selbst, wären dann kein Teil von ihnen gewesen, da sie sich im Hubschrauber auf den Weg in die Zentrallegion befanden. Zudem waren da die vielen orientierungslosen Bewohner der Sicherheitszone. Sie wussten nicht, was geschehen war und standen plötzlich in den Trümmern ihres bisherigen Lebens. Ohne die Rebellen hätte keiner von ihnen überlebt. Wäre das Ruby egal gewesen? Sie hat doch mit ihnen in der westlichen Legion gelebt. Hat ihr keiner der Menschen dort etwas bedeutet?

„Was ist jetzt? Bist du wirklich hier, um den Rebellen zu helfen oder bist du einfach nur vor Finn geflohen?", fragt Asha direkt und blickt zu Ruby, die immer noch die Augen geschlossen hält.

„Beides, irgendwie."

„Was, wenn wir wirklich auf andere Menschen stoßen? Wie sollen wir sie überzeugen, uns zu helfen? Wie sollen wir sie davon überzeugen, ihr Leben für uns zu riskieren?"

Ruby öffnet die Augen und ein Grinsen zieht sich über ihre Lippen. „Ich könnte ihren Anführer verführen."

Asha verdreht die Augen. „Ich meine es ernst!"

„Woher soll ich das wissen?", stöhnt Ruby genervt und steht wieder auf. „Ich nehme an, wir bitten sie nett und appellieren an ihre Menschlichkeit. Mehr können wir nicht tun."

„Und wenn das nicht reicht?"

„Dann haben wir es wenigstens versucht!", sagt sie leichthin und läuft wieder los.

„Ist es dir egal, wenn Finn und die anderen sterben?"

„Würde ich das je erfahren?"

„Nein, aber du würdest ihn auch nie wiedersehen!"

„Er hätte mit mir gehen können."

„Du hast ihn nicht einmal gefragt!"

„Weil ich seine Antwort ohnehin kannte. Du hast Cleo gefragt und sie hat sich gegen dich entschieden!"

„Ich habe sie nicht gefragt!", beteuert Asha, was jedoch nicht ganz der Wahrheit entspricht, da Cleo ihr bereits eine Antwort gegeben hatte, bevor sie auch nur hätte fragen können. „Ich wünschte, Khaan wäre hier. Er und ich hatten wenigstens dasselbe Ziel."

„Glaubst du, das trifft mich jetzt?! Ich bin es schon gewohnt, dass Menschen sich grundsätzlich eine andere Begleitung als mich wünschen." Asha hört den Kummer aus Rubys Stimme sprechen. Es geht ihr gar nicht nur um Finn.

„Nenn mir einen guten Grund, warum ich mich weiter für die Rebellen einsetzen sollte, wenn sich nicht einmal einer von ihnen um mich schert. Und nicht mal einer der Rebellen sich je bei mir bedankt hat, dafür, dass ich mein Leben für sie aufgegeben habe."

Asha schweigt. Darauf weiß sie selbst keine Antwort.

Sie folgen den ganzen Tag dem Fluss, ohne auch nur einem Menschen zu begegnen. Das Gras unter ihren Füßen ist ungewohnt weich und erleichtert ihnen den Weg. Für Asha sind die Bäume, der grüne Boden und das viele Wasser in dem Fluss wie ein Wunder. Zuvor gab es solche Landschaften nur in ihren Gedanken und im Unterricht in der Legion, sie hätte nie erwartet, sie mal mit eigenen Augen zu sehen zu bekommen. Sie wünscht sich, dass Cleo es auch eines Tages sehen können wird. Khaan war so kurz davor. Er darf einfach nicht tot sein! Das darf nicht sein, nicht wo sie jetzt schon so weit gekommen sind.

Das stetige Rauschen des Flusses verändert sich langsam, während die Sonne immer tiefer sinkt. Das Rauschen wird eher zu einem lauten Platschen. Unwillkürlich beschleunigen sich die Schritte der beiden Frauen. Das Gras wird dünner und geht wieder in grauen Stein über. Zuvor schien sich die Wiese ewig vor ihnen zu erstrecken, doch plötzlich ist es, als wäre sie am Horizont einfach abgeschnitten worden. Sie endet und nur der rosa Himmel strahlt ihnen noch entgegen. Sie laufen weiter und entdecken schließlich den Grund für die Veränderung. Der Fluss endet in einem großen Wasserfall, der mehrere Meter unter ihnen in einen See stürzt. Die spritzenden Wassertropfen bilden in Verbindung mit den letzten Sonnenstrahlen des Tages einen Regenbogen über dem Wasser. Der Anblick ist unbeschreiblich schön. In Rubys Augen glitzern sogar Tränen. Asha lässt den Blick über das Tal unter sich schweifen und hält inne, als sie an dem braunen Ufer eine Vielzahl von Spuren entdeckt. Reifenspuren wie von einem großen Wagen, viele menschliche Fußabdrücke und eine Schleifspur, die von dem See direkt zu den Reifenabdrücken führt. Als wäre etwas oder jemand aus dem Wasser gezogen worden. Khaan!

Aufgeregt stößt sie Ruby an und deutet auf das Ufer. Rubys Augen weiten sich, als sie erkennt, dass sie es tatsächlich in die Nähe von anderen Menschen geschafft haben. Das war ihr Ziel und sie sind ihm zum Greifen nah. Rechts von ihnen führt ein schmaler Pfad den Berg hinab. Sie werden mindestens eine Stunde für den Abstieg brauchen.

„Wir sollten uns lieber beeilen, bevor die Sonne ganz verschwunden ist“, rät Ruby und will bereits loslaufen, doch Asha hält sie an der Hand fest.

„Lass uns springen!“, verkündet sie mit einem nervösen Lächeln auf den Lippen. Ruby schielt den Wasserfall hinab. Es könnten gut zwanzig Meter bis zum See sein, jedoch geht es gerade hinab. Das Wasser sieht tief genug aus und Steine gibt es scheinbar auch keine. Trotzdem zögert sie. „Wenn wir uns den Kopf aufschlagen, war der ganze Weg umsonst. Wir sollten lieber auf Nummer sicher gehen.“

„Bitte, Ruby!“, fleht Asha. „Wenn wir jetzt springen, ist es, als würden wir in ein neues Leben springen. Wir können alles, was gewesen ist, hinter uns lassen.“ Sie blickt ihr bittend in die Augen. „Es würde mir viel bedeuten.“ Ihre Hand hält immer noch die von Ruby umschlossen. Ruby greift etwas fester zu. „In Ordnung, aber wir springen zusammen.“ Sie tauschen einen Blick aus, der mehr verrät als die Worte, die sie in den letzten Tagen gewechselt haben. Sie haben beide eine Vergangenheit, die sie am liebsten vergessen würden.

„Auf drei. Eins, zwei, …“ Ruby stockt.

Asha beendet die Aufzählung für sie: „… drei!“

Sie springen und für einen Moment schweben sie in der Luft, als wären sie schwerelos. Doch die Erdanziehungskraft lässt sie innerhalb von Sekunden im Wasser des Sees untertauchen. Sie lassen einander los und schwimmen an die Oberfläche. Beide fühlen sich wie berauscht und blicken ungläubig den großen Wasserfall hinauf. Der Sprung hat etwas zwischen ihnen verändert. Zuvor waren sie zwei Frauen, die zufällig das gleiche Ziel hatten, doch jetzt verbindet sie etwas. Nicht nur der Sprung, sondern mehr das Wagnis und die Entscheidung, einen Neuanfang zu wagen.

„Woher kannst du eigentlich schwimmen?“, wundert sich Ruby plötzlich.

Es ist, als würde die Vergangenheit mit kalten Fingern nach Asha greifen. „In der westlichen Legionsführerkuppel gab es ein Schwimmbecken“, antwortet sie ausweichend und schwimmt zu dem Ufer. Es ist egal, wie viele Steilwände sie hinabklettert und wie viele Wasserfälle sie hinabspringt, am Ende holt sie die Vergangenheit doch immer wieder ein.

„Ich weiß, aber das erklärt nicht, warum du schwimmen kannst“, beharrt Ruby. Sie will es offenbar ganz genau wissen.

„Ich musste es manchmal reinigen“, erwidert Asha, während sie das Wasser aus ihren Stiefeln schüttelt.

„Und dabei hast du schwimmen geübt?“

Sie spürt den festen Stoß in ihrem Rücken und fällt mit dem Gesicht voran auf die Wasseroberfläche. Ihr Mund ist zu einem Schrei geöffnet und das Wasser dringt in ihre Lungen. Sie bekommt keine Luft. Es ist überall. Hilflos strampelt sie mit den Beinen. Wenn sie lange genug durchhält, wird das Wasser weniger werden. Sie hat bereits den Knopf gedrückt, der das Wasser abpumpt. Durch das Wasser erhascht sie einen kurzen Blick auf eine Person, die am Beckenrand steht und zu ihr hinabblickt. Sie erkennt ihn an seiner Statur, der Haltung seines Kopfes, stets herablassend und arrogant. Möchte sie wirklich durchhalten? Sie weiß, was dann als Nächstes kommt. Sie hört auf, sich gegen das Wasser zu wehren und sinkt zu Boden. Ihre Lungen brennen und ein Teil von ihr schreit danach, weiter zu kämpfen. Sie kann ihn durch die verschwommene Wasseroberfläche immer noch sehen. Er bückt sich und zieht seine Schuhe aus. Nicht mehr lange und er ist bei ihr. Das Wasser wird weniger, und obwohl es ihr die Luft zum Atmen raubt, fühlt sie sich hier sicher. Am Boden des Schwimmbeckens kann er sie nicht erreichen.

Er springt ins Wasser. Asha wendet ihm den Rücken zu und beginnt die Bewegungen von Fröschen nachzuahmen. Sie schwimmt, ohne sich umzudrehen und ohne Luft zu holen. Das Chlor brennt in ihren Augen, aber es ist harmlos im Vergleich zu dem Schmerz, den ihr A566 zufügen wird. Sie sieht die Leiter bereits vor sich und schlingt ihre Hände darum. Mit einem Ruck zieht sich daran empor und klettert so schnell sie kann. Seine

Hand schließt sich um ihren Fuß und sie verpasst ihm einen Tritt in sein hässliches Gesicht. Er schreit und taumelt zurück, aber Asha hält nicht inne, sondern rennt aus dem Raum. Sie verriegelt die Tür hinter sich und sieht durch die Glasscheibe, wie er sich fluchend seine blutende Nase hält. Sie weiß, dass er sie dafür büßen lassen wird, aber das ist ihr egal. Heute hat er sie nicht bekommen, das ist alles, was zählt. Sie hat ihn besiegt, wenn auch nur dieses eine Mal.

Es ist eine der wenigen guten Erinnerungen, auch wenn A566 darin eine Hauptrolle spielt. Aber es ist das einzige Mal, in dem sie es geschafft hat, ihm zu entkommen. Danach hat sie sich immer freiwillig für die Reinigung des Schwimmbeckens gemeldet, weil sie wusste, dass er sie dort nicht noch einmal aufsuchen würde. Manchmal hat sie sich auf den Grund des Beckens sinken lassen und überlegt, aufzugeben. Unter dem Wasser erschien ihr die Welt plötzlich sehr leise und unbedeutend. Es gab nichts, was sie dort hielt, was ihr etwas bedeutete. Trotzdem ist sie letztendlich immer wieder aufgetaucht. Damals sah sie es als Schwäche an, heute weiß sie, dass es Stärke war.

„Ja", antwortet Asha schlicht. „Dort habe ich schwimmen geübt."

Ruby stößt ein Lachen aus. „Dich hat es als persönliche Helferin der Legionsführer ganz gut getroffen. Ich wette, alle anderen D-ler haben dich beneidet."

Asha fährt zu ihr herum, als hätte Ruby sie geschlagen. Wenn sie gekonnt hätte, hätte sie mit jedem D-ler auf der Stelle getauscht. Obwohl sie niemand wünschen würde, das erleben zu müssen, was A566 ihr jeden Tag und jede Nacht angetan hatte.

„Du hast keine Ahnung!“, faucht sie aufgebracht. „Mein Leben war die Hölle.“

Sie kann Ruby nicht länger in die Augen sehen und stürmt los, ganz egal wohin. Ruby ist für einen Moment wie erstarrt, dann kombiniert sie Ashas Reaktion mit A566 und erinnert sich an die Vorwürfe, die gegen ihn erhoben worden waren. Bei Zoe und Cleo hat er es versucht und bei Asha geschafft. Daran hatte sie nicht gedacht! Am liebsten würde sie sich die Zunge für ihre unüberlegten Worte abbeißen.

„Asha!“, schreit sie verzweifelt. „Es tut mir leid, ich habe nicht nachgedacht!“

23. Wo ist Cleo? (Finn)

Als er seine Augen aufschlägt, erfasst ihn Panik. Er ist unter Steinen begraben und kann nur durch die Ritzen zwischen ihnen einen Blick auf den Himmel erhaschen. Was ist passiert? Wo ist Cleo?

Vorsichtig ballt er seine Hände zur Faust und versucht danach mit den Zehen zu wackeln. Alles scheint zu funktionieren und er gräbt sich langsam aus dem Steinhaufen. Erst jetzt erkennt er, dass er sich noch immer im Ostsektor der Legion unter der Kuppel befindet. Er liegt am Rande des Lagerplatzes, über den vereinzelt Rebellen laufen. Ihr Gang ist mutlos und schlapp. Auf dem Boden liegen Tote, sowohl Menschen als auch Bestien. Langsam kommt die Erinnerung an den Angriff des Tigers mit der Krokodilshaut zurück. Er erinnert sich an den Schmerz, der ihn durchfuhr, als die Bestie ihre Zähne in seiner Haut vergrub, doch danach ist nur noch ein großes Loch. Wie ist er unter den Steinberg gelangt und vor allem: WO IST CLEO?

Er stemmt sich auf die Beine und spürt sofort das Knurren in seinem Magen, der sich schmerzvoll zusammenzieht. Fast orientierungslos taumelt er zu Pep, der in seiner Nähe durch die Trümmer geht.

„Was ist passiert?“

Pep blickt auf. Tränen haben auf seinem schmutzigen Gesicht Spuren hinterlassen. „Ich kann Jep nicht finden.“

Pep Zwillingsbruder Jep ist bereits vor Monaten bei einem Anschlag der Legion ums

Leben gekommen. Sorge erfasst Finn. Offenbar verliert Pep langsam den Verstand, was man ihm nicht verübeln kann. Die Folter der Zentrallegion bringt sie alle sowohl an ihre körperlichen als auch an ihre mentalen Grenzen. Er nimmt Pep beim Arm und führt ihn mit sich. „Komm, ich helfe dir suchen."

Gemeinsam laufen sie über den Platz. Finn hält Ausschau nach seiner Mutter oder jemand anderem, der ihm die Lage erklären könnte. Er findet A350, die genauso aufgelöst wie Pep, aber wesentlich hektischer, in den Trümmern nach jemandem sucht. Als sie Finn kommen sieht, stürmt sie sofort auf ihn zu.

„Wo ist Cleo?"

Diese Frage hat er nicht hören wollen. „Ich weiß es nicht. Ich bin gerade in einem Grab erwacht."

Verständnislos starrt ihn A350 an. Es ist derselbe Blick, mit dem Finn gerade noch Pep betrachtet hat. Sie hält ihn offenbar für verrückt.

„Ich suche auch nach Cleo", fügt er deshalb schnell hinzu.

„Wann hast du sie zuletzt gesehen?"

„Ich kann mich nicht erinnern. Ich weiß nur noch, dass wir von dieser Bestie angegriffen worden."

A350 schaut enttäuscht zur Seite. „Sie sollte sich mit dir in Sicherheit bringen."

Ihn hat sie in Sicherheit gebracht, aber was ist dann mit ihr geschehen? Hat sie ihn mit ihrem Leben verteidigt und ist dabei womöglich selbst ums Leben gekommen? Aber wo ist dann ihre Leiche? Die Bestien haben keinen von ihnen gefressen. Der Geruch von Feuer steigt Finn in die Nase und er entdeckt seine Mutter mit Paul und Florance am anderen Ende des Platzes. Sie benutzen die Überreste der Häuser, um ein Feuer zu entzünden. Durch das Erdbeben ist das Eis gebrochen und türmt sich nun am Rande zu Bergen auf, die langsam schmelzen.

Finn nimmt Pep mit sich, während A350 weiter in den Trümmern nach Cleo sucht. Als sie näherkommen, erkennt Finn, dass Paul voller Blut ist. Doch es ist nicht sein eigenes, sondern das der Bestien, welchen er nacheinander die Haut oder das Fell abzieht. Maggie hakt die Körper in Stücke, die Florance dann im Feuer röstet. Zum ersten Mal seit Tagen werden sie wohl ein richtig gutes Essen bekommen. Jedoch wirkt ihr Handeln angesichts der Tatsache, dass sie unter einer Kuppel der Legion gefangen gehalten werden, verrückt.

„Hey, Kumpel, hilfst du mir?“, fragt Paul und winkt ihm mit einem breiten Messer in den Händen, von dem das dunkle Blut der Tiere tropft.

„Habt ihr Jep gesehen?“, fragt Pep geistesabwesend. Florance reißt entsetzt die Augen auf. Die Zwillinge waren für sie immer wie Brüder. Sie kam vor Jahren aus der nördlichen Legion mit ihnen in den Westen. Sie drückt Maggie die Fleischspieße in die Hand und stürmt auf ihren Bruder zu. Sie nimmt seinen Kopf zwischen ihre Hände und sagt: „Schatz, Jep ist tot.“

Pep schaut sie erst fassungslos, aber dann wissend an. „Ich weiß“, gesteht er verzweifelt. „Genau wie Lauren.“

Florance nickt und umarmt ihren Bruder. „Aber wir haben immer noch einander.“

Finn wendet sich an seine Mutter. „Hast du Cleo gesehen?“

Sie wirkt erschüttert. „Zuletzt habe ich sie mit dir zusammen gesehen.“

Finn spürt Panik in sich aufsteigen. Sie befinden sich unter einer Kuppel. Cleo muss hier irgendwo sein! Vielleicht liegt sie irgendwo und ist verletzt.

„Hilf mir mal mit dem Fleisch!“, fordert ihn Maggie auf und reicht ihm die Spieße, die zuvor Florance im Feuer gewendet hat.

„Ich muss nach Cleo suchen“, entgegnet Finn verzweifelt, doch sie schüttelt unnachgiebig mit dem Kopf.

„Der ganze Ostsektor wird bereits nach Verletzten abgesucht. Wenn Cleo unter ihnen ist, werden die Anderen sie finden. Und wenn sie in der Lage ist, selbst zu laufen, wird sie hier herkommen. Du hast in den letzten Tagen viel mitgemacht. Ich möchte nicht, dass du dich überanstrengst und Cleo wird das auch nicht wollen. Bleib hier am Feuer und warte auf sie!“

Ihr Tonfall ist nicht der einer Mutter, sondern der einer Anführerin. Sie duldet keinen Widerspruch und so gerne Finn ihr trotzdem widersprechen und die Suche selbst in die Hand nehmen würde, erkennt er auch die Wahrheit in ihren Worten. Wenn er jetzt geht und Cleo in dieser Zeit zurück zum Lagerplatz kommt, wird sie ebenfalls nach ihm suchen. Jederzeit kann ein neuer Angriff der Legion losgehen. Auf diese Weise werden sie immer aneinander vorbeilaufen. Er fügt sich Maggies Anweisung und holt die fertigen Spieße aus dem Feuer, um die nächsten zu rösten.

Als es wieder dunkel wird, haben sich die überlebenden Rebellen um das Lagerfeuer versammelt. Kaum einer sagt ein Wort, in Trauer über die Verstorbenen versunken, trotzdem ist es ein friedlicher Moment. Cleo ist bisher nicht gefunden worden. Sowohl Felix und Cara als auch ihre Mutter durchsuchen die Stadt weiter nach ihr. Finn hat bis zum letzten der Suchtrupps gewartet und sich immer wieder ermahnt Ruhe zu bewahren, doch nun ist er nicht mehr zu halten.

„Ich muss nach ihr suchen!", schreit er ruhelos seiner Mutter entgegen, die ihn beiseite gezogen hat, um die anderen nicht in ihrer Trauer zu stören.

„Wir müssen zusammenbleiben, wer weiß, was die Legion sich als Nächstes für uns ausdenkt."

„Cleo braucht mich!"

„Und was, wenn sie tot ist?", fragt Maggie. Als sie sieht welche Wirkung ihre Worte bei Finn auslösen, bemüht sie sich leiser zu sprechen. „Sie hat dich vor den Bestien versteckt, und wenn sie gegangen ist, muss sie einen guten Grund dafür gehabt haben. Egal, was ihr widerfahren ist, sie würde nicht wollen, dass du ihr folgst."

Finn ist fassungslos über ihre Gleichgültigkeit. „Wie kannst du es wagen, über sie zu sprechen, als wäre sie bereit tot?! Solange ich ihre Leiche nicht in meinen Armen halte, werde ich nicht aufhören, nach ihr zu suchen!"

„Ich werde nicht zulassen, dass du dich ihretwegen in Gefahr begibst!", schreit Maggie aufgebracht zurück.

„Ach nein?! Was willst du dagegen unternehmen? Mich gegen meinen Willen festhalten?"

Sie sieht ihn ernst an. „Zur Not auch das! Aber ich hoffe auf deine Einsicht."

Er starrt sie ungläubig an, bevor er ihr den Rücken zuwendet, um zu gehen.

„Finn, bleib hier!", ruft sie wütend, doch er läuft nur noch schneller von ihr und der Menge weg. „Finn!"

Warum versteht sie ihn nicht? Kann sie sich nicht mehr an seinen Vater erinnern? Hätte sie für ihn nicht das Gleiche getan?

„Haltet ihn fest!", hört er sie tatsächlich brüllen und sieht mit Schrecken wie Raymond und zwei andere Rebellen ihm auf Maggies Befehl hinterher rennen. Er hätte nicht gedacht, dass sie ihre Drohung, ihn gewaltsam festzuhalten, tatsächlich wahrmachen würde. Er beschleunigt seinen Schritt, doch er weiß, dass die anderen ihn einholen werden. Seine Beine fühlen sich immer noch wie Gummi an und sein Magen schreit vor Hunger. Gleichzeitig bekommt er aber keinen Bissen hinunter, solange er nicht weiß, was mit Cleo passiert ist. Er kann nicht am Feuer sitzen, sich den Bauch vollstopfen und sich von der Wärme erfüllen lassen, während sie vielleicht in irgendeinem Schutthaufen liegt und an ihren

Wunden verblutet oder vor Kälte erfriert. Wie kann Maggie das nur von ihm erwarten?

Grob wird er an den Armen gepackt und zurückgerissen. Er blickt flehend zu Raymond auf. „Bitte, lass mich gehen! Ich muss sie finden."

„Finn, du bist ein erwachsener Mann, der seine eigenen Entscheidungen treffen sollte. Aber du benimmst dich wie ein leichtsinniges kleines Kind!"

Raymonds eigene Freundin ist an den Folgen eines Angriffs der Legion gestorben. Sie litt eine ganze Nacht in seinen Armen, bevor sie am nächsten Morgen ihren schweren Verletzungen erlag. Es war derselbe Angriff, bei dem auch Jep starb. Hat Raymond genau wie seine Mutter etwa vergessen, wie es sich anfühlt, vor Sorge nicht atmen zu können? Finn wehrt sich mit Händen und Füßen, aber Raymond und die beiden anderen Männer bringen ihn dennoch zurück in den Schein des Feuers. Sie fesseln ihn tatsächlich an einem Holzpfahl. Maggie tritt mit einem Fleischspieß zu ihm.

„Hast du Hunger?"

„Glaubst du etwa, ich lasse mich von dir füttern, nachdem, was du getan hast?!"

Sie seufzt. „Ich möchte nicht, dass dir etwas passiert. Zoe würde das genau so sehen."

„Lass gefälligst Zoe da raus! Sie würde mir im Gegensatz zu dir helfen, nach Cleo zu suchen. Aber vermutlich hältst du sie auch für tot, nur weil du nicht weißt, was mit ihr ist."

Sie blickt verletzt auf ihn hinab. „Ich wünsche mir nichts mehr, als dass Zoe und auch Cleo am Leben sind, aber ich habe akzeptiert, dass ich nichts tun kann, um dafür zu sorgen. Bei dir ist das anders! Du bist hier und ich werde dich zur Not auch gegen deinen Willen am Leben erhalten, ob es dir nun gefällt oder nicht. Hass mich, wenn es dir dann besser geht."

Sie lässt ihn alleine und nimmt ihren Platz am Feuer neben Raymond ein, der ihr tröstend einen Arm um die schmalen Schultern legt. Finn weiß, dass Maggie der Streit mit ihm zusetzt, aber er kann ihr nicht verzeihen, dass sie ihn von Cleo fernhält. Wie soll er Cleo jemals beweisen, dass er ihrer Liebe wert ist, wenn er jetzt, wo sie ihn vermutlich dringend brauchen würde, nicht einmal nach ihr sucht? Er hat ihr Vertrauen verloren! Diese Erkenntnis immer und immer wieder in ihren Augen zu lesen, hat ihm jegliche Kraft geraubt. Und jetzt, wo sie gerade wieder den Mut gefasst hatte, sich ihm zu öffnen, hat er sie erneut verloren. Es fühlt sich an, als würde er sie im Stich lassen.

Während die anderen Rebellen sich in Grüppchen zurückgezogen haben, um etwas Schlaf zu bekommen, kann Finn nicht einmal die Augen schließen. Er sieht dabei zu, wie immer weniger Personen am Lagerfeuer sitzen und dieses schließlich ganz erlischt. Lediglich die Asche glüht noch stumm vor sich hin. Er hat versucht, die Fesseln an seinen Händen zu lösen. In einem unbeobachteten Moment hat er sogar mit den Zähnen an dem Seil gezerrt. Ausgerechnet seine Mutter erwischte ihn dabei. Sie sah ihn an, als hätte er den Verstand verloren. Doch genau so fühlt es sich auch an, je länger sie ihn hier festhält!

Zwei Gestalten lösen sich aus der Dunkelheit der Nacht und eilen ihm entgegen. Erst beim Näherkommen erkennt er Paul und Florance. Florance legt ihren Zeigefinger auf die Lippen, um ihm zu zeigen, dass er still sein soll. Paul zückt sein Messer und löst mit einem Schnitt Finns Fesseln. Eine Woge der Erleichterung und Dankbarkeit erfasst ihn für seinen besten Freund. Sie schleichen gemeinsam vom Lagerplatz, bevor Maggie etwas bemerken kann. Erst als sie die Glut des Feuers nicht mehr sehen können, wagt Paul etwas zu sagen.

„Sie hätte dich niemals festhalten dürfen!"

Finn umarmt seinen Freund. „Ich bin froh, dass wenigstens du mich verstehst."

„Hey, ich bin auch noch da", beschwert sich Florance lächelnd. „Konnte man ja nicht mit ansehen, wie du gelitten hast. Außerdem ist Cleo auch unsere Freundin, aber ich habe keinen Zweifel daran, dass sie lebt. Wir müssen sie nur finden!"

Finn wäre auch gerne so überzeugt davon. Paul zückt eine Taschenlampe, die ihnen den Weg leuchtet. „Cleo!", ruft Finn in die Nacht, auch auf die Gefahr hin, dass seine Mutter ihn so schneller wiederfindet, wenn sie bereits nach ihm sucht. Der Strahl der Lampe tastet über Schuttberge und Glassplitter. Der Boden ist von Blutlachen übersät.

„Verdammte Mücken!", flucht Florance plötzlich und schlägt sich auf den Arm. Paul kratzt sich ebenfalls am Hals. „Die Biester sind heute hartnäckig!"

Finn runzelt die Stirn. Stechmücken? Bei den Höhlen gab es früher einige, aber in der Zentrallegion? In den letzten Wochen hat er nicht eine bemerkt, doch jetzt spürt er selbst einen Stich im Nacken. Wie kommen die Insekten unter die Kuppel?

Paul erstarrt plötzlich. Er leuchtet nicht mehr auf den Weg, sondern darüber. Im Strahl der Lampe schwirrt direkt ein ganzer Schwarm der Stechmücken. „Nein“, stößt Florance panisch aus und sie beginnen zeitgleich loszurennen. Ein Stich nach dem anderen dringt durch ihre Haut. Der Juckreiz breitet sich bereits auf ihrem ganzen Körper aus, während die Stiche anschwellen und die Mücken ihnen um die Ohren surren.

Sie flüchten zurück zu dem Lagerplatz, doch auch dort ist bereits die neuste Plage der Legion eingetroffen. Die Menschen stürzen schreiend über den Platz, während sie wild mit den Armen um sich schlagen. Es herrscht Chaos.

Florance deutet auf den Wassertank. „Folgt mir!“

Finn und Paul rennen ihr nach, doch als es darum geht in den Wassertank zu klettern, hält Finn inne. „Was ist mit Cleo? Wir müssen sie finden.“

„Jetzt nicht!“, bestimmt Florance. „Zuerst müssen wir uns selbst in Sicherheit bringen.“

„Aber wenn sie verletzt ist, kann sie nicht einmal vor den Stichen der Mücken fliehen.“

Paul packt Finn am Arm und führt ihn zu der Leiter, die in den Wassertank führt. „Steig dort jetzt hoch!“, dirigiert er ihn streng. „Vertrau auf Cleos Überlebensinstinkt! Sie würde uns umbringen, wenn wir zuließen, dass du in diesem Moment weiter nach ihr suchst.“

Florance dreht sich von oberhalb der Leiter zu ihm um. „Ihr seid schon so oft voneinander getrennt worden und habt jedes Mal wieder zueinander gefunden. Vertrau auf eure Liebe! Vertrau Cleo!“

Es fühlt sich schrecklich an aufzugeben, doch Finn folgt Florance die Leiter nach oben und lässt sich genau wie sie in das Wasser gleiten. Paul stößt ebenfalls zu ihnen. Hier sind sie geschützt vor den Stechmücken. Finn denkt mit all seiner Willensstärke an Cleo und hofft, dass sie, wo immer sie auch gerade ist, seine Liebe spürt. Dieses Mal wird er nicht die Hoffnung aufgeben.

24. Rettung (Asha)

Ashas Wut über Rubys unbedachte Äußerung löst sich in Luft auf, als sie das Lager der Fremden erblickt. Sie sieht es schon aus der Ferne, da dort Fackeln brennen, während um sie herum kaum noch etwas zu erkennen ist. Sofort geht sie hinter einem Busch in Deckung. Ruby hat das Lager ebenfalls bemerkt und kauert sich hinter sie. Das Lager scheint erst vor wenigen Tagen errichtet worden zu sein, denn es besteht größtenteils aus Zelten, größeren und kleineren Flugzeugen sowie verschiedenen Fahrzeugen. Die Menschen sind in der Dunkelheit kaum zu erkennen, da ihre Haut deutlich dunkler als die von Asha oder Ruby ist.

Es war ihr Ziel, andere Menschen zu finden, das haben sie somit erreicht. Trotzdem wagt sich keine der beiden aus ihrem Versteck, um dort hinzugehen. Aus der Ferne lässt sich wenig über die Menschen sagen. Es sind nur wenige zu erkennen und diese scheinen Wache zu halten. Sie tragen alle ähnliche Kleidung, die an Uniformen erinnern. Gehören sie womöglich auch einer Art Legion an?

„Was machen wir jetzt?", flüstert Asha unschlüssig.

„Bevor es nicht hell ist, gar nichts. Wir wissen zu wenig über diese Menschen, um uns ihnen einfach auszuliefern."

„Aber was ist, wenn sie Khaan haben?"

„Was soll dann sein? Wir können ihn zu zweit ohnehin nicht befreien, ganz egal, was sie mit ihm vorhaben."

Sie hat Recht, aber Asha gefällt ihre Einstellung trotzdem nicht. Sie weiß, dass Khaan alles in seiner Macht stehende tun würde, um sie oder Ruby zu retten. Es fällt ihr deshalb umso schwerer, tatenlos hier auszuharren.

„Diese Menschen erscheinen mir wie eine Art Kampfeinheit. Sie tragen alle Uniformen und alles wirkt irgendwie so provisorisch", überlegt Asha.

„Vielleicht sind sie gekommen, um die Legion anzugreifen."

„Woher sollten sie über die Legion bescheid wissen und warum sollten sie sie angreifen wollen?"

Ruby zuckt mit den Schultern. „Komm, wir ziehen uns zurück!"

Beide fahren gleichzeitig herum und erstarren, als direkt fünf Gewährmündungen auf sie gerichtet sind. Sie werden von fünf der fremden Menschen gehalten. Vier Männer und eine Frau.

„Ihr geht nirgendwohin!", erwidert einer der Männer streng. „Solltet ihr bewaffnet sein, dann legt bitte jetzt eure Waffen ab und hebt die Hände!"

Ashas Messer steckt in ihrem Stiefel, doch sie denkt gar nicht daran, es abzugeben. Sie hebt die Hände und schielt zu Ruby, die ihre Laserwaffe von ihrem Handgelenk löst und neben ihrem Speer zu Boden fallen lässt. Danach hebt auch sie die Hände und funkelt die Fremden herausfordernd an. Immerhin sprechen sie dieselbe Sprache, auch wenn sie manche Wörter etwas ungewohnt betonen.

Der Mann nickt der einzigen Frau des Teams zu, die mit langsamen Schritten auf Asha und

Ruby zusteuert. „Wenn ihr euch nicht wehrt, wird euch kein Leid zugefügt werden. Um für unsere Sicherheit garantieren zu können, muss ich euch nun jedoch abtasten."

Asha blickt panisch zu Ruby, die nicht einmal mit der Wimper zuckt. „Nur zu", fordert diese die Fremde sogar noch auf. „Ich brauche keine Waffen, um mich verteidigen zu können."

Die Frau geht darauf nicht ein, sondern beginnt, Rubys Beine abzutasten. Auf Ashas Stirn bricht kalter Schweiß aus. Wenn sie an der Reihe ist, wird die Frau das Messer sofort finden. Verzweifelt blickt sie zu den Männern, die ihre Gewehre nach wie vor auf sie gerichtet halten. Asha zweifelt nicht daran, dass sie auf sie schießen werden, sollte sie versuchen zu fliehen. Die Frau ist bei Ruby fertig und wendet sich nun Asha zu. Sie mustert neugierig ihr Gesicht. „Dir passiert nichts!", versichert sie ihr erneut, bevor sie vor ihr in die Knie geht. Bevor ihre Hand auch nur Ashas Bein berührt, holt diese aus und verpasst der Frau einen Tritt gegen die Brust. Sie wirbelt herum und stürmt los. Der Wind rauscht in ihren Ohren, während ihr Herz vor Aufregung gegen ihre Brust hämmert. Doch Schüsse fallen überraschenderweise nicht. Sie glaubt an eine erfolgreiche Flucht, als ihr plötzlich die Beine wegknicken. Sie kann sie nicht mehr bewegen, genau wie ihre Arme, die auf einmal entsetzlich schwer erscheinen. Sie zappelt hilflos mit dem Oberkörper, um auf den Rücken zu kommen. Vor ihr steht einer der Männer mit erhobener Waffe. „Das ist ein Beruhigungsmittel. In ein paar Minuten bist du wieder bei uns", erklärt er ruhig, doch Asha kann seinen Worten kaum folgen. Ihre Augenlider fallen wie von alleine zu und sie fällt in ein tiefes Loch.

Als sie wieder zu sich kommt, spürt sie sofort, dass sie nicht alleine ist. Der Blick eines Fremden scheint sich förmlich in sie hineinzubohren. Panisch reißt sie die Augen auf und blickt zu einem Mann mittleren Alters auf. Seine Haut ist genauso dunkel wie die der anderen Fremden, doch durch sein kurzes Haar ziehen sich erste graue Strähnen. Falten liegen um seine dunklen Augen, die ihm ein weniger strenges Erscheinungsbild geben, obwohl er sie ernst mustert.

„Es tut mir leid, dass wir dich betäuben mussten“, entschuldigt er sich bei Asha sehr förmlich. „Vielleicht fühlst du dich noch etwas benommen, aber das lässt schon in wenigen Minuten nach.“

Ihre Hände sind auf ihrem Rücken gefesselt, während sie auf einem Stuhl sitzt. Ruby sitzt neben ihr. Sie ist nicht gefesselt. Ihre Hände ruhen in ihrem Schoß und sie schenkt Asha einen herablassenden Blick. „Du solltest froh sein, dass sie dich nicht erschossen haben“, zischt sie.

„Wir erschießen Menschen nicht grundlos“, sagt der fremde Mann und Asha blickt hinter sich. Sie befinden sich in einem der Zelte. Der Eingang wird von zwei weiteren Uniformierten bewacht. Lediglich Fackeln erhellen den Innenraum.

„Wer seid ihr und was wollt ihr?“, wendet sich Asha unfreundlich an den Mann. Dieser beginnt zu lachen. „Dasselbe könnte ich wohl euch fragen! Ihr seid in unser Lager eingedrungen, aber ich mache gerne den Anfang und stelle mich euch vor.“

Er blickt erst Ruby und dann Asha in die Augen. „Mein Name ist Anthony Smith. Ich bin der einundsiebzigste Präsident der Vereinigten Staaten von Amerika.“

Seine Worte hallen nach und die Bedeutung dessen, was er den beiden Frauen offenbart hat, braucht eine Zeit, um bis zu ihnen durchzudringen. Amerika gehörte zu den Beteiligten des Dritten Weltkrieges. Es ist schwer zu sagen, wer damals den Anfang machte und wer sich nur wehrte, doch irgendwie schaffte es wohl keiner, rechtzeitig die Notbremse zu ziehen und diese radioaktiv verseuchte Welt ist das Resultat. Doch viel erstaunlicher ist, dass Amerika weit von ihnen entfernt liegt, laut Bildungsunterricht etwa 15200 km Luftlinie.

„Jetzt seid ihr dran“, fordert Anthony Smith die Frauen auf. „Eure Namen würden mir für den Anfang genügen.“

Ruby steht von ihrem Stuhl auf, reckt das Kinn und streckt ihren Rücken durch. „Es ist mir eine Freude Sie kennen zu lernen, Herr Präsident. Mein Name ist Ruby. Einst war ich Kämpferin der westlichen Legion und trug die Bezeichnung C403. Jedoch nur zur Tarnung, denn ich wurde als Rebellin geboren.“

Anthony nickt ihr freundlich zu. Weder die Erwähnung der Legion noch der Rebellen scheint ihn zu überraschen. Es wirkt beinahe so, als wüsste er bereits bescheid. „Das Vergnügen ist ganz auf meiner Seite, Ruby.“ Er richtet seinen

Blick neugierig auf Asha, die immer noch an den Stuhl gefesselt ist. „Ich bin Asha“, sagt sie schlicht und hat nicht vor, weiter auszuholen. Das ist auch gar nicht nötig, denn das übernimmt Ruby für sie. „Asha gehört ebenfalls zu den Rebellen. Wir befanden uns mit anderen Rebellen und Flüchtlingen aus der Legion in einem Lager, das von der Zentrallegion übernommen wurde. Wir und ein junger Mann sind die Einzigen, die geflohen sind.“

Der Präsident nickt wissend. „Ich kenne euren Freund.“

Überrascht reißt Asha die Augen auf. „Ist er am Leben?“

„Er hat ein paar Verletzungen davon getragen, aber ansonsten geht es ihm schon wieder recht gut. Ihr dürft ihn gerne in unserem Lazarett besuchen.“

Asha mustert ihn misstrauisch. Er erscheint ihr zu nett und zu hilfsbereit. „Sie sind uns noch eine Antwort schuldig!“

Anthony hebt die Augenbrauen. „Du misstraust mir, oder?“

„Ich kenne Sie nicht. Warum sollte ich Ihnen vertrauen?“

„Eine gute Antwort“, grinst der Präsident und geht auf Asha zu. Er löst ihre Fesseln mit einem kleinen Taschenmesser. „Wir sind nicht grundlos hier, sondern weil wir über Funk einen Hilferuf aus eurer Zentrallegion erhielten. Es war ein junges Mädchen, das uns verzweifelt anflehte, sie und andere aus der Unterdrückung der Machthaber zu befreien. Ihre Stimme hätte das Herz eines jeden Menschen erweicht.“

Asha zieht skeptisch ihre Stirn in Falten. „Sie wollen mir also erzählen, dass Sie mit einer ganzen Armee angerückt sind, nur weil ein kleines Mädchen Sie weinend um Hilfe angefleht hat?!"

Anthony lacht über ihre spöttischen Worte. „Wir haben schon lange die Lage in der Zentrallegion beobachtet und oft versucht Kontakt aufzunehmen, doch nie eine Rückmeldung erhalten. Die Folgen des Dritten Weltkrieges beeinflussen unser aller Leben, jeden einzelnen Tag. Es gibt niemanden, der verschont wurde. Menschen sterben an den Spätfolgen der radioaktiven Strahlung, andere verhungern oder verdursten, weil ihre Heimat zerstört wurde. Jeder Weltkrieg begann damit, dass die Welt ihre Augen vor dem Unrecht verschloss. Jeder einzelne Krieg hätte verhindert werden können, wenn jemand rechtzeitig eingegriffen hätte. Milliarden Menschen hätte nie sterben müssen. Die Vereinigten Staaten von Amerika haben es sich zur obersten Aufgabe gemacht, endlich nicht mehr wegzuschauen. Wir wollen helfen und deshalb sind wir hier."

Seine Worte klingen gut gewählt, doch gerade deshalb wirken sie auf Asha unehrlich, wie auswendig gelernt. Sie sucht gedanklich nach dem Haken, denn es muss einen geben.

„Khaan wird froh sein, euch gesund wieder zu sehen. Meine Wachen werden euch zu ihm bringen", beendet Anthony Smith das Gespräch und reicht erst Ruby und dann Asha zum Abschied seine Hand. Seine Haut ist rau und faltig. Er ist kein Mann, der je in seinem Leben die Hände in den Schoss gelegt und anderen die

Arbeit überlassen hätte. Anthony Smith ist ein Mann der Taten.

Als sie das Zelt verlassen, wirft Asha ihm einen letzten misstrauischen Blick über die Schulter zu. Doch er blickt nicht weg, blinzelt nicht einmal. Wie sie bereits vermutet hatten, besteht das Lager hauptsächlich aus unterschiedlich großen Zelten. In einem der größten ist das Lazarett untergebracht. Es gibt etwa zwanzig Betten, doch nur eines ist belegt. Khaan richtet sich verschlafen auf, als die Frauen mit der Wache den Innenraum des Zeltes betreten. In Asha breitet sich ein ungekanntes Glücksgefühl aus. Sie verspürt den Drang Khaan vor Freude zu umarmen, doch sie unterdrückt das Gefühl und grinst stattdessen, als sie mit Ruby an seinem Bett ankommt. Sein Arm steckt in einem dicken Verband, während sein Gesicht von Kratzern nur so übersät ist.

„Das Wettrennen hast du eindeutig gewonnen", scherzt Ruby zur Begrüßung. Khaan erwidert ihr Lächeln. „Habe ich selbstverständlich alles so geplant."

Asha würde ihm gerne sagen, wie froh sie ist, dass er am Leben ist, doch sie bringt nicht ein Wort über ihre Lippen. Khaan schaut ihr in die Augen. In seinem Blick liegt Verständnis, so als wüsste er, was sie fühlt, auch ohne dass sie es aussprechen muss. „Ich wusste, dass ihr es hier herschaffen würdet."

Sie verbringen alle die Nacht in dem Lazarett. Es ist ruhig. Ab und zu sind die Schritte der Wachen zu hören oder das Rauschen des Windes, wenn er durch die Blätter der Bäume weht. Asha kann die Anstrengung der vergangenen Tage in ihrem ganzen Körper spüren. Er fühlt sich schwer und unbeweglich an. Sie ist müde, doch ihr Kopf arbeitet trotzdem auf Hochtouren. Können sie den Amerikanern trauen? Eigentlich sollte sie sich nun in Sicherheit wiegen. Die Truppen des Präsidenten werden die Zentrallegion stürmen und alle Menschen, die sich in der Gewalt der Legion befinden, befreien. Wenn es Cleo geschafft hat, zu überleben, wovon Asha überzeugt ist, wird sie sie schon bald wiedersehen. Die Amerikaner werden die Legion auslöschen und sie sind endlich frei. Alles wir gut werden. Egal, wie oft Asha es auch wiederholt, kann sie nicht daran glauben. Menschen tun nichts ohne eine Gegenleistung. Niemand fliegt tausende Kilometer über das Meer, nur weil ein kleines Mädchen einen Hilferuf abgesetzt hat. Die Amerikaner wären nicht hier, wenn sie sich dadurch nicht irgendeinen Vorteil versprechen würden. Aber was ist es? Werden sie sie versklaven, so wie es die Legion all die Jahre getan hat? Wird sich im Grunde nichts ändern durch das Eingreifen des Präsidenten, außer dem obersten Machthaber?

Seit Ruby Anthony Smith gegenüberstand, wirkt sie völlig verändert. Die Wut ist aus ihren harten Gesichtszügen gewichen und sie scheint irgendwie nur noch auf der Durchreise zu sein. Asha hat beinahe das Gefühl, dass es Ruby egal ist, ob die Amerikaner rechtzeitig eingreifen werden, um die Rebellen noch zu retten. Sie scheint mit allem aus ihrem bisherigen Leben abgeschlossen zu haben. Der Sprung von dem

Wasserfall war für sie wirklich ein Schluss-Strich, so wie Asha es eigentlich für ihr eigenes Leben geplant hatte. Doch sie kann sich weder von ihrer Furcht noch von ihren Sorgen lösen. Was wenn sie zu spät kommen?

Asha rennt über die rutschigen Steine und ist sich ihres Verfolgers stets bewusst. Sie kann seinen Atem in ihrem Nacken spüren. Sein Keuchen dringt an ihr Ohr und schnürt ihr den Hals zu. Sie darf sich davon nicht einschüchtern lassen, sondern muss weiterrennen. Niemals stehen bleiben, niemals aufgeben! Sonst ist sie verloren.

Seine Fingerspitzen streifen ihren Rücken und hinterlassen Abdrücke auf ihrer Haut wie von einem glühenden Eisen. Er hat sie gebrandmarkt, entstellt für den Rest ihres Lebens. Sie kann vor ihm davon laufen, aber er wird sie trotzdem immer wiederfinden. Es gibt keinen Ort, an dem sie sich vor ihm verstecken kann. Sie gehört ihm. Auf alle Zeit.

Am Horizont erkennt sie den steilen Abhang und hört das Rauschen des Wasserfalls. Nur noch wenige Meter und sie wird ihm davon springen. Sie hat keine Angst vor dem Wasser oder der Höhe. Sie hat vor nichts mehr Angst, außer vor ihm.

„Du schaffst es nicht!“, schreit A566 mit einer absoluten Gewissheit. Obwohl sie so schnell rennt wie sie kann, scheint sie dem Wasserfall nicht näher zu kommen.

„Gib auf!“

Sie könnte auf ihn hören, sich ihm ergeben und für eine Stunde die Zähne aufeinanderbeißen. Es einfach über sich ergehen lassen, die Augen und die Ohren verschließen. Je länger sie vor ihm flieht, umso mehr Freude wird ihm der Sieg über sie bereiten. Wenn sie vor ihm davonläuft, tut sie ihm im Grunde nur einen Gefallen. Er will, dass sie sich wehrt. Er liebt es, sie zu demütigen.

Doch plötzlich ist der Wasserfall nur noch wenige Schritte von ihr entfernt. Ein paar Meter und sie ist frei. Seine Hand schließt sich um ihren Hals. Er drückt zu, aber sie springt trotzdem vom Boden ab und entreißt sich seinem Griff. Schwerelos schwebt sie in der Luft. Sie hat es geschafft!

Das Wasser umfängt sie wie eine tröstliche Umarmung. Hier ist sie sicher vor ihm. Hände schließen sich um ihre Beine wie Fesseln und zerren sie auf den Boden des Sees. Dort unten hat er auf sie gewartet. Aber wie ist das möglich? Er war doch direkt hinter ihr. Seine Hände scheinen überall zu sein. Sie kneifen in ihre Haut und legen sich über ihren Mund, damit sie nicht schreien kann.

Asha schreit aus vollem Hals, als sie aus dem Traum hochschreckt. „Nein!“

Ruby und Khaan wachen ebenfalls auf und starren sie bestürzt an. Khaan ist innerhalb von Sekunden bei ihr und setzt sich ihr gegenüber auf das Bett. „Es war nur ein Traum“, murmelt er verschlafen und streichelt sanft über Ashas Hand. Sie fährt vor ihm zurück, als hätte er ihr Prügel angedroht. Ihr Herz pocht gegen ihre Rippen und ihre Atmung ist stoßweise, während Schweiß ihren Rücken hinab rinnt.

Khaan weicht zurück. „Du bist im Lazarett. Es ist alles in Ordnung.“

Panisch blickt Asha sich um. Kein A566.

„Beruhig dich!“, sagt Ruby und mustert sie neugierig. Ashas Wangen beginnen zu glühen. Wie konnte sie nur so die Kontrolle über sich verlieren? A566 kann ihr nichts mehr tun. Er ist ihr weder gefolgt, noch wird er sie jemals finden. Sie ist sicher vor ihm. Aber in ihren Träumen ist er allgegenwärtig. Sie fährt sich mit der Hand über die feuchte Stirn und steht auf. „Ich brauche frische Luft!“, murmelt sie und stürmt aus dem Zelt. Als sie Schritte hinter sich spürt, fährt sie wütend herum. Khaan.

„Soll ich dich begleiten?“

„Nein, ich will alleine sein“, erklärt sie ihm sehr ruppig. Khaan tritt einen Schritt zurück. Er wirkt enttäuscht. Nachdem er den Abhang hinunter in das Wasser gestürzt war, hatte sie sich gewünscht, dass er ihr zuvor gesagt hätte, dass er Höhenangst hat. Sie wollte ihm helfen und ihm beistehen. Doch jetzt, wo er ihr zur Seite stehen möchte, weist sie ihn wie üblich von sich. Sie will sein Mitleid nicht. Es hilft ihr nicht. Es macht sie nur noch schwächer.

„Lass sie gehen! Der ist nicht zu helfen“, hört sie Ruby sagen, als die Zeltplane hinter ihr zufällt. Ruby hat Recht und Khaan sollte es einsehen. Asha ist nicht wie andere Frauen, die Khaan für seine Fürsorge dankbar wären. Sie ist beschädigt, unbrauchbar.

Der leichte Wind fährt durch den Stoff von Ashas Hose und kühlt ihre erhitzte Haut. Die Amerikaner haben ihnen Uniformen zur Verfügung gestellt, da ihre Anzüge nicht nur schmutzig, sondern auch an vielen Stellen gerissen waren. Asha ist froh, dass sie nicht länger etwas von der Legion an ihrem Körper tragen muss. Aber die Uniform fühlt sich genauso fremd an. Die Hose ist zu weit und hält nur mit einem Gürtel auf ihren schmalen Hüften. Wird sie sich jemals wohl in Kleidung und ihrer Haut fühlen? Wird sie je das Gefühl haben, nicht in den Schuhen einer Fremden zu stecken? Wird sie je eins mit sich selbst sein?

Die Wachen, an denen sie vorbeikommt, mustern sie kritisch, aber halten sie nicht auf. Präsident Smith hat ihnen versichert, dass sie keine Gefangenen seien und kommen und gehen könnten, wie es ihnen gefällt. Niemand würde sie aufhalten. Zumindest dieses Versprechen scheint er zu halten. In einiger Entfernung flackert ein Lagerfeuer, um das drei der Amerikaner sitzen. Asha fürchtet sich vor den Fremden, aber vielleicht würden sie ihr ja mehr verraten, als der Präsident. Vielleicht wären sie unvorsichtiger in ihrer Wortwahl. Vielleicht könnte sie an ihren Mienen ablesen, was sie wirklich mit der Legion und ihren Bewohnern vorhaben.

Asha nährt sich dem Feuer. Die Wachen sitzen mit dem Rücken zu ihr, sodass sie sich nicht einmal verstecken muss, um sie unbemerkt anschleichen zu können. Sie lassen eine Zigarette zwischen sich rumgehen.

„… meine Frau wird das Klima lieben!“, erzählt einer der Männer, wobei er in den Himmel blickt.

„Träum doch nicht! Bis du deine Frau mitnehmen kannst, seid ihr zu alt, um zu reisen. Aber vielleicht kannst du deinen Kindern ein Haus kaufen.“

„Von welchem Geld denn?“, seufzt der erste.

„Präsident Smith hat uns eine reiche Belohnung für unsere Arbeit versprochen.“

„Wovon denn? Von den Trümmern, die hier vor uns liegen? Die Vereinigten Staaten müssen erst einmal jede Menge Geld investieren, bevor hier irgendjemand wohnen kann."

Asha hält inne. Die Amerikaner wollten hier leben? Aber was sollte dann aus ihnen werden?

„Am besten machen wir alles platt."

„Es wird schwierig werden, die Menschen aus dieser Legion zu befreien."

„Ich habe keine Lust, mein Leben für irgendwelche Fremden aufs Spiel zu setzen. Ich habe gehört sie haben nicht einmal Sex miteinander."

Die anderen beiden beginnen zu lachen. „Ein Leben ohne Sex? Wie soll das denn gehen?"

„Roboter eben."

„Am besten schmeißen wir ein paar Bomben. Dann hat Präsident Smith sein Land und wir müssen nicht unser Leben für sie riskieren."

Darum ging es also! Die Amerikaner wollten ihnen nicht helfen, sondern lediglich ihr Land. Dabei war ihnen die Legion natürlich ein Dorn im Auge. Sie würden niemanden retten. Die Legion würde untergehen und mit ihr alle Menschen, die sich in ihr befinden. Das durfte Asha nicht zulassen! Sie musste das irgendwie verhindern.

25. Wiedervereint (Cleo)

Ich kann die Stiche auf meiner Haut nicht mehr zählen. Es fing mit einem einzelnen Stich an meiner Hand an, der in sekundenschnelle auf das Dreifache anschwoll. Mittlerweile ist meine Hand so dick, dass ich die einzelnen Stiche gar nicht mehr erkennen kann. Ich kann meine Beine kaum bewegen und mein Gesicht ist so sehr angeschwollen, dass meine Haut zum Zerreißen gespannt ist. Die Mückenschwärme nehmen mir die Sicht. Ich habe die Orientierung verloren und weiß nicht mehr, wo ich bin. Die Mischung aus Juckreiz und Schmerz zieht sich über meinen gesamten Körper. Ein weiterer Stich trifft mich in den Hals. Es fühlt sich, an als würde meine Lunge durchbohrt worden und ich schnappe nach Luft, worauf mir die Insekten in den Mund fliegen. Panisch beginne ich zu husten und geh in die Knie. Ich presse meine Augen fest aufeinander. Heiße Tränen fließen über meine geschwollenen Wangen. Mein Gesicht nährt sich dem kalten Asphalt und ich bleibe bewegungslos am Boden liegen. Wenn die Legion diesen Wahnsinn nicht schnell stoppt, werde ich an ein paar Mückenstichen sterben. Selbst wenn sich alle Stechmücken wie durch ein Wunder mit einem Schlag in Luft auflösen würden, wüsste ich nicht, wie ich die Schmerzen der Stiche weiter ertragen sollte. Kann N300 mich in diesem Moment sehen? Sieht er, wie ich am Boden liege? Erfüllt es ihn mit Triumph? Triumph, dass er über mich gesiegt hat?

Die Steine der Straße bohren sich in meine Wange und meine Atmung geht nur noch stoßweise. Ich kann förmlich spüren, wie sich meine Luftröhre zuschnürt. Die Stechmücken lassen sich unnachgiebig auf meiner Haut nieder, stechen durch den dünnen Stoff des Anzugs. Ich kann ihnen nicht entkommen und zum ersten Mal bin ich bereit, aufzugeben. Mein Leben war nicht das Schlechteste. Ich habe mehr erreicht, als ich je zu hoffen gewagt hätte. Ich habe die Sicherheitszone der Legion verlassen, habe einen Sternenhimmel gesehen, ich habe mit meinen Händen Pflanzen in die Erde gepflanzt und bin durch einen Wald gerannt. Ich habe Freundschaften geschlossen, gelacht, geweint, getanzt, gesungen, geschrien und gelebt. Aber vor allem habe ich eins: geliebt. Nicht nur mein Leben und die Menschen darin, sondern vor allem Finn. Er ist das Bindeglied zwischen allem. Er ist mein Leben. Ich bereue keine Entscheidung und keinen Tag an seiner Seite. Wenn mein Leben auf diese Weise enden soll, dann bin ich bereit. *Nichts von dem, was du glaubst, zu sehen oder zu spüren, ist real.*

Wie von selbst hallen die Worte in meinem Kopf wieder. Der Schmerz ist allgegenwärtig. Ich kann spüren wie die Stechmücken sich auf meine Haut setzen. Ich kann jeden Stich spüren. Ich kann sie mit meinen Ohren hören und mit meinen Augen sehen. Wie können sie nicht real sein?

Nichts von dem, was du glaubst, zu sehen oder zu spüren, ist real.

Finn ist real. Ich rufe mir sein Bild vor Augen und denke an seine himmelblauen Augen und den Glanz in ihnen, wenn er mein Gesicht mustert.

Ich weiß, wie sich sein welliges Haar zwischen meinen Fingern anfühlt. Es ist weich und unglaublich zart. Ich kann die einzelnen Haarsträhnen in die Länge ziehen, doch sobald ich sie loslasse, wellen sie sich wieder. Seine Haare riechen nach den Nadeln des Waldes und nach dem roten Boden der Wüste. Ich erinnere mich daran, wie ich das erste Mal seine Haut berührt habe. Ich konnte jedes einzelne Haar spüren. Seine Haut war warm, nicht nur von der Sonne beschienen, sondern von innen heraus.

Allein der Gedanke an seine Lippen löst in meinem Inneren einen wohligen Schauer aus. Wenn er mich küsst, ist er nie zurückhaltend, sondern immer hungrig, so als könne er nie genug von mir bekommen. Als könne kein Kuss lang genug dauern. Als könne kein Kuss je ausdrücken, was er für mich empfindet. Die Erinnerung an ihn ist so lebendig, dass ich ihn neben mir spüren kann. Ich kann seine Hand in meiner fühlen.

„Gib nicht auf!", flüstert er. *„Vertrau mir!"*

Ich öffne die Augen und blicke auf eine der Stechmücken, die sich auf mein Handgelenk setzt. Sie stich mich, aber ich spüre nichts. Obwohl Finn nicht bei mir ist, prickeln meine Lippen, wenn ich an seinen Kuss denke. Er ist lebendig. Die Stechmücken sind es nicht mehr. Sie sind reine Illusion. Als ich das erkenne, lösen sie sich direkt vor meinen Augen auf. Meine Haut ist immer noch geschwollen. Ich fahre mit der Hand über die Stiche und sie verschwinden. Zurück bleibt nur die Erinnerung wie an einen finsteren Traum. Wenn man sich das, was real ist, in den Kopf ruft, ist es leicht, die Illusionen zu erkennen.

Finns Liebe hat mich gerettet, er brauchte nicht einmal da sein. Seine bloße Existenz hat gereicht. Ich richte mich auf und schaue mich zwischen den Trümmern um. Es ist Nacht und deshalb lässt sich noch weniger erkennen als am Tag. Meine Schritte folgen meinem Instinkt, der mich weiter geradeaus gehen lässt.

Bereits nach wenigen Metern höre ich die verzweifelten Schreie einer Frau. Ich folge der Stimme und finde meine Mutter, die wild um sich schlägt. Ihre Haut weist dieselben Blasen wie meine zuvor auf, doch die Stechmücken sind für mich nicht länger sichtbar. Für sie hingegen sind sie real.

„Mutter!", spreche ich sie laut an und sie zuckt zusammen, richtet ihren Blick auf mich, während sie sich die Haut in ihrem Gesicht wund kratzt.

„Da bist du ja", stößt sie aus, aber schlägt sofort wieder nach den imaginären Mücken. „Geht es dir gut?", fragt sie fassungslos, als sie bemerkt, dass die Stechmücken mich nicht anfallen. Die Haut an ihren Armen ist von Kratzern bereits übersät, die sie sich alle selbst zugefügt haben muss.

Ich trete auf sie zu und nehme ihren Kopf zwischen meine Hände. „Hab keine Angst. Lass den Schmerz zu und wehre dich nicht länger dagegen."

Sie blickt mich verzweifelt an, als wäre ich verrückt geworden.

„Vertrau mir und schließ die Augen!"

Sie zögert für einen Moment, aber folgt dann meiner Bitte. Ich fühle wie schwer es ihr fällt, sich nicht gegen die Stiche zu wehren.

„Denk an den glücklichsten Moment in deinem Leben!“

Sie atmet keuchend aus.

„Siehst du ihn vor dir?“

Sie nickt und ein schwaches Lächeln legt sich auf ihre Lippen.

„Erzähl mir davon!“

„D518. Im Namen der Legion ernenne ich dich zu A518. Du erhältst mit dem heutigen Tag den weißen Anzug.“

Ich spüre, wie meine Lippen zittern, und höre kaum den Applaus, der rund um mich herum ausbricht. A350 tritt mir entgegen und drückt mir einen sorgfältig gefalteten, weißen Anzug in die Hände. Für einen kurzen Moment berühren sich unsere Finger. Ihre sind genauso feucht wie meine. Ich blicke in ihre Augen und sehe grenzenlose Freude und Stolz. „Willkommen“, flüstert sie fast zärtlich und lächelt mir entgegen.

„… ich hatte dich nach all den Jahren endlich wieder.“ A350 öffnet ihre dunklen Augen.

„Spürst du die Stiche noch?“

„Nein“, erwidert sie überrascht und blickt sich um. Die Stechmücken sind verschwunden und die Schwellung ihrer Haut geht zurück. Wir blicken uns in die Augen, während ihre Hände meine umschließen. Ich habe das Gefühl, dass wir uns endlich wahrhaftig gefunden haben. Wir befinden uns nicht nur auf Augenhöhe, sondern blicken in dieselbe Richtung. Sie wird nicht jede meiner Entscheidungen verstehen oder gutheißen können, aber sie wird mich immer lieben. Sie hat mich immer geliebt, selbst wenn ich das Gefühl hatte, alleine auf der Welt zu sein.

In diesem Moment erlischt das Licht der Sterne und wir stehen uns in völliger Dunkelheit gegenüber. Kein Schimmer, keine Schatten, nur Schwärze.

Sobald wir den einen Streich der Legion überstanden haben, wartet N300 bereits mit der nächsten Möglichkeit zur Folter auf. Ich schließe meine Finger etwas fester um die Hand meiner Mutter. „Wir stehen das zusammen durch“, verspricht sie mir, als wir uns flach auf den Boden legen. Die Liebe einer Mutter ist unsterblich. Erst jetzt begreife ich ihre Tragweite.

26. New Hope (Asha)

„Sie wollen alle umbringen!“, schreit Asha völlig außer sich, während Ruby sie nur skeptisch mit hochgezogenen Augenbrauen betrachtet.

Khaan kratzt sich unsicher am Hinterkopf. „Vielleicht hast du irgendetwas falsch verstanden?!“

„Nein, ich habe es genau gehört. Es geht ihnen nur um das Land und nicht die Menschen, die darin leben. Wir sind ihnen nur lästig“, beteuert Asha.

„Was sollen sie denn mit unserem Land wollen? Abgesehen von der Gegend hier, gibt es doch nur Wüste!“ Ruby glaubt ihr kein Wort, was untypisch für sie ist. Asha hatte sie als misstrauische und kritische Person kennen gelernt, doch jetzt verhält sie sich naiv und blauäugig. Vermutlich liegt es daran, dass sie nur Asha nicht glauben will.

„Ich habe es selbst gehört!“, ruft Asha ungeduldig aus. „Am besten hauen wir direkt von hier ab, solange die Amerikaner noch nicht wissen, dass wir ihre Pläne durchschaut haben.“

„Das kommt überhaupt nicht infrage! Wo sollten wir denn hin?“, schreit Ruby genervt zurück. „Mach, was du willst, aber ich bleibe hier!“

„Dir sind die anderen doch eh egal! Wahrscheinlich ist es dir noch recht, wenn Cleo und Finn zufällig bei dem Angriff der Amerikaner ums Leben kommen!“

„Das ist nicht wahr!“

Khaan kann das Geschrei der beiden Frauen nicht länger ertragen. Als er im Lager der Amerikaner landete, machte er sich große Sorgen um die beiden, doch jetzt wünscht er sich beinahe, sie hätten sich ein paar Tage länger Zeit gelassen, um ihn zu finden. Wortlos steht er aus seinem Bett auf und verlässt das Zelt. Erst als er bereits vor dem Zelt des Präsidenten angekommen ist, holen ihn die beiden ein. Asha zieht ihn am Arm zurück. „Was willst du hier?“, fragt sie panisch.

„Ich werde Präsident Smith zur Rede stellen! Er ist der Einzige, der uns eine Antwort auf deine Vorwürfe geben kann.“

„Spinnst du?!“, zischt sie fassungslos. „Wenn er erfährt, dass wir bescheid wissen, lässt er uns doch sofort töten!“

„Oder er wirft uns raus, weil er uns für undankbar und respektlos hält“, pflichtet ihr Ruby bei, wenn auch aus anderen Gründen.

„Ich bin die ganzen Spekulationen leid!“, erwidert Khaan. „Menschen streiten, weil sie viel zu selten miteinander reden. Der Präsident hat sich bisher freundlich uns gegenüber verhalten. Wir haben keinen Grund, ihm zu misstrauen!“

„Er wird sich irgendeine Ausrede einfallen lassen!“, sagt Asha und versperrt ihm den Weg. Jede andere Frau würde Khaan einfach zur Seite schieben, doch er wagt es nicht, Asha zu berühren.

„Geh mir bitte aus dem Weg!“

„Nein!“

Anthony Smith selbst tritt aus dem Zelteingang. Sein Gesicht wirkt interessiert und amüsiert zugleich. „Gibt es hier ein Problem?“

„Nein!“, stoßen Ruby und Asha gleichzeitig aus.

„Doch“, erwidert Khaan betont und richtet seinen Blick auf Anthony. „Asha hat heute Nacht zufällig ein Gespräch zweier Wachleute mit angehört, welches sie sehr beunruhigt hat.“

„Du meinst, Asha hat sie belauscht“, stellte Anthony fest, wobei er Asha mit einem süffisanten Lächeln betrachtet, woraufhin diese rot anläuft und ihre Lippen fest aufeinander presst.

Khaan spricht für sie weiter: „Sie hat nicht geplant jemanden zu belauschen, es war Zufall. Bei diesem Gespräch wurde besprochen, dass ihr plant, die Legion zu bombardieren, ohne Rücksicht auf die Menschen zu nehmen, die in ihr leben oder gefangen gehalten werden. Ist das richtig?“

Präsident Smiths Gesichtszüge spannen sich an. „Folgt mir bitte ins Zelt!“

Khaan und Ruby hatten beide erwartet, dass er alles abstreiten würde, doch der Vorwurf scheint nicht völlig abwegig zu sein. Ihnen bleibt nichts anderes übrig, als auf seinen Vorschlag einzugehen. Im Inneren des Zeltes lässt sich Anthony an einem Tisch nieder und bittet seine drei Gäste durch eine Handbewegung, ebenfalls Platz zu nehmen. Eine drückende Stille legt sich über den Raum. Anthony scheint nach den richtigen Worten zu suchen. Für Asha sind es nur Lügen. „Geben Sie doch einfach zu, dass es Ihnen nur um das Land geht! Am liebsten wäre Ihnen, wenn wir alle tot wären!“

„Das stimmt nicht“, entgegnet Anthony. „Ich will zugeben, dass wir nicht ganz so uneigennützig handeln, wie ich euch Glauben machen wollte, aber ich habe euch nie belogen. Es ist unser Ziel so viele Menschen wie möglich zu retten, doch gleichzeitig muss ich auch an die Sicherheit meiner eigenen Leute denken. Ich werde nicht ihr Leben aufs Spiel setzen, um das eurer Freunde zu retten. Amerika gehört zu einem der Gebiete, die während des Dritten Weltkriegs mit am meisten bombardiert worden ist. Viele Landstriche sind heute noch durch die radioaktive Strahlung unbewohnbar. Wir haben jahrelang unter der Erde überlebt und wagen uns erst seit einigen Jahren wieder an die Oberfläche. Es gibt zu viele Menschen und zu wenig Lebensraum. Australien hingegen ist weitestgehend verschont worden. Wir suchen einen Ort, an dem wir uns eine zweite Heimat errichten können.“

„Australien?“, fragt Khaan verständnislos.

Anthony blickt ihn überrascht an. „So nennt sich der Kontinent, den ihr bewohnt, wusstet ihr das nicht?“

In der Tat hatte niemand von ihnen eine Ahnung, wo genau sie sich auf der Erdkugel befinden, aber es hatte bisher auch keine Rolle gespielt, da sie davon ausgegangen waren, dass sie die letzten Überlebenden wären.

„Was passiert mit uns, wenn ihr unser Land besiedelt?“, fragt Asha direkt.

„Wir werden nicht wie ein Schwarm Heuschrecken über euch herfallen, falls du das befürchtest. Bevor unsere Familien hier leben können, braucht es viele Jahre des Aufbaus. Euer

Land gleicht praktisch einer unbewohnten Ebene. Dörfer, Städte und Plantagen müssen errichtet werden. Von irgendetwas müssen die Menschen leben. Wir wollen niemanden vertreiben und niemanden unterdrücken, sondern gemeinsam mit euch an dem Wiederaufbau der Welt arbeiten. Hand in Hand wie Freunde, nicht gegeneinander. Dieses Land bewohnbar zu machen, sollte unser gemeinsames Ziel sein."

Asha möchte ihm widersprechen, doch seine Haltung und seine Worte wirken ehrlich. „Was ist mit Amerika? Warum leistet ihr dort in den bewohnbaren Gegenden keinen Wiederaufbau?"

„Das haben wir schon, aber es gibt zu wenige Gebiete, die sich von der Strahlung erholt haben. Wir haben dort bereits Großes geleistet." Er schiebt seinen Stuhl zurück und steht auf. Er holt aus einer Tasche einen kleinen Bildschirm und reicht diesen an Khaan, der staunend die Augen aufreißt.

„Das ist New Hope, die erst Stadt, die wir nach dem Dritten Weltkrieg errichtet haben", erklärt Anthony, während Khaan das Gerät an Ruby weiterreicht. „Sie ist wunderschön!", sagt diese sofort. „Mir gefällt der Fluss, der vom Meer durch die Straßen und wieder zurückfließt."

„Jedes Haus besitzt einen eigenen Zugang zu dem Fluss. Er ersetzt unsere Straßen und sorgt gleichzeitig für eine ausreichende Bewässerung der Felder", sagt Anthony, als Asha den Bildschirm erhält. Es zeigte eine Aufnahme aus einem Hubschrauber oder einem Flugzeug. Die Stadt scheint praktisch im Meer zu stehen. Die Dächer der Häuser bestehen aus Glas, sodass alle genug

Sonnenlicht erhalten. Zwischen den Häusern liegen Felder, auf denen grüne Pflanzen und Bäume wachsen. Es gibt sogar Weiden mit Tieren.

„Wir lieben unser Land. Und es wird auch immer unsere Heimat bleiben, aber es ist einfach zu eng. Zurzeit bewohnen etwa fünfzehn Personen 100m², das sorgt für Unruhen."

„Woher wissen wir, dass es diese Stadt wirklich gibt und Sie uns nicht einfach nur eine Bildmanipulation vorsetzen?", fragt Asha und funkelt Anthony herausfordernd an. Ruby zieht empört die Luft ein, doch Anthony lächelt nur. „Asha, du bist eine Frau, die sagt, was sie denkt. Das weiß ich wirklich zu schätzen! Niemand zwingt dich, hier zu bleiben. Sobald die Legion befreit wurde, steht es dir frei, in eines unserer Flugzeuge zu steigen und dir New Hope mit eigenen Augen anzusehen. Wenn es dir gefällt, darfst du auch gerne dort bleiben. Wir möchten uns mit euch vereinen, das bedeutet nicht nur, dass wir in eurem Land leben werden, sondern auch, dass ihr in Amerika leben könnt, wenn ihr das möchtet."

Asha starrt ihn ungläubig an. Mit diesem Angebot hätte sie nicht gerechnet. Anthony fährt fort: „Ihr habt viel mitgemacht und ich kann verstehen, wenn man sein altes Leben hinter sich lassen möchte. Wo könnte das besser gehen, als in einem fernen, fremden Land?"

Das Dröhnen der Propeller des Hubschraubers ist ohrenbetäubend. Die Vibration geht durch den Boden und zieht sich bis in Ashas Beine. Ihr Magen vollführt ein Looping nach dem anderen, während sie sich an ihrem Sitz festkrallt. Sie hasst es zu fliegen. Aber als der Präsident sie fragte, ob sie mit zu einem Spionageflug über die Legion wollten, stimmte sie dennoch sofort zu. Sie muss wissen, wie es um Cleo und die anderen steht. Khaan wäre auch gerne mitgekommen, doch durch seinen gebrochenen Arm wäre das wohl für ihn zu anstrengend geworden. Ruby hingegen sitzt nun auf dem Sitz neben dem Piloten, während Anthony Smith direkt hinter ihr sitzt. Die beiden unterhalten sich über den Funk der Kopfhörer. Asha ist klar, dass sie Ruby nicht fragen muss, wofür sie sich entscheiden wird: Hier bleiben und beim Aufbau einer neuen Stadt helfen oder nach Amerika auswandern? Diese Frage hatte sich schon entschieden, bevor Präsident Smith ihnen überhaupt angeboten hatte, dort ein neues Leben anzufangen. Es war die Art, wie Ruby die Nähe des Präsidenten suchte und an seinen Worten hing.

Obwohl die Legion noch nicht in Sicht ist, besprechen sie bereits geeignete Vorgehensweisen. Khaan sollte diese Gespräche mit Anthony Smith führen. Er war immerhin der Anführer der FDF. Ruby ist zwar eine Kämpferin, aber sie verfolgt mittlerweile nur noch ihre eigenen Ziele. Die Allgemeinheit ist ihr egal geworden. Asha kann es ihr nicht verübeln. Als Ruby sich freiwillig als Spionin für die Rebellen meldete, gab sie ihr Leben zum Wohl der anderen auf. Sie hat mehr als genug für die Allgemeinheit geleistet. Trotzdem fühlt es sich falsch an, wenn ausgerechnet die Person, die lieber gestern als morgen nach Amerika fliehen würde, jetzt den

Präsidenten im Vorgehen berät. Die Sicherheit der Rebellen steht bei ihr genauso wenig an oberster Stelle, wie bei Anthony Smith und den übrigen Amerikanern. Ihnen geht es darum einen möglichst schnellen Erfolg zu verzeichnen, um so schnell wie möglich mit den Arbeiten am Land beginnen zu können.

„Sichtung linker Hand. Etwa zwei Kilometer“, dringt plötzlich aus den Lautsprechern auf Ashas Ohren. Das war der Pilot. Neugierig drückt sie ihren Kopf gegen die Fensterscheibe. Aus der Luft wirkt alles klein und unbedeutend. Sie weiß nicht, was er meint, denn sie kann nur meilenweit rote Felsen erkennen.

„Sieht aus wie zwei Transporter“, sagt der Präsident und deutet nach vorne aus dem Fenster.

„Die Rebellen hatten zwei Transporter“, erwidert Ruby und schaut in die gleiche Richtung. Asha folgt ihren Blicken und sieht nun ebenfalls die beiden weißen Punkte. Sie sind praktisch von den Felsen umschlossen.

„Ich glaube, das ist unser ehemaliges Lager“, meldet sie sich zum ersten Mal zu Wort. Der Hubschrauber geht etwas tiefer und nährt sich der Felsformation. Kleine schwarze Punkte tummeln sich rund um die beiden Fahrzeuge: Menschen!

„Sie haben die Legion wieder verlassen!“, ruft Asha begeistert aus, auch wenn ihr der Grund dafür schleierhaft ist. „Wir müssen landen!“

„Keine Landung!“, unterbindet Anthony sofort ihre Forderung. „Das ist ein Sichtungsflug, mehr nicht! Wir sind nicht ausreichend bewaffnet, um zu Boden zu gehen.“

„Das sind die Rebellen! Wir brauchen keine Waffen!", faucht Asha wütend. „Sie müssen doch wenigstens wissen, dass Rettung unterwegs ist!"

„Sie könnten uns aber leicht für die Legion halten und deshalb auf uns schießen", widerspricht nun auch Ruby ihr. Es nervt Asha, dass Ruby sich grundsätzlich gegen sie stellt. Es geht schließlich um ihre gemeinsamen Freunde! Das ist einer der Punkte, die Asha davon abhalten, sich für ein neues Leben in Amerika zu entscheiden. Sie weiß, dass Khaan Australien niemals verlassen wird. Er wollte immer ein besseres Leben für die Menschen der Sicherheitszone, genau wie Cleo. Niemals würde er es den Amerikanern überlassen, sich um die Bewohner der Legion zu kümmern. Viel zu groß wäre seine Angst vor weiterer Unterdrückung! Er wird hier bleiben, um tatkräftig am Wiederaufbau mitzuhelfen. Cleo wird das Gleiche tun. In dieser Hinsicht würden sie wirklich perfekt zusammenpassen. Sie haben sehr viel gemeinsam. Vielleicht mag Asha Khaan deshalb ein bisschen. Die Dinge, die er tut und sagt, erinnern sie oft an Cleo. Asha möchte frei sein, aber sie kann sich nicht vorstellen, alleine mit Ruby, die sie nicht leiden kann, auszuwandern.

Vergeblich versucht sie etwas in dem Lager zu erkennen, einzelne Menschen unter ihnen auszumachen. Doch sie sind zu weit oben, um Männer von Frauen zu unterscheiden. Kurze Zeit später ist das Lager bereits aus ihrem Sichtfeld verschwunden und vor ihnen erhebt sich am Horizont die Legion. Im Vergleich zu der Luftaufnahme von New Hope in Amerika, wirkt die Legion beinahe winzig. Sie würde nicht einmal ein Viertel der großen Stadt aus Glas am Meer decken. Der Hubschrauber fliegt wieder höher, um ein schwierigeres Ziel für Angriffe der Legion darzustellen. Ihnen am nächsten liegt der zerstörte Ostsektor, doch anstelle der beschädigten Hochhäuser, befindet sich dort nun eine schimmernde Kuppel. Asha drückt sich dichter an das Glas der Fensterscheibe. Was hat das zu bedeuten? Das Material, aus dem die Kuppel besteht, spiegelt die Wolken wieder und lässt aus dieser Entfernung nicht erkennen, was sich im Inneren der Kuppel befindet. Doch der Hubschrauber hält weiterhin Abstand.

„Können wir nicht noch näher dran?", drängt Asha ungeduldig.

„Die Zentrallegion verfügt über Luftabwehrsysteme. Wahrscheinlich haben sie uns schon längst bemerkt. Wenn wir uns noch näher an sie ran wagen, werden sie uns vom Himmel schießen", entgegnet Präsident Smith, aber wirkt gleichzeitig auch sehr interessiert an der fremdartigen Kuppel. „Weiß eine von euch, was das ist?"

„Als ich aufgebrochen bin, war sie jedenfalls noch nicht da", murmelt Ruby. „Vielleicht soll sie die Rebellen vom Rest der Stadt abgrenzen."

„Du meinst, die Legion hält sie gefangen!", verbessert Asha. Der Hubschrauber dreht Kreise, doch egal, aus welcher Richtung sie auf die Kuppel blicken, es lässt sich nicht sagen, was sich im Inneren befindet. Es wirkt fast so, als herrsche in ihr absolute Finsternis. Doch auch ohne zu wissen, was in der Kuppel ist, lässt sich leicht erkennen, dass die Legion sich in Aufruhr befindet. Viele Gebäude sind von Explosionen beschädigt, die Straßen verwaist. Es hat Aufstände gegeben! Plötzlich erheben sich von einer der höchsten Gebäude drei kleine Flugzeuge, die direkt auf den Hubschrauber zusteuern. Die Legion hat sie definitiv entdeckt und versucht sie nun in die Flucht zu schlagen.

„Rückzug!“, befielt Präsident Smith sofort und der Hubschrauber macht eine Kehrtwendung. Asha wusste, dass die Lage in der Legion sehr ernst ist, aber was sie gesehen hat, schockt sie dennoch. Am meisten Unbehagen bereitet ihr diese eigenartige Kuppel. Irgendetwas versteckt die Legion dort und dafür muss es einen Grund geben. Ihre Sorge um Cleo ist nun allgegenwärtig. Sie hat das Gefühl, sie in jeder Sekunde, die ungenutzt verstreicht, verlieren zu könnten. Das Leben der Rebellen scheint am seidenen Faden zu hängen, der nur einen Atemzug später bereits reißen könnte. „Wann werden wir sie angreifen?“

Präsident Smith schweigt nachdenklich und blickt aus dem Fenster. „Diese Kuppel bietet einen unberechenbaren Faktor! Solange wir nicht wissen, was die Legion dort versteckt, kann ich keine Bodentruppen in das Gebiet schicken.“

„Und was ist mit den Flüchtlingen in den Bergen?“

„Wir packen noch heute das Lager zusammen, sodass wir morgen Früh zu ihnen aufbrechen können. Vielleicht können sie uns mehr über die Kuppel erzählen.“

Es ist nur ein kleiner Sieg, aber Asha weiß bereits jetzt, dass sie in der Nacht vor Aufregung nicht ein Auge zu bekommen wird. Befindet sich Cleo unter den Flüchtlingen? Wird sie sie vielleicht schon morgen wieder sehen?

27. AUSGELÖSCHT (CLEO)

Die Zeit erscheint endlos. Ich kann nicht mehr sagen, seit wie vielen Stunden oder gar Tagen die Finsternis schon anhält. Wir sind in ihr gefangen, können nicht vor und nicht zurück. Es gibt kein anderes Geräusch als den Atem meiner Mutter und meinen eigenen. Fühlt es sich so an, lebendig begraben zu werden? Die Dunkelheit ist wie eine Fessel, die uns an Ort und Stelle festhält. Ich höre ihre stummen Tränen und spüre, wie ihre Hand in meiner immer schwächer wird. Ist das unser Ende? Sollten wir Feuerstürme, Hagel, Eis, Erdbeben, Bestien und Stechmücken überlebt haben, um am Ende an der Finsternis zu sterben? Sie streckt ihre dunklen Fühler nach meinem Herzen aus und saugt jeden Funken Hoffnung aus ihm. Ich spreche seinen Namen laut aus: „Finn."

Das Wort schwebt zwischen uns und ich wiederhole es, um mich daran festzuhalten. „Finn."

Es kommt keine Antwort zurück, aber ich habe das Gefühl, dass alleine seinen Namen auszusprechen mich ihm näher bringt.

Finn.

Finn.

Finn.

Mit einem Schlag ist es, als würde die Welt explodieren. Die Finsternis wird von einem Licht abgelöst, fast so als hätte jemand die Leuchtplatten angeschaltet und dabei nicht den Dimm-Modus gewählt, sondern direkt volle Leuchtkraft in den Computer eingegeben. Ich kneife meine Augen zusammen und versuche mein Gesicht mit den Händen abzuschirmen. Ein Stöhnen dringt an mein Ohr. Wer war das? Oder war ich das etwa selbst?

Vorsichtig öffne ich die Augen hinter meinen vorgehaltenen Händen und spähe aus einem Schlitz zwischen Zeige- und Mittelfinger. Ich befinde mich auf einer Straße voller Trümmer. Wie bin ich hier hergekommen?

Langsam lasse ich die Hände sinken. Meine Augen gewöhnen sich an das Licht und ich richte mich auf. Alles um mich herum erscheint mir fremd. Ich versuche mich an etwas zu erinnern, das mir erklären würde, was ich hier tue, doch da ist nichts. Ich kann mich nicht einmal mehr daran erinnern, was vor zehn Minuten war. Wo bin ich? Wer bin ich? Wie heiß ich?

Es ist, als hätte ich nie gelebt. Irritiert blicke ich auf meine Hände und drehe die Handflächen nach oben. Narben ziehen sich über meine Haut und an der linken Hand fehlt mir der kleine Finger. Wann ist das passiert? Warum? Wie?

Erneut höre ich das Stöhnen. Erschrocken fahre ich herum und blicke auf eine Frau hinab, die am Boden kauert und sich den Kopf hält, als habe sie entsetzliche Kopfschmerzen. Sie ist schmutzig und ihre Kleidung zerfetzt. Ihr Kopf ist von einer dünnen dunklen Haarschicht bedeckt.

Ihre bloße Anwesenheit erfüllt mich mit unglaublicher Wut. Was tut sie hier? Warum nimmt sie mir die Luft zum Atmen weg? Wir können nicht beide existieren. Die Frau öffnet die Augen und schaut mich voller Zorn an. Ihre Augen sind dunkle Schlitze. Sie richtet sich auf, ohne mich aus den Augen zu lassen. Obwohl ich nicht weiß, wie alt ich bin, spüre ich instinktiv, dass sie die Ältere ist. Alles, was ich möchte, ist, dass sie verschwindet. Sie soll mir aus den Augen gehen, soll aufhören meine Luft zu atmen und über meine Straße zu gehen. Ich kann in ihrem Gesicht ablesen, dass sie denselben Wunsch hegt. In dieser Welt ist nur Platz für eine von uns beiden. Aber ich werde meinen Platz nicht kampflos aufgeben.

Ein Grollen dringt aus ihrer Kehle, während mich ihre dunklen Augen wütend fixieren. Im nächsten Moment stürmt sie auf mich zu. Ich weiche ihr aus und packe sie an dem Stoff in ihrem Rücken. Daran ziehe ich sie zurück und schlinge meine Arme um ihren Hals. Ich presse zu, so fest ich kann. Sie schlägt mit ihren Armen wild um sich und trifft mich immer wieder am Kopf und im Gesicht, aber ich lasse nicht los. Nur wenige Minuten und sie wird endlich aufhören, mir meine Luft zu stehlen. Ihre Finger finden mein rechtes Auge und sie stößt zu. Schreiend lockere ich meinen Griff um ihren Hals. Dieser kurze Moment reicht aus, um ihr die Flucht zu ermöglichen. Aber sie denkt gar nicht daran vor mir davonzulaufen, stattdessen rammt sie mir ihr Knie in den Magen. Ich krümme mich vor Schmerzen. Ihr nächster Tritt trifft mich im Rücken und ich gehe in die Knie. Als sie versucht nach meinem Gesicht zu treten, packe ich ihr Bein und reiße sie daran zu Boden. Meine Faust trifft sie an der Schläfe, aber nicht fest genug, um sie auszuknocken. Sie holt direkt zum Gegenschlag aus und trifft meine Lippe, die sofort aufplatzt. Ich schmecke Blut, was mich rasend macht. Die Frau muss sterben. Es gibt keinen anderen Ausweg: Sie oder ich.

Ich stürze mich auf sie und versuche sie am Hals zu fassen zu bekommen, doch sie wehrt sich mit Händen und Füßen. Ihre Schläge und Tritte treffen mich am ganzen Körper. Ich versuche ihr nicht einmal mehr auszuweichen, schlage nur noch zurück und ignoriere den Schmerz. Plötzlich schmeißt sie sich mit vollem Körpergewicht auf mich und drückt mich zu Boden. Ihre Knie liegen schwer auf meinen Armen, sodass ich mich kaum bewegen kann. Ich zucke vor und zurück, versuche mich zu befreien. Ihr nächster Schlag trifft mich an der Stirn und wirft mich zurück zu Boden. Für einen Augenblick bin ich weggetreten. Ihre Hände legen sich um meinen Hals und drücken zu. Panisch reiße ich die Augen auf. Meine Brust zieht sich schmerzhaft zusammen. Ich blicke in das Gesicht der Fremden. Sie grinst mich triumphierend an. Irgendetwas kommt mir falsch daran vor. Ein kurzes Bild durchstreift meine Erinnerung. Dieselbe Frau mit besorgten Augen in einem Hubschrauber. Ihre Lippen bewegen sich, aber ich kann nicht verstehen, was sie sagt.

Die Augen der Frau über mir verändern sich plötzlich. Die Schärfe tritt aus ihrem Blick und sie murmelt gedankenverloren: „Weil ich dich liebe. Ich bin deine Mutter!“

Hat sie dieselbe Erinnerung wie ich gerade? Ist es das, was die Frau gesagt hat? Ich höre die Worte, aber kann die Bedeutung nicht spüren. Stattdessen nutze ich ihre Orientierungslosigkeit, um mich von ihr zu befreien. Ich reiße meine Arme hervor und verpasse ihr einen heftigen Stoß, der sie von mir runterschleudert, dabei bemerke ich das kleine Gerät an meinem Handgelenk. Instinktiv weiß ich, dass es eine Laserwaffe ist und wie man sie benutzt. Ich drehe an einem kleinen Rad und ein roter Strahl schießt aus dem Gerät hervor.

Die Frau weicht erschrocken vor mir zurück und hebt beruhigend die Arme. „Cleo!“, sagt sie betont. Meint sie mich damit?

„Die Legion hat Gas in die Kuppel gelassen. Du darfst deinen Emotionen nicht trauen. Das sind Halluzinationen!“

Ich richte den Strahl in die Mitte ihrer Stirn. Sie beginnt, verzweifelt zu weinen.

„Cleo, ich bin deine Mutter! Versuch dich an mich zu erinnern.“

Mutter? Ich habe keine Eltern. Es gibt nur mich und diese Frau stiehlt mir die Luft zum Atmen. Sie kann nicht neben mir existieren.

Ich lasse den Strahl von ihrem Kopf zu ihrer Brust wandern und verweile an der linken Seite, dort wo sich ihr Herz befinden müsste.

„Wir sind zusammen aus der Zentrallegion geflohen, erinnerst du dich?“, weint die Frau, aber sie sieht, dass das nichts bei mir auslöst. Plötzlich dreht sie mir den Rücken zu. Sie will fliehen! Ich zögere nicht länger und drücke ab. Der Strahl trifft sein Ziel und die Frau geht zuckend zu Boden. Sie hat ihren Anzug geöffnet und ich sehe die nackte Haut darunter. Viele rote Striemen ziehen sich über ihren Rücken, so als hätte man sie vor nicht all zu langer Zeit für irgendetwas bestraft. Das erinnert mich komischerweise an das Gefühl von Tränen auf den Wangen. Doch jetzt bleiben meine Augen trocken. Ich empfinde kein Mitleid mit der fremden Frau. Ich hatte keine andere Wahl. Sie musste sterben.

28. Du bist mein Leben (Finn)

Etwas in Finn treibt ihn vorwärts, weg von den kämpfenden Menschen, die wie wilde Tiere übereinander herfallen. Es ist stärker als die Wut, die ihn am liebsten alles kurz und klein schlagen lassen würde. Er kann sich nicht erinnern, aber er weiß, dass er auf der Suche war, nur nicht mehr wonach. Aber es war ihm wichtig. Wichtiger als alles andere.

Er bleibt stehen, als er einige Meter von sich entfernt auf der Straße eine junge Frau entdeckt, die über dem bewegungslosen Körper einer anderen Frau steht. Der rote Laserstrahl aus ihrer Waffe tastet über den nackten Rücken der anderen. Ist sie tot?

Finns Hände schreien danach, einen Stein vom Boden zu greifen und ihn nach beiden Frauen zu werfen. Er bückt sich und schließt seine Finger um einen faustgroßen Brocken. Als er sich erheben will, dreht die Frau mit dem Laserstrahl sich zu ihm um. Ihr Gesicht ist wutverzerrt und sie schießt auf ihn, ohne auch nur ein Wort mit ihm gewechselt zu haben. Finn schafft es gerade noch, dem tödlichen Strahl auszuweichen. Wenn er sie mit dem Stein erschlagen will, muss er es schaffen, näher an sie heranzukommen. Ohne die Frau aus den Augen zu lassen, rennt er an den Trümmern entlang in ihre Richtung. Sie flucht und zielt abermals auf ihn, jedoch trifft sie ihn wieder nicht. Der Moment reicht aus, um sie zu Boden zu schleudern. Er hört ihren harten

Aufschlag und stürzt sich auf sie. Sie rollt sich auf ihren Rücken und tritt und schlägt nach ihm. Er presst seine Knie auf ihre Oberschenkel und drückt sie an ihren Handgelenken zu Boden.

„Das war ein Fehler!", knurrt er mit eisiger Stimme, doch in seinem Kopf setzt sich ein Bild zusammen. Eine Erinnerung, der nur ein letztes Puzzlestück gefehlt hat, um wieder vollständig zu werden.

Voller Wut verpasst Finn der Flüchtigen einen Stoß in den Rücken. Sie schlägt mit dem Kinn auf, doch er hat kein Mitleid mit ihr. Seit Stunden jagt er ihr durch den Wald hinterher. Er drückt sie fester als nötig zu Boden, doch sie gibt nicht auf, rollt sich auf den Rücken und schlägt und tritt wild um sich.

Ein Blitz erhellt den Wald und Finn fixiert das Mädchen voller Hass. Er fühlt sich von ihr gedemütigt. Wie ist es möglich, dass ein Roboter aus der Legion ihm beinahe entkommen wäre?

Sie starrt wortlos zu ihm empor. Noch einmal wird ihr die Flucht nicht gelingen! Jeder Versuch sich zu wehren, ist nutzlos. Finns Knie pressen sich hart in ihre Oberschenkel. Sie wird blaue Flecken davontragen, aber das ist ihm egal. Es geschieht ihr nur recht!

„Das war ein Fehler", knurrt er ihr entgegen, mit einer Stimme so kalt und emotionslos, die jede Hoffnung in ihr auslöscht.

Cleo! Er erinnert sich wieder. Es war Cleo, nach der er gesucht hatte. Cleo, die er gefunden hat und nun zu Boden presst, weil sie ihn umbringen will. Cleo, seine große Liebe. Geschockt zieht Finn die Luft ein, als er erkennt, was die Legion ihnen dieses Mal angetan hat. Halluzinationen, die sie dazu bringen, einander bis in den Tod zu bekämpfen. Sein Blick schweift zu der Frau am Boden: A350.

Entsetzt starrt er zu Cleo, die sich immer noch wild gegen ihn aufbäumt. „Was hast du nur getan?“, fragt er fassungslos. „Sie ist deine Mutter!“

Cleo kreischt wie ein wildes Tier, völlig außer sich. „Sie hat mir die Luft gestohlen! Genau wie du! Ich werde dich töten!“

Finns Hoffnungen sie zur Vernunft zu bringen, schwinden mit einem Schlag. Wenn sie nicht einmal ihre Mutter erkennt, wie soll sie sich dann je an ihn erinnern? Er beugt sich zu ihrem Handgelenk und löst die Laserwaffe, mit der sie A350 erschossen hat. Diese schleudert er soweit weg, wie er kann. In diesem Moment schnellt Cleos Kopf nach vorne und knallt mit voller Wucht gegen seinen. Finn schreit und kneift vor Schmerz die Augen zusammen, in dem Moment zieht Cleo ihre Beine unter ihm hervor und stößt ihr Knie empor. Es trifft Finn zwischen den Beinen, sodass er vor Schreck auch noch ihre Arme loslässt. Sie wirft ihn von sich und setzt sich selbst auf ihn. Sie drückt ihn zu Boden, wie er es zuvor mit ihr gemacht hat. Ihre Hände legen sich blitzschnell um seinen Hals. „Glaubst du wirklich, ich brauche eine Waffe, um dich zu töten?!“, verhöhnt sie ihn und drückt zu. Panisch umschließt Finn ihre Handgelenke und versucht sie zu lösen. Es gelingt ihm nur bedingt. Zumindest kann er sie so weit von sich halten, dass er es schafft zu sprechen.

„Wer bist du?“, fragt er sie herausfordernd, als sie ihn nur wütend anfunkelt, fährt er fort.

„Woher kommst du?“

Sie presst ihre Lippen aufeinander, aber er kann sehen, dass sie über die Frage nachdenkt, dass sie sie nicht beantworten kann.

„Warum bist du hier?“

Er spürt, wie die Kraft in ihren Armen schwindet. Sie zögert, weil sie keine Antwort auf seine Fragen weiß.

„Du weißt nichts davon und trotzdem bist du bereit jeden zu töten, der sich dir in den Weg stellt. Warum?“

„Ihr wollt mich töten und raubt mir die Luft zum Atmen!“, zischt sie voller Wut.

„Hier gibt es genug Luft für alle!“, versichert ihr Finn streng. „Und was mich angeht, ich will dich nicht töten! Jedenfalls nicht mehr.“

Sie starrt ihn irritiert an. „Warum nicht?“

„Ich kenne dich“, sagt er und kann in ihrem Gesicht lesen, dass sie ihm nicht glaubt, aber trotzdem neugierig auf seine Geschichte ist.

„Woher?“

„Als ich dich das erste Mal gesehen habe, habe ich dich gehasst. Von ganzem Herzen. Du warst der Feind, der meine Freunde getötet und mir meine Familie gestohlen hat. Ich wollte dich tot sehen!“

Ein zufriedenes Lächeln huscht über Cleos Lippen. Wut ist das einzige Gefühl, das ihr geblieben ist. Sie kann demnach meinen Worten folgen. „Was hat sich geändert?“

„Ich habe dich richtig kennen gelernt.“

Sie legt ihre Stirn skeptisch in Falten.

„Dich zu töten wäre der größte Fehler meines Lebens gewesen. Denn ohne dich hätte ich nie gelebt. Ein Leben ohne Liebe ist unbedeutend, das weiß ich erst, seitdem ich dir begegnet bin. Wenn du bei mir bist, dreht sich die Welt in eine andere Richtung. Die Sterne leuchten heller und die Luft schmeckt süßer."

Cleos Gegenwehr schwindet. Finns Worte scheinen etwas in ihr auszulösen. Vielleicht eine Erinnerung, die noch nicht klar genug ist, um sich an ihr festhalten zu können? Finn lässt ihre Handgelenke los und beweist ihr auf diese Weise sein Vertrauen.

„Ich habe dich von mir gestoßen, weil ich es nicht ertragen könnte, auch nur einen Tag ohne dich zu sein. Lieber falle ich auf der Stelle tot um, als ein Leben ohne dich zu führen. Du bist es, die mein Leben erst lebenswert macht."

Er streckt seine Hand aus und legt sie auf Cleos Wange, die sich nicht dagegen wehrt. Sie wirkt verloren.

„Ich werde dich jeden Tag lieben, und selbst wenn ich heute durch deine Hand sterben sollte, werde ich dich noch immer lieben. Cleo, du bist mein Leben!"

Eine einzelne Träne löst sich aus ihrem linken Auge und läuft über ihre Wange bis zu Finns Fingerspitzen. Er wischt sie weg und beugt sich zu ihr. „Vertraust du mir?"

Er kann die Angst in ihren Augen sehen, aber sie nickt. Sanft legt er seine Lippen auf ihre und streichelt ihr über den Hinterkopf. Als er sich von ihr löst, kann er die Veränderung in ihrem Blick erkennen. „Bist du wieder bei mir?"

„Ich liebe dich, Finn!“, schluchzt sie und drückt sich an ihn, doch plötzlich fährt sie zurück, als habe sie sich verbrannt. Ihr Gesicht ist kreidebleich und ihre Augen vor Entsetzen geweitet. Sie dreht sich herum und sieht A350s bewegungslosen Körper. „Nein!“, schreit sie panisch und krabbelt zu ihrer Mutter, die immer noch mit dem Gesicht zum Boden liegt. Cleo zieht sie auf ihren Schoss und beginnt an ihren Schultern zu rütteln. „Mutter!“

A350 gibt ein schwaches Stöhnen von sich, ihre Augenlider flattern, bevor sie sie leicht öffnet.

„Mutter, es tut mir so leid“, weint Cleo verzweifelt. „Bleib bei mir! Bitte bleib bei mir!“

A350 blickt mit zitternden Lippen zu ihrer Tochter empor. „Ich wollte ein einziges Mal in meinem Leben für dich die Mutter sein, die du dir gewünscht hast. Gütig, fürsorglich, mutig und selbstlos! Ich bin froh, dass ich es heute geschafft habe.“

Cleo schüttelt den Kopf. „Du warst immer eine gute Mutter. Du wolltest nur das Beste für mich! Das weiß ich. Das habe ich immer gewusst.“

„Ich bin stolz auf dich. Du bist all das, was ich hätte sein sollen. Versprich mir, dass du dir immer treu bleiben wirst! Versprich mir, dass du nie aufhören wirst, dich um andere zu sorgen! Versprich mir, dass du nie aufhören wirst, zu lieben und zu leben!“

Cleo schüttelt den Kopf. „Nein, ich lass dich nicht gehen!“

„Versprich es mir!“ A350 ist schwach. Jeder Atemzug scheint für sie eine entsetzliche

Anstrengung zu bedeuten. Ihr Herz rast unter Cleos Fingern.

„Ich verspreche es dir!"

A350s Kopf dreht sich langsam in Finns Richtung. „Pass gut auf mein Mädchen auf. Ich vertraue dir!"

Ihre Augenlider schließen sich und ihr Körper erschlafft. Finns Herz klopft wild bei ihren Worten. A350 hatte ihn nicht akzeptiert. Sie wollte immer etwas Besseres für Cleo. Dass sie ihre letzten Worte ausgerechnet an ihn richtet, bedeutet ihm viel und bricht ihm zugleich das Herz. Cleo weint und schmiegt ihr Gesicht an den leblosen Körper ihrer Mutter. Es war ihr Schuss, der sie tötete, trotzdem ist auch hierfür die Legion verantwortlich. Ohne das Gas, das die Halluzinationen hervorruft, wäre A350 noch am Leben. Finn kann Cleos Schuldgefühle spüren, aber er wird nicht zulassen, dass sie in ihnen ertrinkt. Er wird sie retten, so wie sie ihn gerettet hat. Er wird auf sie aufpassen, sowie er es ihrer Mutter versprochen hat. Er wird sie immer lieben, so wie er es Cleo selbst geschworen hat.

Die Erde zittert unter ihren Füßen. Man könnte meinen, es würde eine gewaltige Elefantenherde auf sie zurasen. Finn und Cleo klammern sich aneinander. Sie sind nicht zurück zu den anderen gegangen. Wenn diese noch unter den Halluzinationen der Legion leiden, wäre in diesem Moment jeder ihrer Freunde ein Feind für sie. Zudem wollen sie nicht wissen, wer von ihnen für den Tod eines anderen verantwortlich ist. Niemand, außer der Legion, trägt Schuld. Obwohl

Cleo das weiß, wird sie sich trotzdem noch lange für ihre Tat verachten. Denn nicht die Legion hat ihre Mutter erschossen, sondern sie selbst.

Als die erste Bombe wie ein Komet durch die Kuppel schießt, hält Finn es für einen weiteren Schachzug von N300. Erst nachdem Rauchfahnen aus dem Einschlagsgebiet der Bombe in den Himmel ziehen, erkennt er, dass die Kuppel zerstört wurde. Sie sind nicht länger gefangen. Die Kuppel wurde von der Bombe beschädigt und hat sich dadurch selbst aufgelöst. Aber wer ist dafür verantwortlich? N300 würde nicht selbst eine Bombe auf seine Erfindung werfen. Die Rebellen besitzen keine Bomben. Vielleicht die Gegner innerhalb der Zentrallegion, zu denen auch ZC4888 gehört hat?

„Wohin sollen wir jetzt gehen?", fragt ihn Cleo aufgeregt.

„Raus aus der Stadt", entscheidet Finn. Wenn die Legion angegriffen wurde, dann wird es für sie gefährlicher, je tiefer sie in die Zentrallegion vordringen. Sie halten sich an den Händen fest und rennen los. Zum ersten Mal nehmen sie keine Rücksicht auf die Anderen. Es ist hart, egoistisch zu sein, aber manchmal ist es vielleicht die einzige Chance zu überleben. Finn musste wählen zwischen seiner Familie, seinen Freunden und seiner großen Liebe. Seine Wahl ist auf Cleo gefallen und er weiß, dass er diese Entscheidung niemals bereuen wird. Sie ist seine Zukunft. Trotzdem hofft er natürlich, so viele Freunde wie möglich lebendig wiederzusehen.

Nach wenigen Minuten erreichen sie den großen Platz, der in den letzten Tagen ein

Schauplatz der Folter gewesen ist. Fremde Truppen haben den Befehl übernommen. Sie tragen grüne Uniformen und Gasmasken. Sind sie Freunde oder Feinde? Cleo und Finn halten sich im Hintergrund. Sind das die Menschen jenseits des Meeres? Sind sie ihnen nach Iris' Funkspruch zu Hilfe geeilt?

Die fremden Menschen steigen über die Leichen und suchen nach Überlebenden, um sie endgültig zu töten oder zu retten, ist ungewiss. Cleo reißt ihre Hände nach oben und tritt aus ihrem Versteck, ehe Finn sie daran hindern könnte. Er macht es ihr nach und folgt ihr in Richtung der Fremden. Er vertraut ihrem Instinkt.

Einer der Uniformierten hebt den Kopf in ihre Richtung. Er löst sich aus der Gruppe und geht mit hängendem Gewehr auf sie zu. Erst als die Person vor Finn stehen bleibt, löst sie die Gasmaske und streift sie sich vom Gesicht: kurzes hellblondes Haar, stahlgraue Augen und schmale, auf einander gepresste Lippen. Es ist Ruby. Sie lächelt nicht, aber sie umarmt Finn. Danach wendet sie sich Cleo zu.

„Danke, dass du auf ihn aufgepasst hast. Wenn das hier vorbei ist, bekommt er noch eine gewaltige Ohrfeige von mir."

Cleo weiß nicht, ob sie lachen oder weinen soll. Ruby ist da. Ruby, die ihr Finn weggenommen hat. Ruby, die sie nun rettet. Sie bricht unter hysterischem Gelächter in Tränen aus. Ruby blickt erst zögernd zu Finn, aber drückt Cleo dann ebenfalls an sich. „Keine Ahnung, was ihr aneinander findet", grinst sie frech. „Kommt, ich bringe euch hier raus!"

29. RACHE (CLEO)

Der Stützpunkt der Amerikaner befindet sich nur wenige Meter von dem Ostsektor und der ehemaligen Kuppel entfernt. Sie haben einen Schutzwall errichtet und dahinter ein Zelt aufgebaut, indem die Verletzten notdürftig verarztet werden. Sobald die Amerikaner der Lage Herr geworden sind, werden sie sich mit allen in die Felsen zurückziehen, um das weitere Vorgehen zu besprechen. Es gibt keinen Zweifel daran, dass die Amerikaner als Sieger aus dem Gefecht hervorgehen werden. Nur die Zahl der Toten steht dabei noch in den Sternen.

Als wir das Zelt mit den Überlebenden betreten, blicken uns nur noch zwanzig Augenpaare entgegen. Einst waren es Hunderte von Rebellen, die in den Kampf gegen die Legion und für ihre Freiheit aufbrachen. Viele sind nicht übrig geblieben. Lediglich ein einzelner Mutant befindet sich noch unter ihnen. Dafür aber auch bekannte Gesichter: Felix, Cara, Pep, Florance, Paul, Raymond und Maggie. Während Finn glücklich auf sie zustürmt, halte ich mich im Hintergrund. Mit welchen Augen werden sie mich sehen, wenn sie erst einmal erfahren, was ich getan habe? Wie wird Felix darauf reagieren, wenn er hört, dass ich unsere eigene Mutter auf dem Gewissen habe? Ich hätte sie erkennen müssen! Das hätte nicht passieren dürfen, nicht mir!

Meine Schuld wiegt so schwer, dass ich das Gefühl habe, kaum geradestehen zu können. Wir werden siegen und wir werden überleben, aber ein Teil von mir ist in der Kuppel mit meiner Mutter gestorben. Eine große Hand legt sich von hinten auf meine Schulter. Erschrocken fahre ich zusammen und drehe mich um. Khaan blickt mit einem scheuen Lächeln auf mich hinab. Obwohl es erst wenige Wochen her ist, dass wir einander zuletzt gesehen haben, hat er sich sehr verändert. Nicht nur, dass er die Uniform der Amerikaner trägt und sein Arm in einem Gips steckt, auch sein Gesicht sieht anders aus. Kurze dunkle Haare bedecken seinen Kopf und seine Augen haben einen warmen Braunton angenommen. Er ist etwas gewachsen, während ich geschrumpft zu sein scheine, sodass er mich nun überragt. Wir kennen uns noch nicht lange, aber dafür besser als viele andere. Wir sind einander ähnlich und er kann den Schmerz in meinem Gesicht ablesen, wie aus einem aufgeschlagenen Buch.

Er umarmt mich nicht, sondern blickt mir nur tröstend in die Augen. „Asha hat die Hoffnung nie aufgegeben“, sagt er als Erstes.

„Wo ist sie?“

Sein Gesicht verdunkelt sich voller Sorge. „Sie ist mit der Fußtruppe der Amerikaner in die Legion vorgedrungen, um die Befehlshaber im Legionsführerpalast festzunehmen.“

Als Ruby uns zu dem Schutzwall führte, bebte der Boden unter unseren Füßen von den vielen Bomben, die in dieser Zeit überall in der Stadt hochgingen. Es könnte im Moment keinen gefährlicheren Ort als den Legionsführerpalast geben.

„Aber was will sie dort?“, frage ich entsetzt und weiß die Antwort, noch bevor Khaan irgendetwas sagen kann. A566! Sie weiß nicht, was mit Florance vorgefallen ist und wie es überhaupt dazu kam, dass wir unter der Kuppel festsaßen und trotzdem vermutet sie ihn an genau der richtigen Stelle. Sie hat mir einmal gesagt, dass sie nirgendwo vor ihm sicher wäre, weil er sie immer wieder finden könnte. Doch das bezieht sich wohl auf Gegenseitigkeit. Ich weiß genau, was sie vorhat. Es ist der letzte Schritt, den sie gehen muss, um sich von ihm befreien zu können. Doch es könnte auch der Schritt in ihren eigenen Tod sein.

Ich blicke mich zu Finn und den anderen um. Sie reden wild durcheinander und liegen sich weinend in den Armen. Flehend schaue ich zu Khaan auf. „Wirst du versuchen, mich aufzuhalten, wenn ich Asha nachlaufe?“

Er schüttelt den Kopf und deutet auf seinen gebrochenen Arm. „Wenn ich nicht außer Gefecht gesetzt wäre, hätte ich es selbst getan!“

Ich deute auf Finn, der mit dem Rücken zu mir steht. „Lass nicht zu, dass er mir folgt!“

„Du kannst dich auf mich verlassen!“

„Ich weiß, du hast sie mir zurückgebracht.“

Ohne eine Umarmung oder Worte des Abschieds stürme ich an ihm vorbei aus dem Zelt. Ich entdecke Ruby, die mit einem Wüstendrift zurück auf dem Weg in die Legion ist. Ich reiße beide Arme wild winkend nach oben und renne ihr entgegen. „Ruby! Warte! Asha ist im Legionsführerpalast! Ich muss zu ihr, kannst du mir helfen?“

„Was will sie da?“, fragt Ruby, die offenbar nichts davon wusste.

„A566", sagt sie dann jedoch gleichzeitig mit mir. Ich kann mir nicht vorstellen, dass Asha ihr irgendetwas von ihm erzählt hat, aber gleichzeitig waren die beiden lange alleine in der Wüste unterwegs. Ashas seelische Narben sind nicht zu übersehen. Vielleicht hat Ruby die einzelnen Puzzlestücke der Geschichte selbst zusammengesetzt.

„Spring auf, aber nur unter einer Bedingung!", sagt sie ernst. Ich klettere sofort zu ihr auf das Wüstendrift. „Welche?"

„Kein Alleingang! Du lässt dir von mir helfen!"

„Einverstanden!", rufe ich erleichtert aus und halte mich an Ruby fest, die das Gerät startet. Ruby wirkt oft selbstgerecht, unnahbar, manchmal gemein, aber sie ist ein guter Mensch. Einer der Besten, sogar. Ich weiß, dass sie mir nicht aus reiner Nächstenliebe hilft, sondern weil ihr etwas an Asha liegen muss.

Die ehemalige Zentrallegion ist kaum mehr wiederzuerkennen. Die Zerstörung zieht sich wie ein roter Faden durch die komplette Stadt. Häuser sind eingestürzt, Rauchfahnen steigen in den Himmel und Straßen sind aufgerissen. Dazu begleitet uns das Geräusch von Explosionen. Uniformierte der Amerikaner ziehen durch die Straßen, um Überlebende in das Lager zu eskortieren oder von einem Schlachtfeld zum nächsten zu eilen. Vor dem Legionsführerpalast wimmelt es nur so vor Menschen, egal ob Amerikaner oder Legionäre. Erstaunlicherweise ist dieses Gebäude bisher ohne größere Schäden davongekommen. Lediglich die Eingangstür wurde weggesprengt. Was tun die Amerikaner mit den ehemaligen Legionsführern? Bringen sie alle um? Werden die Legionsführer festgenommen, um von den Amerikanern verhört zu werden?

Irgendwo in diesem großen Gebäude muss sich auch Asha aufhalten. Ruby und ich lassen das Wüstendrift stehen und laufen zum Eingang, als ich plötzlich höre, wie jemand meinen Namen ruft.

„Cleo!"

Stutzig bleibe ich stehen. Ich kenne diese Stimme, sie ist mir beinahe genauso vertraut wie meine eigene. Es ist die Stimme, die mir ein neues Leben eröffnet hat. Ich suche die Menschenmassen nach ihrem zarten Kindergesicht ab. Als ich sie entdecke, hat sie mich schon beinahe erreicht. Ungehalten renne ich ihr entgegen, lasse mich auf die Knie sinken und drücke sie an mich. Obwohl sie nur Stoppeln auf dem Kopf trägt, ist ihr Haar samtweich. Ich habe nicht gewagt zu hoffen, sie je wiederzusehen und jetzt steht sie gesund vor mir.

„Die Amerikaner haben meinen Hilferuf über Funk gehört", sagt Iris stolz. „Sie werden uns jetzt befreien!"

„Du hast uns befreit!", rufe ich aus und streichle ihr über den Kopf.

„Ich habe gesehen, was in der Kuppel passiert ist. N300 hat die Bilder in der ganzen Stadt ausstrahlen lassen, damit wir es nicht wagen, uns gegen ihn aufzulehnen, aber es hat nichts gebracht. Er konnte uns nicht länger unterdrücken!"

Jegliche Farbe weicht aus meinem Gesicht. Hat Iris etwa gesehen, wie ich meine eigene Mutter erschossen habe? Ich mustere ihr feines Gesicht, aber erkenne nichts Anklagendes darin. Wie viel weiß sie?

„Wo sind die anderen?“, will Iris besorgt wissen. „Seit N300 die Kuppel in Finsternis gehüllt hat, konnten wir das Geschehen nicht mehr verfolgen.“

Sie weiß es also nicht. Ich weiß jedoch nicht, ob ich mich darüber freuen soll. Wird sie mich verurteilen, wenn sie es erfährt? Will sie vielleicht nichts mehr mit mir zu tun haben?

„Wir suchen Asha, hast du sie gesehen? Sie ist mit den Amerikanern gekommen“, frage ich jedoch stattdessen.

Iris Augen weiten sich vor Überraschung. „Asha ist zurück?“

„Ja, wir nehmen an, dass sie auf der Suche nach A566 ist.“

Sorge tritt in Iris‘ Blick. Sie weiß nicht, was genau mit ihm vorgefallen ist, aber sie hat Ashas Albträume während unserer Zeit in der Zentrallegion oft genug miterlebt. „Ich hab sie nicht gesehen, aber ich werde euch suchen helfen.“

Sie wirft mir einen scharfen Blick zu. „Du kannst es mir nicht verbieten! Ich treffe meine eigenen Entscheidungen und Asha ist auch meine Freundin.“

Sie hat Recht. In der Tat war mein erster Gedanke ihr zu widersprechen, damit ihr nichts passiert. Doch ich würde mir genauso wenig von irgendjemandem verbieten lassen, nach Asha zu suchen. Zum Zeichen meines Einverständnisses nicke ich und wir passieren zu dritt die

Eingangstüren des ehemaligen Legionsführerpalastes. Amerikaner drängen sich mit Gefangenen an uns vorbei. Ruby fragt sie nacheinander nach Asha, doch niemand von ihnen kann sich an sie erinnern.

„Du kennst Asha am besten, wo würde sie nach A566 suchen?“, wendet sich Ruby an mich.

„A566 ist ein Feigling! Er wird versuchen zu fliehen.“

„Vielleicht auf dem Dach mit einem Hubschrauber?“, überlegt Ruby.

„Er ist Legionsführer und kein Kämpfer. Ich glaube nicht, dass er so etwas steuern kann“, widerspreche ich ihr.

„Er hat sicher mitbekommen, wie wir aus der Legion geflüchtet sind, und wird es jetzt auf dieselbe Weise versuchen“, sagt Iris. „Wenn ich Asha wäre, würde ich nach ihm in dem Kanalsystem suchen, das hat schon einmal zur Flucht funktioniert.“

Obwohl Iris die Jüngste von uns ist, beweist sie sich erneut als nützliches Mitglied. Wir diskutieren nicht länger, sondern rennen direkt zu der schmalen Tür, die in den Tunnel des Abflusses führt. Er wirkt genauso verlassen wie immer. Nur unsere hektischen Schritte hallen von den feuchten Wänden wieder. Wir bleiben stehen, um auf ein Geräusch zu lauschen. Das Plätschern des Wassers ist zu hören. Haben wir uns geirrt?

Ein spitzer Gegenstand drückt sich plötzlich in meinen Rücken. „Keine falsche Bewegung oder ich schlitz dich auf!“, droht A566, der aus dem Schatten hinter mir tritt. Er legt mir seinen Arm um den Hals und zieht mich an sich. Ich kann seinen verschwitzen Körper und seinen sauren Atem riechen. Eine Gänsehaut breitet sich über meinen Körper aus.

A566s Hand streichelt beängstigend über meine Wange. „Du bist mein Schutzschild. Das wird dieses verrückte Miststück davon abhalten, noch einmal wie eine Furie auf mich loszugehen."

Er blickt sich suchend um.

„Ist dir Asha bereits begegnet?", frage ich ihn. Sein Messer drückt sich bedrohlich gegen die dünne Haut an meinem Hals.

„Als die erste Bombe auf die Legion niederregnete, wusste ich bereits, dass sie nach mir suchen würde", erklärt er und zieht mich mit sich weiter den Tunnel hinab. Ruby und Iris folgen uns in sicherem Abstand. „Ich bin ihr Lebensinhalt", verhöhnt er sie. In gewisser Weise hat er nicht einmal Unrecht. Bisher drehte sich alles in Ashas Leben darum, wie sie an A566 Rache nehmen könnte. Sie muss hier irgendwo sein. Ich kann nur hoffen, dass sie nichts Dummes unternehmen wird, um mich zu retten.

Wir erreichen das Ende des Abflusses. Zu unserer Rechten fließt das Abwasser den Berg hinab, um von dort in der Wüste ausgespült zu werden. Wenn A566 hier durch flieht, wird er den Amerikanern entkommen. Jedoch gibt es für ihn keine Möglichkeit, allein in der Wüste zu überleben. Er scheint das ebenfalls zu wissen, denn er zögert davor, zu springen. Stattdessen schaut er suchend auf den Tunnel hinter uns.

„Lass sie los und hau ab!", fordert Ruby ihn auf. „Du brauchst sie nicht, um zu fliehen. Niemand von uns wird dich aufhalten!"

„Ihr wisst, dass ich dort draußen keine Chance habe zu überleben“, knurrt A566 wütend und streicht mit dem Messer über meinen Hals bis zu meinem Ohr. „Es ist schade, dass du mir damals entkommen bist“, flüstert er zischend. Kalter Schweiß tritt auf meine Stirn und meine Kehle wird trocken. „Ich werde dich auch so nicht vergessen“, versichere ich ihm. Zwar schrecke ich nicht jede Nacht schreiend aus meinen Träumen hervor wie Asha, aber A566 hat mir bewiesen, dass es Menschen gibt, für die es keine Hoffnung mehr gibt. A566 ist nicht in der Lage, Mitleid oder Liebe zu empfinden.

„Asha!“, schreit er plötzlich. „Komm raus oder ich schlitze ihr von einem bis zum anderen Ohr den Hals auf!“ Er drückt mir das Messer so fest gegen die Haut, dass eine schmale Blutspur von meinem Ohr bis zu dem Kragen meines einst weißen Anzuges sickert und den Stoff rot verfärbt. Nichts rührt sich.

„Was willst du noch von ihr? Hast du ihr nicht schon genug angetan?“, frage ich ihn wütend, wobei mir das Herz bis zum Hals schlägt.

Er drückt erneut mit dem Messer zu. „Das ist alles deine Schuld! Wenn du nicht gewesen wärst, gäbe es die westliche Legion noch. Asha hatte sich ihrem Schicksal gefügt, bis du aufgetaucht bist! Die Rebellen hätten dich umbringen sollen!“

„Es war nie Ashas Schicksal, von dir gefoltert und gedemütigt zu werden!“, schreit nun Iris mutig. In diesem Moment aktiviert Ruby ihre Laserwaffe, die bisher unter der großen Jacke der amerikanischen Uniform verborgen war, und richtet den Strahl auf A566s Stirn. Als sie feuert, springt Asha plötzlich aus dem Abwasser und wirft A566 und mich gleichzeitig zu Boden, sodass der Strahl anstatt A566s Kopf nur die Wand trifft. So schnell ich kann, flüchte ich vor A566, während sich Asha auf ihn stürzt. Er starrt fassungslos zu ihr empor. „Du hast mich gerettet!"

In Ashas linker Hand liegt sein Messer. „Ich habe dich gerettet, weil ich mir von niemandem nehmen lasse, dich selbst zu töten!"

Sie rammt ihm das Messer in die Schulter, wobei er laut aufschreit. Danach zieht sie es wieder heraus und sticht ihm damit in die rechte Hüfte. „Du wirst leiden!", verspricht sie ihm und zieht das Messer erneut heraus. A566 wimmert vor Schmerz. Tränen rinnen über sein Gesicht. Asha jagt ihm das Messer tief in den Oberarm. Ihre Hände sind bereits voller Blut, doch sie scheint noch nicht daran zu denken aufzuhören.

Iris wendet sich von der Szene ab, kneift die Augen zusammen und presst sich die Hände auf die Ohren, um nicht länger A566s Schreie ertragen zu müssen. Ruby sieht fassungslos dabei zu, wie Asha ihm eine Stichwunde nach der nächsten zufügt.

„Asha, hör auf!", flehe ich, während ich Iris an mich drücke. „Setz dem ein Ende und bring ihn um!"

„Er hat mehr verdient, als nur zu sterben", weint sie verzweifelt, während sie das Messer in seine Hand rammt.

„Er war nie gütig, aber du bist es!" Khaan ist uns unbemerkt in die Tunnel gefolgt und steht nun mit seinem Gips in sicherem Abstand von uns entfernt. Er trägt keine Waffen bei sich und sein Blick ist fest auf Asha gerichtet. „Je länger du dich mit ihm abgibst, umso mehr bestrafst du dich selbst. Zieh einen Schluss-Strich!“

Asha hält in ihrer Bewegung inne und blickt auf A566 hinab, der blutüberströmt unter ihr liegt. Khaan geht langsam auf sie zu und bleibt schließlich direkt neben ihr stehen. „Beende es!“

Das Messer in ihrer Hand zittert. „Was wird aus mir, wenn er tot ist? Mir bleiben nur die Albträume, aber nicht die Hoffnung, mich eines Tages an ihm rächen zu können.“

„Du bestrafst ihn am meisten, wenn du dein Leben ohne ihn fortführst. Gib ihm nicht länger Macht über dich!“, redet Khaan geduldig auf sie ein. Er geht in die Knie, um auf einer Höhe mit ihr zu sein. „Du bist mehr als sein Opfer! Du bist mutig, ehrlich und liebenswert.“

Asha atmet tief durch, dann zieht sie das Messer durch A566s Kehle. Aus seinem Mund kommt ein glucksendes Geräusch, bevor sein Körper erschlafft. Er ist tot. Dieses Mal ist es kein Trick. Sein Tod ist wahrhaftig und endgültig. Asha hat ihn getötet. Mit einem Tritt befördert sie den leblosen Körper ins Abwasser. Sie schnauft so schwer, als wäre sie einen Marathon gelaufen. Ihr Blick tanzt zwischen uns hin und her.

„Du solltest nicht hier sein“, sagt sie schließlich zu Khaan. An ihrem Körper klebt das Blut von A566.

30. Auf Wiedersehen! (Asha)

Die Legion gibt es nicht mehr. Alles, was von ihr übrig geblieben ist, sind die Trümmer der eingestürzten Gebäude. Präsident Smith will von den Resten der Legion nichts für die Errichtung der neuen Stadt verwenden. Das meiste ist ohnehin unbrauchbar geworden. Aber Asha ist dennoch froh, dass er wirklich etwas ganz Neues mit ihnen erschaffen möchte. Keine zweite Legion.

Viele der ehemaligen Legionsführer wurden gefangen genommen, um sie zu verhören. N300 war auch unter ihnen, doch als er versucht hat, einen amerikanischen Kämpfer anzugreifen, blieb den übrigen Uniformierten nichts anderes übrig, als ihn zu erschießen. Es war ein schneller und unspektakulärer Tod.

Bereits am nächsten Tag werden die ersten Flugzeuge zurück nach Amerika aufbrechen. Ein Teil der Amerikaner wird noch hier bleiben, um die Überlebenden der Legion näher an die Küste umzusiedeln, wo auch später die Stadt entstehen soll. Es gibt viele Verletzte und Schwache, sodass der Umzug Zeit in Anspruch nehmen wird. Ruby wird eine der ersten Maschinen besteigen. Sie kann es kaum erwarten, endlich das Meer und New Hope mit eigenen Augen zu sehen. Asha hat für sich selbst noch keine Entscheidung getroffen. Sie würde gerne neu anfangen, aber sie möchte auch nicht das, was sie bisher erreicht hat, einfach aufgeben. Hier leben ihre Freunde, die sie an einer

Hand abzählen kann. Cleo, Iris und irgendwie auch Khaan. Es war schwer genug, sich ihnen zu öffnen. In New Hope wäre zwar Ruby, aber die ist meist mit sich selbst beschäftigt. Asha wäre völlig auf sich allein gestellt. Jeder rät ihr, es zu versuchen, weil sie alle wissen, wie sehr sie unter ihren Erinnerungen leidet. Aber sie muss es selbst wollen. Sie muss das Gefühl haben, dass es das Richtige ist. Sie muss hinter ihrer Entscheidung stehen können.

Ein Räuspern lässt Asha zusammenzucken und sie zieht ihre Hände aus der Wasserschüssel. Das Blut von A566 ist schon längst fortgewaschen, trotzdem verspürt sie immer wieder den Drang, sich die Hände zu säubern. Präsident Smith steht hinter ihr. Er mustert sie neugierig. „Asha, Sie sind eine starke junge Frau."

Asha blickt ihm misstrauisch entgegen, ohne etwas zu sagen.

„Sie nehmen ihr Schicksal selbst in die Hand und scheuen auch nicht davor zurück, etwas zu riskieren. Sie stehen für die Dinge ein, an die Sie glauben."

Sie zuckt mit den Schultern, weil sie nicht weiß, was sie darauf erwidern soll. „Möchten Sie irgendetwas Bestimmtes?"

Anthony Smith beginnt zu lachen. „Und direkt sind Sie dazu! Das gefällt mir!" Er räuspert sich erneut und setzt eine ernstere Miene auf. „Ich habe es Ihnen schon einmal angeboten, aber ich kann mich nur wiederholen. Bitte begleiten Sie uns mit nach New Hope. Ich möchte Ihnen dort nicht nur ein neues Leben anbieten, sondern auch eine Aufgabe. Wir brauchen Menschen, die das

Bündnis zwischen Amerika und Australien überwachen. Menschen, die nicht davor zurückschrecken, auf Missstände hinzuweisen. Menschen, die nicht bestechlich sind. Menschen wie Sie!“

„Sie meinen eine Art Vermittler?“

„Ja, so etwas in der Art. Niemand wäre dafür besser geeignet als Sie! Sie sind parteilos.“

Bisher hatte Asha sich einsam in dem großen New Hope unter lauter Fremden gesehen. Es löste ein Gefühl der Verlorenheit bei ihr aus, doch jetzt hätte sie eine Aufgabe. Sie könnte Khaan und den anderen bei der Errichtung einer neuen Heimat helfen, ohne hier bleiben zu müssen. Niemand würde sich daran stören, wenn sie kritische Fragen stellen würde, denn genau das wäre ihre Aufgabe. Sie würde sich für ihre Freunde einsetzen, ohne selbst dafür auf einen Neuanfang verzichten zu müssen.

„Geben Sie sich einen Ruck!“, ermutigt sie Anthony. „Ich verspreche Ihnen, wenn es Ihnen gar nicht gefallen sollte, werde ich höchstpersönlich dafür sorgen, dass Sie zurückgeflogen werden. Aber versuchen Sie es doch wenigstens! Trauen Sie sich!“

Nun ist es Asha, die zu lächeln beginnt. „Sie haben mich überzeugt!“

Anthony Smith geht mit breitem Grinsen einen Schritt auf sie zu und streckt ihr seine Hand entgegen. „Ich bin Anthony und ich freue mich auf die Zusammenarbeit mit dir!“

Asha ergreift seine Hand. „Danke, dass du mir diese Chance ermöglichst, Anthony.“ Der Handschlag besiegelt ihr Abkommen und Asha hat das Gefühl, das Richtige für sich getan zu haben. Sie hat diese Entscheidung unabhängig davon getroffen, was die anderen tun werden. Es ist ihr Leben und ihre Entscheidung. Die Zeit, in der sie andere für sich entscheiden lässt, ist nun endgültig vorbei.

Sie will sich von einem Menschen vor allen anderen verabschieden. Zwar geht der Flug erst am nächsten Tag, aber je schneller sie den Abschied hinter sich bringt, desto eher kann sie sich auf ihre Zukunft konzentrieren. Sie findet Khaan allein im Lazarett. Sein Gips ist gewechselt worden.

„In der Kanalisation hast du etwas zu mir gesagt, was mir nicht mehr aus dem Kopf geht“, spricht sie ihn ohne Umschweife an.

Er dreht sich zu ihr herum. Ein Lächeln umspielt seine Lippen, doch seine Augen blicken fragend. „Was meinst du?“

„Du hast gesagt, ich sei liebenswert. Hast du das ernst gemeint?“ Ashas Herz klopft aufgeregt in ihrer Brust. Sie hat nie zuvor so ein Gespräch geführt. Sie stört sich an der Unsicherheit, die es bei ihr auslöst.

Khaan blickt sie aufrichtig an. Seine Augen haben die Farbe von dunklem Honig, sie sind vertrauenserweckend. Er ist durch seine Einfühlsamkeit bis zu ihr durchgedrungen, was Asha niemals für möglich gehalten hätte. „Niemand hätte es mehr verdient geliebt zu werden als du.“

Seine Worte treffen sie, wie bereits in den Tunneln. Sie hätte nicht erwartet, dass ein Mann sie für liebenswert halten könnte. Sie wurde von A566 entstellt und für ihr Leben gezeichnet. Jemand wie sie ist nicht offen für die Liebe. Doch zu wissen, dass Khaan nicht nach Amerika gehen wird, macht es leichter. Sie muss sich nicht über ihre Gefühle Gedanken machen, da sie ohnehin hoffnungslos sind. „Du wirst hier bleiben, oder?"

„Ja, ich werde bei der Errichtung der neuen Stadt mithelfen", antwortet er und blickt ihr aufmunternd ins Gesicht. „New Hope wird dir gut tun."

Er weiß, dass sie nach Amerika gehen wird, noch bevor sie es sagen kann. Vermutlich hat er es sogar vor ihr gewusst. So wie sie immer wusste, dass er hier bleiben würde. Trotzdem fällt es ihr erstaunlich schwer, sich von ihm endgültig zu verabschieden. „Die Menschen können sich glücklich schätzen, dass du für sie da bist und ihnen hilfst." Sie blickt unruhig im Zelt hin und her. Ihr Blick wandert vom Boden zur Decke und wieder zurück. Sie holt einmal tief Luft und sagt: „Ich wünsche dir alles Gute, Khaan."

Danach macht sie auf dem Absatz kehrt und geht eilig los. Ihr Hals ist wie zugeschnürt und ihre Augen brennen.

„Was soll das heißen, Asha?"

Perplex bleibt sie stehen und dreht sich verständnislos zu ihm um. „Ich sage dir Lebewohl!"

Khaan grinst ihr frech entgegen und steht von seinem Bett auf. Er geht auf sie zu. „Sag lieber auf Wiedersehen!"

Asha blickt ihn irritiert an. Wie meint er das?

Khaan bleibt vor ihr stehen, ohne sie zu berühren. „Das ist nicht ein Abschied für immer. Wir sehen uns wieder, das verspreche ich dir!“

„Wie?“, will Asha wissen, aber spürt bereits, wie sich die Last von ihrer Brust löst.

„Die Welt ist kleiner als du denkst. Wenn du zu feige bist, irgendwann zurück nach Australien zu kommen, werde ich in ganz Amerika nach dir suchen.“

Er sagt es scherzhaft, aber Asha weiß, dass er es durchaus ernst meint. Sie fängt laut an zu lachen. Der Knoten in ihrem Hals löst sich und die nahenden Tränen lösen sich auf. Sie ist erleichtert und fühlt sich frei. „Auf Wiedersehen, Khaan!“

31. Ein Neuanfang (Cleo)

„Du darfst dir nicht die Schuld an ihrem Tod geben! Versprich mir das!“, fordert Felix mich eindringlich auf.

„Aber der Schuss meiner Laserwaffe hat sie getötet!“, rufe ich verzweifelt aus. Ich weiß nicht, wie ich dieses Bild jemals aus meinem Kopf vertreiben soll. „Sie hat sich an mich erinnert, während ich sie umgebracht habe!“

„Wir haben die Legion besiegt. Lass sie nicht über dich siegen! Ich kannte unsere Mutter kaum, aber ich habe gesehen, wie sehr sie dich geliebt hat. Sie würde dir keinen Vorwurf machen, sie würde wollen, dass du für sie weiterlebst! Die Legion war ihre Heimat und ihr Leben, aber sie hat sich für dich entschieden. Du warst ihr wichtiger als alles andere. Mach das nicht zunichte, indem du dich mit falschen Vorwürfen quälst. Es ist nicht deine Schuld!“

Er hat Recht mit allem, was er sagt. Mein Verstand begreift das, aber mein Herz liegt schwer in meiner Brust. Felix drückt mich an sich. „Du bleibst meine Schwester, egal, was passiert.“

Ich bin ihm dankbar für sein Verständnis, sein Vertrauen und seine Liebe. Trotzdem habe ich das Gefühl, dass das nicht ausreichen wird, um mich wieder ganz zu machen. Ich fühle mich zerbrochen und ziellos. Finn tritt zu uns, sein Gesicht ist ruhig. Felix löst sich von mir. „Ich lasse euch jetzt alleine!“ Er nickt Finn vertrauensvoll zu und geht.

Finn setzt sich neben mich in die kleine Nische zwischen den Felsen. Ich spüre an seiner angespannten Haltung, dass ihn etwas belastet. Als wir aus der Kanalisation mit Asha zurückkamen, war er wütend auf mich, weil ich ohne ihn gegangen war. Aber die Erleichterung, mich wieder zu haben, überwog. Er legt seine Hand um meine. Unsere Finger passen perfekt aufeinander. „Ich habe nachgedacht und möchte dich um etwas bitten!"

Ich seufze und blicke ihn entschuldigend an. „Ich kann dir nicht versprechen, dass ich nie wieder ein Geheimnis vor dir haben werde, um dich zu schützen. Aber ich kann dir versprechen, dass ich dich niemals verlassen werde!"

Finn lächelt schwach. „Das meine ich gar nicht!"

„Oh"

„Bitte geh mit mir nach Amerika!"

Überrascht reiße ich die Augen auf. Damit hätte ich am wenigstens gerechnet. Ich bin eigentlich davon ausgegangen, dass Finn wegen seiner Familie hier bleiben will. Maggie beteiligt sich führend an der Errichtung der neuen Stadt und Zoe will ihre Mutter nicht verlassen. Zudem ist ihre Schwangerschaft schon weit fortgeschritten. Es wird nicht mehr länger als zwei Monate dauern, bis sie und Clyde Eltern werden. Ich würde ihn niemals zwingen, sich zwischen mir und seiner Familie zu entscheiden. Außerdem habe ich bisher nicht einmal über die Möglichkeit fortzugehen nachgedacht. Ich wollte für die Menschen der Sicherheitszone immer ein besseres Leben schaffen, deshalb sollte mein Platz hier sein.

„Warum?"

„Es gibt Dinge, die ich nicht vergessen kann“, sagt er nachdenklich und ich weiß, dass er von dem Legionär spricht, den er töten musste. Er träumt nachts von ihm. D499. „Der Sand der roten Wüste erinnert mich an ihn. Ich glaube nicht, dass ich hier weitermachen kann, ohne dass die Erinnerung nicht wie eine schwere Last auf meinen Schultern liegt.“

„Ich wusste nicht, dass du so empfindest.“

„Das ist nicht alles“, er sieht mich bedeutungsvoll an. „Ich habe Angst, dich an deine Schuldgefühle zu verlieren. Du zerbrichst an ihnen! Das Feuer in deinen Augen ist bereits erloschen. Ich kann nicht dabei zusehen, wie du dich selbst für etwas bestrafst, wofür du nichts kannst!“

Seine Worte treffen einen wunden Punkt in mir. Ich habe das Gefühl, nicht glücklich sein zu dürfen, nachdem, was ich getan habe. Wie kann ich je wieder lachen, wenn meine Mutter meinetwegen tot ist?

Finn lässt jedoch nicht locker. „Ich weiß, dass du nie vorhattest, wegzugehen, aber du bist nicht mehr dieselbe. Wir haben uns verändert. Du vertraust mir nicht mehr! Lass uns von vorne beginnen. Ich möchte mit dir im Meer schwimmen und die Sonne auf und unter gehen sehen. Ich möchte mit dir lachen und glücklich sein. Ich möchte mit dir leben!“

Ich drücke Finns Hand etwas fester. Seine Worte lösen in mir eine Sehnsucht aus. „Wirst du deine Familie nicht vermissen?“

„Du bist meine Familie! Es ist egal, ob wir in Australien oder Amerika sind. Es ist egal, ob es

Sommer oder Winter ist, regnet oder stürmt. Ich fühle mich dort zuhause, wo mein Herz ist und das wird immer bei dir sein. Ich liebe dich, Cleo!"

Tränen rinnen über meine Wangen und ich drücke mich an ihn, küsse sein Gesicht. Mit einem hat er Unrecht: Ich vertraue ihm! Mehr als jedem anderen. Er weiß, was gut für mich ist, wenn ich selbst jedes Gespür dafür verloren habe. Wir haben die Legion überlebt, es kann für uns nur noch besser werden. Jetzt beginnt unser Leben!

EPILOG

Cleo, Finn, Asha, Iris, Ruby und Pep sitzen in dem Flugzeug, das sie in ihr neues Leben in Amerika bringen wird. Australien liegt bereits wie eine kleine Spielzeuglandschaft unter ihnen. Zum ersten Mal sehen sie das Meer, das ihnen all die Jahre so nah und doch so fern war. Sie wagen einen Neuanfang in einem fernen Land. Sie sind sich alle darüber bewusst, dass das Leben deshalb nicht automatisch leichter werden wird. Die Amerikaner erscheinen wie Freunde, aber niemand ist nur gut oder böse. Jeder Mensch besitzt Schattenseiten. Jeder Tag ist ein neuer Kampf zwischen Licht und Finsternis. Es werden Probleme auftreten, die alleine nicht zu meistern sind. Aber solange sie an das Gute im Menschen glauben und sich nicht von äußeren Einflüssen blenden lassen, wird am Ende immer die Liebe siegen.

Cleos Kopf ruht an Finns Brust, während sie zusammen auf die winzige Landschaft unter ihnen blicken.

„Das war unsere Heimat", sagt Cleo wehmütig.

„Das ist unbedeutend, solange wir zusammen sind. Dort wo du glücklich bist, werde ich dein Zuhause sein", erwidert Finn zuversichtlich und drückt ihre Schulter.

Doch Cleo bleibt betrübt. Finn kann in ihren Augen den wahren Grund für ihren Kummer ablesen. „Aber es ist nicht die Heimat, die dir fehlen wird, oder?"

Cleo schüttelt den Kopf. „Ich dachte immer, dass ich meine Mutter verachten würde für all die Zeit, die sie nicht an meiner Seite war …“

„… aber nun stellst du fest, dass du sie geliebt hast“, schließt Finn.

Cleo nickt und beißt sich auf die Lippe, um nicht erneut zu weinen.

„Niemand ist wirklich tot, solange wir die Erinnerung an diesen Menschen in unserem Herzen tragen.“

ENDE

Liebe Leser,

tragt die Geschichte von Cleo und Finn in eurem Herzen. Gebt niemals auf, auch wenn alles ausweglos erscheint. Nur, wer aufhört zu kämpfen, hat verloren.

In jedem meiner Bücher steckt ein Stück von mir selbst. Ich gebe euch Einblick in meine Seele und mache mich dadurch angreifbar. Aber ich bin bereit das Risiko einzugehen, da die Freude meine Geschichten mit euch zu teilen überwiegt. Durch Radioactive habe ich viele wundervolle Menschen kennenlernen dürfen, die mich mit ihren Worten berührt, inspiriert und erfüllt haben. Ich spüre jeden Tag aufs Neue, dass es die richtige Entscheidung war diesen Weg zu wählen. Danke, dass ihr mich dabei begleitet!

Behaltet Radioactive als eine Geschichte in Erinnerung, in der alles möglich ist. Das Leben ist nicht vorhersehbar, sondern es bittet Wendungen, Kreuzungen und Achterbahnfahrten. Haltet an euren Träume fest und lasst sie euch von niemandem nehmen!

Eure
Maya Shepherd

MEIN DANK GEHT AN …

… meine Leser! Euch ist dieses Buch gewidmet. Wenn niemand meine Bücher lesen würde, würde ich nicht aufhören zu schreiben. Aber erst mit eurer Begeisterung und euren Worten erfüllt es mich. DANKE!

… Lisa Czieslik. Ohne deine aufmunternden Worte, deine Geduld und deine Liebe fürs Detail, wäre ich in Selbstzweifeln ertrunken. Du hast mich immer wieder an Bord geholt und mir Mut gemacht an mich und Radioactive zu glauben. Wenn du in Australien über die rote Ebene wanderst, wisse, dass ich an dich denke.

… Anja Gollasch und Simone Möller. Eure Korrekturen, Anmerkungen und Verbesserungsvorschläge verleihen Radioactive den letzten Schliff. Ich bin froh jedes Buch mit euch als Erstes teilen zu dürfen.

… meine Familie und Freunde. Ihr nehmt mich so an wie ich bin und unterstützt mich in meinem Traum. Jedes Mal, wenn ich euch mit einem meiner Bücher in den Händen erwische, geht mir das Herz auf. Ihr könntet mich nicht stolzer machen!

… meinem Ehemann Robert. Du teilst mich oft mehrere Stunden am Tag, manchmal ganze Wochen mit meinen Protagonisten. Ich bin schlecht gelaunt, wenn ich sie leiden lasse und manchmal breche ich vor Verzweiflung in Tränen aus, aber du bist immer für mich da, auch wenn du keine Ahnung hast wovon ich überhaupt rede. Wer ist Finn? Muss ich auf ihn eifersüchtig sein?

4905872R00239

Printed in Germany
by Amazon Distribution
GmbH, Leipzig